故事会

2012 · 52

(7月－8月)

合订本

I0553133

STORIES

上海故事会文化传媒有限公司　出品

图书在版编目(CIP)数据

2012《故事会》合订本.52/《故事会》编辑部编.
上海：上海锦绣文章出版社，2012.9
ISBN 978-7-5452-1171-9

Ⅰ.① 2… Ⅱ.①故… Ⅲ.①故事－作品集－中国－当代 Ⅳ.Ⅰ① 1247.8

中国版本图书馆 CIP 数据核字（2012）第 210203 号

责任编辑：顾　诗
封面设计：李宝强
责任督印：张　凯

2012 故事会合订本 52
（7 月 －8 月）
《故事会》编辑部　编

上海锦绣文章出版社·上海故事会文化传媒有限公司出版
地址：上海绍兴路 74 号

电子信箱：gushihui@263.net
网址：www.slcm.com

中国图书进出口上海公司发行
地址：上海市广中路88号
电话：36357888
ISBN 978-7-5452-1171-9/Ⅰ · 392

514

2012 SEMIMONTHLY 上半月刊 7月

STORIES

欢迎登录本刊主办的"故事中国网"（www.storychina.cn）

2012 年 7 月
上半月刊·红版

何承伟：社　长·主　编
夏一鸣：副社长
吴　伦：常务副主编(兼绿版负责人)
姚自豪：副主编(兼红版负责人)
本期责任编辑：姚自豪　石莎莎
电子邮箱：ssasha@163.com
红版发稿编辑：
吕　佳　叶小萌　丁娴瑶
美术编辑：李宝强
电脑制作：郭瑾玮
本社办公室电话：021-64375030
上半月刊编辑部电话：021-64332325
下半月刊编辑部电话：021-64336469
（上海市绍兴路 74 号 邮编：200020）
主管、主办：上海文艺出版（集团）有限公司
出版单位：《故事会》编辑部
发行范围：公开

出版、发行总监：张　凯
电话：021-64313938
广告业务：上海故事会文化传媒有限公司
广告总监：张　淮
广告业务：021-34010383
广告投诉：021-64333738
广告经营许可证
沪工商广字 3100320080016 号
发行：中国图书进出口上海公司

·笑话·

吵 架

办公室有两个公认的美女，两人时常会为一点小事争吵不休，这让办公室主任很是头疼。

这不，主任刚开完会回来，便看到两人又吵上了。

主任十分生气："大清早就吵架，太不像话了！今天不把原因给我讲清楚，一定要严肃处理。谁先讲？"

两美女一听，争先恐后地嚷了起来——

"我先讲……"

"我先讲……"

见此情形，主任大声命令道"胖的先讲！"

顿时，办公室内鸦雀无声。

（彦 凌）

（本栏插图：包丰一）

欢迎光临

某男特别喜欢各种新鲜有趣的小玩意儿。一天，他去逛街，发现有家小店门口挂了个感应的小挂件，有人进来就会说"欢迎光临"。他觉得挺好玩，于是买了好几个，挂在家里的门口、窗上。

一天夜里，有个小偷潜入他家偷东西。小偷刚推开窗户，忽然听到一声"欢迎光临"。小偷吓了一跳，一松手，从窗户边上掉下去了……

要知道，那可是三楼！

（慕 纱）

买米线

有个小朋友特别爱吃青椒肉丝米线，那天，他攥着钱，兴冲冲地跑到米线店里，对老板说："给我来一碗青椒肉丝米线，多放点青椒，多放点肉丝，再多放点米线。"

老板一听，愣了，为难地说："那不是两碗吗……"

（远 心）

4

失败的吓人计划

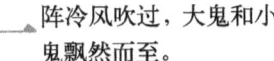

一阵冷风吹过，大鬼和小鬼飘然而至。

大鬼语重心长地说："昨晚的吓人计划很不成功哪！"

小鬼埋怨道："那还不全怪你？"

大鬼着急了："怪我？你看我这装扮，我的头发，还有我的表情，哪里没做到位？"

小鬼不以为然，忿忿地说："吓唬人也不挑个地方，干吗去盲人按摩院？"

（向道云）

情人节的玫瑰

有个大学生，知道情人节玫瑰行情肯定暴涨，就提前两天把玫瑰买好，偷偷放在冰箱里藏着。到了情人节，他再把花送给心仪的女孩子。

就这样，他花了四五枝的钱，送了十九枝玫瑰，朋友们纷纷称赞他聪明。

那大学生非常得意，第二天，故意当着众人的面问女孩子："收到这么大一束花，很有面子吧？"女孩子忍了忍，没说话。

那大学生再三追问，女孩子终于开口了，她皱皱眉头，说："你的心意我领了，只是你的花好大一股韭菜馅儿的饺子味儿！"

（苏兜兜）

都卖光了

有一家早点铺，专卖馄饨、大饼。

这天早上，店老板正忙着，有个大妈带着个三四岁的小男孩来了。

大妈问店老板："有没有巧克力？"店老板一哆嗦，说："没有。"

大妈又问："有没有甜筒？"店老板又是一哆嗦，说："也没有。"

大妈锲而不舍地继续追问："有没有棒棒糖？"店老板不住地哆嗦着，说："都没有……"

听到这里，大妈很遗憾地转过身，告诉小男孩："这店里生意太好了，都卖光了，我们明天再来买吧。"

（喜乐）

为何被录用

甲乙两个朋友一起去应聘。

甲先进去，出来后告诉乙："老板只问了一个问题，你有住房吗？我说我还没买房，现在跟父母一起住。"

乙一听，心中有了对策。

一会儿，乙来到老板面前，被问了一样的问题。乙答道："我有住房，自己按揭买的，每个月得交一千多。"老板打量了乙一眼，说："好，明天你来上班吧。"

甲见自己没被录取，乙却被录取了，对此百思不得其解。乙说："因为我是房奴，房奴每月都得还房贷，一般情况下，不会跳槽。"

（仁　者）

厨师征婚

一天，有个厨师走进婚介所，诚恳地说："我想征婚。"

接待的员工非常热情，拿出一张纸、一支笔，说："您的情况是啥样的？您想找个啥类型的？先写下来。"

厨师吭吭哧哧的，在那边写了半天，员工很好奇，探过头一看，只见纸上写着——"本人富有情调！感情淡了我加点盐，感情苦了我加点糖，感情麻木了我加辣椒，要求女方色、香、味俱全！"

（子规啼）

开　灯

有个妇女决心赶上潮流学电脑，就参加了个电脑培训班，每天晚上都要去上课。

这天，她回到家已经夜里十点多了，打开门，屋里漆黑一片，估计家人都睡着了。她赶紧按电灯开关，但按了好几次灯也不亮，气得骂起来："见鬼！"

老公不知啥时候醒了，他在床上嚷着："嗨，灯要是亮了那才真见鬼了，你一按就'咔咔'两下，能亮吗？"

妇女一听就笑了，她握着鼠标，练了一晚上的双击啊！

（花　开）

头发和眉毛

儿子刚上初中，这天，他一走进家门，就喋喋不休地发牢骚："学校真过分，对头发的要求太严格了！"

爸爸听了，奇怪地问："怎么了？"

儿子郁闷地回答："今儿老师说了，额前的头发不能超过眉毛！"

爸爸说："那行，晚上我带你理发去！"

儿子脑筋一转，说："不用了，我自有妙计。"说着，他到房间里去了。过了一会儿，儿子得意地出来了。爸爸一看，乐了，儿子竟然把眉毛剃掉了！

（阿　福）

舒适的位置

老杰克很早就开始为自己安排后事了，甚至打算购买墓地。

于是，一个墓地推销员向老杰克推荐："这里的墓地我准保你会喜欢，因为你从这里可以看到天鹅湖的美景！"

没想到老杰克丝毫不买账，他冷笑一声，说："除非你在我的棺材里安一部潜望镜，否则我不知道怎样才能欣赏到这些美景。"

（太阳在山）

手　势

这天傍晚，夫妻俩路过一酒店，门口立着大红拱门，妻子随口嘟哝了一句："怎么晚上举行婚礼啊？"

丈夫伸出两根手指，妻子一下明白了——二婚！可他俩一抬头，看到拱门旁站着的那个新郎，正愤怒地盯着他们！

妻子心想这下坏了，谁知丈夫急中生智，把两根手指朝上竖起来，成了"V"字，冲着新郎极真挚地说"祝你幸福，恭喜恭喜！"

只见那一瞬间，新郎的表情经历了由怒到笑的艰难变化，他竟也伸出两根手指，打了个"胜利"的手势。

（勇　力）

神秘战车

□杨俊伟

1999年，我所在的县公安局组建了治安巡逻大队，我刚从公安专科学校毕业，就分配到大队工作。由于是新组建的队伍，大家的干劲都很足，尤其是我们这些新参加工作的民警，经常整夜整夜地蹲点抓窃贼。

一天凌晨三点半，我们五个人开上了大队唯一的警车，那是一辆北京吉普车，我们把车停在半坡上，垫上石块，防止手刹失灵，然后分成两组四处寻找目标。

县城在当时受规划限制，平地少，坡地、半坡地多，我们走来走去、爬上爬下，一会儿就累得气喘吁吁。

天快亮时，我和同事发现了一个可疑的人：那是一个小伙子，他蹲在一辆汽车旁，手持塑料桶，正在用管子抽油。于是我们悄悄挨近目标，谁知这小子警惕性很高，察觉不对劲，一溜烟跑了。

我和同事在后面紧追不舍，绕了几个弯道后，追到了那辆警车停放的地方。那儿的地形是个很长的斜坡，往下跑时，随着惯性作用，速度会比平地上加快数倍。在这种地形奔跑，很有可能会因速度太快收不住脚而摔倒。

因此，我在后面追赶时，时常是加快脚步后又减慢速度，这样一加一减，竟与前面奔跑的人拉开了二三十米的距离，眼看就要追不上了。

就在这时，我身后突然传来汽车的滑行声，我赶紧闪身，一看，只见我们那辆北京吉普直朝前冲，可奇怪的是车上却没见人，吉普车以无人驾驶的状态冲向目标……

无人驾驶，那可是在梦幻世界里才会出现的情景啊，太神秘了！

那个偷油的毛贼大概也听到了吉

普车的声音，便加快了步伐，无奈的是那长坡的尽头正好是派出所，门口正好有两个警察，那毛贼还跑得了？

于是，毛贼就往路边躲闪，这时，更令人惊奇的一幕出现了：无人驾驶的吉普车竟然掉过头来，方向精准地朝着他驶去……惨了，出人命啦！我飞奔过去，好在车子并没有真正撞到他。那毛贼只是被吓倒了。我走上前去，把瘫倒在地的毛贼扶了起来，只见他尿湿了裤子，吓得全身发抖。

我把毛贼扶到派出所，交给值班民警处理，然后返身回到那辆无人驾驶的吉普车前，只见车子抵在一块石头上，停止了滑行，好悬呀！

那个被吓得半死的毛贼后来被拘留了十五天，他出来后现身说法，于是社会上传出了一条小道消息，说是公安局有一辆"幽灵战车"，谁要是偷了东西跑，经过它面前时，它会自动向你追来，即使你躲闪，它也会改变方向，直到把你吓倒在地为止，吹得玄乎极了。

"幽灵战车"的故事传出来后，我们巡警队的蹲点守候工作好长时间没有什么成绩，谁还敢出来作案呀！

故事讲到这里，其实还没有结束。一天中午，我出警回来，看见那辆北京吉普车有些脏了，停在半坡上。我在警车下垫了块石头，回办公室取了水桶和抹布，准备去擦车。刚走到门口，一个过路的大婶惊叫道：

"快、快点，你们的车子滑下去了！"我往前一看，只见吉普车正朝坡下滑去，我立马丢下水桶，狂追过去。

追了六七十米后，"幽灵战车"竟然自动停了下来，我追到车屁股后停下了脚步，大口大口地直喘气。

这时，"幽灵战车"的门突然打开了，从驾驶室迈出一只脚，嗨，紧接着，竟从吉普车里下来了一个人——"大个子"！

"大个子"是警队的"老张"，他四十来岁，个子十分矮小，是半路出家当的警察。老张最恨人家说他个子矮，于是大家戏称他"大个子"。

"大个子"手里拿着车钥匙，得意地向我说道："怎么样？我的车技还

可以吗？"

我一听，差点被气得晕死过去。老张笑着说领导同意他开车了，说完硬要拉我上车，看看他的车技。我死活不肯上车，老张只好跳上车慢慢发动，慢慢开车。

就在那一刻，我突然惊奇地发现：老张的个子太矮了，坐上高高的吉普车后，从外面看，只看到露出的一点头发，这还是近处看，如果远距离看，你根本看不到人，只见吉普车在自动滑行……

看着这令人惊异的一幕，我心头一闪：难道是……

后来，我再三追问，并且向老张郑重保证不透露给领导，这才得知了"幽灵战车"的实情。原来，那天凌晨蹲点抓贼时，老张和我是一组的，后来，我们俩发现了那个偷油的毛贼，于是就追。绕了三四个弯道后，老张毕竟年纪大了，跟不上，他看到我在斜坡上渐渐被那个毛贼甩开了距离，心里一急，壮着胆子搬开垫车的石头，用私配的钥匙打开车门，发动了车追了过去。其实，老张早已会开车，但领导没同意，他就偷偷配了车钥匙。

由于老张个子太矮了，坐在吉普车上只露出头发，加上那时天色还没有完全亮透，我和那毛贼都没看到人，以为车子是自行驾驶。

后来，老张见那毛贼倒下，以为出事了，吓出一身冷汗，头缩在方向盘下，恰巧这时我冲了过去，自然就没看到车里有人。其实大家都是虚惊一场，吉普车在撞向毛贼前左前轮已靠在路边的大石块上，不会造成任何危害。老张看到我扶起毛贼往派出所送，知道没事，就悄悄下车，锁好门，撤了。

"幽灵战车"的真相被隐藏了许多年，直到老张退休了，我才敢把这件事公之于众。现在呀，我所在的巡警队里，光运兵车就有两辆，警用车有二十来辆，民警都是清一色一米七以上的个头，都是本科毕业生，哪里还有老张这样半路出家的"大个子"警察？想到这一切，我不禁感慨万分："幽灵战车"的年代过去了……

（题图、插图：安玉民　梁　丽）

10

心灵的土地

村子里有两个老农吵得不可开交。

一位智者问两人为何吵架，一个说，对方立的栅栏占了他家的地；另一个则称对方胡说，他根本没有占地。

智者听后，在两张纸上各写了一句话，交给两人。两人看后，分别在上面写了一段话，还给了智者。智者将两张纸交换了一下，递给两人，两人看后，若有所思，默默离开了。

众邻里不解，纷纷问怎么回事。

智者笑了，说他在两张纸上写了——"除了这块地，你最恨他什么？"结果，其中一个写道："我最恨他家的作坊，每天天不亮就开工，咕噜咕噜响，我家和四周邻居天天被迫起得很早。"

另一个写道："我最恨他家清理羊圈不及时，一刮风那羊膻味熏得我家和四周邻居根本没地方躲，窗户都不敢开。"

智者就让他们各自看对方写的纸条，他们看了之后就不再吵了。智者进一步解释说："他们不是因为脚下的这块土地不相容，而是心灵的那块土地不相容。"

众人顿悟。

（作者：程 刚；推荐者：聂 勇）

用手抓和用脚踢

某地在修建一座水库，工地上足有几千人。

一天，一只野兔突然窜到了工地上。这一来，工地上可热闹了，大伙儿纷纷放下手中的活儿，去抓捕它。可是，那只野兔相当精明，任凭人们使尽浑身解数，愣是抓它不着，最终逃到工地附近的山上去了。

工地上的工程师知道了这事，他问民工们是怎么逮的，大伙儿都说是用手去抓的，工程师接着问"如果都用脚踢呢？"大伙儿明白了：如用脚踢，野兔肯定跑不脱。

用双手捕捉猎物，猎物就能抓到自己手里；用脚踢的话，猎物就会被踢到别人那边，正因为大家都想把猎物抓在自己手里，最后还是失去了猎物。

（作者：魏锦池）

全才鼯鼠

鼯鼠掌握了五种技能：飞翔、游泳、爬树、掘洞和奔跑。它很自豪：谁还像我这样多才多艺？百兽之王老虎跑得快，但它会飞翔、会爬树、会掘洞吗？

然而，人们还是把它与弱小动物排在一起，归入松鼠科，鼯鼠为此愤愤不平："胡闹！松鼠算什么东西，我可是动物中的全才啊！"

正说着，突然出现了一只老虎，问它："小兄弟，你在说什么？"鼯鼠吓得魂飞魄散，撒腿就跑，但是，它用尽力气跑了半天，老虎几步就追上来了。鼯鼠慌忙爬上一棵树，不料金钱豹又蹿了过来。情急之中，鼯鼠张开四肢飞到空中，但是，它的"翅膀"并不能像鸟一样扇动，只能滑翔，于是，眼看着一只雄鹰很快就要抓住它……

无路可走，鼯鼠"扑通"一声钻进水里。它想喘口气，一只水獭已箭一般地向它扑来。

鼯鼠狼狈地爬上岸，伸出利爪掘洞藏身。水獭跟踪追来，没费吹灰之力，就扒开了它的洞穴，把它抓在手中。

鼯鼠浑身像筛糠一样颤抖不止，后悔不已："拥有一身平庸的本领，不如掌握一样过硬的技能啊！"

（作者：凡　夫；推荐者：心　凌）

难倒考官

有一次，隋朝大将杨素想了几道难题，考一位年轻人。

杨素先是问："如果你掉进了一丈深的坑，你用什么办法出来？"年轻人沉思后问："有梯子可以用吗？"杨素说："要是有梯子，还考你干吗？"年轻人无奈，问："是在白天还是黑夜？"杨素问："这关白天黑夜什么事？"年轻人说："如不是黑夜，我又不瞎，怎么会掉进坑里呢？"杨素听了，大笑。

当时正是隆冬，杨素提了第二个问题："如果家人被毒蛇咬伤，你怎么医？"年轻人说："取五月初五南墙下的雪涂伤口，就好了。"杨素问："五月天哪来的雪？"年轻人反诘道："五月无雪，腊月哪来的蛇？"杨素听了，又是一阵大笑，对这位年轻人十分赞赏。

有时候，当你被别人为难时，反倒不如跳出陷阱，利用智慧反将对方一军！

（作者：杨子明；推荐者：果　果）

（本栏插图：安玉民　梁　丽）

学写作文，从读故事开始

改变命运的一只蚊子

□ 刘小红

隋朝末年，朝政腐败，民不聊生，各地英雄好汉纷纷揭竿而起，其中杨浦领导的起义军势力最为强大。

这杨浦来历不凡，出生时产房里紫光冲天，显露异象。杨浦长到十岁时就方面大耳、聪慧异常，有个异人曾断言他非池中之物，将来必成大器，杨浦后来果然能文善武，做到一军统帅。

这天，杨浦坐在营中沉思，忽然探子来报，说是朝廷名将张武曲领着几十万军队，来势汹汹，离城只有十多里路了。杨浦随即命令军队后退五十里，部下疑惑不解，今天杨将军不战先退，难道是被对方的威望和名声吓破胆？可是凭杨浦的实力，是可以和张武曲抗衡的，难道其中另有原因？

这天，张武曲又率领大军追赶上来，在营外叫阵，部将们忍无可忍，纷纷请战。杨浦挥挥手，制止了将士们的请求，亲自披挂上阵迎战张武曲，出阵之前，他嘱咐部下：无论发生什么，都只能在城楼上观战。

杨浦出了城，来到阵前，和张武曲大战一百回合，不分胜负。一会儿，只见杨浦虚晃一枪，掉头就走，张武曲拍马就追。到了无人处，杨浦停下来，向张武曲拱手道："张将军，这些天我一直不应战，不是我怕你，而是我想告诉将军一件奇事，说完再打不迟。"

"请说。"

杨浦问道："将军后背上，是否刺有'武曲报国'四个字？"

"你问它作甚？"

"你可知道这几个字的来历？"

张武曲说，他自出娘胎，背上就有这四个字，自然是老天要他报效朝廷。

"你先听我说完，再下结论不迟。"接着，杨浦便讲起了往事。他说自己二十岁时，仍然在商船上做佣工，空有一身本事无法施展。虽然如此落魄，但是他志气未减，总想着做一番惊天动地的事业，可是不知道干什么为好。

一天，杨浦正郁闷地坐在船上，突然一个须发皆白的老人走过来说

道："英雄，当下正值乱世，是你建功立业的好时机，你怎么还坐在这里发呆，不去干一番惊天动地的事呢？"杨浦听完眼睛一亮，老人接着说："你命中注定是干大事的人，到时定有贵人相助。记住，你的贵人背上有四个字——'武曲报国'。你要尽快找到他，记着，紫微星君下凡来，武曲星君随后到……"说完，老人就飘然离去了。杨浦知道自己遇上神仙指点了，他倒头就拜。

后来杨浦参加农民起义队伍，开始招兵买马，挑选精兵强将。他在挑选士兵时，有个奇怪的癖好，他一定要士兵脱下衣服，说是要看看后背的肌肉是否壮实，他说只有后背壮实的士兵，才能成为勇敢的战士。别人都笑话他这一怪癖，他们哪里知道杨浦其实是在暗中寻找那个背上有字的贵人。

可是找了很久，都没有找到，但是杨浦不气馁，一边和朝廷打仗，一边寻找贵人。就在这个时候，杨浦的势力越来越大了，朝廷不得不派大批军队前来镇压，其中有一个将军，叫张武曲，他武艺超群，计谋过人。杨浦要做到知己知彼，就派人去查清张武曲的来历，好商量对策。

很快，调查张武曲的探子回来了，无意间探子说了一个细节：张武曲的背上居然有"武曲报国"四个字……杨浦听了，暗中大喜，也正因

呀，你在哪里？杨浦恨不得马上找到仙人问个明白。

再说这张武曲果然了得，杨浦擅长水战，可张武曲暗中用杂草等阻塞湖面，又下令用巨筏堵塞附近的各个港汊，结果杨浦的战船被杂草缠住无法动弹，突围途中又遭遇了埋伏，最后成了俘虏，被张武曲斩首了。

杨浦死后，一缕冤魂怒气冲冲地来到天宫，他来到灵霄宝殿，远远望去，坐在玉帝宝座上的正是先前指点他的那个仙人，他顿时大惊：指点我的竟然就是玉帝呀！这时，玉帝也奇怪了，他问："紫微星君不在人间当皇帝，怎么私自回来了？"杨浦一愣，自己竟是紫微星君下凡！他忙上前向玉帝奏明事情的经过，玉帝听了觉得十分奇怪："还有这种事情？张武曲是武曲星君下凡，专门辅佐你的，他怎么不听命令呢？"

于是玉帝派人彻查，发现杨浦的话句句属实，他勃然大怒，又马上派人把张武曲押来问罪。张武曲面对玉帝的质问，理直气壮、振振有词："我是奉命去捕捉杨浦的，何罪之有？"

玉帝大怒："我明明是命你去'辅佐'紫微星君的，怎么成了'捕捉'？来人，呈上当时的记录来！"有人当即呈上当时的记录，张武曲一看傻了，记录上真是写着"辅佐"紫微星君，自己怎么听成了"捕捉"紫微星君呢？他冷汗直冒，猛然想起那天早

为这个原因，杨浦迟迟未和张武曲开战，他怕战场上有个闪失，伤了彼此和气。

说到这里，杨浦真诚地说："现在朝廷无道，百姓度日艰难，上天派你来帮助我拯救黎民，望你相信我，不辱使命。"

张武曲双目圆睁，怒声喝道："反贼休得胡言，我背上'武曲报国'四字乃是为报效当今天子的，岂是为你所用的？你不要挑拨离间了，看枪！"说完，他挺枪刺来，杨浦见状，只好边战边退回了营房。

杨浦很是纳闷：仙人明明说张武曲是他的贵人，为什么到了眼前却不认识，反而对他穷追猛打呢？仙人

大家评价 （潘胜奎　编绘）

朝时，突然有只蚊子飞进了他的耳朵，奇痒难忍，他慌忙用手抠蚊子，想必玉帝就是那时下的命令了，而他却没有听清玉帝的话，误把"辅佐"听成了"捕捉"……

此时，有一个人正躲在大殿外阴险地笑着，谁？他就是张武曲生死相报的当朝皇帝，这皇帝，其实是二十八星宿中的鬼金羊星宿下凡。那天，他得知玉皇大帝要召集大臣商议人间的事情，想到自己下凡当皇帝后醉生梦死、凶狠残暴，让子民生活在水深火热之中，他暗叫不好，于是悄悄回到天宫偷听。他听到玉皇大帝宣旨派武曲星君下凡，"辅佐"紫微星君，顿时心生一计，变成一只蚊子，飞入张武曲的耳朵里，百般骚扰，让他听错了圣旨，以致让一只蚊子改变了他们的命运……

（题图、插图：安玉民　梁　丽）

孩子如同一张白纸，只有好的教育，才会在纸上绘出五彩缤纷、绚烂美丽的图画……

小小专家

□ 韩春玲

叶敏应聘进了一家烟草公司的宣传组，刚来没多久，就随宣传组开始了各地的巡回宣传。

这天，宣传组一行人到了一个依山傍水的小镇，刚进一个街口，就听见了一个孩子的哭声。小街很静，那哭声显得很刺耳，叶敏透过车窗循声望去，就见前面一个商店门口，一个男人正在怒声责骂一个小孩，男人狠狠地撕着手里的红色纸片，骂道："这样的三好学生奖状，你要来干吗？"

那小孩十岁上下，正"哇哇"直哭，他手里拿着几张零乱的纸，看上去好像是考试卷子。

男人好像越撕越来气，他将撕碎的纸屑一把扔到孩子脸上，大声吼道："你看看，你语文考了59分，数学考了43分，这样的成绩，还配当三好学生？"

天下竟有这样的父母，孩子评上三好学生，还要骂，还要撕奖状，可更怪的是，天下竟有这样的学校，学习那么差的学生，竟然评上了三好学生？叶敏回头看了一眼坐在身边的组长海仁景，见他也在向外看，就说："组长，这里的人好像有点怪呀！"

海仁景并没有接着叶敏的话说下去，而是问："1号方案，你看了吗？"

什么是1号方案呢？原来，在宣讲过程中，有个观众针对烟草知识的抢答环节，这环节备有三个方案，是根据问题的难易程度来定的，1号方案最难。可这里是个偏僻的小镇，人们的烟草知识应该不多，海仁景为何问及1号方案呢？这么想着，叶敏就说"三个方案我都看了，您是说要在

这里执行1号方案吗？"

"是的。"

"为什么？"叶敏的声音一下子提高了不少，惹得车里的人纷纷看她。

海仁景看了叶敏一眼，说："是老总吩咐的。"

既然是老总吩咐的，那就是圣旨了，叶敏便把一肚子的疑惑咽了下去，忍住没再说话。

进了镇子，宣传组选了一个小广场，搭了舞台，拉了标语，按计划，下午就开始节目演出了。

吃了午饭，叶敏问海仁景："真的要执行1号方案吗？"

海仁景的脸色立马沉了下来，说："这个还用再问吗？"叶敏针尖对麦芒地说："可我总要弄明白吧！"

海仁景见叶敏一副小姐脾气，便说："小叶，其实我也不明白老总为啥这样安排，可昨天他特别强调，在这里一定要执行1号方案。我问原因，他一直笑，说演出过后我们会明白的。"

既然这样，大家能做的只有"谨遵谕旨"了。

下午，叶敏主持节目，一首歌曲、一段舞蹈过后，开始了观众抢答。叶敏拿出备好的1号方案的卡片，微笑着说："各位父老乡亲，下面这个环节，是有关烟草知识的抢答，每个答对问题的人，都可以获得我们提供的一份奖品，累计获得五份奖品的，还

可以额外获得我们的一份大奖，价值一千多元的液晶电视一台。好，下面我开始出题了，我们这里出过一个大作家——刘雨，他的长篇小说《山寨岁月》曾经风靡全国，请问，这位作家最爱抽的香烟是什么牌子的？"

一说完，叶敏就开始担心了，担心冷了场，因为这里毕竟是个贫穷的小镇。

台下的人群开始窃窃私语，偶尔也会有人高声喊出个答案，"熊猫"啦，"大中华"啦什么的，但是都不对，叶敏有些失望，正想换道题目，突然有人说："我想起来了，是越秀牌。"

叶敏那个高兴呀，她激动地说："恭喜这位观众，您答对了，请您上台领取不锈钢水壶一个。"

男人上得台来，叶敏把话筒递过去，问道："这位大哥，我能问一下吗？请问您是怎么知道答案的？您对烟草有研究吗？"叶敏一口气说出了心中的一连串疑惑，男人憨厚地笑笑，拘谨地说："这道题呀，俺记得好像是俺娃儿提问过俺的，模模糊糊地记得，蒙对的，呵呵……"说完，那男人接过奖品，转身蹿下了台。

第一脚踢得还算顺利，叶敏顿时来了信心，她接着又出了几道有难度的题，竟然都被观众答出来了。这时，叶敏想起了老总，看来姜还是老的辣啊，真是运筹帷幄、决胜千里呀！

一会儿，叶敏故意挑了一个特偏

的题——"人类使用烟草的最早证据是一座神殿的浮雕，它展现了玛雅人在祭祀典礼时以管吸烟的情景，请问这座浮雕建于公元几几年什么地方？"

要知道，下面的观众，也就是普普通通的村民，他们最多吸吸烟，根本不会接触这么专业的知识，谁能回答这么刁钻的问题呢？

问题出来后，观众有的抓耳挠腮，有的低头沉思，有的拨打电话求助……但几分钟过去了，仍然没有一个人回答正确。叶敏正打算放弃，忽然，台下一个孩子大喊一声"我知道答案！"叶敏向台下望去，只见一个孩子正挥着小手，活蹦乱跳的。

叶敏让那个孩子走上台来，仔细一看，觉得有点面熟，对了，他就是叶敏刚进小镇时看到的——那个学习成绩差的三好学生！这下叶敏来了兴趣，她蹲下身来，笑着说："小朋友，告诉大姐姐，答案是什么？"

小男孩不假思索地说："是公元432年墨西哥。"

真是太厉害了，看来小家伙是个烟草迷，叶敏问道："小朋友，你上几年级？"

"二年级。"

工作人员送来一个不锈钢水壶，叶敏接过来，然后说："小朋友，大姐姐再问你几个问题，如果你累计答对五道题，大姐姐就送你一台大彩电，好不好？"

小男孩显得信心满满："好！"

叶敏拿出问题卡，选了一道最习钻的问题："'为贪云雾生衣细，不籍壶觞留客迟'，这句诗里前半句的意思是，为吸烟而节缩衣着，现在大姐姐要问的是——这句诗的作者是谁？哪个朝代的？"

小男孩略微想了想，然后回答道："是乾隆年间的恒仁。"

这简直就是一个顶级的"烟草专家"了！叶敏没想到在这样一个偏远小镇，居然会遇上这么一个传奇人物。接下来，她又接连问了几道题，一

道比一道刁钻，但小男孩从容不迫，一一回答，而且答案全部正确。

一直在一旁观看演出的海仁景坐不住了，此情此景，太激动人心了，他必须要做点什么了，对，给老总打电话！电话接通后，海仁景绘声绘色地汇报了现场的火热场面，还有那令人诧异的成功。

老总听了，意味深长地笑了，说"小海呀，看到咱们烟草行业的光辉前景了吧？"

海仁景连连应着，说："是呀是呀，您说要执行1号方案，我还一直想不通，不仅是我，组里的人全都想不通呢！"

电话里，老总也很高兴，说："不妨告诉你吧，我去过那儿，对那里的消费者，准确地说，应该是潜在的消费群体，那是相当地了解。"

这边在说话，那边台上，叶敏正愣愣地看着这个其貌不扬的孩子，她突然想起了街口的那番斥骂，这孩子的语文和数学成绩那么差，可他对烟草知识怎么知道得这么多呢？这么想着，叶敏便指着台边的一个大箱子，说："小朋友，你看那个大箱子，里面是台大彩电，大姐姐要送给你，不过，你能告诉大姐姐你在哪里读书吗？"

小男孩看了看彩电，又看着叶敏，说："烟草小学。"

"烟草小学"这个词儿，叶敏倒是听说过，说是他们烟草公司做慈善，在这里捐款建了一所小学，就叫什么"烟草小学"。叶敏刚来公司没多久，好多事儿并不知情，可烟草小学的学生就该知道这么多烟草知识吗？

叶敏接着问道："那你怎么知道这么多关于烟草的知识？"

就在这时，海仁景走过来，对叶敏说："老总要感受一下现场的气氛，你把刚刚的问题再问一遍，让老总听听。"

海仁景把手机放到叶敏的话筒前，叶敏把刚才那个问题又重复一遍，然后海仁景把手机放到了小男孩的嘴边。

小男孩一脸自豪地说："我们学校是一家烟草公司建的，烟草公司的领导经常到我们学校视察，为了应付检查，老师给我们准备了好多关于烟草方面的知识，每次上课前，都会让我们背上几个知识点……大姐姐，我告诉你，就说这次期末考试，我考试成绩并不好，但在烟草知识方面，我是全校最棒的，所以班主任还是发给了我一个三好学生奖状。"

叶敏一听，顿时觉得嗓子眼一紧，一句话也说不出来了，再看海仁景，此时变成了一尊雕塑，弯腰递着个手机，一动不动，过了好久，他才缓过神来，想给老总解释几句，"喂"了几声才发现，那边早挂了……

（题图、插图：谭海彦）

你是怎么报警的

□ 吴治江

平土小县城只有一家刻字店——"殷记无稿刻字"。店主姓殷，三十多岁，因为擅长阴刻，再加上不太爱笑，人送外号"阴一刀"。

这个星期天早上，阴一刀照常去店里。因为老婆前一天跟他吵了一架，赌气回了娘家，他只好带着五岁的女儿媛媛一起去店里。父女俩打闹着从街上走过，他们做梦也想不到一场灾祸正悄然来临。

中午十一点半，阴一刀正埋头刻字，媛媛在店门口玩，突然来了一高一矮两个戴墨镜的男子，要求阴一刀照着复印件刻两枚章，一枚是交通局

的公章，另一枚是一家公司的财务专用章。阴一刀说："这是公章，按规定，你们要出示委托单位的证明。"

这两人拿不出证明，给了一千块钱一枚的价格，要阴一刀网开一面，被他坚决拒绝了。这两人互相使了个眼色，没说什么，转身走了。

过了半个多小时，阴一刀忙完活，发现女儿不见了，哪里都找不到，正准备关了店门出去找，只见刚才的高个子出现在他面前，说："不用找了！"说着，他把阴一刀拉进店里，把手机拿到他耳旁。阴一刀一听，女儿正在和另一个人对话——"你爸爸叫什么名字？干什么的？""叫阴一刀，刻字的。""糖甜不甜？""甜。"

阴一刀一把抓住高个子的肩，问："你们想干什么？"高个子笑笑，小声说："实话告诉你吧，我们正在做一桩大生意，需要刚才给你看的那俩

章，必须在下午四点之前拿到。我就在这儿看着你，只要你把章刻好，十分钟之内你就能见到女儿；你要是不同意或试图报警，我只要在手机上摁两个键，你女儿不是死就是残，你掂量着办吧。"

此时此刻，阴一刀除了服从，别无选择，只好说："好吧，我马上给你刻。"高个子问要多长时间，阴一刀说："这两枚章字数要多些，你又让我这样紧张，总共要一个小时。"

高个子说："好，给你一个小时，我就在你旁边，不准搞小动作，否则，它没长眼。"高个子说着，掀开衣服，露出一把亮晃晃的匕首。

"不敢不敢，我刻就是了。"阴一刀说着就开始动手做准备。他嘴上这么说，其实心里另有盘算。阴一刀生性善良正直，好打抱不平，在网上是几家打拐网站的志愿者，曾参与寻找到好几个被拐儿童，被网友称为"一刀侠"。此时的他，哪里甘心就这样毫无反抗地沦为虐？他必须设法救女儿和自己，可来硬的他不是对手，只能给绑匪来"阴"的。

阴一刀一边刻字，一边不时朝街上瞟，希望能找到机会。

十多分钟后，来了个机会，卖卤肉的刘三推着三轮从门前经过了。阴一刀一反常态，跟刘三开玩笑，说："刘三，那天我看见你抱着老婆的头，使劲朝她眼里吹气，你是不是卤水弄疼了她的眼睛啊？"刘三大笑"想不到你也会开玩笑，我吹她眼里的沙子呢。"

阴一刀说："你老婆年轻漂亮，你要把她抱紧点哦，不然她跑了，听好啊，抱紧！"他把"抱紧"两字说得慢而大声，同时使眼色，希望对方能听懂他说的"抱紧"就是"报警"。可刘三没听懂他的意思，大笑说："我每晚都把她抱得紧紧的，她跑不了，哈哈哈……"

突然，一个尖尖的东西顶住了阴一刀的后腰窝，显然，高个子听出了他"抱紧"的意思，这是在警告他。可阴一刀不愿放弃这来之不易的机会，对刘三说："给我称半斤好的。"刘三称好卤肉递给阴一刀，说："十五块。"阴一刀接肉时食指在刘三手背上用力搔了两下，同时撇嘴斜眼朝侧后使眼色，刘三好像明白什么了，问："有事？"哪知高个子一下抓过卤肉，塞十五块钱给刘三，推他一下说："他意思是让我给钱，你快走吧，我们忙。"

刘三摇摇头走了，高个子恶狠狠地说："再搞小动作，老子捅了你！"

阴一刀不得不专心刻章，二十多分钟后，他已经刻好了一枚，高个子在纸上盖了一下，满意地点点头说："继续！"

又过了七八分钟，只听一声"姨父"，阴一刀一看，是他姨姐的女儿——十六岁的杨惠。他顿了顿，说：

"你姨呢？还在你姥姥家不？昨天她把我欺负死了，你救救我吧。"杨惠笑着说："我姨才让你欺负死了呢，媛媛呢？我姨叫我来看看她。"

阴一刀说"还知道媛媛啊，你告诉你姨，她不在家，我干活顾不了媛媛，她被人贩子卖到山里去了，叫她去报警，快去！"

杨惠当然不信，大声说："得了吧，媛媛真丢了你怎么不去报警，还坐在这里？"阴一刀把右手中刻刀的刀尖朝高个子轻轻指了两下，说"你没看见我走不开吗？要不你去替我报警？快去！"阴一刀嘴里说着，同时朝杨惠递眼色。突然他一颤，感觉后背一阵剧痛，伸手一摸，皮肤被划了一道口子，他摸到了血。

杨惠问："姨父，你怎么了？他是谁啊？"阴一刀一时不知如何回答。高个子掏出两张百元钞票给杨惠，说："我是你姨父刚收的徒弟，小美女，一点见面礼，以后请多关照。你姨父正教我最关键的技术呢，你先走吧。"说着，匕首尖上又加了两分力，阴一刀只好苦笑着说："去吧去吧。"

"谢谢！"杨惠笑着朝高个子点点头，哼着歌走了。

高个子攥着匕首，狠狠地朝工作台的腿上一捅，捅进去半寸深又使劲抽了出来，恶狠狠地说："我看你真想死！"阴一刀一看，不敢多想什么了，赶紧刻。

就在第二枚章完成大半时，突然来了一个警察，他是派出所快退休的所长欧阳林宽，因为和阴一刀都喜好书法，两人成了忘年交。见到欧阳，阴一刀像见到了救星，但他知道，欧阳人老了，而自己又瘦又小，两人加在一起，也不见得是高个子的对手，何况女儿还在另一匪徒手里，他不敢贸然向欧阳挑明。

高个子看见欧阳，先是一惊，继而听他说是来刻一枚私人印章用于书法落款的，便镇静下来，高个子靠阴一刀更近了，同时拍了拍他的后背，以示警告。

阴一刀听欧阳说了来意，对高个子说："警察优先，我先刻他的，你看如何？"高个子看看时间，问："刻这私章要多长时间？"阴一刀说："就四个字，最多十五分钟。"高个子便点点头，他巴不得赶快把这警察打发走。

阴一刀便选了一块上等材料，直接刻了起来，全神贯注、石转刀舞，十五分钟后，他长舒一口气，说："搞定！"他把印章吹了吹，擦干净，沾上印泥在白纸上一摁，"欧阳林宽"四个篆体白底红字，古朴遒劲。欧阳竖起大拇指，说："又好又快，佩服！"阴一刀说："过奖了，这阴刻是我的拿手好戏。"

欧阳看着阴一刀，疑惑地问："阴刻？"阴一刀肯定地点点头，说："是的，阴刻，我还要忙活呢，再见。"说着，他把那张纸和印章往欧阳手里一塞，自顾自地忙了起来。

欧阳又看了阴一刀一眼，转身走了。阴一刀的心跳得快要从喉咙里蹦出来了，他相信欧阳能明白他的意思。

十分钟后，另外一枚章马上就要刻好了，就在这个时候，突然，从门的一侧冒出三个身着便衣的小伙子，冲进来就把高个子摁倒在地。

欧阳也大笑着进来了，指着被擒住的高个子，说："哈哈哈，好你个阴刻，是不是他？"

阴一刀说："正是他，他们还绑架了我女儿。"他随即把情况向欧阳说明，欧阳马上打电话部署。很快，媛媛被成功解救，高个子的诈骗团伙也被一举抓获。阴一刀抱着女儿连连向警察鞠躬致谢，这时，被押在一旁的高个子问道："你、你是怎么报警的？你不告诉我，我死不瞑目！"

"哈哈哈——"欧阳大笑，"你当然不懂了！"

原来，"阳刻"又称"朱文"，把文字笔画留住，其余刻去，印在纸上是白底红字。"阴刻"又称"白文"，与阳刻相反，是把不用的部分留住，让需要的笔画凹陷在内，印在纸上是红底白字。阴一刀刻的"欧阳林宽"四字本是阳刻，他偏说是阴刻，这引起了欧阳的注意；再加上欧阳刚进门就发现这高个子眼中掠过一丝惊惧，离开店后，欧阳又仔细观察了阴一刀塞给他的那张白纸，从上面"欧阳林宽"四字上，可以看出阴一刀巧妙地把红色的笔画加以变形，让空白的白色部分组成了"SOS"的字样，也就是紧急求救的信号，于是他明白了一切。

高个子是门外汉，哪里懂这些？听完解释，他看着阴一刀，无奈地说："你这一招真够阴啊，佩服！"

阴一刀拍拍高个子被警察扭压得矮了一大截的肩，说："要不人家怎么叫我'阴一刀'呢？哈哈哈，进去后多看点书吧。记住，知识才是力量！"

（题图、插图：谭海彦）

绚丽的青春会消逝，炙热的爱情会冷却，真挚的友情会变淡，而母亲的爱，永不枯竭……

母亲不害怕

□ 一冰

无奈的选择

林飞是一家小公司的普通职员，这天，他在办公室上班，没事时翻开报纸，看到一条新闻，说是有个地方的墓地价格已经涨到了每平米30多万，而且还没有现墓，只有预订的"期墓"。林飞一看到这，顿时一声长叹，发起愁来。

为啥发愁呢？因为林飞想到了自己的母亲。母亲已经七十多了，父亲早年就去世了，母亲一直独身抚养他长大成人。如今母亲身体不好，一年里几次住院。以前也曾想到过为母亲买墓地的事，可林飞总觉得这样做不吉利，有盼母亲死的味道，就一直拖

着，现在看到这个新闻，他有些紧张起来。

放下报纸，林飞认真想了想，这事还真得提前计划一下。于是，他打电话到墓园咨询了一番，这一咨询更是让他心惊肉跳：本市最便宜的墓地是每平米1万元，最贵的高达20万，就按最便宜的价格、最小的面积来算，要买这墓，也不会少于10万元，这还不含办丧事的其他费用。

林飞的日子不太好过：母亲生病花钱不说，他的儿子刚刚买房结婚，首付款是林飞拿的，几乎花光了他大半辈子的积蓄。一旦母亲有个三长两短，他只怕要抓瞎。

中午下了班，林飞闷闷不乐地出

去吃饭，想到母亲的后事，他饭都吃不进去了，决定不吃，省下几块钱也好，于是就在街上瞎逛。忽然，他看到同事老胡迎面过来，手里还拿着一叠纸，正在边走边看。林飞叫了他一声，他一看到林飞，忙把手里的纸一折，将内容隐藏起来，明显是怕林飞看到。

"是啥宝贝啊，还怕被别人看？"林飞跟老胡关系不错，就跟他开玩笑。老胡脸一红，支吾了一句，就匆匆走了。

林飞看看时间还早，就继续往前走。走不多远，忽然一个小伙子凑上前来，递给他一张广告单，林飞扫了一眼，那居然是推销墓地的，于是就接了过来，认真看了起来。小伙子见他看得认真，就热情地推销起来："大哥，人生大事，提前计划。现在我们这里的墓地价格太高了，这是我们邻

省的'远城'，那里的墓地，价格只有我们这里的十分之一，相距不过两百公里，现在高速路也通了，两小时就到了，交通方便，环境优美，现在预订，还可以打九折。"

广告上的价格是1000元一平米，如果打折，一个10平米的墓地不到1万，林飞一看就动了心。

小伙子趁热打铁，继续说："大哥，现在钱难挣啊，我们小老百姓，不容易啊，这事真的很划算的。不瞒您，我父母现在还不老，我都给他们订好了，不然到时候还不知道是啥价了。如果大哥感兴趣，现在来登个记，周日我们有大巴车接送去墓园参观，如果购买的话就不收钱；如果不中意，只收取100元油费，还管一顿午饭。"

林飞说："如果我不去看，是不是还能便宜点？"

"当然能便宜！"小伙子立即把他领到宣传台前，经过一番口舌，最后，林飞以8800元谈成一块墓地。签完合同，交了钱，林飞拿到一叠纸，浑身轻松，总算是解决了一件大事。这时，他忽然又想到老胡，老胡刚才手里拿的那叠纸，外观跟这些差不多，啊，对了，老胡的老婆身患癌症，拖了一年多，敢情他也在远城订了一块墓地吧？

最后的母亲

林飞回到家,他不敢把这事先给母亲说,只是悄悄和妻子说了。能省下这么一大笔钱,妻子当然同意,但坚持不让他跟母亲提起,说老年人疑心重,怕引起母亲猜忌,说他们不孝顺,盼她死。其实,林飞明白妻子的意思,她是怕被母亲拒绝,毕竟那么远,母亲在那里,只怕会孤单,其实,他也害怕被母亲拒绝,现在只能装糊涂。等到母亲人一"走",就把她送到远城的墓地去,以后多抽时间去看看就行了,虽然说有点不忍心,但也是无奈之举啊!

这以后林飞算是稍稍安了心,可是,有一天晚上,母亲忽然对林飞说"小飞,我想出一趟门。"

林飞问去哪里,母亲顿了顿,说是想回老家一趟。

"什么?"林飞吃了一惊,母亲怎么会想到回老家呢?他们的老家在一千多公里以外的一个小县城,母亲的家在解放前就已经迁到了这里,后来她一直生活在这座城市,哪也没去过。林飞心里一个"咯噔",难道是老人家已经预感自己没有多少日子了?

"妈,您忘了,老家早就没人了。"林飞劝说道,"再说,您这么大岁数了,哪能出那么远的门呢?"

母亲说"亲人是没了,但房子还在,路还在,山还在,水也还在,我就是想回去看看。"

林飞的妻子也说:"妈,您的心情我们理解,可是您想想,我们都还在上班,哪有人陪您去啊?"

母亲说不用陪,她一个人去。林飞也知道,母亲虽然年纪大了,身体也不好,但人并不糊涂,可是,跑那么远的路,总让人放心不下,就一个劲地劝说,可母亲一直坚持要去。

第二天早上,林飞起床,没看到母亲,到了中午,母亲也没回家,看样子是一个人悄悄地走了,而且她也没有手机,联系不上,林飞就是着急也没用。

母亲一走就是好几天,也没个电话打来,林飞提心吊胆的。林飞的儿媳妇没事时经常看电视剧,有一次,她突发奇想地说"我猜啊,奶奶年轻时是不是有个初恋情人,现在想回去找找再见个面,了个心愿?"

林飞呵斥道"别胡说,你奶奶离开家时才十岁。"

儿媳妇吐了吐舌头,又说"如果不是这个原因,我想她是不会回去的,说不定她并没有回老家,而是去了别处呢?"

儿媳妇只是随口说说,林飞心里猛地一紧,莫非母亲也知道了墓地太贵的消息,为了给家里省一笔费用,就离家出走?想到这里,他的心隐隐作痛起来,开始责怪自己太无能,混了大半辈子,连一块墓地都买不起。

在林飞经历了一番痛苦的折磨之后，过了十余天，母亲居然回来了，除了脸色稍显疲倦，精神还不错。母亲简单地讲述了一下她这次外出的见闻，但家里人明显听出来那都是编的，母亲肯定没回老家，但她究竟去了哪里……

又过了几天，母亲闭上了双眼，临终前，母亲拉着林飞的手，微笑着说："别担心，妈不害怕！"

林飞一听，目瞪口呆：这是啥意思呀……

永远的母爱

林飞为母亲办了丧事，当然，他还是把母亲安葬在事先买下的那块位于邻省远城的墓地里。

办完丧事，林飞回到单位上班，

刚一走进办公室，忽然，老胡闯了进来。林飞一见老胡，吓了一跳，才几天不见，几乎都不认识了，老胡整个人瘦了一圈，满眼通红，连胡子也没刮，像个饿了几天的乞丐。老胡这些年也不容易，妻子的病使他负债累累，一个月前，妻子还是去世了，办丧事时老胡都没请人，但林飞和同事们知道后还是送了一份人情。

老胡把林飞拉到没人的地方，急切地问："你市内的墓园里有熟人没有？"

林飞连连摇头，问："我怎么会认识那里的人，怎么了？"

老胡长叹一口气，说了起来：因为家里没钱，老胡果然买了邻省远城那里的一块墓地。一个月前，妻子去世了，他就把妻子葬在了那里。可是，老胡回来后，第一天夜里，妻子就托梦给他，说那地方住不成，因为她是外地人，老是被人欺负，让老胡把她换回去。老胡哪有钱给她换地方啊，就给她烧纸钱，甚至连纸扎的保镖、保姆都烧了，可还是无济于事。昨天夜里，妻子又托梦来，说他们那里查户口，说她没有户口，把她赶了出来，不让她进屋睡觉……

听老胡这么一说，林飞的头"嗡"地一声响，差点没晕过去。他和老胡买的墓地是一处的，母亲只怕也会遭遇到老胡妻子的境况，没想到阴间这么乱，看来还是不能贪便宜啊！

一整天，林飞都在自责中度过。晚上回到家里，妻子把家里的户口本递给了他，林飞打开一看，大吃一惊，母亲的户口竟然迁出了，而迁入地竟然就是邻省远城的一个派出所！

妻子抹着眼泪说："这是我今天无意中翻到的，我知道妈那几天去哪了，她是把户口迁到远城去了，我们买墓地的事她早就知道了……"

两人都叹息了一番，到了夜里，林飞早早睡下了，想等着母亲给自己托梦，看母亲在那里怎么样。可是，他这一夜睡得很安稳，什么梦也没做。

一连几天，林飞都在等母亲托梦，可母亲一直没有托梦来。林飞忍不住了，请了一天假，乘长途车去了远城，当然，他还带去了纸扎的汽车、飞机、保镖、保姆、绿卡、护照……

到了那里，林飞急急赶往墓地。从墓地回来，他又去了派出所，把母亲的户口注销了。接待林飞的民警说，当初他母亲非要把户口迁到这里来不可，这事其实没那么简单，可她说家里穷，只能在这里买块墓地，但如果户口不在这里，她死后会被欺负。民警听了觉得好笑，阴间也查户口、欺负外地人，这不是迷信吗？没想到，老人后来竟然在当地找到了个拐弯抹角的亲戚，要把户口落到亲戚家。民警看她一把年纪，哭哭啼啼的，同情她，也就帮着把户口迁移手续给办了。那几天里，老人还认真学习这里的方言，了解了很多这里的风俗习惯，她还跟民警开玩笑，说就是死也要入乡随俗。

听着这一切，林飞的眼泪涌了出来，直到这个时候，林飞才明白母亲临终时说"妈不害怕"到底是什么意思，因为她都准备好了……

当天晚上，林飞回到家，母亲居然托梦来了。母亲衣着整洁，满脸笑容，她埋怨林飞不应该花那么多钱，她说林飞选的墓地环境优美，她在那里过得很好，让林飞不用担心。见母亲没事，林飞这才放下心来。

又过了几天，林飞碰到了老胡，老胡像换了个人似的，头发胡子都理了，衣服也换干净了，人也精神了。林飞问他妻子的事，老胡"哈哈"一笑，说"我老婆又托梦来了，她说她在那儿找到伴了，那人也是我们这里的，对她很好，处处都关照她，她现在终于不受人欺负了，日子过得很不错，还让我忘了她，抓紧时间再娶个媳妇呢。"

林飞听了很欣慰，但随即心里一颤：老胡妻子说的那个"伴"，会不会就是自己的母亲呢？唉，梦总是梦，不好当真，日有所思，夜有所梦，正因为思念多了，才会有各种各样的梦，但愿那边的人也能有美好的梦想，唯有如此，自己也就能天天做一个好梦了……

（题图、插图：张恩卫）

□ 无字仓颉

我们一起看海去

把海边的房子卖到北京，这在房地产行当里不算什么稀罕事，大炮就是专干这个的。大炮是贺天房地产公司驻京售楼部的副经理，主要任务就是销售海景房。

不过，海边买房不像超市购物那么简单，很多人都怕上当，怕被地产商忽悠。为打消客户的顾虑，贺天公司推出了一项服务：海边看房，先看后买。每到周末，售楼部便会发一个看房团，乘坐夕发朝至的大巴，浩浩荡荡地奔赴海边。还别说，自从推出这项服务以来，海景房销售量日增。

这个周末，又凑齐了一车看房客，由大炮亲自带队去海边。这车人里，大多是上了年纪的老头老太，情况都差不多：房子给了儿子媳妇住，自己在海边买套房子颐养天年。里面

有一位姓姚的先生，比较有号召力，被大伙儿公推为领队。姚先生五十来岁，据说做着不大不小的生意，精气神很好，一看就是很会生活的人。早一个月前，姚先生就来打听房子的事，说自己身边有不少想买海景房的人，要求尽快安排去看房。

大炮喜上眉梢，心里想，看来这个月销售奖又是全公司第一了！

周五傍晚，看房客们陆续到齐，那个姚先生把老伴也带来了。本来按规定每个看房客都要交300元"看房费"，为了奖励姚先生"拉人入伙"，大炮破例"买一送一"，只收他一个人的钱。其实，这300元也是象征性的收费，这趟下来，光路费就不止这个数，别说加上吃饭住宿了。贺天公司有自己的"小九九"，舍不得孩子套不

着狼嘛，相比高昂的房价，这点投入算是毛毛雨啦！

一夜无话，第二天黎明时分，看房团的大巴抵达海边，下车匆匆吃了早饭，大家就迫不及待地要求看房。大炮笑着说："别急别急，房子一定会看得到的。不过大家难得来一次，先放松一下，欣赏一下海边风光，熟悉一下即将与之朝夕相处的新家园，大家说好不好？"

这么一说，大家纷纷叫好，就顺从地由大炮带着到了风景区。站在沙滩上，面对眼前的如画美景，大家的心情开阔起来，尤其是那个姚先生，一会儿拍照，一会儿嬉水，还和老伴疯打疯闹，好像年轻了十岁。

中午在望海渔村吃的农家饭，下午接着参观高新技术开发区，几个小时过去了，眼看天就要黑了，终于有人按捺不住，提出要看房。大炮说："别急别急，下一站就是！"于是，大家上了车，大巴沿着海岸线一路行驶，不大会儿工夫，一幢幢新楼就呈现在面前。

这里的房子全是一字排开，一律朝向大海，四周也没修围墙，大炮高声介绍说，这就是大家常听到的"一线房"，也就是离海最近的房子。

有人问："我们的房子也在里面吗？"

大炮爽快地答道："这还用说吗？准保让你们站到自家阳台上就能看到大海！"

有人不放心地说："这些沿海的房子还有多少套？不会被抢完了吧？"

大炮笑着说："那得看你们下手的速度了，如果晚了，对不起，房子就到别人名下了！"

说话间，只见一个人急匆匆地走过来，眼睛东看看、西瞧瞧，像是在物色什么目标似的。一会儿，他的目光落在姚先生身上，就走了过去，在姚先生耳边低语几句，姚先生便跟着他离开人群，来到一块大石头后面。

大炮眼尖，一见此景大惊，你道为何？大炮认得这个人，他是当地日报的一个记者，负责日报"行风热线"栏目，专门曝光地产行业的不正当竞争之风。奶奶的，决不能让他跟姚先生接触！

大炮连忙朝身边的几个助手使眼色，助手们便包抄了过去。

那记者还未及同姚先生细说，就见几个打手模样的人气势汹汹地围了上来，只好匆匆朝姚先生怀里塞了一样东西，撒腿就跑。要知道几天前，他的一个同事就是在这里被大炮所在公司雇来的保安打伤的。

大炮跑了过来，冲着那记者的背影啐了一口，编着谎言，对姚先生说"这人是另一家房地产公司的，专门来拉我们的客户。"说着，他顺手要过姚先生手里的东西——那是一张报

纸，大炮胡乱指着上面的一则房地产广告，说："看，这就是他们的广告！"

姚先生听了，以为是真的，舒了一口气，便随着人群看样板房去了。

等姚先生走了，大炮打开那叠报纸，一看，不由倒吸了一口冷气，上面有一篇专访文章，文章中写道：房地产公司组织所谓"看房团"，欺骗不明真相的消费者。业主们看到的，往往是先行盖好的一批房子，这就是所谓"一线房"。业主们签了合同、交过定金后，开发商就放开手脚在这些房子前面又盖起了一排排房子，原先的一线房就变成二线房、三线房，一直到N线房，房地产公司始终按"一线房"价格出售，赚得盆满钵满，行内管这种售房方式叫"开梯田"……

看完这段文字，大炮不由心惊肉跳：这个混蛋记者果然将他们销售"一线房"的秘密曝光了，好险哪，若不是自己反应敏捷，后果不堪设想，假如让姚先生看到这则报道，他又在看房团里把这"秘密"一曝光，这趟海边看房可就要鸡飞蛋打了！

华灯初上，大炮终于把客人们带到了灯火通明的样板房里。精巧的灯光设计将新房映衬得金碧辉煌、高贵典雅，看着眼前装饰一新的房子，加上游览了一天海滨小城的兴致，不少人喜上眉梢，大家纷纷表示，回去立马签单。大炮看在眼里，乐在心里。

看完房子，回酒店吃晚饭，看签单有望，大炮一高兴，特意嘱咐多加了几个菜。晚饭后，大家自发组织到海滩上开篝火晚会，那姚先生夫妇载歌载舞，玩得不亦乐乎。

第二天一早，看房客们踏上了归程……

不料回来后的情景，却让大炮大跌眼镜：这一车看房客中，来售楼部落实协议的竟没有一人，连那个自始至终在大炮眼前晃来晃去的姚先生，也像人间蒸发了一般。大炮一下子变成了火炮，又从火炮变成了哑炮，他百思不解，究竟哪个环节出了问题呢？这趟失手，让大炮一下从售楼部副经理降职为普通业务员。

转眼数月过去了，一天，大炮受命去一家旅行社联系旅游车。自从上次发了一个看房团后，形势一直不好，时隔几个月才又凑足一车看房客。大炮走进旅行社，不经意间看到几个熟悉的身影——那不是姚先生和他的伙伴们吗？看样子准备外出旅游。大炮不想惊动他们，打算悄悄从旁边经过，就在大炮擦肩而过时，那姚先生正指着墙上张贴的"旅游线路介绍"，对另外几个说："海南这条线不错，听说安承房产公司正在出售海南的房子，我们去那边看看吧。"

大炮听了，惊得一个趔趄，差点没掉进旁边的金鱼池里……

（题图：张恩卫）

三杯拍案惊奇

□ 王兴莱

白瓷杯子掉地上

马文是一名资深的市场营销客户经理，公司对他的能力十分认可，可最近接连发生了两件事，把他打击得几近崩溃，连辞职的心都有了。

前不久，公司把市场部总经理的位子拿出来搞公开竞聘，马文本以为靠自己的实力和业绩，坐上这个位子是十拿九稳，可没想到，自己的下属张大路捷足先登，摇身一变反成了自己的顶头上司。张大路既无能力，又是出了名的小心眼，以前马文没少批评他，现在倒好，轮到他来领导自己了，估计给自己穿的小鞋不会少。

另一件事，市场部年初来了个叫温淼的姑娘，漂亮得不得了，三十好几的人了，居然还是单身，惹得公司一帮大龄男青年都摩拳擦掌的。温淼对马文的印象本来很不错，可谁知道等张大路当了市场部总经理，温淼这个女人立刻就转了风向，和张大路说话全部是嗲声嗲气，对他马文则是冷言冷语。男人最重要的就是事业和爱情，这倒好，一夜之间马文这两堵墙全塌了。

这天一上班，张大路把马文叫了过去，本以为是啥重要事情，可没想到马文一进办公室，张大路就头也不抬地指着桌子上的白瓷杯子，阴阳怪气地说："我正忙着呢，你去水房帮我接杯水——"

市场部的办公区离水房不太远，平时大家喝水都是端着杯子到水房直接接水。虽说不远，可马文心中很不

是滋味，很明显，张大路是在耍"领导"的派头，可转念一想，人在屋檐下，谁能不低头啊？

马文接过杯子，扭头出了办公区，走到水房打了水，回去的路上，恰巧遇到温淼抱着一摞材料迎面走来。温淼眼尖，很快看到了马文手中的杯子，立刻冷嘲热讽道："哟，大才子，这杯子好像不是你的吧？这么快就学会拍马屁、知道替领导倒水了？"

马文本来就在气头上，一听这话，更是怒火中烧"我拍马屁？这是那个张小心眼存心整我。等着瞧，有一天我当上了他的领导，第一件事，

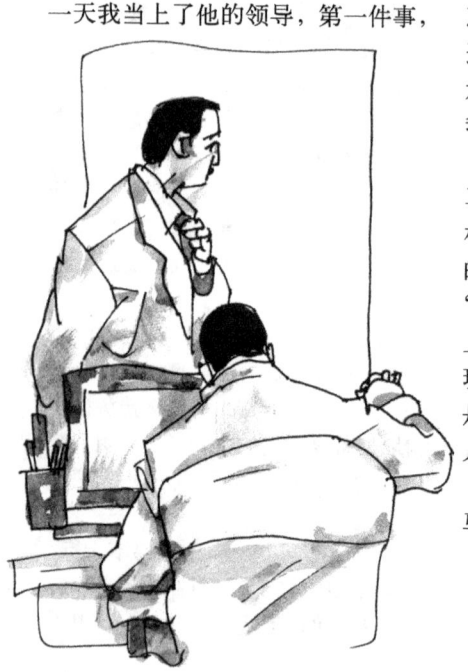

就让他自己把这杯子给摔了。"

温淼继续挖苦道："哟，脾气不小，还敢摔领导的杯子……"

马文一听不开心了："咋了，不就是个杯子吗？有啥不敢摔的！"说着举起杯子，佯装要摔，不料杯子一晃，滚烫的开水溅了出来，落在马文的手背上，烫痛了，马文下意识地一松手，杯子当即落在地上，"咣当"一声，摔得粉碎。

温淼一见，笑得腰都弯了，幸灾乐祸地跑开了。

刚才，马文其实也就是说说而已，哪里想真的把杯子给摔了？他忐忑不安地回到张大路的办公室，连声道歉，说："张总，对不起，刚才我接水时，不小心把杯子给摔破了，改天我赔你一个……"

张大路本来心眼就小，刚才他见马文接杯子时满脸不乐意，现在又见杯子给摔了，自然以为是马文故意摔的。他站起来一拍桌子，气呼呼地说"马文，你什么意思？男子汉大丈夫能上能下，咋了？以前我是你的手下，现在我当上了你的头头，你看不上眼，是不是？有意见你对我说，一个大男人拿杯子撒气，你丢人不丢人？"

足足数落了十分钟，张大路才让马文离开办公室。

骨瓷杯子碎了

白瓷杯子事件过了没几天，这天

早上，张大路又把马文叫进了办公室，指着桌上一个崭新的杯子，冷冷地说："马文，还得麻烦你给我倒杯水，对了，这个是我特意买的骨瓷杯子，比上次那个杯子更容易碎，也贵多了，你小心点。"

马文明知张大路是成心刁难他，可也没什么办法，只能接过杯子，走了出去。到了水房，马文刚要接水，手机响了，他赶紧把杯子放在水房的大理石台上，接起了手机，这是一个大客户打来的。

水房在一个角落里，手机信号不太好，听得断断续续的，马文赶紧拿了手机走出水房，来到了走廊尽头。电话打了十几分钟，等马文挂上电话回到水房，眼前的一幕差点让马文一屁股坐在地上：大理石台上的那个骨瓷杯虽然还在，但已经碎成了好几块！

马文看着那几块碎瓷片，百思不得其解，这好端端的杯子怎么会碎啊？

马文惴惴不安地回到张大路的办公室，低声下气地说："张总，真是不好意思，刚才不知咋回事，你那个杯子，它又破了。"

张大路听了，气得浑身发抖，顿时勃然大怒："马文，你……你什么意思？杯子又破了，我知道大家平时都挺佩服你的能力，可你不能因为自己没当上总经理，就存心和我过不去；

就算是要和我过不去，你也不能和一个杯子过不去啊，杯子是无辜的，你知道吗？"

这一次张大路足足骂了马文二十分钟，骂完，马文气呼呼地回到工位上，越想越窝囊，当即就想写封辞职信，拍屁股走人，可想想自己来公司都五年多了，虽说没当上那个总经理，但工资还算可观。话又说回来，就算辞职，也得找到一份新的工作后再辞啊，马文当即决定，立刻上网投简历，一有转机，立刻走人。

话说是金子在哪都能发光，因为工作经验丰富、业绩突出，马文的简历一投出去，很快就有几家知名公司对他抛来了橄榄枝，其中一家甚至还说只要马文同意，就可以立刻签约，工资待遇嘛，只会比现在高。

马文接到这个录用通知，心里那个乐啊，心里说："此处不留我，自有留我处！得了，我走人吧！"他转念一想"不行，我得给张小心眼一个教训，不然我走了，跟我一起打拼的兄弟们也没啥好日子过啊！"

真是心里想到哪里事儿就赶到哪里，就在这时，张大路召集市场部全体人员开会，说是有重要事情宣布。

很快，市场部的几十个人陆续来到了会议室，马文在电脑上敲敲打打，忙活了半天，最后一个走进会议室。到了会议室，张大路早不耐烦了，他端着一个新杯子———一个古色古香

的紫砂杯，不快地说："最近市场部经营业绩下滑厉害，主要原因就是员工的积极性没有调动起来，尤其有些人，自以为自己成绩不错，啥事都不在乎了，背地里拿领导的杯子出气，有本事，你当面摔给我看看！"

谁砸了紫砂杯

这张大路，平时说话也没这么刁钻蛮横，看来真的是被马文惹急了，可今天的马文，他是扬蹄奋起的一匹马，是展翅腾飞的一头鹰，正

要寻机发作，哪里按捺得住？他径自走到张大路跟前，在大家的注视下，从口袋里掏出一张纸，放到张大路面前，不紧不慢地说："你看好了，这是我的辞职信！是的，我摔破了你的杯子，那是我不小心，是我的不是，但是，如果你信口开河，说我故意摔你的杯子，那对不起，我只能故意摔一个给你看看了。"说着，马文伸手把张大路的杯子拿了起来……

张大路怎么也想不到马文会辞职，眼看着马文把杯子举了起来，凭他对马文的了解，再加上在已经辞职的情况下，马文是一定会摔了这个杯子的。可谁知到了最后，马文又把杯子缓缓放下了，他叹了口气，对张大路说："工作上，人人都不容易，何必非要给别人小鞋穿，这个杯子我看你还是留着吧，时常提醒自己，作为领导，如何和下属相处。"说完，马文整了整挺括的西装，潇洒地走了出去。

马文刚走到门口，忽然听到背后"哗啦"一声，那是杯子掉在地上的声音，他赶紧扭头去看，没想到此刻，温淼正站在张大路旁边，地上是张大路的杯子——刚才马文想摔而未摔的那个紫砂茶杯，现在已经摔得粉碎了！

张大路急了："温淼，你干吗摔我杯子？"

温淼乐呵呵地说"咋了，不是辞

职都兴摔杯子吗？马文摔了两个杯子才辞职，我也要辞职，我想了想，怎么着也得摔一个杯子吧？"

张大路彻底傻了，他很清楚自己这个市场部总经理的位子是怎么来的，这时他才明白一句话：一个人要是没能力却当上了一个官，那就是架在火上烤，比当职员要难受多了。这眨眼之间，手下就有两个辞职的。要说马文辞职他能理解，可温森这个女人，他一直待她不错啊，她为啥辞职啊？

不仅张大路没想通，其他几十个人都没想通。

第二天，马文来到那家大公司入职，这家公司的人力总监亲自接待了他，见了面，马文彻底傻了，没想到，公司的人力总监居然是温森。温森这才娓娓道来，原来温森所在的公司，早就听说马文在市场营销上很有一套，话说千金易得，良将难求，前两年他们挖了两次都没能把马文给挖过来，最后，温森主动请缨，决定自己去那家公司当个商业卧底，使个反间计把马文给挖过来。天随人愿，关键

时刻，那家公司任人唯亲，一个有实权的副总把自己的侄子张大路直接提到市场部当总经理，温森早就知道张大路这个人心眼小得不行，就巧妙地做起了"杯子文章"，如果说第一个杯子是意外，那第二个杯子是她使的坏，第三个杯子就是出气了。

马文哪里想到背后还有这番故事，听了心里多少有些不快。

温森见马文神色有变，解释道："一个领导，如果连下属一个杯子的失手都不能原谅，马文，你说这家公司能走远吗？再说，你以为我这个人力总监是随便去当卧底的？还不是当初看了你的简历，觉得你各方面的条件很不错……"说到这里，温森突然觉得自己话说得有些多了，脸立刻红了。

马文一听，顿时乐了，他看着温森红红的脸，明白了个大概，心里想："看来，这眨眼之间，我马文的事业和爱情都回来了，不奋斗怕是对不起眼前这个楚楚动人的美女总监了……"

（题图、插图：谭海彦）

夜半

天色渐暗，新近到任的张县令忙了一天，正要回后堂歇息，忽听得衙门外面的街道上传来了一阵唢呐的声响，侧耳一听，像是一支迎亲的队伍打此经过。

张县令心中十分纳闷，不说别的，单单就风俗而言，也没听说过，有谁家在晚上娶媳妇的啊！

于是，张县令挥手叫来差役，命他到外面去打探情由。一会儿，差役满面诧异地回来禀报，说那确实是一支迎亲队伍，不过奇怪的是，那队伍中，不管是新郎还是随从人等，人人闭口不语，面对旁人的议论和询问，全都哑口无言、呆如木人。

张县令连连称奇，就细细思量了一番。这张县令虽是科举出身，正儿八经的圣人门下，但因他生性好奇，少时也曾专门拜师，修习过一些阴阳卜算之道。而张县令一来此地上任，就风闻当地百姓笃信阴阳卜算之言，平日里无论破土、盖屋，还是置业、开

市，都要请阴阳先生卜算一番，在这嫁娶大事上自是不会马虎。如此说来，这支迎亲队伍就更加古怪了，因为若按阴阳卜算之道来判，非但眼下这个时辰不宜嫁娶，而且就连今日一整天，也是一个甲子才会轮回一次的凶煞之日，在今天婚嫁，会被煞气所冲，轻则伤及自身，重则祸及全家。

想到这里，一向心性沉稳的张县令开始觉得惊诧：这是哪家的迎亲队伍？又是找了哪个先生给批的八字、选的日子？莫非背后有蹊跷不成？

张县令踌躇片刻，终是不能安心，便换了便服，带上差役，循着迎亲的唢呐声，一路追了上去。

迎亲的队伍吹吹打打，出了县城，向南而去。张县令悄悄尾随着，来到了城南三里处的刘家庄，看到花轿在一户人家的门口停了下来。

张县令担心自己的出现惊扰了人家的喜事，于是带着差役避在一边，想等他们接了新娘、再次启程时随后

娶亲

□ 邢颐轩

跟着，返回县城。

一会儿，队伍迎了新娘，回到县城，在大街小巷一路穿行，天近亥时，终于在一所大宅院的门口停了下来。这个时候，张县令长长地喘了一口气，问差役："那是何人的宅院？"

差役答道："启禀老爷，那是城中首富白员外的宅院。这白员外年过半百，却只有一位公子，年方二十。听说这位白公子自幼好学，一心想要求取功名，很少在外露面。这次娶亲的，应该就是这位白公子了。"

张县令点点头，在寒风中裹紧了身上的衣服，靠着白员外家的院墙坐了下来，侧耳听着院内的动静。院内的婚礼进行得很快，不过半个时辰的工夫，寥寥数十名宾客就陆续告辞离去，整座宅院渐渐地安静了下来。

时间一点一点过去，张县令靠坐在墙外，直到宅内再无声响发出，才回到县衙。清晨起来，草草擦了一把脸，张县令连早饭也顾不得吃上一

口，就匆匆令差役传唤白员外问话。

白员外到了县衙，面对张县令的问询，无奈地长叹一声，把这夜半娶亲的缘由一五一十地讲了出来。

原来，白公子自幼好学，一心求取功名，二十岁了，却从未考虑过终身大事。可没想到就在数月前，白公子在庙会上见了城南老刘家的闺女，回家后就害上了相思病。白员外见儿子终于动了心思，十分高兴，一打听，这刘家虽不及白家富庶，却也是小康之家，于是当即请了媒婆到刘家提亲，可等到问来女方的生辰八字后，请先生一合，白员外顿时傻了眼：八字不合！若是单说这两个孩子以后居家过日子，倒是能够白头到老，可就是迎亲这一关难过，整整一年三百六十五天里头，竟然找不到一个适合这两个孩子成亲的日子！

白公子得知此事，顿时茶饭不思，白员外请遍了这十里八乡的阴阳先生，仍是无法可解。直到前几日，一

位高人登门自荐，面授种种机宜，白员外虽觉荒诞，可面对日渐憔悴的儿子，他才无奈地决定：夜半娶亲。

听完白员外的叙述，张县令十分愤怒，好个阴阳先生，白员外已是愁闷不堪，还为他选择大凶之日，实在是混账至极、居心叵测！张县令向差役喝道："速速将那阴阳先生捉拿归案，本县定要向他问个明白！"

话音刚落，就听衙门口一声大笑，一位白面长须的中年书生缓步走进堂来，拱手一揖，笑道："不劳大人劳师动众，某家自己来便是了。"

张县令猛地站起，盯着这位不速之客，叫道："师……师兄？"

来人竟是张县令十几年前拜师学艺、修习阴阳之术时的同门师兄。张县令连忙喝退堂下众人，将那书生请入后堂，随即哭笑不得地说："多年不见，师兄还是这般爱耍笑。你既已来到我的地方，直接来寻我便是，何苦弄出这么一件事来，戏耍小弟……"

书生笑着说，前不久，他听说张县令调任于此，特意前来相会。入城之前，他先顺路拜访了一位故友，听那位故友说了白家之事，这才去白家登门自荐，给他们定下了在大凶之日半夜娶亲一事。

书生捋着长须，缓缓说道"我知贤弟你持身正直，不肯结交豪门富户，若让白家来请，贤弟断然不会同意，但为兄深知，贤弟你天性好奇，于是嘱咐他们，迎亲的队伍必须在夜幕降临之时从你县衙门口经过。以你对阴阳卜算之道的熟知，必会发现迎亲队伍在大凶之时行事，必有冲撞，就必不能安坐，会暗中相随，一探究竟，如此一来，则白家上下都安心了！"

张县令仍是疑惑不解："为什么我暗中相随，便能破了煞局？"

书生听了，得意地大笑"我对白家说，贤弟你为官数载，清正廉明，身上自有一股凛然正气。有你暗中相护，则凶煞不敢近身。"

不料张县令听完，却"哈哈"大笑："师兄过奖了，不过，哪有什么煞局？这些都是百姓愚昧、迷信而已。我早在十年之前就已大彻大悟，再不行此蛊惑之道、骗人之举，难道师兄至今仍旧看不破吗？"

书生不服，申辩道："贤弟若是不信，为何全程跟随迎亲队伍？"

张县令正色道"我相随，只因担心此事背后有蹊跷，怕百姓遭遇事端，如果能在他们发生变故的时候及时施于援手，小弟也算是尽了父母官的守境安民之责。"

书生沉吟片刻，面有愧色，说："贤弟如此，实乃百姓之福。"

自此以后，张县令更加全意守护治下百姓，渐成一方美谈。

（题图：黄全昌）

谁在说谎

□ 李坤学

上海滩有个聪明人，叫大康，大家都说他精通各种旁门左道的本事。还好，大康为人仗义，倒也有不少朋友。

这天，大康接到一个电话，是庄少爷打来的，在那头儿大倒苦水，说父亲罚他闭门思过半个月，他在家里快憋疯了，本来前一天，父亲去了北平，自己以为能自由了，没想到父亲一天打好几个电话，声称只要电话里

找不到他，就加罚半年不许外出。

大康一听，"哈哈"大笑起来，说："小事一桩嘛，你放心，我有办法，你爱去哪儿玩就去哪儿玩，我保准你父亲根本就不知道你出去过。"

庄少爷精神一振，忙问他到底有啥好办法，可大康存心吊庄少爷胃口，笑嘻嘻地说："天机不可泄露，明天我就过去，见了面再说吧。"

庄少爷十分高兴，说："行，正好我刚淘了块玉佩，说是宫里传出来的，至少值十万大洋，等你来了叫你开开眼。"

本来大康是打算第二天去的，可这玉佩勾起了他的好奇心，他还没见过这么值钱的东西呢！放下电话，他干脆直接动身，晚上七点，就到了庄少爷的别墅。

可没想到，别墅大门紧闭，按响

门铃后，半天没人开门，里面还传来几声吼叫，听声音像是庄少爷另外的两个朋友老刀和周四平。大康心里一紧，莫不是出了什么事？他当机立断，三下两下攀上大门跳了进去，待他闯进屋里，不由得大吃一惊。

屋子里，老刀和周四平一个眼睛乌青，一个鼻子流血，正喘着粗气对峙。庄少爷仰靠在椅背上沉睡不醒，四只大狗烦躁地低吼着，围在庄少爷身旁，警惕地望着他们两人。

庄少爷喜欢狗，弄了四只牛犊子一般大小的獒犬，训练得很听话，除了他喂的东西，别人给什么它们都不吃。大康他们经常出入他家，虽然这些狗不听他们指挥，但也知道他们是主人的好友，对他们还算友好。

大康看出来了，庄少爷被人下药了，但看样子没有性命之忧，只是不知道，是哪个下的药？

见到大康，周四平和老刀都露出惊讶之色，老刀脱口问道："大康，你不是明天才来吗？怎么现在就到了？"

周四平却如见到救星似的叫了起来："大康，老刀想抢那块玉佩，用药把庄少爷迷倒了。"

原来是那块玉佩惹了祸！庄少爷什么都好，就是没有防人之心，果然引人眼红了。老刀原是混帮派的，半年前，跟人争夺地盘时，被打得一蹶

不振，现在跟在庄少爷身边讨口饭吃，大康一直防着他，所以听周四平这一说，他心里立刻信了六成。

"别信他的，大康，你看我老刀是那种无耻小人吗？"老刀涨红了脸大喊，"这家伙想钱想疯了，要不是我老刀有两下子，早让他扎死了。"

大康顺着老刀指的方向看去，见地上有一把寒光闪闪的匕首，显然是还没来得及见血就被打飞了。老刀的话提醒了大康，周四平不过是个夜总会的调酒师，靠着心灵手巧，把调酒变成了令人眼花缭乱的杂技。恰巧庄少爷十分喜欢调酒艺术，就跟他做了朋友。十万大洋对周四平来说是个大数目，他大有可能见财起意。

大康有些头疼，不知道他俩究竟谁在撒谎。他故意说："这事儿简单，叫醒庄少爷一问便知。"

听了这话，两人不约而同地表示同意。

大康心里苦笑，知道自己的试探失败了。庄少爷是被迷翻的，就算叫醒他，他也不知道是谁下的药啊！最关键的是，如果真有人敢去碰一下庄少爷，不被那些大狗生撕了才怪。他试探的目的，是想谁同意他叫醒庄少爷，谁就是想让狗咬自己，也就是那个见财起意的混蛋。没想到，两人都同意了。

大康缓缓地说："不就是为了玉佩吗？这事儿简单，你们把口袋都翻

过来，玉佩在谁那儿，谁就是那个见利忘义的王八蛋。"

周四平苦笑，朝西墙角努努嘴，老刀嘟囔着说："我扑倒这混蛋的时候，玉佩飞过去了，也不知道摔没摔坏。"

周四平大怒："是我扑倒你的时候，玉佩从你手里飞出去的。"

大康走过去打开盒子，见玉佩安然无恙。这时周四平和老刀兀自争执不休，就像演戏一样。

此时，大康心里升起一个可怕的怀疑：有没有可能，这两个人根本就是同伙，只不过是拿了玉佩后都起了贪心，迫不及待地内讧，才被他堵到这屋里的？可随即他就打消了这个怀疑，如果两人都不是好东西的话，没理由只带了一把匕首。

大康挠了挠脑袋，随口说道："要不这样吧，你俩也别摆着架势挨累了，都后退，坐下歇会儿，等庄少爷醒来再说。对了，庄少爷被下的是安眠药还是什么蒙汗药？"那两人对他的试探无动于衷，都说不知道。

于是大康又问，今天的事情到底是怎么发生的。

这回周四平抢了先，说他听说庄少爷被关在家里，就来陪庄少爷说说话，也顺便来看看玉佩，恰好老刀也在。后来他去了厕所，出来后一眼看见庄少爷昏了过去，而老刀拿着玉佩盒子急匆匆地往外走。他偷偷地从后面突袭老刀，玉佩盒就在那时飞了出去，老刀仓促掏刀，被周四平一脚踢开。两人正对峙着，大康翻墙进来了。

老刀听得怒瞪双眼："见过无耻的，没见过你这么无耻的，大康，他说的过程全对，就是把他换成我、把我换成他就更对了。"

大康正寻思着呢，老刀大吼一声："老子不陪你们玩了，大康你爱帮谁就帮谁吧。"然后他猛地向周四平发动了攻击。

这一瞬间，大康做了决定，几步

跨到老刀身后，死死地抱住老刀，周四平几记重拳击在老刀脸上，老刀像只破口袋一样软倒在地。

大康刚想说什么，周四平已经捡起匕首对准了他，得意地说："都说你大康聪明，没想到还是被我骗过了。我不想再像耍猴一样，每天给那些有钱人表演了，拿了这块玉佩后，我就远走高飞、隐姓埋名，好好过我的下半辈子。"

大康直视着他的眼睛，嘲讽地说："你这个聪明人还想怎么样？杀了我们灭口？"

周四平的得意不见了，一脸失落地说："大康，大家朋友一场，你们没因为我身份卑微瞧不起我，我心里一直很感激你们。我也是没办法了才出此下策，绝不敢害了兄弟们的性命，要是那样的话，让我出门被车撞死，死了不得超生……"

他越说越激动，连眼睛都红了。大康见他颇有悔意，叹了口气，说："四平，你和庄少爷聊天的时候，他一定跟你提过，说我有办法对付他父亲的电话查岗，你不好奇我有什么办法吗？"

周四平定了定神，疑惑地说："什么办法？"

大康悠悠地说："如果在电话里，有人能惟妙惟肖地模仿庄少爷的声音，就有可能骗过他父亲，恰好，我精通口技，很容易就能做到这一点，你知道这意味着什么吗？"

周四平脸色大变，瞬间想起了一件可怕的事情：庄少爷家里有个木头人，用来训练那些大狗，庄少爷喊哪个部位，狗就扑上去咬哪个部位，而现在，大康就可以模仿庄少爷的声音命令这些狗。

只听大康模仿庄少爷的声音，喝道："大黑、二黑——"

那两只最大的狗闻声而起，警惕地发出"呜呜"的低吼声。大康轻声说："四平，别再继续错下去了。"

周四平露出绝望之色，长叹一声，扔下了匕首，不甘心地说："我这是百密一疏啊，没想到你突然赶来了。既然你能命令这些狗，刚才还跟我们废那么多话干吗？治住我们不就什么都知道了？"

大康说："那时候治住你们，如果你嘴硬到底的话，就没办法知道是谁想拿玉佩了。虽然你表演得不错，但我一直觉得你好像心里有鬼，所以我帮你制住老刀，让你自己露出本来面目。四平，庄少爷对你不薄，你这次太不应该了。"

周四平脸色惨白，"哇"地一声痛哭起来……

（题图、插图：黄全昌）

（本栏目欢迎来稿。来稿可从邮局寄发，也可从网上传递。如为电子邮件，请发以下信箱：ssasha@163.com。）

这份协议合法吗

□ 常小梦

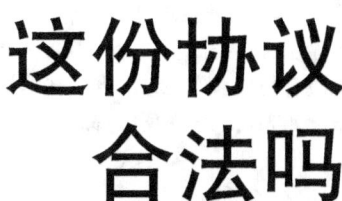

这天，陈一万刚回家，进得屋来，正斜躺在沙发上看电视的妻子王玉就笑嘻嘻地问道："老公，这个月华飞公司又发了多少奖金给你？"

"去去去，一天到晚除了问奖金，你还关心过我什么？"陈一万没好气地说着，随即把一个信封"啪"地扔在了桌上。

王玉一看信封薄薄的，诧异地问道："老公，今天这信封里怎么不是钱啊？"再打开一看，里面却是一张人民法院的传票！

这是怎么回事呢？

原来，陈一万三年前应聘到环中新能源科技发展有限公司，成为该公司科研部门的一名高级研究人员，双方签订了三年的劳动合同。因为陈一万工作的特殊性，公司领导还单独和他签订了一份附加的限制竞业协议，约定在劳动合同未到期之前，无论因何种原因导致双方终止劳动关系，陈一万从离职之日起的三年时间内，都不得到其他任何同性质单位工作，也不得自己从事同类业务，否则视为违约。如违约，陈一万须向公司支付违约金40万元。

去年三月，陈一万谎称妻子单位外迁、妻子赴异地负责分公司的运作，提出辞职，声称自己要随同妻子去她所在城市工作，以免夫妻分居久了，导致婚姻破裂。见陈一万去意已决，环中老总在同意他离职时，又签订了一份保密协议，约定陈一万在竞业限制这三年时间内如找到新的工

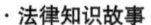

作，则有义务及时以书面形式向环中公司汇报自己的就业情况。作为回报，环中公司则每月支付陈一万4000元保密费，随后双方正式解除了劳动合同关系。环中公司怎么也没有想到，陈一万的妻子其实是一个无业人员，他之所以辞职，是因为一个朋友开了一家华飞公司，和环中公司业务相同，把他"挖"了过去。

就这样，陈一万干一份活，拿两份高薪，生活那是过得相当的滋润。不想纸终究包不住火，环中公司在得知陈一万近况后，直接以"陈一万未遵守保密协议"为由，将他起诉到了法院，请求法院判决陈一万支付违约金40万元，同时必须继续履行双方签订的那份"竞业限制协议"。

陈一万气恼地问王玉："现在你说该怎么办？"

王玉撇撇嘴，不以为然地说道："这个有什么大不了的嘛？到时你就一口咬定这个保密协议是他们强迫你签订的，不就结了？而且40万违约金，抢钱啊？"

到了开庭那天，陈一万就理直气壮地照搬了妻子的话，反而声称环中是讹诈，这可气坏了环中公司的人，代理律师申辩道："环中公司当时并没有强迫陈一万签订保密协议，这份协议是双方本着自愿原则签订的，不然凭什么环中公司要每月无偿给被告4000元的保密费？对应的条件就是被

告在离职后的三年时间内，不能到同行业的公司上班，就是上班了，也必须按协议及时向环中公司报告相关工作情况。"

法庭上，双方还就"限制竞业协议是否真实有效"、"高达40万元的违约金是否涉嫌讹诈"等问题展开了辩论。

最后，法院经审理后判决环中公司胜诉，判令陈一万向环中公司支付违约金40万元人民币，并继续履行双方签订的那份"竞业限制协议"。

律师点评：

竞业限制合同，即为"企业为保护其商业机密而与职工约定在其劳务关系存续期间或劳动关系结束后一定期限内，不得以任何形式受雇或从事与前雇主有竞争关系的业务合同"。合同一旦签订，离职一方必须执行，一旦发现有违者，就应依法追究其法律责任、承担违约金、赔偿经济损失，甚至还可追索其之前所得保密津贴费等。《这份协议合法吗》这一故事中，陈一万离职后在享受原公司每月4000元的保密费的情况下，又去另一家同行业公司上班，其行为显然与以上表述的违约要件相符，就应当承担相应的法律责任。如果情况严重、给原公司造成重大损失的，很有可能还要追究他的刑事责任。

（题图：刘斌昆）

魔镜

□岩朵朵

司机肇事后逃逸，这样的事屡见不鲜，这一天也是这样，一个背书包的小孩子，在过马路时被一辆快速行驶的白色轿车撞倒在地，司机不仅没有停车，反而加速跑了！

这一幕，被正在开车的阿龙看在眼里，他气得火冒三丈，加大油门追了上去。追着追着，肇事车突然转弯，驶进一个小树林，并慢慢停了下来。

阿龙在那人不远处把车停下，这时，肇事车上下来一个戴眼镜的男人。可奇怪的是，一转眼，青天白日，朗朗乾坤，不是大变活人，而是那辆肇事车竟然在眼皮子底下消失了！

阿龙使劲揉揉眼，没错，那"眼镜男"还在，车却没了，这太奇怪了，怎么回事呀？

眼镜男回头看了一眼阿龙，低头捡起一样东西，不慌不忙地向树林尽头走去。阿龙忽然反应过来，不能让他跑了！阿龙跳下车，三步两步跑上前，一把抓住眼镜男："撞了人还想跑，没门！"

眼镜男一副无辜的样子："大哥，我两条腿走路还能撞到人啊？"

阿龙手上抓得更紧："我追你一路了，车牌号我都记下了。车呢？这里是不是有地下车库？"

眼镜男看看阿龙魁梧的身材，开始说好话："大哥，放过兄弟吧。兄弟是搞科研的，好歹也算是为国家科学发展做贡献的高素质人才……"

阿龙"呸"了一声："这些话等见了警察再说吧。"说着，他把眼镜男往自己车上拖……

眼镜男死死抱着一棵树，嘴里求

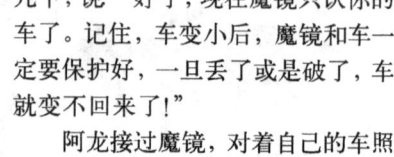

饶道："大哥，求你了，只要你今天放兄弟一马，我送你一个好东西。"说着，他掏出了一面镜子，告诉阿龙 这是一面魔镜，它可以把车变小，刚才就是这样，他的车不是进了什么地下车库，而是变小了。说着，眼镜男伸手一摊，果然，他手里有辆玩具一样的小汽车。

阿龙不相信："你是说这魔镜能把车变小？变小后能变回来吗？"

眼镜男说："我先给你演示一下，不过要先把我的车变回来。"说着，他把小汽车放在地上，用魔镜对着一比划，一眨眼的工夫，他那辆白色轿车竟然完好无损地出现在面前。接着，眼镜男把魔镜后面的盖子打开，对着阿龙的车"噼里啪啦"摁了

几下，说"好了，现在魔镜只认你的车了。记住，车变小后，魔镜和车一定要保护好，一旦丢了或是破了，车就变不回来了！"

阿龙接过魔镜，对着自己的车照了一下，车果然没了，他赶紧蹲下，一找，一看，自己那车果然变成了巴掌大小的"玩具车"！

这车可是贷款买的啊，阿龙怕有什么闪失，赶紧又用魔镜对着玩具车照了一下，做梦一样，车又复原了，和原来一般大小！这一下，阿龙可乐坏了，有了这个宝贝，以后再也不怕停车难了！

这时，眼镜男开口了，说："兄弟，我就当你同意咱俩的交易了，我先走一步啦！"说完，他跳上自己的车开着跑了。

阿龙在后面想拦住他，可是嘴张了几张，攥着那个魔镜，想到这魔镜的好处，怎么也没喊出声来。

上车时，阿龙在脚下发现一个蓝色心形小瓶子，小瓶子挺漂亮的，他没舍得扔，顺手放在了车上。

魔镜真是个宝啊，从那天起，阿龙外出办事，再也不需要费事找停车位了，找个没人的地方，用魔镜一照，待车子变小后，直接装口袋里，那个利索省心劲儿，超级爽。

但是，除了爽以外，阿龙心里也有点不舒服，想起那天被撞的小孩子，他就觉得满心愧疚。

不久，电视上报道了这起肇事逃逸事件，报道上说孩子的腿部受伤严重，肇事司机没有抓到，希望目击者提供线索。阿龙看了电视，心里很不是滋味，他记下了医院名字，犹豫再三，决定去看看孩子。

第二天，阿龙买了一些营养品去了医院。医院停车位紧张，阿龙才不在乎呢，他把车变小，装进了衣兜里。

受伤的孩子叫小布，有叔叔来看他，非常开心。阿龙跟小布很投缘，讲了一个故事后，小布竟舍不得他走了，哭着说："叔叔明天还要来啊！"

第二天下班，阿龙想到了小布，又去了医院。

刚好，小护士正给小布喂药，护士对着阿龙嫣然一笑："你就是小布念叨的龙叔叔？你好，我叫田妮。"就这一面，阿龙对田妮有了好感，这以后，他去医院更勤了，当然，现在让他牵肠挂肚的不仅是小布，还有田妮。

这天，阿龙开车去了医院，像往常一样，到医院后把车变小，装进口袋。他准备今天正式约田妮喝咖啡，但又怕田妮拒绝，心情很紧张。

小布半躺在床上看书，见阿龙来了，伸手拥抱："叔叔，你来了，我可想你呢！"突然，小布喊了一声："叔叔，你口袋里是什么？硌得我好疼！"

口袋里放的是那辆变小的车，小布伸手去摸，很快把那辆小汽车掏了

出来，这一下，小布可开心了，他以为这是阿龙送的礼物，激动得眼泪都出来了："谢谢叔叔的小汽车，我最喜欢小汽车了，可是爸爸总是不给我买！"

田妮进来了，她看着阿龙，眼神暖暖的："想不到你还这么细心。"阿龙恨死自己了，怎么能让小布把车掏出来呢？他结结巴巴地解释说："这个车，不是玩具，啊，不对，是玩具，不过对我很重要……"见田妮眼神变得疑惑，他又说："当然，小布想玩可以玩一会儿，这辆有点小，明天我会买个大的给他。"

接下来，阿龙的那颗心啊，全系在小汽车上了，看着小布爱不释手地把玩，他在心里祈祷"宝贝，轻点啊，那可是叔叔最值钱的家当了！"

那会儿，阿龙想了好多办法，想转移小布对小汽车的注意力，可是小布一秒钟也不放手。好容易小布睡了，可他还是把小汽车紧紧抱在怀中，谁也甭想拿走。阿龙的心悬在喉咙口，七上八下的，请田妮喝咖啡的事，他也没心思提了。

阿龙离开病房的时候，还是没法把车从小布的手里拿走，他看着贷款买来的、如今变小了的爱车，一步三回头，三步一逗留。田妮看在眼里，忍不住笑了。

第二天，阿龙一天都无心上班，熬到下班，去玩具店买了汽车，赶到

医院，小布见他进来，大喊："叔叔，快来看我画的画呀！"

阿龙快步向病床前走去，没留神脚下踩了个硬东西，脚底一滑，差点滑倒，等稳住脚步，低头看去，哎哟，我的妈呀！脚下那辆被踩瘪的小汽车，不正是自己的爱车吗！

小布也看到了阿龙脚下踩坏的小车，立刻哭起来了，边哭还边喊："小汽车被叔叔踩坏了——"

田妮进来了，见阿龙抱着小汽车眼泪汪汪，笑了："不就是个玩具车嘛，至于这么难过啊？我明天给你们两人一人买一个。"

阿龙心想：说得轻巧，这可是十多万买的真车呀，你要知道这不是玩具车，会这么说吗？

田妮安慰阿龙："好了，别难过

了，明天下班后请你喝咖啡！"

真是悲喜交加啊，幸福和不幸都来得那么突然，阿龙百感交集，答应了田妮的邀请。

阿龙不相信自己的爱车就这样完了，回家后，他在楼下用魔镜对着踩瘪了的车照了又照，折腾了一个多小时，结果毫无变化。第二天一早，再照，还是没变化。他失望极了，把坏车和魔镜统统扔进了楼下的垃圾箱。

在坐公交车上班时，阿龙看到公交电视上正在播一段新闻：一个挂着拐棍、老态龙钟的男人出现在镜头前。阿龙觉得此人面熟，仔细一看，他不是眼镜男吗？几天不见，怎么苍老成这个模样了？

眼镜男在电视里哭诉道："我是一名科学家，误喝了自己研制的'时光快进'药水，变成了现在的样子。可怕的是，解药丢了，没了解药，我永远回不到年轻时代了！解药装在一个蓝色心形小瓶里，有谁捡到了，请速和我联系，我的电话很好记——55555555。"

蓝色心形小瓶子？不正是自己在树林里捡到的那个吗？阿龙不禁长叹一声，可怜的眼镜男，提前安度晚年吧，蓝色小瓶放在踩坏的车里，已经进了垃圾箱啦！

下班后，阿龙去了咖啡

厅。看着面前这个可爱的女孩，阿龙鼓起勇气说："我原本有车，现在车没了，我是无车无房男，你愿意做我的女朋友吗？"

田妮害羞地点了点头，说："你的善良和爱心让我感动，无车无房不要紧，只要努力，以后都会有的。"两人聊天时，田妮问起了"原本有车"是怎么回事，阿龙便说了来龙去脉，田妮明白了，她调皮地眨眨眼"我有个小惊喜给你！"

说着，田妮从包里掏出一辆小汽车，说："那天，我从你的眼神中看出这辆玩具车对你很重要，就偷偷到玩具店买了一辆同型号的，从小布那里换了过来，踩坏的那辆，就是玩具车。"

"什么？你是说——"阿龙盯着田妮递过来的小汽车，激动得说不出话来，他只说了一句"等我一下"，说完，他抓起小汽车跑了出去……

阿龙出门后快速打了一辆车，一路疾驰。到了楼下，他直奔垃圾箱，不顾一切地翻找起来。可是，白菜叶子、香蕉皮都翻出来了，就是没找到魔镜。阿龙绝望地抬起头，巧了，恰好看见不远处有个拾荒人，拿着个东西正在照自己的脸，阿龙定睛一看，大喜过望：魔镜！

阿龙强按住激动的心情，悄悄地靠近，趁拾荒人不注意，一把抢过魔镜，把小汽车放在地上，用魔镜一照，

嗨，爱车回来了！

拾荒人见手中的东西被人抢走，很生气，他用力从阿龙手里夺过魔镜，拔腿就跑，跑的时候还嘟囔了一句："这里怎么多了辆车？"阿龙没有去追，他再也不想把车变来变去了。

还好，车钥匙没扔，打开车门，阿龙看到了车里熟悉的一切，包括那个蓝色小瓶。阿龙赶紧拨通了眼镜男的电话，眼镜男一听，开心地把拐棍都扔了，说："只要能回到年轻时代，你说啥我都听，你要啥我都给！"

阿龙一本正经地教育他："我要你去自首，撞了小孩子逃逸，亏你还是个知识分子！这人哪，要为自己做的事情、犯的错误负责，你那个聪明的头脑不是用来害人的，知道了吗？"

眼镜男连连答应"我听你的，全听你的……不仅撞人逃逸，还有好多事要自首，我上个月给邻居的小狗打了一针，导致小狗好几天叫不出声；再上个月，为了做实验，我偷了姥姥心爱的金鱼……"

（题图、插图：张恩卫）

不会设计的设计师

□ 马少华

职场如江湖，要制胜，需有招。为了笑傲职场，有人趋利避害、突出个人优势，有人以退为进、静等适时出击，也有人韬光养晦、但求破茧成蝶，当然，还有人剑走偏锋，最后出奇制胜……

在济兴市，凡是认识王新民的人，都会夸这个人有头脑。不过，这只是最近一个月来人们对他的评价，在一个月之前，凡是认识他的人，都认为这小子没什么头脑，除了心眼儿好、为人热情，其他的真是一无是处。

怎么回事儿呢？这还得从两年前说起。

两年前的一天，王新民走进济兴市最大的一家装饰公司求职，凭着他的热情，经理很快就同意了，答应给他三个月的试用期。可谁也没想到，这个很有热心、很有热情的小伙子在业务上却是一塌糊涂。

有一次，公司组织了一场客户见面会，不过那天正好赶上下暴雨，来的客户不多，几十位设计师坐在空荡荡的大厅里，无所事事，只有王新民周围围了好几个客户，正聊得热火朝天。

别的设计师都很奇怪，王新民刚来公司就能接这么多单子，看来有两把刷子，就都跑过去看看他是怎么谈的。可到了跟前却发现，王新民虽然脸上笑容不断，但明显能看出来有点手忙脚乱，对客户提出的一些问题答非所问。

看见同事们都围了上来，王新民连忙站起来给客户介绍："李先生，这位是我们公司的首席设计师，您的问题他可以给您解决。"说着，他把客户推向了首席设计师。

"陈老板，您提的设计要求我的水平还达不到，这位是我们公司的创意高手，相信一定能满足您的要求。"说着，他又把客户推向了创意高手。就这样，王新民把几位客户都转让给了公司的其他同事，无论是客户还是同事，都对他表示感谢。

活动结束后，经理开了一次会议，总结了这次活动的得失，最后又说："这次活动我要重点表扬一个人，就是王新民。他用他的热情，吸引了客户，并留住了客户，更让人感动的是，他无私地把客户让给了其他同事，这是我从来没有遇见过的。"

经理顿了顿，又接着说："但是，小王在业务上还不是很熟练，希望以后能加强一下学习，并希望大家也都能无私地帮助他，就跟他帮你们一样。"

大家顿时掌声一片，王新民不好意思地摆摆手，说："请大家给我三个月的时间，我会尽力做好的。"

从那以后，王新民更加热情了，跟每一位同事都成了无话不谈的好朋友。不过，在业务上王新民仍然没有大的起色，连同事们都替他着急，可他好像并不在乎，每天仍然笑声不断，不管谁需要帮忙，他都会第一时间走过去。

转眼试用期就到头了，这天，经理把王新民叫进办公室，说："小王，从私人的角度来说，我很喜欢跟你做朋友，但从公司的角度来说，你确实有点……"经理顿了顿，接着说，"我觉得你没必要非要做设计师不可，如果做外联的话，会非常成功。你如果有兴趣，我现在就可以跟你签合同。"

王新民低着头想了一会儿，果断地抬起头来，说："非常感谢您，但我的志向不是做外联。我还是到别的公司试吧。"

等王新民出了门，首席设计师问他："新民，为什么不留下来做外联呢？"

王新民说"没办法，我就是想做设计师，跟客户的交流，可以让我更直接地了解他们的需求，这就是我的发展方向。"

首席设计师说："好吧，那就不勉强你了，我有个朋友在新世纪装饰公司当主任，你要是想去，我可以给你介绍一下。"

王新民忙说："那太感谢了，我还正想着去那家公司呢！"

闲话少说，王新民凭着他的热心和热情，先后赢得了全市八家最大的装饰公司的青睐，但等过了三个月试用期，这八家公司却对他下了同样的评语——"热情有余，能力不足"。在

·职场故事·

其中一家公司，还有过这样一段小插曲——

那是王新民供职的第七家公司，试用期眼看就要到头了，同事们都在替他担心，怕他会被公司辞退。有一天早上，王新民上班的路上遇到一位老太太在路边晕倒了，他想都没想，就把老太太送去了医院。老太太一直昏迷不醒，也不知道怎么联系她的家人，王新民只得自己陪在那里，一直陪了两天两夜。到了第三天，老太太终于醒了，这才知道，这位老太太竟然就是王新民公司老板的母亲。

同事们知道后，顿时欢呼雀跃，这下王新民肯定能留下来了！

确实，老板也说了，就算是白养着也要把王新民留下来，然后请全市最好的设计师帮王新民补课，一定要把他培养成为公司的核心成员！

可让人想不到的是，王新民竟然拒绝了，仍然热情地来到了第八家装饰公司，做着一个总也学不会设计的设计师。

就在大家都感慨这个人脑子不灵光的时候，突然收到了王新民的请柬，地点是一家很高档的大酒店，署名是："一个永远不会设计的设计师、一位永远热情的朋友——王新民。"

大家带着疑惑的心情来到大酒店，八家公司的老朋友一个都不少。

王新民穿一身笔挺的西装，仍然是满面的笑容，有些腼腆，但更多的是自信，他说："很高兴大家都来给我面子，相信在座的很多人都有这样的疑惑——从没见过像王新民这么笨、又一根筋儿的人，这小子到底想干什么？现在我就告诉大家，请服务员帮忙把我的名片分发一下，谢谢。"

服务员把名片分发给大家，只见上面写着："远达装饰建材商场，经理：王新民。"

这时，王新民说："其实，两年前我就想开一家装饰建材商场，不过对这个行业不太了解，所以就想先通过装饰公司来了解一下。经过两年来的接触，我不只是了解了这个行业，更重要的是认识了这么多的朋友……如果用两年的时间专心致志地去做一件事，我觉得已经足够了。所谓两年一个人生，我觉得很值！"

有人说道："这是我见过的最给力的创业经历，用两年的时间来做卧底，这份毅力太难得了！"

底下一片窃窃私语，继而爆发出如雷般的掌声……

(题图：佐　夫)

□谭金金

让他醒一醒

面还配了照片，看上去威风十足。

黄伟又看了看网站上的其他栏目，看见有个公告，是关于招标采购的，城管局里要购买一批对讲机，欢迎大家参与投标。

这时，黄伟想到自己手头上刚好有一批对讲机，是外形换代被淘汰下来的产品，质量很好，但压在仓库里好久了。于是他就琢磨着，把这些对讲机送给张其，无偿！

黄伟摸出名片，当即打电话给张其，表达了自己的意图。电话那头，张其愣了一下，没有黄伟想象中的惊喜，只是说："是吗？那过来谈谈吧！"他的语气甚至有点冷漠。

无偿捐赠还要我亲自过去谈谈？黄伟不禁哑然失笑。算了，也许是局长做久了，有了架子吧，不计较。

黄伟抽了个空，回到老家，赶到

黄伟在省城经营着一家电子器材公司。这一天，他回家乡县城参加中学同学的聚会。因为堵车，他赶到酒店时，包厢里早坐满了人，很多同学围着一个胖胖的中年男人，正在听他高谈阔论。

黄伟和同学打了个招呼，胖男人回过头，原来是当年班上的调皮鬼张其，他跟黄伟握握手，递上一张名片，说："老同学，请多多指教！"黄伟一瞅名片，不禁肃然起敬，原来，张其是县里的城管局局长了。嘿，这小子高升了。

几天后，黄伟百无聊赖，便上网闲逛。他忽然心里好奇，就登上老家的城管局网页看看。他打开网页，点开领导班子，果然，张其是局长，上

张其的办公室。张其客套了几句，问："我说黄老板，你这是有什么要求呀？"

黄伟犯了糊涂，什么要求？

张其淡淡地笑了，说"你是要我们在电视上公开感谢呢？还是在我们网站上给你鸣谢？"

黄伟明白了，原来是这个意思呀，也太小看我了。于是，他立即表态："我是无偿捐献，不附带任何条件！"

张其惊疑地望着他。

黄伟又重复了一遍："我是真的想为你办点实事。"

张其想了想，说"那好，老同学，

我再和局里的其他领导商量一下，到时再给你答复。我还有事，不陪你了。"

这还要商量吗？黄伟心里一肚子问号，走出了城管局办公楼。

等了好几天，黄伟也没等到张其的回复，他就再一次登上了城管局的网站，没想到招标结果出来了，是另外一家经营通讯器材的新公司，标的达十多万元。凭着自己的专业知识，黄伟一眼就看出，这东西贵了，而且是高了一大截。

这就奇怪了，人家无偿捐赠的东西不要，偏要高价的器材，这是什么道理呀？这道理也许别人不懂，但黄伟懂。他叹了口气，心里说，张其十分懂得这潜规则啊，回扣拿了不少吧。

慢慢地，黄伟也就把这事儿忘到了脑后。

过了好几个月，黄伟又回县城办事。办完事，他忽然想起，老城里有一条街道，经常会有一些人出来摆摊卖小吃，山珍海味也比不上这家乡小吃，于是他开着车就过去了。

到了那里，黄伟叫了一碗本地出名的豆芽粉，加了点辣椒，蹲在路边吃了起来。

正吃得起劲，一辆小皮卡"嘎"的一声停下来，车上蹿下几个城管，挥舞着棍子，像遇见了天大的敌情，忽地扑过来，冲着那些摊贩喊道："走，走，又来摆摊啦！"黄伟躲避不及，被一个城管撞到身上，没吃完的粉"啪"的掉到了地上。

旁边一个卖西瓜的老头儿慌忙挑起担子，说"同志，我马上拉走……"

城管一拥而上，居然搬起几只西瓜就往地上摔，西瓜裂了开来，汁液像血水一样四处飞溅。

"再说一次，以后不许在这里摆摊！"城管摔下一句话，上车扬长而去。

黄伟惊魂未定，把钱塞给摊主，说："他们这态度也太凶了吧！"摊主一声苦笑："有什么办法呢？混口饭吃不容易啊，我们这些小摊主到城管局找领导投诉过，但没有用。"

黄伟陷入了沉思。

没过几天，附近街上的几百个摊主都收到了一份神秘的礼物———一部对讲机。

此后，在这个县城里出现了一个有趣的现象：城管去了哪里，得知信息的小贩马上就用对讲机通知临近街上的小贩，这样，那里的小贩马上可以撤离。他们还彼此之间通风报信，甲街上的通知乙街，乙街上的通知丙街，像击鼓传花一样，互通信息。这么一来，城管气坏了，但又无可奈何。

这些对讲机是黄伟暗中送出的，他想，在一个城市里是需要管理的，但老同学这样贪赃枉法、野蛮执法，自己也只能这样让他醒一醒了……

（题图、插图：佐　夫）

·本刊信息传真·

故事会■新浪 微故事大赛

7 月征集主题：最后悔的事

篇幅最短、含"金"量最高的故事，等待你的挑战！

《故事会》杂志和新浪微博（weibo.com）联合主办微故事大赛继续进行，邀请各路故事名家、草根英雄和世外高人展开较量！

本次大赛所有作品通过新浪微博平台征集（搜索＃微故事大赛＃），每月一个主题，当月设金奖 1 名，奖金 1 字 10 元（字数低于 120 的按 120 字计），银奖 2 名，奖金1 字 5 元，另设年度奖项。优秀作品将在每月的《故事会》上刊登，并结集出版。4 月爱的故事金奖获得者：文坛初学者，更多详情请登录故事中国网（www.storychina.cn）查看。

7 月微故事征集主题：最后悔的事——有一种药是永远都买不到的，但那些令人后悔的事却会刻骨铭心，甚至牢记一辈子。本月请你讲述最令人后悔的故事，正文字数在130 以下，力求情节出人意表，立意隽永深远，文字鲜明生动。本月的微故事达人或许就是你！截稿日期：7 月 21 日。（本期刊物特别选登5月微故事大赛优秀作品，详见P81）

歌里唱道："我能想到最浪漫的事，就是和你一起慢慢变老，直到我们老得哪儿也去不了，你还依然把我当成手心里的宝。"嗯，平淡生活有真爱……

有钱买不到的*礼物*

□ 张　庸

刘晓菲快四十岁了，最近常在丈夫面前感叹："唉，女人四十豆腐渣啊，没人拿我当盘菜了！"这哀怨的根源很简单，就出在她丈夫身上。

她丈夫姓张名永，是从事建筑预算工作的，天生少言寡语，用刘晓菲的话说，就是和他那些阿拉伯数字一样没有色彩！眼瞅着自打女儿上中学住了校后，夫妻俩的话更少了，刘晓菲就更加闲得难受，顾影自怜了。

到了今天，吃早饭的时候，刘晓菲实在忍不住了，便给张永提了个醒："木头，你霸占我多少年了？"

"多少年？"

"咱闺女今年多大了？"

"十二还是十三？"

"她是哪天生日？"

"你真笨，看看户口本不就知道了！"

刘晓菲忍无可忍了，怒不可遏地一拍桌子，喝道："你不知道今天什么日子吗？"

"你是不是记错了？明天才是我发工资的日子啊！"

"滚滚滚滚滚……"刘晓菲一把抓起张永那个几乎每天都挂在肩上、装满预算草图的破皮包，把他连人带包一块扫地出门。张永嘴里塞着一口馒头，临下楼梯时含混不清地说了一句："你以为我真傻呀，不知道今天是什么日子？"

刘晓菲一听，乐了：嘿嘿，老虎不发威，你就当我是病猫啊？这还没有踢上三脚呢，就放出一个屁来，知道今天是什么日子了，男人啊，就是欠修理！她窃笑着关上门，半点不在乎自己的水桶腰，扭起了猫步："咱们老百姓，今个真高兴……"

整整一个上午，刘晓菲真有点当年恋爱时那种一日三秋、度日如年的感觉，身子上着班，脑子早开了差，一小会儿就摸出手机看看，总怕张永来电话时让别的噪声掩盖了，听不见。这一来，惹得同事孙大姐打趣道："小刘啊，今儿个不是2月14情人节，再说了，咱这都是安全的年纪和不来电的体型，小白脸能约你吃饭还是帅哥送你玫瑰花？"

刘晓菲反唇相讥："萝卜白菜，各有所爱，刘德华请我喝咖啡，你馋不？"

可惜的是，手机一直都没响，更离奇的是，张永连午饭都没回家吃，害得刘晓菲独自对着空荡荡的餐桌，痴呆呆地半闭了眼睛神游：张永这块木头，能在今天这个特殊的日子送自己一份什么礼物呢？钻戒？不可能，他兜里有几个钱自己最清楚，就是买了也得让他退回去，攒钱准备给女儿上个好大学；玫瑰？羞死人了，都什么年纪了！烛光晚餐？对，这个靠谱，就是这个最实惠，也符合这种木头人性格。两人一起在外面吃一顿，酝酿酝酿情绪，在这个特殊的日子，好好重温一次那一年那一夜……一想到这

里，刘晓菲"咯咯"笑出了声，两手一下掩上羞红了的脸。

可是，等啊等啊，月亮上柳梢了，还没张永的消息，等着吃大餐的肚子早已饿扁了，刘晓菲终于火了，气得一下把手机摔在地上，眼泪滂沱地把自己摁在床上。

过了很久，楼梯上终于传来了声音，刘晓菲一听就是张永回来了，这块木头还是那副德行，"咣咣咣"，不急不缓地三连响敲门。刘晓菲现在都恨不得像《地雷战》里一样，有颗地雷挂在门上，炸他个人仰马翻，哪里还会像以往那样给他开门呢！

"这老娘们，下了班怎么不回家？"张永等了一会儿没见动静，自己自言自语地开了门，打开灯，挨个房间溜圈，很快，他看见了卧室里横在床上的刘晓菲，不由吓了一跳"你怎么了？"

刘晓菲几乎是从牙缝里挤出来两个瘆人的字："难受！"

张永很奇怪，问她："难受？前天体检不是都好好的吗？"

刘晓菲的两个眼睛像狼一样射出恶狠狠的绿光，嚷嚷道："我今天才难受，不行啊？"张永一听，使劲搓搓两手，让手暖和点，然后伸手去摸刘晓菲的额头，随即又像长颈鹿一样探过头，贴在她的额上试了试，说："奇怪，没觉得发烧。"随后，张永又找出体温表，塞进刘晓菲的腋窝，说："夹

好，我先去做饭，你想吃点什么？"

话音刚落，刘晓菲像一条被人钓出水的鲤鱼，"噌"地挺了起来，吼道："吃你，把你吃掉！留着你有啥用？我问你，你这木头到底知不知道今天是什么日子？"

张永"嘿嘿"一笑，说："我哪能不知道今天是啥日子？不就是那家美容院今天开业五折丰胸嘛，你傻我也傻？上次为割双眼皮臭美，你差点成了大熊猫；这次别说是五折，就是倒给钱我也决不会让你去冒险。没我陪着，你肯定不会做的，所以、所以……中午我特意没回来。"

刘晓菲听着这话，一下像触了电：多长时间了？自己都记不清了，当时看了电视上这个广告，随口说到时候要张永陪她去丰胸，她喃喃地说："这点小事你都记得？"

张永奇怪地看着刘晓菲，说："还有比老婆身体健康更重要的事情？"

刘晓菲心里一阵暖流，问："那你不在乎我变丑了？"

张永乐了，说："你傻啊？再老再丑你也是我这一辈子的宝啊！"

原来老公这块木头，他记住的是在今天不让老婆丰胸的"阴谋"得逞，忘记了今天是两人结婚十五周年纪念日。刘晓菲鼻子一酸，一下伸出双臂，套住了张永的脖子，泣不成声地说："老公，我不小心，手机掉地上，都跌成好几块了……"

张永拍拍刘晓菲的后背，安慰她道："没关系，明天我去找人给你修修。"话刚说完，刘晓菲一口咬住了张永的耳朵，张永立马杀猪般地求饶："哎呦哎呦，快松口，疼死我了，我给你买新手机还不成吗！"

（题图：刘斌昆）

·本刊信息传真·

2012年"山阳杯"全国幽默故事创作大赛征文启事

为进一步繁荣幽默故事创作，《故事会》杂志社与上海市金山区文广局、山阳镇人民政府决定联合举办2012年"山阳杯"全国幽默故事创作大赛，并面向全国征文。

一、征文要求：1. 内容贴近生活；2. 情节生动有趣；3. 语言活泼，具有口头文学特点；4. 作品尚未在公开出版物上发表；5. 篇幅在1500字以内。

二、奖项设置：本次大赛设一等奖3名，奖金各3000元；二等奖5名，奖金各2000元；三等奖10名，奖金各1000元；创作奖20名，奖金各500元。优秀作品将陆续在《故事会》上发表，并结集出版。

三、征稿时间：2012年5月1日—2012年10月31日。2012年11月颁奖。

四、来稿方法：来稿可直接发至各编辑信箱，并请注明"山阳杯"幽默故事征稿。

比汽车快的自行车

□ 沈一译

莱镇位于美国西部，有居民三万多人，他们大多是西部牛仔的后代，豪放勇敢，乐于助人。镇上有个名叫布雷的年轻人，他不但为人正直热情，还是位优秀的自行车手，曾夺得过州级自行车拉力赛的冠军，在莱镇很有威望。

这天晚上，布雷和几个好友正在酒吧聊天，正聊到兴处，酒吧外突然传来了刺耳的喇叭声，侍应生朝外看了眼，无奈地说："是康特那家伙，上个月他偷了母亲的养老金去赌钱，把母亲气病了，却没料到他撞了大运，竟赢了一大笔钱。康特立刻用这些钱买了辆高级跑车，到处兜风炫耀。"

布雷早就耳闻了这事，他不禁皱起了眉头，再一看，这时候，康特穿着亮闪闪的衬衫，晃荡着走进了酒吧。布雷瞧见康特那副张扬的样子，放下酒杯，走上前去，说道："康特，我听说你母亲病了好几天，你去看望过她吗？"

康特本来还吹着口哨，一听这话，连忙瞪了布雷一眼，满不在乎地说："她呀，就是得了点小毛病，不需要我去看望她。"

瞧着康特无赖的样子，布雷火了，他指着停在门外的跑车，问："你有钱买这样的车，却不去赡养自己的母亲，这像话吗？"康特也不示弱，双眼斜视着布雷，嚷道："我家里的事，谁也不要过问。你别以为拿过什么冠军，就有资格来教训人，你自行车骑得再快，也快不过我的跑车，还是少管闲事吧！"

布雷听了这挑衅的话，真想拔拳狠狠教训康特一顿，可突然间，他望着酒吧外一闪一闪的霓虹灯，似乎有

了更好的主意，他稍稍想了一会儿，平静地说："康特，我们不如来次比赛吧，你开你的跑车，我骑我的自行车，比比谁的速度快，好吗？"

这话一说，全场哗然，酒吧里的人都疑惑地看着布雷，布雷接着说："如果我输了，我给你相当于这辆跑车的钱 如果你输了，请把这车卖了，把钱还给你母亲。"

听到有钱做赌注，康特心里又痒痒了起来，可是，布雷不会是打算用什么诡计获胜吧？于是康特小心地问："比赛具体怎么安排？"布雷说，明天是周日，晚上七点两人从莱镇的一号大街南街口出发，然后一路沿大街往北走，终点是一号大街的北街口，先到的人就是胜利者。

"好！"康特一口答应了布雷。康特十分清楚，一号大街不但道路宽阔，而且从南街口到北街口的路程，基本上是一条直线，布雷没有任何抄近路的可能，根本无法发挥自行车的优势，这比赛自己是赢定了。想到这里，康特也没心思喝酒了，快步往酒吧外走去，但他没忘回头提醒了布雷一句："别忘了中国有句老话——一言既出，驷马难追！"布雷接过话来，自信地承诺：绝不反悔。

康特一走，酒吧里的人全都围到了布雷身边，那个侍应生忍不住抢先嚷了起来："布雷，你是气糊涂了

吗？"布雷摆了下手，环顾四周的人，说："为了康特的母亲，我一定会赢的，麻烦各位，马上把比赛的事情传扬出去，让越多的人知道越好。"众人一口答应，但都满腹狐疑：布雷能赢吗？

第二天，镇上几乎所有的人都知道了比赛的事，到了晚上，不少人聚集在一号大街南街口，等待着比赛的开始。布雷精神抖擞，骑着那辆当年夺冠的自行车，橙黄的车身显得格外醒目。康特坐在火红色的跑车里，不住地晃着脑袋，露出了自信的微笑。

七点整，裁判一声令下，引擎轰鸣，布雷和康特出发了。比赛刚开始，不出意料，布雷落在了后头，康特从后视镜里看到布雷渐渐落后，忍不住嗤笑一声，加了把油门，高速疾驶着。

好在布雷没有受到落后的影响，依然精神抖擞，保持着车速。当骑过第三个街口时，布雷抬头看了看前方，竟然望见了康特的车，原来一号大街上的车流比平时拥挤了很多，康特夹在滚滚车流中，无法提高车速，而在几个路口，康特又都遭遇了红灯，严重影响了速度，看来康特要想轻松获胜也并不容易。

又经过了几个路口，布雷和康特的距离越来越近，布雷更有精神了，咬紧牙关，加快速度。每当布雷超过身边的一辆车时，车里的司机就会按一下喇叭，似乎是在给布雷加油。

康特在慢慢挪动的车里，看到布雷的车渐渐迫近，不禁纳闷起来：今晚一号大街怎么有那么多车？

这时，布雷终于从后面风驰电掣般地追了上来，他专注地看着前方，微屈着身体，双腿有力地摆动，带着风声"呼呼"前行，和康特并驾齐驱。现在，自行车和汽车几乎以相同的速度前进，一会儿布雷会领先康特半个车轮，一会儿康特会快些，这边布雷挥汗如雨，那边康特汗急如注。在灯光闪烁、车水马龙的一号大街上，这样的追逐场面紧张、激烈，到底谁会赢呢？

在比赛路程过半时，一号大街上的车辆越来越少，道路变得宽敞起来，康特乘机加大油门，不断提高车速，重新把布雷甩在了车后。车里的康特擦了擦冷汗，看着前方空旷的街道，他这才意识到，即便莱镇所有的车辆都开出来，也只能塞满小半条一号大街，刚刚那么多车挤在前半段大街上，后半段肯定是车辆稀少、一马平川啦！

比赛继续进行着，两人的距离越来越大，离北街口终点只有一二公里路程了，显然，布雷已经没有机会再追上康特了。可就在离终点

大约一公里时，突然，康特呆住了：前方路边停靠着一辆警车，镇上的普莱斯警官老远就朝着康特不停挥手，示意他立即停车……

康特看了看后视镜，见身后没有布雷追逐的身影，便不情愿地停下车，摇下车窗焦急地问："普莱斯，有什么事？我有急事！"普莱斯缓缓回答道"我当然是出来巡逻的，现在请你下车，麻烦做一次酒精测试。"

"什么？"康特听了差点跳出车来，"普莱斯警官，我保证今晚肯定没喝酒。您看路上有那么多车，怎么偏要查我啊？"

普莱斯笑了笑："谁让你有多次酒后驾车的案底，再说，你火红色的跑车在晚上又最扎眼，我不查你查谁？"康特像泄了气的皮球，无奈地下了车，普莱斯慢吞吞地拿出测试器，放到康特嘴边，让他不停地哈气，

进行酒精含量测试。这样折腾了一会儿，就在普莱斯低头查看测试结果时，布雷风风火火地骑着车赶了上来，康特心急如火，普莱斯则不紧不慢，直到布雷呼啸着从身旁飞驰而过，普莱斯才握了握康特僵硬的手，满脸堆笑地说："康特，我很高兴地告诉你，你今天没有酒后驾车，一定要保持下去啊……"康特如逢大赦，赶紧钻到车里，飞快地发动引擎，朝布雷的背影追去。

转眼间，比赛到了最后一个路口——离终点北街口只有300多米的距离了，布雷和渐渐追上的康特进入了最后的冲刺阶段。康特迅速拉近了两人的距离，那辆火红色跑车的车灯在布雷身后闪烁，布雷似乎能感觉到康特的眼睛就在背后，而自己的体力已经严重透支了……

就在离终点只有100多米的路程时，布雷和康特同时看到一头公牛突然出现在前方，那牛站立的位置，恰巧就在终点线的前几米！公牛注意到鲜红的跑车和橙黄的自行车后，便瞪着一对大眼睛，昂着头，不停地蹬着后蹄，仿佛随时都会冲过来一般。康特顿时犹豫了，如果开过去，惹怒了公牛，那牛冲过来，很可能是车毁人伤牛亡，康特下意识地踩紧了刹车，而布雷却像是没有看见愤怒的公牛，挺起胸膛，面对公牛，没有减速，没有退缩，朝着终点冲去。最后，布雷几乎是擦着公牛的身体，一往直前地冲过了终点……

布雷终于赢了，康特万分颓丧，他摇下车窗，叫道："这该死的公牛，对了，你朝它冲去时，它怎么对你没反应？"

就在这时，奇怪的事情发生了，那头公牛居然得意地摇起脑袋，紧接着，从公牛的身躯里传出了"哈哈哈"的大笑声，布雷指着公牛，笑着说："这牛里面是我的两个好朋友，他们套着精心制作的道具假扮公牛。去年镇上新年巡游时，他们就这样套着表演，那时你肯定又在哪里赌钱，没去观看巡游……"

"混蛋！"康特懊恼地瘫在座椅上，喃喃地说道，"我明白了，这都是你们串通好的……"

康特哪里知道，是善良的心，把镇上所有的人"串通"在一起，要不，一号大街上怎么会有这么多车？欧德大爷是孤老，家里只有辆破旧的二手车，平时几乎从不使用，今天也开出来了；普瑞特大姐周日晚上都要到教堂做礼拜，这个习惯已经有二十多年了，今天却在教堂做礼拜的时候把车开到了一号大街；还有，本应该在家里看棒球决赛的贝斯大叔，本应该去参加补课的汤恩小弟，甚至还有形影不离的拉伍夫妇，居然一前一后开着两辆车，一起往一号大街上挤……

（题图、插图：佐　夫）

一棵大树，引两人相争，经三番几次，遭四面出击，恶者五抢六夺，善者七窍冒火，幸有八斗之才，虽经九回肠断，终得十全之美，收获万千感慨……

疯狂的核桃

□ 铁马冰河

1. 争核桃，惊险刺激

北京北郊有个地方叫葫芦峪，那里长着一棵四五百岁的核桃树，树高近二十米，树冠巨大、枝叶繁茂。它结的核桃，因为纹路很像狮子的鬃毛，故名"狮子头"。

这"狮子头"可大有来头，北京故宫就有这样的清宫旧藏，专门存放在特制的紫檀木盒内。在民间，一些中、老年人常用手指揉弄两个核桃，通过这样的手部运动刺激穴位，对内脏器官都有很好的调节作用。

"狮子头"已是不可多得的珍品，而每隔三十年，也就是所谓的"大年"，葫芦峪的那棵核桃树，就会在最高的枝头产出一对儿"狮子头"中的绝品：这两个核桃，大小、轻重、形状、颜色、纹路极为相似，被称为"菩萨脸狮子头"！

那棵树的主人叫胡文华，已经年逾七旬了，祖祖辈辈都靠侍弄这棵核桃树为生。2010年秋天的一个夜里，他辗转反侧不能入眠，早早起了床，神情复杂地凝望着这棵大树。就在今天，将要发生两件核桃圈里的大事，对他来说可谓是悲喜交集。

"喜"的是今年就是"大年"，"菩萨脸狮子头"要"诞生"了；悲的是胡文华的孙子胡保不争气，从小被惯坏了。前段时间，胡保醉酒滋事，打伤了人，被人狮子大开口讹诈八十万，不得已，胡文华只好把这棵核桃树的经营权转让出去，来为孙子筹钱。

这两件事早已传得沸沸扬扬，这一天不到九点，人们从全国各地而来，胡家的场院上人山人海，就像赶庙会似的。

十点刚过，胡文华出现在大家面前，他向大家宣布：由于多方原因，想将此树的经营权转让出去，为期十年，但是得到经营权的方法十分特别，既不拍卖也不竞标，而是看哪个买家能摘下还结在树上的那对儿"菩萨脸狮子头"，谁摘下来，这一对宝贝儿归胡文华，那树的十年经营权就归

他了，作价八十万。

人群中一阵骚动，这事情的确激动人心，要知道，虽然未来十年中不会出现"菩萨脸狮子头"了，但就算是一般的"狮子头"也是抢手货呀，得到了经营权，就相当于得到了一棵摇钱树啊！

当然，想摘下结在枝头的那对儿宝贝也绝不是易事，这种核桃，稍有损伤就不值钱了，想要保全它，既不能用杆子抽打，也不能等它过分成熟后自然坠落，只有爬到树上摘取这一个法子。所以，想得到此树经营权的玩家、商家都事先找好了擅长攀高爬远的人。

这简直像是一场攀爬运动的盛会，许多媒体竞相报道，热闹非凡。

一会儿，比赛开始了，先是"初赛"。那些攀爬者在一株十几米高的大杨树上进行角逐，经过一番紧张、激烈的较量，只有两人晋级，一个是"盘日月"古玩店老板张晨曦雇用的张山，另一个是商人李玉龙雇用的李嗣。

张山、李嗣休息一会儿后，真正的争夺战开始了。两人各展绝技，只五六分钟的工夫，他俩都爬到了树冠部位，距离那对儿宝贝只有二三米的垂直距离了！

两人一开始还是旗鼓相当，可到了这时就看出高下了：因为张山生得矮小瘦弱，可以毫不费劲地在树枝之间来往穿梭、晃来荡去，那枝杈可只

有擀面杖粗细呀，而李嗣长得虎背熊腰，他要是继续往上爬，说不定树枝不堪重负，就有掉下来的危险，那可有将近二十米高啊！

李玉龙见李嗣犹豫不前，而张山离那对儿宝贝却是近在咫尺，他急了，冲着树上歇斯底里地大叫起来，让李嗣无论如何也要得到那对核桃。李嗣听了，只得咬咬牙，硬着头皮往上爬，可终究还是没有张山爬得高。

就在张山的手即将触碰到那对儿宝贝时，李嗣突然抱着树枝拼命地摇晃起来。张山哪里想到李嗣会用这一手，一个重心不稳，险些失足，幸亏他双腿夹住了"菩萨脸狮子头"所在的那枝树杈，可这树杈太细了，张山刚到上面，惊魂未定，耳边就传来了树杈折断的声音："咔嚓"……

2.剖核桃，明辨优劣

张山随着折断的树枝下落时，其他树枝随之纷纷折断，这样一来，有了阻力，下落的速度也减慢了许多。瞬息之间，他的腰碰到了一根较粗的树枝，就在这一刹那，张山将腰一挺，借了一下力，顺势抓住了树枝，这才化险为夷，而且，结着那对儿宝贝的树杈恰巧也挂在了身边的树枝上，张山便将两枚"菩萨脸狮子头"小心翼翼地采下来，稳稳地下了树。

张山的脚刚一沾地，众人就报以热烈的掌声和叫好声。"盘日月"古玩

店的老板张晨曦忙走过来，接过那对儿宝贝，交到胡文华的手中，说："老爷子，我们拿到了！"

胡文华乐呵呵地说："好，这棵树今后十年里就是你的了！"

话音刚落，只听一声"慢"，李玉龙拦住了两人，并凑上前去，在胡文华耳边小声说了几句什么。胡文华听了，冷冷一笑，说："你想威胁我？"

李玉龙也冷冷地说："就算是吧！"胡文华一脸的愤怒，说："笑话！我侍弄了这树近五十年，它的一枝一叶就像是我的手足皮肉一样，你竟然说它遭了虫害，我怎么没有发现？"

"好！胡老头，是你逼我的！"说着，李玉龙转向越听越糊涂的众人，"诸位都知道，核桃的大忌就是在开花时节遭到虫害，一旦如此，核桃瓤中就会有虫卵寄生，等虫卵变为成虫，不断啃食核桃瓤，这核桃玩不了几年就会从中缝处裂开，而老胡家这棵树就在开花时节遭了虫害！"

一语方出，众人哗然……

胡文华问李玉龙："你有什么证据？"

李玉龙十分笃定，说："好，我就剖开几个让你心服口服！"说完，他吩咐李嗣从树的不同位置摘下几个核桃，准备剖开。这时，他又缓和了一下语气，说："老胡，你就别犟了，把

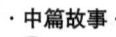

这棵树的经营权交给我，我既然说它遭了虫害，就必然有我的道理，咱们何必非要走到剖核桃这一步呢？"

胡文华一笑，说："剖吧！见个真伪虚实，也不枉我胡家几百年来的名声。"

"好，那就剖吧！"李玉龙面露凶光，冲手下几个帮手点了点头。

紧接着，随着几声清脆的声音，核桃都被剖开了。众多商家、玩家都带着放大镜等专用工具，他们争着抢着，想看个究竟，可寻觅了半天，也没发现一粒虫卵。李玉龙也有些慌了，他顺手夺过一个放大镜，趴在被剖开的核桃前寻找起来，他脖子伸得长长的，眼睛瞪得大大的，好一会儿过去了，却没发现半点儿虫卵。

这时，胡文华走到李玉龙身边，拍了拍他的肩膀，说："李老板，如此看来，谷雨那天夜里，来到这树下'游览'一番、还放飞了数十只蝴蝶的那个人，想必就是你了吧？"

李玉龙一听，打了个哆嗦，脸色大变，问道："你怎么知道的？"

原来，这李玉龙果真在今年谷雨时节，也就是这树开花的时候，曾在夜里偷偷地来到树下。他在树的周围放了许多"赤眉金脉蝶"，这是一种较为稀有的南美洲蝴蝶，喜欢在夜间交配，然后将卵产在正开放的花朵中。这种蝴蝶虫卵的成活率极高，生命力

极顽强，能在封闭的空间生存很久。李玉龙就是想让它们在核桃树的花中产卵，以此来威胁胡文华，让他交出经营权。只要经营权一到手，至于虫害嘛，他自有办法灭除。

然而，李玉龙却不知道，他这些自以为高妙绝伦的把戏，都被暗中守护这树的胡文华看得真真切切。胡文华只略施小计，李玉龙煞费苦心的"蝴蝶阴谋"就落空了。

这会儿，李玉龙恼羞成怒："你……你到底使了什么手段？"

胡文华笑了，他指着核桃树周围散落了一地的白色纸袋，说："喏，就是这些'方便面调料包'！"

3.毁核桃，奇货可居

其实，树下的那些"方便面调料包"，众人早就看到了，只是大家以为胡文华在这深山中侍弄核桃树，有时来不及正经吃饭，只好凑合吃些方便面，才会有这么多调料包留在树下，这会有什么名堂呢？

李玉龙捡起一个纸包，撕开一看，发现里面装的是一些花椒粒大小、白色的小球球，再仔细一看，大多数小球球上都有一个洞，里边空空如也。

胡文华微微一笑，说："诸位，这小小的纸包肯定不是'方便面调料包'了，这里面是'赤眼蜂'的幼卵。当然，大家现在看到的白色小球球已

经是'赤眼蜂'的卵壳了，因为它们早就破壳而出，化为成虫了……"

其实，胡文华的算计实在高明。这葫芦峪地处密云水库的上游，为了保护水源，当地的农民都是不敢给农作物打农药的，可是要是遇到虫害怎么办呢？于是就有人想到用这赤眼蜂来对付各种害虫。在这葫芦峪中，漫山遍野的果树上都挂着这"调料包"呢，至于李老板偷偷放的那几对花里胡哨的外国蝴蝶，早就成了赤眼蜂的屎啦……

众人听了一阵大笑。李玉龙恶狠狠地说："胡老头，算你狠，咱们走着瞧！"说完，他就要离开，可就在这时，李玉龙接了个电话，这电话一来，他顿时喜不自禁，皮笑肉不笑地走上前来，对胡文华说："看来我和这树的缘分还真不浅呀，现在恐怕就是我要走，你也会求我留下来了！"说着，他把手机递给胡文华。

电话里传来的是孙子胡保的声音，胡文华听完，身子一颤，手机也掉在地上，口中喃喃地说："家门不幸，家门不幸呀！我胡家怎么出了这么个不肖子孙……"

李玉龙捡起手机，一笑："老爷子，现在这树的经营权归我了吧？"

胡文华顾不上理睬李玉龙，冲张晨曦一拱手，说："张老弟，我……我对不起你呀！"

胡文华长叹一声，对张晨曦说了其中的隐情：胡保近来染上了赌博的恶习，这李玉龙为了得到经营权，竟然派人引诱胡保赌博，致使胡保输得一干二净，最后竟然将这棵核桃树十年的经营权给李玉龙抵了赌债。

胡文华爱孙心切，加上年纪也大了，一时间乱了方寸，只得和李玉龙签了合同。

众人见经营权已经归了李玉龙，就提出要购买树上的核桃，不料李玉龙竟然当场做出了匪夷所思的事来：他命手下人将核桃全部摘了下来，除去青皮，一一放在地上，然后将这数百枚核桃全部剖开、毁掉，只留下了屈指可数的几对儿上品。

张晨曦慌了，大伙儿也全急了，

即使这些核桃不是"菩萨脸狮子头",就算是一般的"狮子头",像这样野生的,全国一年也产不了多少,白白糟蹋了,多可惜呀!可李玉龙却毫不在意,让手下人把砸了的那些核桃装入几个袋子,扬长而去……

从这天起,李玉龙的核桃奇货可居,中品"狮子头"最高卖到五万块一对儿,上品"狮子头"的标价竟达到三五十万块。

转眼到了冬天,有一天,张晨曦突然风风火火地来到胡文华家,一进门就嚷嚷着:"老爷子,不好了,不好了!"

4. 审核桃,终见端倪

胡文华是老派儿人物,不喜欢现代的暖器、空调等取暖设备,正围着华贵考究的景泰蓝火盆烤火,见张晨曦来了,就赶紧将他请到了火盆前。张晨曦焦急地说:"哎呀,胡老先生,我哪有时间烤火呀,出大事儿啦!"

原来,李玉龙自从上次毁了核桃后就声名鹊起,手中的那几对儿"狮子头"都卖了大价钱。这本是商人炒作的手段,不足为怪,可奇怪的是,李玉龙在卖完了那些核桃后,好像仍有核桃源源不断地出售,据张晨曦调查,李玉龙这些日子里出售了不下五十对"狮子头",他这些"狮子头"是哪来的呢?

胡文华略一思索,说:"会不会是他从河北、天津等地收购来的,然后拿到北京市场上卖?"

"不会!我叫人从他那里替我买了一对儿,您看,就是咱们本地的'狮子头'!"说着,张晨曦递给胡文华一对儿核桃。

胡文华看了许久,才说:"这就是我那棵树产的呀,这事儿就怪了。据我所知,像我们家种'狮子头',可以说是蝎子拉屎独一份儿,就是北京、全国也找不出第二份来呀!人工培育的?嫁接的?树脂合成的?不可能呀!别说是玩核桃玩了数年的行家,就是古玩店里的小学徒,也能看出野生和非野生、真的和假的之间的区别呀!"

张晨曦更急了,说:"就是这个话儿呀,所以我才来找您的呀!"

两人一时都没了话,张晨曦呆呆地望着火盆发愣,胡文华手中飞快地盘玩着那对儿核桃,也想着心事。

突然,由于胡文华走了神,手中的一枚核桃掉到了火盆中。这下两人可慌了神,由于核桃浑圆溜光,胡文华用火筷子夹了几次也没夹上来;张晨曦更是想用手直接去拿,可是又忌惮那通红的炭火。慌乱了大约一分钟后,胡文华终于将那枚核桃夹了上来,可出乎张晨曦意料的是,胡文华用鼻子闻了闻核桃后,又将那核桃重新扔进了火盆中……

"啊——"张晨曦下意识地拦了一下，可是没挡住，"您这是……"

胡文华却说："你仔细看，再闻闻这气味！"

张晨曦被胡文华弄得一头雾水，看了看火盆中已经燃烧起来的核桃，又闻了闻空气中弥漫的气味，一时没明白胡文华葫芦里卖的什么药。

此时，胡文华又拿来了一枚自家的核桃，扔进了火盆里，这枚核桃也迅速地燃烧起来。十多分钟后，两枚核桃都充分燃烧完毕，可是，张晨曦的核桃变成了一个灰色的小球，而胡文华放进去的核桃却化为灰烬了。

看到这里，张晨曦明白了，说："这核桃有问题，但问题出在哪里呢？"

胡文华一笑，说："哪里？你把剩下的那枚核桃剖开看看，就知道其中的蹊跷了。"

张晨曦剖开核桃一看，这核桃竟然是死芯儿的，里面不但没有核桃瓤，而且连生长核桃瓤的空间都没有，也就是说，这对儿核桃是用特殊材质塑成的。

胡文华这才解释道"张老弟，这是将一些中下品的核桃磨成粉末，在粉末中加上些胶质，然后再塑成上品'狮子头'的。这样一来，假'狮子头'的重量、质感、颜色以及上手盘玩时的手感，就和真的几乎一样。刚才，假'狮子头'冒的烟是黑的，气味也刺鼻，这就是其中含有胶质的原因；而真'狮子头'的烟是青灰色的，嗅起来也有果木的清香气。"

"噢，原来如此呀！"张晨曦恍然大悟，"我说当日李玉龙毁了核桃后，为何让手下人将所有的核桃残留物都带走了呢，我当时就觉得奇怪，唉，李玉龙真是煞费苦心呀！"

5. 卖核桃，又现惊闻

一个月后，胡家又出事儿了：不争气的胡保又被李玉龙引诱去赌博，这次，他输掉的竟然是那对儿"菩萨脸狮子头"！那一天，李玉龙带着一大帮人，气势汹汹地来到了胡家，向胡文华索要"菩萨脸狮子头"。

那对儿宝贝，经过胡文华三五个

月的盘玩，已经"上了浆、挂了磁"，托在掌心，经阳光一照，显得精美绝伦、温润如玉。可胡文华没法子，他颤抖着将这一对宝贝儿交到李玉龙手中，然后，回过身来就给了胡保一通大耳刮子，他怒声喝道："我打死你个不肖子孙！"可是打着打着，胡保觉得爷爷的手劲越来越小，最后，胡文华竟然晕了过去……

要知道，这对儿宝贝可是胡文华的命呀，在他侍弄核桃树的五十年中，共遇到了两次"大年"，核桃树顺利地产了两对儿宝贝。而第一对儿作为国礼送给了外国元首，这次的这对儿是胡文华准备自己盘玩、并传给子孙的，可是现在，它们竟成了李玉龙的囊中之物，这怎能不让胡文华肝肠寸断呢？

可李玉龙乐坏了，在得到那对儿

宝贝的第二天，他就大肆做起了出售的广告。这广告惊动了全北京城、甚至全国的核桃迷们，众人纷纷竞买，经过半个月的折腾，这对儿宝贝被炒到了一百万元的天价，最终被一个不愿透露姓名的商人买去了。

就在这"天价核桃"事件尘埃落定之时，一个更大的新闻犹如一颗原子炸弹，在核桃圈里炸响了……

那一天，李玉龙举办了一次"核桃圈藏友聚会"，胡文华也来了，可谁都没想到，这个一脸病态的胡文华竟然当众宣称：葫芦峪的那棵大核桃树，所谓三十年才有一次"大年"的说法是假的，它和其他果树一样，是一年一"大年"、一年一"小年"，交替进行的；而且，它在"大年"也并非只产一对儿"菩萨脸狮子头"，而是产三五对儿；即使在"小年"时，也会产一两对儿"菩萨脸狮子头"。过去是为了提高"菩萨脸狮子头"的知名度和稀有度，同时也是因为旧时祖上为了应付向皇家进贡，才想出的法子，谎称这棵树三十年才有一次"大年"。

这可是"一石激起千层浪"，众人听了，顿时大骂胡文华，说他是大骗子、老狐狸，这么多年来众人全被蒙在鼓里，被胡家当猴子耍了！

胡文华连连鞠躬、道歉，可是大家哪肯原谅？在世世代

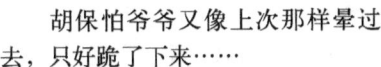

代的核桃迷心中，他胡家就是核桃圈里的"泰山北斗"，胡家的核桃就是圈里的"名牌"，可现在得知这样一个权威世家居然一手制造了一个惊天骗局，大伙儿的心情是可想而知的。

于是，有些脾气火爆的人便把胡家的祖宗十八代都骂了个遍，当听到自己的父亲、祖父乃至祖宗十八代被众人百般羞辱时，胡文华终于忍不住了，他"扑通"一声，跪在了大庭广众之下，口中不断地说着赔礼道歉的话。众人见这么一个白发苍苍的老头竟然屈膝跪下，眼泪涟涟，脸皮子也不要了，也就闭上了嘴。

就在这时，忽然听见一声撕心裂肺的哭喊："爷爷……"众人一看，是胡保连滚带爬地跑了进来，"爷爷，您快起来，您这是干什么呀？"

还没等胡文华回答，胡保又恶狠狠地盯着众人，眼中冒着火，吼道："爷爷，是谁让您这样的？我跟他拼了！"说着，他就一把扯住了离胡文华最近的一个男子的领子，挥拳就要打。

"住手！"胡文华抱住了胡保的胳膊，"这些人，他们，他们的祖上，都是照顾我们胡家数代人的'衣食父母'，和爷爷一起跪下，向他们赔罪！"

胡保又急又气，说道："赔罪？衣食父母？"说完，他仍旧恶狠狠地怒视着众人。

胡文华颤抖着声音说："跪下！"

胡保怕爷爷又像上次那样晕过去，只好跪了下来……

一场风波就这样过去了，胡家在核桃圈里的地位自然一落千丈，几百年来的名声也付诸东流了。核桃迷们在短暂的愤怒之后，又变得异常兴奋，因为这样一来，那对儿"菩萨脸狮子头"就不是"绝世孤品"了，也就是说，他们今后还有可能得到"菩萨脸狮子头"，甚至比李玉龙刚刚卖掉的那对宝贝儿更好！

于是，就有人向李玉龙提出，要买今年产的另外几对儿"菩萨脸狮子头"。李玉龙获得了十年的经营权，自然是全权代表，而且李玉龙还提出，现在可以预售今后十年的"菩萨脸狮子头"，价格降低到每对儿三十万块钱，有意向者可与他签订购买合同，并交纳十万块的定金，到来年秋天便可以得到。李玉龙方面如果违约，到期不能交出"菩萨脸狮子头"，要按价格的双倍赔偿购买者。

不到一个月，李玉龙就将未来十年间的"菩萨脸狮子头"预售一空了！

就在李玉龙兴高采烈的时候，胡文华却呆呆地站在父亲、祖父等人的遗像之前。这些日子来的变故，使原本精神健旺的胡文华面容苍老了许多，眼神也黯淡了许多。他跪在地上，

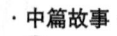

口中念叨着："列祖列宗在上，请原谅不肖子孙胡文华吧！"

胡文华正念叨着，门"吱呀"一声开了，进来了一个人，谁？张晨曦。

张晨曦和胡文华，原本交情极好，自从在那次"藏友聚会"上，胡文华爆出了那棵大核桃树并非三十年才有一次"大年"的内幕后，胡家的门庭猛然间冷落了，但张晨曦和他，毕竟多年的交情搁在那儿，所以，张晨曦还是上门了。

张晨曦一进门，见胡文华在对着祖宗磕头，便冷冷地说道："一生清名，毁于一旦，祖宗面前，何颜以对？"胡文华一手支地，默默地站了起来，还没开口，却见张晨曦怒气冲冲地把一对剖开的核桃重重地拍在桌子上，说："你看看，这就是李玉龙开价三十万的'菩萨脸狮子头'，是我的一个朋友买的，假货。你教过我，怎么辨别赝品，可你和我总不能没日没夜守在李家门口，给上门买核桃的人讲解怎么辨别的方法吧？"

胡文华拿起被剖开的核桃，看了一眼，果然和上次的假货一样，也是用核桃磨成粉末，再加上胶质做成的。

"呸，真是恬不知耻……"张晨曦破口大骂李玉龙，却又显得无可奈何，没处撒气，只得又把气撒在胡文华身上，"都是你，说什么核桃树不是三十年一'大年'，这下可好了，好多人都盯着李玉龙要买'菩萨脸狮子头'，你倒让他把造假卖假的生意搞得更大了！"

胡文华静静地看着、听着，既不着急也不上火，直到张晨曦发泄累了，把话头停下来了，胡文华才微微一笑，说："张老弟，你误会我了。我就真的能让李玉龙那小子在我脑袋上拉屎？我就真的能让他把咱们的核桃圈儿搅得乱七八糟？"

张晨曦大感意外，说："您葫芦里卖的是什么药呀？我……我怎么越听越糊涂呀？"

胡文华把张晨曦按在椅子上，不急不慢地说："张老弟，坐下来，听我慢慢说……"

6. 杀核桃，峰回路转

其实，胡文华早就下决心，一定要将李玉龙这个害群之马赶出核桃圈，可李玉龙也不是等闲之辈，要让他心甘情愿地跳入陷阱，也不容易。胡文华知道，李玉龙的胃口很大，只卖出几十对假"狮子头"，他是不会罢休的，能让他赚大钱的是"菩萨脸狮子头"，和以此仿造的假"菩萨脸狮子头"。果然，李玉龙把胡保盯得更紧了，在胡保身上下起了更大的工夫。于是，胡文华将计就计，不但准许胡保去赌博，还要求他必须只输不赢。

不到半个月，胡保就把那对儿

"菩萨脸狮子头"输了出去；过了一些日子，又欠下了李玉龙一笔不菲的赌账。为了还账，胡文华在李玉龙的威逼之下，说出了核桃树并非三十年才有一次"大年"的谎话……

张晨曦越听越糊涂，说："您这是什么'将计就计'呀？您这是在帮李玉龙骗人，为他牟暴利呀！"

胡文华微微一笑，说："别急呀，你听我说。我说这核桃树并非是三十年才有一次'大年'，而是一年一'大年'、一年一'小年'，而且'菩萨脸狮子头'年年都有，这样，这'宝贝'不是多了吗？他李玉龙不是'预售'了十年的'菩萨脸狮子头'吗？不是说如果违约就要双倍赔偿吗？好好好，我就让他违约，让他双倍赔偿人家，让他赔得倾家荡产！"

张晨曦听到这里，倒是明白了，不过转念一想，问题又来了："这倒是个法儿，可如何才能让李玉龙违约呢？"

"这事简单。"

"简单？"

"对，杀了它！"

"杀……杀人？您……"

胡文华笑了："谁说要杀人？杀树！"

张晨曦听了，这才恍然大悟，他回想起前些日子发生的种种事端，忍不住说："老爷子，您和胡保的戏演得真是逼真啊！"

第二年春夏之交，葫芦峪那棵郁郁葱葱地生长了四五百年、拥有着许多传奇的大核桃树"寿终正寝"了，它虽然依旧屹立在那里，却已经枝枯叶败、毫无生机了。李玉龙得知此事后想要携款潜逃，却被当地警方捕获，警方又查出了他别的违法犯罪事实，就将他刑事拘留了，等待李玉龙的，将是法律的惩罚……

那一天，张晨曦来看望胡文华，见他正站在核桃树前，一语不发。张晨曦走上前去，安慰道："老爷子，树死不能复生，何况这核桃树又是为了除掉李玉龙那个败类而死的，也算是死得其所，您就别伤心了！"胡文华听罢，突然仰天大笑起来："哈哈哈……"

张晨曦一脸地紧张，说"您……

您没事吧？"

胡文华淡淡一笑，说"没事。我今天兴致好，到屋里喝茶吧，我还要给你讲个故事呢！"两人进了屋，胡文华拿出了一直舍不得喝的好茶，一壶香茗，把盏长叙，胡文华说出了一段无人知晓的往事——

明朝后期，太监魏忠贤深受皇帝恩宠，他恃宠跋扈，把什么人都不放在眼里，而且是百般敛财，网罗天下奇珍。他听说了胡家那万金不换的"菩萨脸狮子头"，命胡家进贡献宝，胡家老祖宗就想出了一个法子——"杀死"了那棵核桃树。这样一来，魏忠贤就是再权倾朝野，也没办法得到"菩萨脸狮子头"。据胡家祖上传下来

的一本叫做《树经》的古书中记载，将朱砂、腽肭香、巴豆、狗头金、王孙不留、十大功劳等数十种药物，按照特殊的比例配置后，用"黑珍珠羊皮"——也就是未出生的黑色山羊羊羔的皮毛包了，上屉蒸十个时辰，再埋在距离核桃树主根三尺三远的地方，这样用不了十天半月，树就叶落枝枯，好像死了一样……

张晨曦听到这里，兴奋得叫了起来："老爷子，您就是用了这个法子？"

胡文华微微笑着，只说了两个字："喝茶！"

几个月后，葫芦峪的那棵核桃树枯木吐叶、重萌新枝，没多少时间，又是枝繁叶茂、生机无限了。

张晨曦看着这树，说："老爷子，我说您决定'杀死'这棵树时，怎么那么泰然自若呢？原来是攥着起死回生的妙招呀！"

胡文华长长地出了一口气，说："唉，什么'泰然自若'呀！当年老祖宗'杀树'时，这树是在树龄只有四五十年的壮年，而如今这树，已经是活了四五百载的风烛残年了！中医有一句话叫做'虚不受补'，况且是这样'死去活来'的折腾呀，我真怕……怕这树真的死在我胡文华手中呀！"说完，一行浑浊的老泪，落在了这棵树荫重重、饱经沧桑的核桃树下……

（题图、插图：杨宏富）

故事会 ■ 新浪 微故事大赛

5月优秀作品选登   主题：青春绽放

@ 沙漠胡杨 coolboy　她到林场帮人看果园，杏子熟了她吃杏子，桃子熟了她吃桃子……每次吃完后她就把果核埋入土里。秋天到了，几场秋雨后，树下发出很多果苗。人们感到很奇怪：这是怎么回事呀？她骤感羞愧，因为那是她埋下的果核生出的呀！她是我的母亲，母亲教育我：可耻的行为会发芽，人人看得见。

@风铃炸弹　颁奖典礼上，她紧握住那位知名老导演的手说："10年前与您的戏擦肩而过，但我却铭记您的教诲——青春只有一次，别浪费它。正是这句话，让我坚持至今。"导演略带尴尬地笑着，他并不记得自己说过这样的话。事实上那源自一条短信："遵守规则，女一号就是你的。青春只有一次，别浪费它！"

@蔡甸王启东　他拎着一满铁桶的螺丝交给车间主任。主任竖起大拇指："进厂大半年就捡了这么多，得了真传呀！当年你爸就因这评先进当劳模，今年厂里的先进你有份……"他却说："不用评我先进，我辞职了，我要去深圳打工。跟我爸谈过，他也同意。几十年过去了，这个大厂的习惯一点没变。"

@Lin 东鸿　小孩拼命地咆哮着，而母亲只能默默地对着双目失明的他流下伤心的眼泪。这时，寡言少语的父亲走到孩子耳边说了一句话，母亲惊讶地发现孩子的眼泪戛然而止。多年后，孩子成为世界闻名的音乐家。当被问到成功的秘诀时，他说出了当年父亲的那句话：你看不见世界，但是你却可以让全世界看见你！

@潜龙在天天潜龙　饭店里，一家人正为考上大学的儿子举杯庆祝。一个年轻的女服务员脚下打滑，不慎将汤汁溅到了准大学生的身上，还没来得及道歉，饭桌上的人就数落开了：我儿子和你一般年纪，都考上大学了，你连个盘子都端不好……主管见状急忙过来赔礼：对不起，她是咱市今年的高考状元，来这打工赚学费的。

@ 冯晓潇　一辆豪华轿车连闯几个红灯后，被他拦下，他刚要过去罚款，老交警拦：放行！他疑惑：为啥？老交警：笨，车牌号，局长的车！他犹豫起来，这时司机摇下车窗：喂，新来的！赶紧让开！他有些怒了，把心一横，扣下了车。几天后马路上再也看不见他，他升职了，原来那天局长车被盗……

@秦皇岛光明爱心孤儿院　2002年的冬天，我到一个偏远小山村去接孤儿院的第一个孩子，他家是一个低矮的小草房，我一米九的个子，几乎是跪着进去跪着把他抱出来的。一晃十年过去了，这孩子长得和我一样高。去年他考上大学，我送他到校园，临别时，他突然给我跪下，流着泪说："申爸，我能有今天，是那年你先跪我的。"

（大赛启事见本期P61）

作文也疯狂

一个小学老师出了一道作文题《我与美食》，结果在批改时，老师数度昏厥……

◆ 我最喜欢吃生鱼片，我觉得生鱼片唯一不好的地方就是没煮熟。

老师点评： 如果煮熟了，还叫生鱼片吗？

◆ 世上的美食很多，我最喜欢吃的外国料理是四川担担面。

老师点评： 你是哪个国家的？

◆ 我最喜欢吃的美食，就是那种出现在陆地上的、我们天天都看得到的、香喷喷的肉。

老师惊恐点评： 难道是人肉？

◆ 我对美食的要求很严格，我觉得美食不能由一位伤心的厨子做出来，不然就不美了。

老师点评： 看来，厨房里应该每天播放郭德纲的相声。　　　　（**推荐者**：秋　树）

夫妻斗嘴趣多多

◆ **知错不改**

妻子抱怨丈夫知错不改。

丈夫说："我要是知错就改，不早就和你离婚了嘛。"

◆ **玫瑰花**

妻子问："以前你经常送我玫瑰花，为什么现在一朵都不送了？"

丈夫反问："你见过渔夫钓到鱼后还喂它鱼饵吗？"

妻子怒道："喂，你难道没养过金鱼吗？"

丈夫答："养过啊，太费事儿，后来喂猫了。"

◆ **妻子、丈夫的定义**

晚餐时，丈夫抱怨妻子煮的菜太难吃。

妻子说："你娶的是妻子，不是厨子！"

晚上睡觉时，妻子说："楼上有怪声，你上去看看。"

丈夫说："你嫁的是丈夫，不是警察！"

◆ **QQ病毒**

丈夫接到妻子的电话："亲爱的，你的QQ有病毒，我帮你清理了。"

丈夫问："病毒啊，怎么清理的？"

老婆回答："嘿，我手动清理的。"

等丈夫一登录，发现少了三十多个QQ好友，都是女的。

（**推荐者**：李彦锋、杨启童、向星宇）

侃 点

◆ 别和小人过不去，因为他本来就过不去；

别和社会过不去，因为你会过不去；

别和自己过不去，因为一切都会过去；

别和亲人过不去，因为他们不会让你过不去；

别和往事过不去，因为它已经过去；

别和现实过不去，因为你还要过下去。

◆ "幸福"的N种状态：

出门有车，虽是自行的；

兜里有钱，虽是有限的；

居住有房，虽是蜗着的；

工资能涨，虽是微薄的；

吃饭有蒜，虽是很少的；

电话能接，虽是山寨的；

学校能上，虽是很贵的。

◆ 足球运动员靠腿吃饭，所以退役叫挂靴；

网球运动员靠球拍吃饭，所以退役叫挂拍；

学生靠考科目吃饭，所以考试不及格叫挂科；

影视明星靠脸面吃饭，所以退休了叫"挂面"。（**推荐者**：秋 树）

◆ 某人在超市买了套秋衣秋裤，结果回到家，发现包装袋口被撕开过，上衣是L号的，裤子是S号的……

可气又可笑的是，他穿上居然挺合身的！

◆ 一同学成绩非常好，但是有次考试成绩不太理想，他爸带着他去散心。走到一个满是浮萍的池塘，他爸语重心长地说："其实你平时学习没落实到实处，就像这浮萍，轻轻一踩不会沉，但是重重一踩……"说着，他爸用脚示范，随即便"啊"的一声，"扑通"掉进了池塘。

◆ 期中考试出了一道古汉语翻译题：逝者如斯夫，不舍昼夜。

老师改完考卷，很严肃地对全班同学说："我们班有个人是这样翻译的——'死去的那个人好像我的丈夫，白天晚上看起来都像。'"

◆ 记得今年元宵节，有人发了一个图，碗里面有六个汤圆，分别写着：发财、幸福、成功、如意、健康、快乐。只可惜这么好的东西都泡汤了。

◆ 数学试卷有道证明题，大家都不会。有个同学，小抄上恰好有这道题，他一阵窃喜。可是题量真大，快交卷了，他还没有做到那道题。眼看就要收卷了，同学一阵紧张，拿起胶水，干脆把小抄贴在试卷上。

后来，此同学被记大过，遂跻身校园传奇人物之列。

（**推荐者**：兰子、慕纱、邱晨英） （**本栏插图**：安玉民 梁 丽）

爆笑广场

《西游记》的故事在民间流传了数百年之久，里面那个好吃懒做、贪生怕死却又天真憨厚、胸无城府的猪八戒，更是深为大家熟悉和喜爱。这次，咱们就选出几个《西游记》之外的八戒故事，供大家一乐。

黄瓜为啥会生刺

传说黄瓜身上本来没有刺，后来为啥会长出刺儿呢？这还得从猪八戒入赘高老庄的事儿说起。

猪八戒到高老庄招亲时，变成了一个憨厚敦实的小伙子，他干活儿非常卖力，几亩菜园种得也不错，尤其是黄瓜，几乎长满了架子。

可是好景不长，后来猪

八戒渐渐变懒了，不肯去菜园子了。这一来，庄里的一群小娃娃可乐了，天天去偷摘黄瓜吃。

这一天，猪八戒口渴得厉害，想摘几根黄瓜解渴。当他走进菜园时，看到一群顽皮的孩子抱着一堆黄瓜逃了出去。猪八戒一看，气得怒眼圆睁，原来，长熟的黄瓜全被偷光了，他只好干着嗓子回去了。

等回到高小姐的绣楼上，猪八戒看见一大包明晃晃的绣花针放在桌上，立时乐得两眼合了缝。到了夜里，他悄悄地拿起那包绣花针，来到黄瓜架前，在所有小黄瓜的身上都插上了绣花针，而且全是针鼻儿朝里，针尖儿朝外。猪八戒心里说道："娃娃们，我看你们明天谁还敢来偷我老猪的黄瓜！"

这一招还真灵，从此，孩子们再也不来偷黄瓜了。过了几天，猪八戒到黄瓜架前查看时，那些小黄瓜都长大了，变长了，不过黄瓜身上的绣花针却全都不见了，变成了一根根刺儿。从那时起，黄瓜就有了刺儿，直到今天还是这样。

（搜集整理：贺永生）

猪八戒出生记

吴承恩为啥要写猪八戒呢？有这样一个有趣的说法。

当年，《西游记》写到第十七回：

"孙行者大闹黑风山，观世音收伏熊罴怪"，吴承恩突然觉得写不下去了。原因何在呢？他想来想去，头都想疼了，也没找出个道道来。于是，他想熄灯睡觉，放松一下，改日再想。

刚入梦，忽听有人大叫一声："吴老头！"话音刚落，从门外跳进来一只猴子，呵，原来是孙悟空！他对吴承恩说："你应该体谅体谅俺老孙的难处啊！"吴承恩忙问他有什么难处，孙悟空说："师父取经，要遭九九八十一难。俺老孙纵有三头六臂，也保不了师父的险呐，你看着办吧！"说完，他一个跟头翻出门去。

不多一会儿，又有人叫道："施主吴公！"身影一晃，人进来了，原来是唐僧，只见他闭着眼睛、念念有词："徒弟少了，一个不好；徒弟少了，一

个不好……"念完，他转身走了。

吴承恩这下明白了：怪不得写不下去，原来是少了个角色，那么添谁呢？他犯了难。

正在这时，忽听外头一阵喧哗，紧接着闯进一头大猪。说来奇怪，那猪见到吴承恩马上跪倒，又作揖，又磕头，连声说道："先生救命，我要出家！"吴承恩听了好笑，便问："'出家'就是当和尚，你是一头猪，怎能当和尚呢？"那猪把头一歪，说："猴子能当，我也能当。"

吴承恩说："人家猴子有本事，能保唐僧去取经，你呢？"

"我也有本事！"那猪说着，"呼"地站起来，肩膀一扛，扛倒了一棵蟠龙松，嘴巴一拱，拱翻了一块卧虎石。那猪在吴承恩面前露了两手，正得意时，忽然山坡上亮起了灯笼火把，好多山民拿着棍棒，边跑边喊"野猪在这里，逮住它！"那猪听到喊声，"哧溜"一下，一头窜进吴承恩的书房。吴承恩叫声"不好"，一惊吓，醒了，原来是场梦。

吴承恩醒来后，想想梦中的情形，提笔写了第十八回："观音院唐僧脱难，高老庄大圣除魔"。

有人讲"八戒梦中来"，指的就是上面这么个说法。究竟是真是假，传说罢了，无须考证。

（搜集整理：姜　威）

八戒争供

西天取经后，玉帝把八戒封为肥田官，派他去人间管理猪圈和肥田的粪土，并可岁岁享受供果。

岁末，庄稼人果然为肥田官烧了两炷小香，上了一碗小供，表达敬意。

八戒别提多高兴了，吃过供果，他兴冲冲地到风雨神的庙里拜年，进门一看，只见供桌上摆满了鸡、鱼、肉、蛋……这下八戒来气了，一头闯到凌霄宝殿，大呼不公平。

玉帝听了八戒的"理"，"扑哧"一笑："你可一试，要是能把风雨管好，我就让你当这风雨神。"八戒便驾云而回。

夏天到了，太阳就像一盆火，烤得大地直冒烟。一个农夫找到八戒，

说是庄稼快干死了，求他下场雨，于是八戒拿出令旗就要唤雨。这时，突然又跑来一个小伙子，朝八戒一跪，说他是种姜的，如今立夏了，姜正需要暴晒，千万别下雨。

这让八戒皱起了眉头，心想：这种田人求我下雨，那种姜人求我不下雨，怎么办呢？

正为难着，又来了一个摆渡的艄公，说是河里水太少了，船搁浅了不能靠岸，求八戒刮场大风，推推船。

八戒一听，不管下雨的事儿了，拿出令旗，就要刮风。不料这时候，又踉踉跄跄跑来一个老太婆，说是家里的果树正在扬花，千万不能刮风！

八戒更犯难了，急得直摇头："不下雨庄稼旱，下了雨老姜烂；不刮风船难走，刮了风花完蛋，这可怎么办？"

正着急着，玉帝来了，八戒一看，气呼呼地说："这差事真要命，我干不了啦，你另请高明吧！"

玉帝微微一笑，不慌不忙地念出一段风雨咒——

晚上下雨浇田庄，
白天出日晒老姜。
风脚顺着河道走，
满树香花全无伤。

八戒听了，心服口服，甘心去做只能吃"小供"的肥田官啦！

（搜集整理：赵木身）

（本栏插图：安玉民　梁　丽）

□ 马凌杰　改编

家有爱美妻

平日里，阿P一向乐呵呵的，可近日总是苦着脸、愁着眉，唉，他心目中清纯如水的妻子小兰变了，变得让他不认识了呀！

这事儿还得从小兰的工作说起。小兰刚升了主管，公司很器重她，下半年，公司要派人去国外洽谈几个大项目，老总还特意关照小兰同去。

这天，阿P去接小兰下班。突然，一阵香风吹过，从楼里走出来一位美女，样子妖媚不说，更要命的是胸口，开得那个低呀，几乎到了肚脐眼上。阿P眼看着看直了，没注意到小兰已经和一个小姐妹走了过来。

小兰一把揪住阿P的耳朵，怒道："你说，你们男人怎么一见到胸大的女人，就连自己姓什么都忘了？"

阿P一听，话茬不对呀，一问才知道，原来，那位美女是小兰的新同事，刚来，就把所有男人给迷住了。这不，小兰得到通知，出国的人选另有

安排了，就是那位美女！

小兰边哭边说："我在公司干了五年，她来了才一个月；我英语过了八级，她呢，26个字母都写不利索，你说，凭啥她能挤掉我？"

小姐妹见状，赶紧拉了她一把，低声说："小兰，不是我乱说，大家可都传着呢，她那胸啊，是人工的！"

小兰愣了，拉着小姐妹就往家走。

到了家里，小兰和小姐妹一头钻进了书房，等阿P小心翼翼地去请"老佛爷"用晚膳，却见小兰正坐在电脑前，盯着屏幕上那些大胸美女发呆，嘴里念念有词"难怪呢，正常人哪会有那么大，果然是假的！"

小姐妹赶紧哄她："没事儿，过不了多久，全公司都会知道她的胸是假的了！"

小兰却像没听到一样，攥紧了拳头，一字一句地说："我要丰胸！"

阿P急了，大声吼道："我不同意！"难怪阿P生气，他其实挺保守，哪里接受得了自己的老婆这样做！

小兰毫不示弱："我有真本事，我要的是公平竞争，我不想输在起跑线上，你知道吗，现在的'起跑线'，就是我的'胸'呀！"

"你……"看着小兰那理直气壮的样子，阿P又气又急，甩门而去。

说干就干，小兰拉着小姐妹就去了一家整形医院，开始了五花八门的丰胸疗程，什么注射的、内服的、外擦的、器械的……她挨着来了个遍！

嘿，你别说，还真有效，一个月下来，小兰的胸围明显大了一圈，公司上下一片惊羡。小兰这个美哟，仰首挺胸，神采飞扬，故意当着阿P的面对小姐妹说："先天不足，后天再造，美丽无罪，丰胸有理！"阿P"哼"了一声，没接腔。

终于有一天，连阿P也大跌眼镜了。那天，阿P去参加同学聚会，小兰令人惊艳，引爆了在场所有人的眼球，为阿P挣足了面子。阿P紧绷了数十天的脸终于有了笑意，感叹道："大不一样，真的是大不一样！"

可惜好景不长，没过多久，小兰的胸部开始一点点萎缩了。她慌了神，问医生，医生却说这种反弹很正常。

小兰只能叫来小姐妹，低声说："老感觉麻麻的，不会有啥问题吧？"小姐妹也不懂啊，只能安慰道"医生都说没问题了，放心吧！"这话被阿P听到，担心之余，还有些解气，竟主动凑过去，装腔作势地说："唉，跟先前相比，不大一样，不大一样呢！"

于是乎，小兰不但急，而且怒啦，这怎么行呢？她整天拿着个真空器吸呀吸的，见药就吃。虽然阿P是极力反对小兰丰胸，但他看到小兰这么乱折腾，也心疼啊，他主动去给小兰做了营养餐，什么黄芪红枣茶啊、酒酿鹌鹑蛋啊，让小兰吃了个遍。

可结果是，胸部照缩不误，体重却节节攀增。慢慢地，胸部又完全回复到了原先的样子。阿P只能摇摇头，说："一样不大，还是一样不大！"

小兰现在才明白，爱美对于女人来说，是会上瘾的。于是，她又去医院，医生说："你还是做手术吧！"

手术还算顺利，过了半个月，两人到医院去拆线。

阿P在走廊上等着，心中忐忑不安。突然，里面小兰一声惊叫，阿P慌了，莫非又有啥变故？

医生终于出来了，支支吾吾地说："有点问题，一个挺好，而另一个……"

这会儿小兰也出来了，哭丧着个脸。阿P焦急地问："到底咋样？"

小兰突然"哇"地哭出声来："它们、它们不一样大……"

"不一样大？"这让阿P哭笑不得，正在不知所措时，那个小姐妹风风火火地赶来了："小兰，快、快回公司，老总让你立刻去买机票，出国！"

小兰哭得更厉害了："别骗我了，老总昨天就已经走了。"

· **多重性格 憨态可掬** ·

小姐妹仍然是气喘吁吁的，说："嘿，别提啦！那个美女是绣花枕头一包草，到了国外连问路都不会，下了飞机就把老总带迷路了。老总当场就把她炒了，让你快去救场子呢！"

小兰一听，终于破涕为笑了。阿P看到小兰笑了，也放下心来：这可怜的小兰，虽说折腾了小半年，先是"大不一样"，接着是"不大一样"，然后是"一样不大"，最后只落了个"不一样大"，但是咱小兰的业务能力一样强大，我对小兰的真心也一样没变啊！想到这里，阿P心中的安慰感油然而生，又开始乐呵呵的了……

（题图、插图：顾子易）

金嗓子

□ 魏 欣

郭健新近找到了一份工作，在一家旅游公司做导游，带了几次团后，最令他头疼的就是集合队伍、查点人数。

这回，郭健带着一支五十多人的队伍，去一个风景名胜区参观，他先让大家在景区门前等候，自己去买门票。可是等买了门票集合队伍时，郭健犯了难，因为过了十几分钟，人还是没有集合齐整。不少游客东瞧瞧，

西望望，又是购物，又是拍照，郭健扯着嗓门喊他们归队，回来这个，又跑了那个，简直没辙！

不大一会儿，郭健的嗓子就喊哑了，他正不知如何是好，一个姓张的游客自告奋勇要帮郭健集合队伍，只见他清了清嗓子，咽了口唾沫，然后冲着山门前的游客大声喊了起来："喂——郭导的游客注意了，现在开始进门了，过时不候啦！"

好家伙，他这一嗓子可真够响亮的，简直是平地霹雳、惊天动地，好半天后，那山门前的空中依然是余音袅袅，这响亮的声音惊得其他团队的游客都纷纷抬头张望。不到一分钟，郭健带队的游客竟然全部集合完毕了。

后来，每次到了景点需要集合时，张游客都会帮着郭健集合队伍，一趟旅程下来，张游客那洪亮的嗓音确实帮了郭健的大忙。

回来的路上，郭健对张游客十分感激、敬佩，他悄声问道："老张，你的声音那么洪亮，该不会是个歌唱家吧？"

张游客听罢乐得合不拢嘴，他笑着说道："哪里，郭导，你误会了，这些年野猪肉的价格一直飙升，我就在老家承包了一座荒山，搞起了野猪的生态养殖。你想啊，到了给野猪喂食的时候，那野猪漫山遍野到处乱跑，不练出一副好嗓子，能把它们都叫回来吗？"

就不让你抽

□ 李英姿

老于是个大烟民，抽了十几年，一天三包，雷打不动。最近他咳个不停，医生说他已经是重症尘肺了，吓得老婆阿花惊慌失措。

回到家，阿花立马实行了三光政策：工资收光、烟收光、家里零用钱也收拾光，勒令老于不能再抽一支烟。老于愁啊，他灵光一闪，有了主意。

这天早上，他故意起晚，无精打采地说："阿花，我胃疼，可能是你给我吃的戒烟片有副作用……"说完，他便哼哈起来。

阿花吓了一跳，非要带他去医院不可，老于连忙摆手说："你工作要紧，我自己去就成。"阿花只好抽出几张钞票给他，嘱咐他赶快去医院看看。老于捧着"救命钱"美滋滋地向小卖部走去……

隔三差五，老于不是头疼就是脚疼，阿花似乎看出了些端倪，这天老于刚说自己腿有些疼，阿花马上掏出一张医保卡说："这卡里的钱，够你用一阵子了。"老于一看，蔫了。

老于烟瘾难耐，苦苦等待机会。这天，儿子学校开运动会，让家长去当啦啦队员。老于一看，机会终于来了，强烈要求去当啦啦队员，还列举了自己嗓音洪亮、体格强壮的优势。老婆狐疑地扫了他一眼，还是把这个重任交给了他。

临出门，老婆手里捏着二十元钱，说："这是你和儿子的午餐钱。"又拿出四个硬币说："这是你们来回坐公交车的钱。"老于可怜巴巴地接过，不甘心地说："老婆，当啦啦队员费嗓子啊，你总得让我们买瓶水吧。"阿花一拍脑门，连称是，转身回了卧室。

正当老于庆幸计划成功时，阿花出来了，说："两瓶水够了吧。"

等她握着的手一打开，老于晕了过去。原来，阿花手里握着两个"再来一瓶"的饮料瓶盖，这是让他去换两瓶水呐！

酒驾查得好

□ 曾凡洪

刘一心夫妻俩要请吴局长吃饭，时间就在今天晚上，地点是局长定的，郊区的"农舍香"酒家。

夫妻俩早早打的去了酒家。下班时间刚过，一溜小轿车开了过来，吴局长带着五六个人来了。

吴局长毫不客气，七荤八素地点了一大桌子酒菜。服务员又问喝什么酒，吴局长说私人请客，节约点，就喝五粮液好了。夫妻俩一听，脸都绿了，喝五粮液还是节约？这么多人少

说也得四瓶酒，将近四千元啊！可是总共才带了两千元，咋办？

夫妻俩急忙出来商量，刘一心焦急地踱了几个来回，一拍脑袋，有了！他让老婆先回了包房。

不一会儿，刘一心回来了，大家谈笑风生。这时吴局长手机响了，听完电话，他的笑突然有点僵，说："真是不凑巧，今晚查酒驾，在交通大道路口，交警队朋友打的电话。"李科长的手机也响了，证实说："确实在查酒驾，突击检查。"从酒家回城里，交通大道路口是必经之路，大家一时沉默了。

没办法，吴局长发话，不喝酒，喝点饮料吃饭就算了。无酒饭局进行得快，送走客人，老婆去结账，总共不到八百元，她高兴地说："查酒驾就是好，省了不少钱。"刘一心笑笑。

回来的路上，老婆不住地往车外看。到了家门口，老婆忍不住问："他们不是说查酒驾吗？怎么看了一路没见查啊？"

刘一心"哈哈"一笑，说："根本没查，我有个哥们儿在交警队工作，正好也认识吴局长和李科长，我让他打的电话，谎称今晚查酒驾，好省掉酒钱。"老婆捶了他一拳，笑着说："你太有才了！"

刘一心接着说："唉！要是国家重视查禁烟就好了，我今晚还能省两百元的烟钱。"

为啥不进门

□ 孝 友　搜集整理

老张是镇上的老科长了，专门负责帮困工作。这段时间，镇上有个重点照顾的困难户，是王婶家。王婶是个苦命人，丈夫得急病去世了，自己身体一直不太好，儿子还在读中学，家里就靠低保生活。

老张这人好心，经常来她家里送这送那的，这让王婶感激涕零。街坊邻居也是交口称赞："看看老张，多好的领导啊，王老头在天之灵也会安息了。"

可是让大家纳闷的是，老张每次拎着大包小包跑来，总不进屋，就在门外大声地嘘寒问暖。

终于有一天，街坊邻居晒太阳闲聊时，大家提起了这个话题。有个邻居神秘兮兮地对王婶说："听说，老张的老婆才去世不久，他会不会是对你……有那个意思？"经这么一提醒，王婶不禁一激灵，脸上泛起了红晕。

就这样，街坊邻居的称赞逐渐变了味儿："看看老张，多好的男人啊，王老头这下可以放心了。"

这话让王婶心里很不是滋味儿，决定找个机会，问个清楚。

转眼年底到了，这天午后，老张又来了，傻傻地站在门外，说快过年了，问王婶还有哪些没准备了。王婶不好意思，不敢直视老张，吞吞吐吐地说："没、没什么需要了，谢谢你！"老张见状，忙问："大妹子，遇到啥麻烦事了吗？说出来吧，我尽量想办法帮你！"王婶这才小声说："我想问您一个问题，请您一定如实回答我，好吗？"

老张鼓励王婶道："你大胆说！"

王婶这才鼓足了勇气，问："您每次来关心我们母子俩，都不进屋里歇息，到底是为啥？"

老张开怀一乐，然后很认真地说："大妹子，不瞒你说，我是代表镇政府来的，我得把政府的温暖'晒'给大伙看啊！因为，现在就流行这个，'晒'这、'晒'那的……"

这一下，正在晒太阳的大伙儿都愣了。

小偷和骗子

□李大勇

小偷听说有个骗子，骗术十分了得，于是决定去会会他。

骗子明白他的来意后，两人便去了一条幽静的小街，那里住着一位艾玛太太，是个有名的富婆。

骗子来到艾玛太太家，按响了门铃，门开后，骗子对着门内说了几句话，然后便进了屋。十几分钟后，骗子出来了，他的手里多出了一个漂亮的首饰盒，里面不知盛着何物，那肯定是从艾玛太太那里骗来的。

随后，小偷施展偷天换日的惊天窃术，偷得了这首饰盒。他打开首饰盒，一看，盒子里有一个透明的塑料小瓶，小瓶里放着淡黄的液体。"这是什么宝物呢？"小偷百思不得其解，于是他就去找骗子，想获知答案。

骗子说："你没有打开闻一闻吗？"

小偷摇摇头，说："当然不会，谁知道里面装的东西有没有毒。"

骗子说"我发誓，瓶子里装的东西没毒。"

小偷半信半疑地端起瓶子，打开瓶塞，一股怪怪的味道直钻鼻子眼，就像是啤酒坏了的怪味。小偷皱了皱眉头，说："这味道很熟悉……"

骗子接过话头说："我对艾玛太太说我是个医生，要选十个志愿者，免费做身体营养元素的均衡测试，艾玛太太非常乐意成为我的志愿者。"

小偷急不可耐地说："我不听这些，我只想知道里面到底是什么。"

骗子说"我对艾玛太太讲，我需要带走她的一样私人物品回去进行仪器测试，然后说为了表示对她的尊重，这个东西应该放到首饰盒里。"

小偷看上去更不耐烦了。

骗子不紧不慢地说："你刚才已经打开闻过了，我都说到这里了，身体测试，私人物品，坏啤酒一样的怪味，哈哈，你应该猜出来了……"

小偷"哇"的一声，扶着桌子吐了起来……

（本栏题图、插图：顾子易　包丰一）

515

2012
SEMIMONTHLY
下半月刊

7月

STORIES

欢迎登录本刊主办"故事中国网"（www.storychina.cn）

故事会
—STORIES—

2012 年 7 月
下半月刊·绿版

何承伟：社　长、主　编

夏一鸣：副社长

吴　伦：常务副主编（兼绿版负责人）

姚自豪：副主编（兼红版负责人）

本期责任编辑：刘迎曦

电子邮箱：liuyingxi1203@163.com

绿版发稿编辑：
朱　虹　颜轶超　黄美舟

美术编辑：李宝强

电脑制作：郭瑾玮

本社办公室电话：021-64375030

上半月刊编辑部电话：021-64332325

下半月刊编辑部电话：021-64336469

（上海市绍兴路74号 邮编：200020）

主管、主办：上海文艺出版（集团）有限公司

出版单位：《故事会》编辑部

发行范围：公开

───────────────

出版、发行总监：张　凯

电话：021-64313938

广告业务：上海故事会文化传媒有限公司

广告总监：张　淮

广告业务：021-34010383

广告投诉：021-64333738

广告经营许可证

沪工商广字 3100320080016 号

发行：中国图书进出口上海公司

真有福气

· 笑话 ·

这天，老王正跟朋友下棋，他儿子来了，说："爸，我把车开过来了，明天您用吧。"说完，留下钥匙就走了。

朋友见了，连连羡慕说："我说老王，你可真有福气呀，还能常用上儿子的车啊。"

老王听了淡淡一笑，说道："他倒是隔三岔五把车开来给我用，可惜就是每次油箱里剩下的汽油少了点。"

朋友问："那每次能给你剩多少？"老王摇着头说："也就够跑到最近的加油站吧。"

（阿健）

（本栏插图：包丰一）

今天母亲节

这天一大早，儿子刚起床，爸爸就赶紧端上早饭，讨好地说："乖儿子，今天爸爸做早饭，味道是差了点，你就凑合凑合吃了吧。"

儿子听了，揉揉眼睛，好奇地问："今天怎么轮到你做早饭了呢？妈妈生病了吗？"

爸爸解释说："今天是母亲节呀！咱们就让你妈妈休息一天吧。"

儿子似懂非懂地点点头，说："今天母亲节，那其他日子呢？都是父亲节吗？"

（赵世英）

换 白 棋

爷爷喜欢下围棋，但棋艺不高，总是输给别人。

这天，爷爷带着孙子出去又跟人下棋，结果连下了五局，都输了。

每到局终时，围观的人都会起哄："黑棋又输了！"

一旁的孙子听了，不解地问道："爷爷，你干吗不换白棋啊？那样不就赢了吗？"

（史雷）

4

酒鬼的感谢

有个酒鬼，没有一天离得开酒，他二十年如一日，每天都要光顾一家小酒铺。

这天，他又来到那家小酒铺，紧紧握住店主的手，感激地说道："今天，我是特地来跟你说声谢谢的！"

店主笑笑说："你买酒的时候付了钱，我卖酒的时候收了钱，你有什么好感谢我的？"

酒鬼严肃地说："当然要谢！这些年，要不是你循序渐进往酒里掺水，今天我怎么可能戒酒啊？现在，我喝口水就可以过瘾了！"

（呆　虫）

独角戏

有个老师上课特别没劲，可他自己感觉却特别地良好。

一天，他正上着课，发现下头的同学都目光呆滞地坐在那里。这老师便想来个互动，活跃气氛。于是他开始提问，可竟然没有一个同学愿意举手回答问题。这老师终于怒了，吼道"你们给点反应好不，我在上面唱独角戏，你们在下面干什么呢？"

此时，只听教室后排传来一个幽幽的声音，说："我们在看戏。"

（程　路）

一块儿罚

一天，老师上课上得正投入，发现班里最顽皮的同学又在讲话，便教训道："请你到教室外面去站一会儿，好好反省反省吧！"

等那个同学走出了教室，老师正要继续讲课，只见那人的同桌忽然举手，问道："老师，我也跟他一起去反省反省可以吗？"

老师觉得莫名其妙，便说"你又没说话，反省什么？"只听那同桌吞吞吐吐地说："他……他还没把笑话讲完呢。"

（胡　应）

上班气味

妈上班的时候特别注重仪表，不但穿得讲究，每次出门前还不忘喷些香水。

这天，妈妈答应带儿子去逛动物园。临出门的时候，她顺手拿了瓶香水往身上喷了喷。这时，儿子跑过来，忽然嚎啕大哭。

妈妈摸不着头脑，赶紧哄儿子问为什么。好半天，儿子才哽咽着说："你不是要带我去动物园的吗？怎么闻起来你像是要去上班了？"

（杨连）

礼物

这天是母亲节，一大早，姑娘就打电话吩咐男朋友说："你今天晚上要记得给我妈买香水啊！"

男朋友听了，拍拍胸脯答应说："没问题！"于是，他挂了电话，就赶紧买了东西，往准丈母娘那儿送。

果然，等他刚离开准丈母娘家不久，女朋友就来电话了。他心里乐滋滋的，接通了电话，准备被女朋友好好表扬一番。

谁想，电话那头女朋友却对他劈头盖脸一顿骂："你怎么回事？没听清楚吗？让你买香水，谁让你买箱矿泉水的？"

（鲁鲁）

出人意料

几个女生在宿舍里开罐头，其中有个罐头，大家费尽力气也没打开。这时，平时力气最大的女生回来了，自告奋勇道："我来！"

只见她铆足了劲，涨红了脸，拼命地拧。忽然，只听"啪"的一声，宿舍里一片欢呼："终于拧开了！"

不料，却只听那女生幽幽地说道："不是罐头拧开了，是我的腰带断了……"

（阿布）

不关我事

有个姑娘老觉得自己太胖了，又想追求骨感美，就不停做运动、节食，拼命减肥，然而却一点儿效果也没有。

这天，她又对着镜子照了半天，还是怎么看都觉得自己胖。正沮丧着，她妈妈正好经过她身边，于是姑娘就跟她妈妈抱怨说："都怪你！把我生得这么胖，一点也不美！"

她妈妈听了，瞪了她一眼，冷笑道："我说闺女啊，你这就不讲道理了，我生你时你才五斤多。你现在这样，关我什么事呀？"

（何 明）

定 位 器

老公总要开车到外地出差，老婆不放心，就让他给车子装一个GPS定位器。小女儿在一旁听见了，连忙好奇地问："妈妈，什么是GPS定位器啊？"

老婆解释说："装上它，无论爸爸开车到哪儿，我们都能知道了。"

小女儿听后乐了，说："爸爸，那你顺便也给邻家哥哥装一个吧！"

妈妈问："给他装干什么？"小女儿笑笑说："等我跟哥哥捉迷藏的时候，它就能派用场了！"

（华 全）

公私不明

这天，小丽出门办公差。事提前办好了，她就趁机在外头逛到快下班，才回公司跟老板交差。

谁知老板一见她，就训斥道："你办私事不让我发现也就算了。没想到你竟敢如此明目张胆！这次想不扣你奖金都不行。"

小丽正纳闷，难不成老板有追踪器？这时，一边的同事提醒她说："我说你哪怕是趁机买个衣服也就算了，干吗非要把直发烫卷了呢？"

（尹 佳）

（本栏目欢迎原创作品、翻译作品。来稿可从邮局寄发，也可从网上传递。如为电子邮件，请发以下信箱 liuyingxi1203@163.com）

阿P
送儿上名校

□ 姬广信

阿P的儿子小虎快上小学了，老婆小兰不想让他输在起跑线上，于是天天逼着阿P想办法，把儿子送进重点名校！阿P傻了眼，咱是打工的，名校的门朝哪开都不知道，你这不是逼我上天吗？

俗话说：有福不用忙，无福跑断肠。阿P运气也真是好到家了。那天晚上，他和工友小张喝酒，无意中说到这事，小张当时就拍胸脯说"P哥，小事一桩！天才小学怎样？你觉得行，月内我就给你搞定！"阿P听了，拍着小张的肩膀，笑呵呵直点头。

酒桌上的话，自然当不得真。阿P根本没把这当回事。回到家，阿P越想越好笑，就把这事告诉了小兰。要知道天才小学可是全市数一数二的名校，就他小张一打工的能搞定这事儿？牛皮也吹得太没边了。

阿P虽把这当个笑话讲，可小兰一听就紧张了，说："圈套，圈套！你的钱可千万别撒手啊！"阿P神气地说："我是那种人家编个故事就进圈套的人吗？你放心，我也是逗他玩。"

可没过十天，小张大呼小叫地上门来了，说："一切都办好，就等九月初报到上学了！"阿P和小兰听了相视一笑，想到下面就是开口要钱了，这骗术也太小儿科了吧。

没想到，小张坐了半天，就是压根不提钱的事。见阿P夫妻俩哼哼哈哈不相信的样子，小张火了，主动说出了原因。原来，小张以前是送快递的，一次送货到天才小学校长家，敲门没人应，却闻到煤气味，小张责任心强，当时就报了警，结果救了煤气中毒的校长一家三口。如今恩人开口，校长自然一口答应喽。

阿P和小兰这才相信自己不是做梦！阿P激动得当时就要下跪，被小张拦住了："P哥，你们刚才的态度，让兄弟心寒啊。"阿P连连作揖："大人不计小人过，得罪，得罪呀。"

阿P夫妻俩千恩万谢送走小张。这时，小兰想起更现实的事情，说："我听说，天才小学可是个贵族学校呀，现在是拼爹时代，你进得去，可没钱用什么去和人家拼呀？"

阿P不高兴了，说："小虎还没上学你就先打退堂鼓，记住了，咱就是砸锅卖铁也要让孩子站直了！"阿P已经想好了，咱不拼钱，拼孩子的脑袋！第二天，阿P就把小虎送进少年宫办的"快速识字班"，趁未开学的时间段，先跑起来。

开学了，小虎就这么如愿以偿地进了天才小学。可阿P夫妻俩高兴劲还没过呢，这天儿子蔫蔫地回家了。小兰问："小虎，你怎么了？"

小虎不高兴地说："今天老师提的好多问题我都会，可老师就是不让我回答，光让我旁边的一个丫头答。"

儿子就是聪明嘛，阿P喜滋滋地提醒道："你先举手呀，这样老师就会叫你了！"

小虎说："每次都是我先举手，可老师就是不问我。"

小兰看看阿P，意思是说这是怎么回事？阿P回味过来了，给小兰使个眼色后让小虎先吃饭，他们到了厨

房里掩上门，阿P小声说："那个女孩的家长一定是给老师送红包了！"

小兰不明白了，问："送红包就为了让她发言？"

阿P恨铁不成钢地说："说你傻，还不爱听。这叫花钱买发言权。今天她发言，明天还是她发言，发来发去无形中锻炼了孩子，孩子慢慢有了自信和自尊，学习就会越来越好。"

小兰觉得阿P说得有理，不由犯愁道："我说嘛，在名校混挺难的。"

阿P刚想有所行动，这天小虎又掉着眼泪进家了。小兰问："小虎，老师又没让你发言？"

小虎委屈地说："不是，我后边的一个男同学上课老踢我，后来他把脚一抬伸到我眼前说，'穷小子，看到了吗？明天带手巾来给我好好擦擦鞋！'原来他脚上那双鞋值一千多元钱。"

阿P听后气得"哇哇"乱叫："这种学校能培养出什么好学生？比吃比喝比穿，比爹比娘比车，就是不比学习！不行，我明天一定找校长去！"

小虎说："爸，明天上午就开家长会了，老师说一定要去！"

晚上，阿P找小兰要钱，小兰问有何用？阿P干脆地说："送红包，咱不能让孩子抬不起头！"

第二天，阿P乘公交车去开家长会，半道上车出了点小毛病，结果迟到了。家长会是在小礼堂里开的，校

长正在讲话。阿P从后门进去找个空位坐下，只听到校长说："大家都想让孩子到我们学校来上学，现在大家的愿望实现了，但你们不要送老师这个那个的，老师是为人师表者，你们送，他们也不会要的。家长一定要做高尚事业的话，你们看这小礼堂，就是用家长捐助的钱盖的，多漂亮！你们再看，桌椅板凳电视机，就连这四周的几十盆鲜花，都是家长的捐的，我在这里代表学校谢谢家长们了！"

家长会开完了，所有的家长都走了，只有阿P还一个人呆呆地坐在小礼堂里，他脑海里一直回响着校长的话。这时，一个人过来，对阿P说："师傅，我要锁门，你该回家了！"

阿P如梦初醒，慌忙站起来走出

礼堂，也不知怎么糊里糊涂地又回到了家中。小兰见他回来了，忙问："红包送出去了？"

阿P长长叹了口气，把校长讲话内容又说了一遍给小兰听，小兰听得眼泪汪汪，好半天才说："要么你去问问校长，没钱的出力行不行啊？你可以给学校做零工，咱不要工钱呀！"

一听这话，阿P直摇头："我到学校干活，小虎不是更没面子了？"

小兰趴在阿P肩头上哭了起来，说："现在怎么办？要不咱再借些钱……"

阿P生气地说："死猪不怕开水烫！咱不花那冤枉钱，看他学校能把孩子怎么样？"

虽说两个人在那赌气，可心里终究忐忑不安。

转眼就快放寒假了，这天小虎蹦蹦跳跳回了家，看着儿子高高兴兴的样子，阿P和小兰都松了口气。这天，小兰对阿P说："邻居家的孩子上的是普通学校，听说成天忙着写作业，睡觉的工夫也没有。可咱小虎怎么回家很少做作业呀？"

阿P得意地说："小虎聪明呗，作业再多他都能在课堂上完成。"

小兰还是觉得不对劲，就让小虎拿作业本来检查。小虎说："妈，老师课堂上都不讲课的，你还看什么作业本？"

阿P和小兰听后大吃一惊，问老

高档店 （潘胜奎　编绘）　　　　（《故事会》漫画版精品选登）

师上课不讲课那干什么？小虎说："老师光给我们讲故事、说笑话，或者让我们做游戏玩。说这是减负！"

阿P听了直点头，连说"减负好，减负好！"这时他又想到一个最最重要的问题，"那你们的文化课什么时候讲啊？"

小虎低下头，喃喃说道："老师说了，若是想学习就要去上课外辅导班，或另交钱到老师家里面一对一的辅导，我知道咱们家没钱，所以一直没吭声。"

"什么？你这一学期就这么过来的？这哪是名校？这活脱脱是宰猪场啊！"阿P听了小虎这番话，气得一句话也说不出来。这一次，他破天荒地没再哼小调。

（题图、插图：顾子易）

只有实实在在地做官做事，才能让老百姓得到实实在在的好处。那些投机取巧的法子总有一天会漏馅……

别给我玩虚的

□ 冯海鹏

小陈大学毕业，考上公务员，分到山高乡给马乡长当秘书。凭着那股子勤快劲和机灵劲，他很快就得到了马乡长的信任。

这不，这天马乡长回山里看父亲也喊上了他。谁想二人却扑了个空。看看时间还早，马乡长便让小陈陪着自己去慰问下住在附近的五保户牛老根牛大爷。

也巧，还在半山坡上，两个人正好碰见牛老根背着一捆柴火，弓着背哼哧哼哧往家里挪。马乡长连忙走上去帮牛老根把柴放在地上，说："牛叔啊，这段时间过得还好吧？我正找你呢！"说着，他从口袋里掏出一百块钱塞进牛老根手里。这牛老根望着手里的钱，又感动又惊讶，一时间竟然不知道说什么好了。

这时，小陈眼明手快，赶紧向后退了几步，准备用相机把这感人的场面拍下来。可就那么不凑巧，这时候，镜头里竟然闯进头牛来，正好夹在马乡长和牛老根中间。眼看两个人就要被牛冲散了，无奈，小陈只好按动快门，将就把这个场景拍下来。

回到单位，小陈打开电脑，把照片传进去，却怎么看怎么别扭。本来他是想写篇稿子，连着照片送到县报和市报的，可这头牛也太煞风景了。思来想去，他决定用软件把这头牛给抹掉。正要下手，忽然，一个主意冷不丁从他脑子里冒了出来。

小陈心想，反正这一年来，马乡长嘘寒问暖也帮了牛老根不少。俗话说，授人以鱼不如授人以渔，自己何不给马乡长进一言，就说照片上反映的是他改变慰问方式，送牛老根一头种牛呢？只要把舆论造出去，事情绝对是对马乡长有利的啊！

主意已定，小陈赶紧找到马乡长旁敲侧击地说完，马乡长犹豫地看看他说："亏你想得出！万一别人知道了，好事岂不是变成了坏事？"

小陈听出马乡长有些动心，赶紧趁热打铁道："县报和市报在深山老林里谁看得到？再说，即使看到，那些老实巴交的农民也不会放在心上的！"这么一说，马乡长扑哧一笑不再说话，算是默许了。

得到马乡长的默许，小陈赶紧写好了稿件，连同照片分别寄送到县报和市报。说来也顺利，没几天，县报便率先把报道登了出来。此后几天，马乡长便多次在不同场合得到上级领导的表扬和肯定。小陈心里暗暗高兴，看得出，马乡长更高兴，时不时拍着小陈的肩膀说："嘿嘿，你小子！好好干！"

可谁知，没过多久，麻烦来了。这天，马乡长开会去了，小陈正要出政府大门去办事，竟然撞上个人。谁？牛老根！小陈见了他，心就有些虚了。他上前问道："我说牛大爷，你来有啥事儿啊？"牛老根见是他，犹豫了片刻，嘴里蹦出一句话"我找马乡长要我的牛！"小陈听了心里咯噔一下，却揣着明白装糊涂道"牛大爷啊牛大爷，马乡长啥时候还牵了你家牛

了？再说，您啥时候养牛了？"牛老根一听，脸"腾"的红了，脖子憋得青筋一下子鼓了起来，急切地说"反正他答应给我的一头种牛没给我！报纸上都登出来了，他是乡长，说话就算数！你看，我有证据！"他一面辩解一面从口袋里取出一张皱巴巴的报纸递到小陈眼前。

小陈接过来一看，是一张县报，上面正是他写的稿件和他拍的照片。顿时，他的心里没了底气，没想到老实巴交的牛老根竟然长出心眼来了，明摆着要讹马乡长一头牛。

小陈把牛老根悄悄拉到一边，先把报纸上说的编个理由搪塞了他，接着又吓唬他说，再生法儿来闹，以后一分钱也甭想得到手，最后又可劲

儿地夸牛老根顾大局识大体重恩情。一番话下来，说得牛老根一愣一愣，嘴唇哆哆嗦嗦竟然不知道说什么好了。

小陈一看这情形，松了一口气，可还没等他一口气喘过来，牛老根竟然一拍大腿，恼道："俺村里人没你会说，我不和你说，乡长说话得算数，得把俺那头牛给俺，要不行，俺就亲自找乡长要，再不中俺就到县里说到市里说，反正俺有证据！"

小陈顿时目瞪口呆。看来，事情是要闹大了！这不光会害了马乡长，接下来要倒霉的就是他自己了啊！想到这里，他的头"嗡"一声便大了，冷汗也一下子冒了出来。

他强装镇定地对牛老根一笑说："大爷，你先别急，兴许马乡长是忘记了呢。你先回去，我给他讲清楚再说，你看行吗？对了，不要到处乱说啊！"看他态度软下来，牛老根"哼"了一声说："那中，反正不要糊我，要不我就找县里讨个说法去！反正我有证据，不怕赖我！"说完，扭头走了。

牛老根走了，小陈呆在那儿愣了好半天。没想到，不怕一万就怕万一的事儿，还真干不得。好主意摇身一变，馊了。这可怎么对马乡长说啊？

下午，马乡长回来了，小陈只好像上刑场一样，把事情的来龙去脉汇报了一遍，说完，他头也不敢抬，大气都不敢出一声。果然不出他所料，

马乡长把手里的文件往桌上一摔，咬牙切齿地骂道："看看你办的好事！你的馊主意你自己看着办吧！你想办法给人家弄头牛去！"

小陈就这么讪讪地回到自己的办公室，一个劲地朝那张报纸发愣。他正不知如何是好，只见马乡长慢慢蹭过来，叹了口气，小声对他说："这事儿我也有责任。一头种牛小万元，乡里穷得都揭不开锅啊。摊上这种事也没办法了。你去，把项目立了，就给他一头牛吧。"

马乡长这句话一出，小陈虽说心里五味杂陈，却像孙猴子解了紧箍咒一般，恨不得立马就把这事给办妥了。

可是，还没等他把事情弄完，第二天上午，牛老根竟然又到乡政府来了。小陈一发现他，立刻是又怕又恨，担心他闹出什么风雨来，就赶紧把他请到没人的地方，好把事情的结果告诉他。谁知道，他还没说两句话，牛老根就摆摆手说："俺现在啥都不听，俺就求你赶紧领俺去见见马乡长！"他越说越激动，声音一声高过一声，没办法，小陈只好把他领到马乡长的办公室。

一见到马乡长，牛老根蹿过去一把抓住马乡长的手，"扑通"一声跪下，哭道："马乡长，俺对不住您了！都怪俺心眼歪了，太心急来给您闹了啊！俺就知道你们说话是算话的，昨天擦黑您叫人送过去的一头大种牛俺

叫了声："爹，你咋来了？"见是马乡长的父亲，小陈正准备借故走开，却被马老爹叫住了："你就是县报上写报道的那个小陈吧？"小陈连忙惭愧地点点头。只听老人家说，"那你也留下，我说几句话，你也听听！"说罢，他转身去关了门，等大家都落座后，才开口说，"刚才牛老根是不是来过？你们是不是在猜究竟是谁送他的牛？别猜了，告诉你们吧，是我！"

小陈和马乡长一听，顿时又惊又疑。马老爹看看他俩，叹道："我就是看了县报的报道，才去找的牛老根，结果，我这才知道根本没那回事！所以，我就给他出主意，想着法子让他来找你们俩要牛！可是听上去你们终归是压根就没打算给，所以，我就把牛买回来送过去了！"

马乡长红着脸对父亲说："爹，你这究竟是要折腾个啥啊？"

马老爹不搭茬，过了好一会才说："你啊，爹为啥？我就是想让你们知道，咱老百姓实在啊，我们就喜欢实在的人实在的事！就算像你从前偶尔跟他唠个寒问个暖的，都远比假装送头牛这些虚头巴脑的大事强啊！做官的别给老百姓玩虚的！"

马老爹说完，起身走了。小陈和马乡长却一起陷入了沉思，而竟然忘记了送送老人家。

（题图、插图：安玉民　梁　丽）

收到了，可俺的心也不安了一夜，想来想去，俺决定还是把它还给您！乡里也不容易，您平时也没少照顾我！可这次这礼太重了，俺受不起。这不，牛俺牵来了，就拴在乡政府门口的胡同里！"

牛老根说完，小陈和马乡长你看我我看你，却半天也没搞明白。

马乡长只好尴尬地扶起牛老根，说："牛叔啊，是您的就是您的，将来一定养好牛，生活也算有个着落吧！"就这样，牛老根推辞，马乡长相劝，总算让牛老根把牛牵走了。

牛老根走了，留下小陈和马乡长在那里，百思不得其解。究竟是谁送的牛？牛老根咋就态度忽忽悠悠来回变呢？

正当他俩想破脑壳的时候，有人走了进来，马乡长见了，立马站起来

2012年"劳动·创造·奋斗——青春励志故事"征文大赛

为贯彻落实胡锦涛总书记"七一"重要讲话和党的十七届六中全会精神，引导青少年形成健康、积极、向上的人生观和价值观，特举办2012年"劳动·创造·奋斗——青春励志故事"征文大赛。

一、举办单位

主办： 共青团中央宣传部　共青团上海市委　新民晚报社　上海市嘉定区政府　上海文艺出版集团

承办：《故事会》杂志社　上海市嘉定区安亭镇政府

二、征文要求

根据自己成长中的亲身经历或所见所闻，以纪实或虚构的方式创作作品。作品主题积极健康，有故事性，结构完整，语言流畅，情感真挚，篇幅3000字以内。

三、征稿时间

2012年2月22日到12月31日。

四、参赛对象和方式

参赛对象为全国青少年，可个人参赛也可由单位或团组织集体组织进行参赛。网上来稿，可投以下信箱：lidan090@gmail.com；邮局投稿，可投以下地址：上海绍兴路74号《故事会》杂志社，邮编：200020。稿件后请注明作者姓名、地址、通讯联系方式等，并署名"青春励志故事"征文大赛字样（详情请见中青网、故事中国网）。

五、评比和奖励

征集结束以后由《故事会》杂志社邀请有关专家组成评审委员会对作品进行评比，结果在中青网、《故事会》杂志、故事中国网等媒体上公布。

奖励措施

1. 本次大赛，由共青团中央宣传部、共青团上海市委、新民晚报社、上海市嘉定区政府、《故事会》杂志社等单位联合颁发奖状，并对优秀作品颁发奖金。奖项设置：特等奖10名，奖金各3000元（含税）；一等奖20名，奖金各1500元（含税）；二等奖40名，奖金各1000元（含税）；三等奖60名，奖金各500元。对指导未成年学生参赛成绩突出的老师，颁发优秀指导奖，共30名，奖励《话说中国》一套（特精装，1980元）。

2. 获奖作品将收入《青春读本：感动中国的100则励志故事》一书（暂名），内容经团中央宣传部审定后由上海文艺出版集团负责编辑出版。

3. 部分优秀作品在《故事会》杂志上优先刊发，并按国家有关标准支付稿酬。

4. 组织故事讲述者选取优秀作品向进城务工青年、学生等群体进行宣讲，并通过媒体对活动进行宣传。

□ 胡梦勃

该死的酒驾

石晓聪刚买了奥迪车，这天他喝了点小酒，虽说有点犯迷糊，可看着离开家不远，他便觉得打起精神撑到家没问题。

谁知车开到中环路时，路上居然堵车排起了长龙。原来，前头停着几辆警车，周围正站着一些警察拿着酒精检测仪，一辆一辆地把车拦下来临时检查。

石晓聪一下子就紧张起来了，他朝自己手心里哈了一口气，然后凑到鼻子前一闻，刺鼻的酒精味冲得他自己都皱起了眉。他再往后看，发现自己已经被死死堵在车流里面。现在别说想掉头逃走，就是想靠个边都办不到。这时候，石晓聪真恨不得就这么弃车逃走了。

突然，他留意到停在自己右手边的一辆出租车，车里的司机师傅正悠闲地听着电台。石晓聪计上心头。他随手拿好自己的钱包，趁着车流停滞的一刻，偷偷打开车门，然后一溜烟地跑到出租车的一旁，一拉车门就钻进了副驾驶座。出租车司机被他吓了一跳，问道："朋友你要去哪里？以后离路口这么近不要钻上来，警察看到就是几百块罚款啊。"

石晓聪摆出一副嬉皮笑脸的样子，好声好气地和司机说道："师傅啊，前面临检你也看到了。我……我这喝了一点小酒，就一点。这要是被抓到多不合算啊。我知道出租车警察是不大会拦的，师傅您帮个忙，您看我的车就停在您车旁边。咱俩悄悄换一下，等开过这个路口我们就换回来，行吗？"

出租车司机听完，立刻摆了摆手拒绝道："这怎么行，这要是出了什么

事我负不了责。"石晓聪一听，马上笑嘻嘻地说道："我懂，我懂的。"然后他迅速掏出钱包抽出两张大票就塞在了出租车司机手上。出租车司机愣了一下，看上去有点犹豫。他又转过头看了看旁边石晓聪停着的崭新奥迪，心里好像有了点底，但却还是摆出一副很为难的样子，不作声。

石晓聪心里暗暗骂了一句，接着咬了咬牙，又塞给他一张大票，再三恳求师傅帮帮忙。出租车司机看了看手里的票子想了想，忽然笑了出来，他拍拍石晓聪的肩膀说道："哎！都是开车的，总要体谅一下的。那就换一下吧，过了前面的路口我们就换回来哦！"看着司机偷偷溜下车钻进自己的新车里，石晓聪心里的石头总算落了下来。他也偷偷移到出租车驾驶座上，拍了拍自己的脸庞，吐了口气，

打算镇定地开过这个路口。

车流开始缓缓地移动，石晓聪看着自己的新车已经超前停靠在前面的路口，司机师傅正在镇定地接受警察的检查。只见他平静地对着检测仪吹了一口气，还回头对着石晓聪的方向笑了笑。石晓聪赶紧转过头装作没看见，生怕引起别人的怀疑。

就在石晓聪准备开过路口时，忽然从旁边人行道上飞快地跑过来一个女人。她麻利地跨过隔离栏，向周围偷偷地张望了下，紧接着就拉开了石晓聪的车门，一屁股坐到车后座上，喘了口气后，这女人连珠炮似地说道："哎呀，这车可真难打啊，还好我机灵。司机，去城中广场，赶紧的，我有急事。"等她一口气说完，发现石晓聪没有反应，才转过头，看到石晓聪一脸目瞪口呆的样子，以为他想拒载，便不满地嚷道："我说你发什么呆啊，好歹答应我一声啊。这路口堵，你可别给我翻计价器，拐了弯再说啊。"

石晓聪对于这个突发情况真是哭笑不得，却又不能直说，只好支支吾吾地说道："这个，大姐啊，我不去的……"那女人一听就不高兴了，继续扯着嗓子嚷道"哎，你这什么意思？为什么不去？我告诉你啊，你赶我

对警察点了点头，警察也点头示意，举手势指挥他快速通过路口。石晓聪舒了一口气，正打算加速笔直开过路口，只听得后面那女的又大声叫道："右转！右转！免费的你也不能绕道啊，我有急事呢。你别诓我啊，我可是本地人哦。"

石晓聪叹了一口气，只好右拐进入另一条马路。他故意开得很慢，生怕前面的出租车司机没看见他转弯，和他跑岔了。这又引起了女人的不满，不停在石晓聪耳旁大声鼓噪，让他开快点，石晓聪只好磨蹭着向下踩油门。

就在这时，石晓聪终于从反光镜里看到自己的奥迪车从后面赶了上来，心中一喜，想着这下好了，只要把车还给司机就终于都搞定了。只见石晓聪的奥迪加速从侧面赶上了他，和他并排在马路上。这时候，出租车司机探出头来对着他大声问道："你小子干吗呢？往哪里开呢？"石晓聪冲着后座的女人指了指，苦笑着对出租车司机解释："我这抽空还帮您接了一单生意呢，您就不用谢了。咱们靠边停吧。"司机看了眼坐在车里的女人，也没有再说什么，踩下油门超过石晓聪，准备停下换车了。

这时，忽然从两车背后传过来一

下去我可告你拒载啊，你工号是多少？"嚷着嚷着那女的像是忽然闻到了什么，她凑过鼻子对着石晓聪仔细地嗅了一嗅，然后大声叫道，"哎呀，你怎么喝了酒啦？喝了酒还能出来载客吗？你什么公司的啊？"那女的声音越来越大，已经引得有些警察朝这边看了过来，吓得石晓聪赶紧制止她："大姐你轻点，我就喝了一点酒，开车没问题的，真的没问题。我这就送你去城中广场，免费，给你免费啊，你别嚷啊。"

那女人一听到免费这两个字，立马就安静了。她低下头，两眼发着光问道："真的吗？小弟，你免费载我去？"石晓聪赶紧点点头，只要先让这女的闭嘴，等安静地过了路口，后面的事情后面再说吧。

那女的果然喜滋滋地闭上了嘴，靠在座位上不声不响。石晓聪冷静地发动汽车朝路口驶去，他隔着车窗

声尖锐刺耳的警笛声，接着只听有人用车载喇叭大声地警告："前面那辆黑色奥迪，请靠边停车。"

听到这么声警告，石晓聪被吓得一激灵，本来喝了酒多少就有些恍惚，现在他一紧张，突然忘记了换车的事，还以为自己在奥迪里，觉得警察是让自己停车。他顿时就慌了神，下意识地猛踩油门打算逃离。不巧的是，前面的出租车司机已经减速刹车，石晓聪此刻手脚已经不听使唤，根本来不及有应急反应。

只听马路上"砰"的一声巨响，石晓聪那辆开在前头的新奥迪，尾部被他自己驾驶的出租车撞出一个大坑，横着向前滑了好几米。而石晓聪自己的胸口也撞在出租车的方向盘上，一阵的疼痛。车后座上的女人头敲在前头座位上，疼得她哇哇大哭起来。再看前头，只见出租车司机打开车门捂着头，从车里钻了出来。

此时，后面驶过来的那辆警车赶紧停车，从车上匆匆下来两名高大的警察。他们急忙赶过来查看，其中一位扶着受伤的出租车司机问道："你不要紧吧？前面在中环路为什么强行掉头啊？那里不能掉头的不知道吗？还有你……"他转向石晓聪，责问道，"为什么突然加速？嗯？你身上怎么有酒气？请你俩出示一下证件。"

这时，石晓聪和出租车司机对望了一眼，沮丧地低下了头。石晓聪心里那个懊恼，叹道：这该死的酒后驾车啊。

（题图、插图：张恩卫）

·本刊信息传真·

2012年"山阳杯"全国幽默故事创作大赛征文启事

为进一步繁荣幽默故事创作，《故事会》杂志社与上海市金山区文广局、山阳镇人民政府决定联合举办2012年"山阳杯"全国幽默故事创作大赛，并面向全国征文。

一、征文要求：1. 内容贴近生活；2. 情节生动有趣；3. 语言活泼，具有口头文学特点；4. 作品尚未在公开出版物上发表；5. 篇幅在1500字以内。

二、奖项设置：本次大赛设一等奖3名，奖金各3000元；二等奖5名，奖金各2000元；三等奖10名，奖金各1000元；创作奖20名，奖金各500元。优秀作品将陆续在《故事会》上发表，并结集出版。

三、征稿时间：2012年5月1日—2012年10月31日。2012年11月颁奖。

四、来稿方法：来稿可直接发至各编辑信箱，并请注明"山阳杯"幽默故事征稿。

究竟谁的错

□ 赵征溶

俗话说：人不为己，天诛地灭。为了各自的利益，他们都在博弈……

杨德林在镇上开了一家玩具厂，这几年他生意越做越大，人也越来越时髦。这不，不久前他还花高价买了一只藏獒，取名叫"旺旺"，经常带在身边。最近为了扩大再生产，杨德林征用了二十来亩地。这天应镇上的单镇长之约，他又带着旺旺来到了工地。

两人一见面，便谈起了征用土地的补偿款问题。见四下无人，杨德林便松开了手中的皮带，让旺旺自由走动走动。

就在杨德林与单镇长谈话的时候，村里的刘奶奶拄着拐棍打这路过，旺旺见来了生人，便迅速地冲了过去。刘奶奶见狗冲了过来，忙举起拐棍，以为可以吓退这大狗，谁知旺旺可是藏獒，一下子就把刘奶奶掀翻在地。

杨德林听有人发出凄厉的惨叫，循声看去发现是旺旺闯祸了，忙大声喝止，可旺旺已撕破了刘奶奶的衣衫，咬破了刘奶奶的腿。

杨德林见状，不敢怠慢，马上把刘奶奶抱上了车，开往医院急救。由于乡镇医院没有狂犬疫苗，杨德林又开车去县医院购买了送过来。治疗完毕，他再开车把刘奶奶送了回去，又

给了八百块钱，赔偿衣服加营养费，还不住地跟刘奶奶赔不是。

此时，麦子到了收割季节，往年刘奶奶家里的麦子，都是在外打工的儿子回来收割的，杨德林对刘奶奶有一种负疚感，于是就派了几个员工去帮刘奶奶割麦子。

刘奶奶高兴地抓住杨德林的手，连声说道："杨老板是好人，是好人呐！"说着话，又借过杨德林的手机，按他的吩咐，给儿子打电话，"儿啊，你别回来了，杨老板帮咱家把活儿都张罗好了。"

儿子听娘的话，没回来。这原本是好事啊，可怎么也没有想到，刘奶奶打完电话不到三天，他儿子在外地工地上摔死了。

杨德林得知这一噩耗很同情，便去刘家慰问。刘奶奶哭天抢地，哭到最后是哭糊涂了，竟一把抓住杨德林不放，哭嚷着："你赔我儿子的命！"

杨德林被弄得丈二和尚摸不着头脑，还以为刘奶奶悲痛过度，一时神志错乱，忙说："刘奶奶，你的儿子死在外地，这事跟我没有关系啊！"

但事情的发展真让人哭笑不得，刘奶奶认定："要不是你派人来割麦子，我儿子一定回来，他一回来也就不会出事了！"

围观的乡邻越来越多，他们本来对征地就很反感，认为这是夺他们的

饭碗，是断子绝孙的玩意儿，所以自然都站在刘奶奶这一边，他们还七嘴八舌地议论着："都是有钱人作的孽，养这害人的恶狗！没这狗，刘奶奶就不会住院，刘奶奶不住院……"按照他们的层层推断，那只狗是整件事情的罪魁祸首，所以杨德林作为狗主人还要赔偿！

面对如此荒唐的推理，杨德林满身是嘴也说不清了。

单镇长闻讯赶来，杨德林见来了救兵，直呼单镇长救命。

单镇长果然厉害，一来就吼道："你们吵吵嚷嚷什么，唯恐天下不乱，是不是？"

围观的村民，一个个噤声了，可刘奶奶不怕，还是抱住杨德林死活不肯放。

"刘奶奶，你这是干什么？"见硬的不行，单镇长又换了一副脸孔，柔声细语地好言相劝，"刘奶奶，杨总对您不错。人吃的是盐和米，讲的是情和理，可不能恩将仇报啊！"

"我的儿子都没了，哪里还有我的盐和米？赔我儿子的命！"刘奶奶仍然是哭声连连。

单镇长又高声说道"刘奶奶，您先把手放开，杨总不让您儿子回来割麦，是关心您，您可不能蛮不讲理啊。"说完，还掏出手机要跟派出所通电话。

一个老太婆到了这地步还怕你？

刘奶奶随即又抱住单镇长的腿，头直往上面撞。这下子单镇长慌了手脚，忙关了手机。人都说程咬金是三斧头，这单镇长两斧头砍下去，就没气力了，只得连连求饶"刘奶奶，快别、快别这样，有话好说嘛！"

"我要他赔我儿子的命！"刘奶奶还是那么一句话。

"可是，可是人死不能复生啊，刘奶奶，咱得讲理是不……"

人群里有人嚷嚷道："他们有钱人有的是钱，就叫他赔钱！"

有钱人就活该赔钱吗？这话显然说得太过偏激。单镇长反问道"刘奶奶，哪有要他赔钱的道理啊？"

"不行，不赔钱，就赔我的儿子的命来！"

围观的群众也跟着七嘴八舌吵起来，这让单镇长很紧张，他眼看着自己灭火不成，却快要引火烧身了，事情闹大了对谁都没有好处。于是单镇长就对杨德林说："杨总，你看这事怎么办？这，这……你怕是要出点血了。"单镇长说完，两手一摊。

杨德林一见单镇长也倒戈了，不禁有点急，他说"我和她儿子死亡这件事，是八竿子也打不到一起的啊！镇长，老奶奶不讲理，怎么你也不讲理？"

单镇长也急了，他压着嗓门，对杨德林说："杨总，你怎么能这样说话呢？你看看，这场面怎么收拾？这女

人家的一闹起来，就会没完没了了，说不定还要睡到你家里去，或者想不开喝农药，那再闹出人命来，影响一旦闹大了，那会是怎样的结果？我今天这么做还不都是为了你好？"

话说到这份上，杨德林只能自认倒霉，但他坚持说可以出些钱，但决不能叫赔钱。赔钱，那不等于承认自己应该对她儿子的死亡负责了？

"那好说，好说。"单镇长随即转

身去问刘奶奶，"你要多少钱？"

早有人给刘奶奶递话了，说，现在交通事故死了人都赔三十万。刘奶奶一听，便脱口而出："三十万！"

"三十万？"刘奶奶狮子大开口，令单镇长咋舌不已。他把杨德林拉过一边，不等他开口，杨德林就怒不可遏了："单镇长，三十万是个什么概念？同情她，出些钱表示一点同情本来是可以的。但她这么狮子大开口，分明是讹诈，难道天下没有个说理的地方？"

"唉，别、别、别……那你说多少，我来沟通沟通。"

杨德林感到为难，但又很无奈，愣了一阵便说了："可怜她日后无依无靠的，就八万，不少了吧！"

单镇长去跟刘奶奶说了，但此刻刘奶奶的脑子里就一根筋，认定要是儿子回来割麦就不会死，她说："我给你个面子，二十万，不能再少了！"

单镇长再去跟杨德林。杨德林不答应，气呼呼地说："那就让她闹吧，哪怕闹到法院，我陪她！"

单镇长哭丧着脸说："杨总，不能、不能这么想。事情闹大了，就不和谐了嘛。我大不了丢了这芝麻绿豆官。可是、可是……"

锣鼓听声，听话听音，杨德林知道单镇长话里有话，便直接问说："可是什么？"

单镇长索性挑明说："你冷静地想一想，现在有些地方为征地闹得厉害，政府顶不住，不是将土地退还农民了吗？我怕这事万一闹大了，再把征地的事扯了出来，弄不好我们双方的损失就更大了！"

这话触到了杨德林的要害。当初拿这块土地，镇政府对他很照顾，现在的地价都翻番了，这笔账他算得出来，政府恼不得。单镇长见对方软了，又趁势说道："杨总，我知道出二十万，委屈了你，就算是替政府分忧解难吧。哦，马上政协要换届选举了，我想办法给你弄个政协委员当当。人有了地位，就能更上一个台阶，才会有更大的发展，是不是？"

杨德林心里也在算账，拿二十万划得来吗？最后他心一横，脚一跺，说"单镇长，听你的，就出二十万！"

单镇长这才长长地出了口气，总算摆平了一桩头痛的事，但杨德林越想越气，都是这旺旺惹的祸！在把二十万"赔"给刘奶奶的同一天，他叫来几个大汉，将旺旺拖出来，将它就地正法了。

然而这件事情并没有就此打住。不久，网上出现了不少帖子，网民都在讨论：刘奶奶要求赔儿子，是否太蛮？杨德林赔二十万，是否太戆？单镇长一味迁就，是否太软？

（题图、插图：刘斌昆）

宝马挡道

□ 谢庆浩

水鸣村有个后生，叫阿牛，他买了辆载人机动三轮摩托，每天到附近的县城搭客。

最近附近清水河边又集资修了条去县城的新机耕道，虽说不宽敞，可比老路要近上十几公里。这天大早，阿牛就开着三轮车往新路上赶。来到清水河边，阿牛一时间愣住了：一辆白色的宝马停在路上，把这路占去了大半，他的三轮车压根过不去了。

阿牛摁响了喇叭，可是他摁了半天，宝马愣是丁点动静也没有。阿牛无奈下了车，伸手敲了敲车玻璃，还是没人回应。他转到车头往里看去，才发现车里一个人也没有。阿牛扯开嗓门喊了起来："喂，是谁的车？麻烦挪一挪，你的车挡住道了……"

喊到第二遍，阿牛才听见有人不满地回答："嚷这么大声干吗？没见我在钓鱼吗？吓跑了我的鱼你赔不赔？"

阿牛循着声音望过去，发现机耕道下的清水河边支着顶太阳伞，伞下是个戴着墨镜的胖子，脚下放着个小桶，正坐在马扎上，拿着钓竿在钓鱼呢。

阿牛说："你的车挡住我的道了，能不能挪一挪，让我把车开过去？"

胖子回过头来，把墨镜摘下一半，看了眼阿牛，说："什么你的道？是你出钱修的路吗？"

阿牛一愣："不是。"

胖子"哈"的一声重新把墨镜给戴上了，说："修这条道我捐了三万块，不信你去查，县里屠宰场老板吕发财，那就是我。我捐了三万块还不敢说这条道是我的呢，你一毛钱也没有出，居然就敢说这是你的道？"

原来这个胖子就是吕发财。之前阿牛虽没见过他人，可早就听过这人

仗着有钱，专横霸道在方圆百里出了名。阿牛心里一愣，半天才逞强憋出了句："这不是我的道，也不是你的道，这是大家的道，你把车停在这里，就挡住了大家的道了。"

吕发财嘿嘿一笑："那又怎样？老子就爱这么停。我捐了三万块钱，这条道上总该有一个停车位是我的吧，所以我的车想停哪就停在哪，凭什么让我给你挪窝？你想怎么过那是你的事情，不过我得提醒你一句，这是新买的宝马，一百三十多万，想撞想剐，你看着办。"说完，吕发财把头一扭，再也不看阿牛，专心致志钓起鱼来。

阿牛没辙了，一百多万的车，他撞不起也剐不起，除了改道，还有什么法子？阿牛只能悻悻回到三轮车旁，掉头多绕了十几公里的路去县城。

第二天，阿牛特地早出工，开三轮来到河边一看，气得差点吐血。那辆白色的宝马车又停在机耕道上了！他再探头朝清水河边看去，那个聚精会神握着钓竿的，不是吕发财是谁？

阿牛不甘心地看了眼宝马，还好，今天宝马车停的位置往外多靠了一点点，他用脚量了量空间，勉勉强强可以开得过他那三轮。

阿牛把牙一咬，过！他回到三轮旁边，上了车，踩响了发动机，挂挡，左挪右闪地调直路线。接着，他抹了把脸上的汗，瞪圆眼珠子，紧盯前方，小心翼翼驾着三轮，往宝马旁的空隙挤了过去。终于三轮车的车头慢慢驶过宝马车，阿牛刚松了口气，突然觉得车斗后面猛地一紧，然后一松，接着宝马车就响起了雷鸣般的警报声。阿牛吓坏了，忙踩下刹车，回头一看，脸一下绿了：原来三轮车的后顶棚把宝马的后视镜给扯下来了！

吕发财听见警报声，挺着大肚子三步并作两步跑了上来，看了一眼后视镜，嘿嘿笑了声："好小子，算你有种，连宝马车你都敢撞。"说完，就操起手机，打起电话来。

阿牛磕磕巴巴解释说："我、我、不是故意的……"

吕发财理也不理，继续打电话。没多会儿，一辆黑色的小车疾驰过来，下来几个五大三粗的汉子，"腾"的一下把阿牛给围住了。吕发财说："我也不讹你的钱，刚打电话到4S店问过了，换个一模一样的后视镜要两万块钱。就算到交警队处理结果也一样，我违章停车最多罚两百块，你剐了我的车，该赔我钱还是得赔我钱。"一看这架势，阿牛还有什么好说的？忙用手机打了个电话回去给父亲，把情况一说，让他凑够两万块钱，马上送过来。

一个钟头后，阿牛的父亲来了，却只带来了一万块钱。阿牛家里穷，这一万块已经算是家里的全部家当了。最后老人哀求吕发财多宽限两天，等这两天把家里的那头大牯牛卖了，再找周边的亲戚借一借，一定把钱凑够给他。

吕发财倒也爽快："行，两天就两天，整个县里还没有我吕发财讨不到的债，你欠了我的钱，谅你一个乡下老农也玩不出啥花招来。不过有言在先，第三天要是没有钱给我，你就甭怪我吕发财不客气！"

回到家，阿牛的爹找来牛贩子，把大牯牛卖了，又东拼西借，总算凑够了剩下的一万块钱，交给了吕发财。

再说那吕发财修好了车，还是天天来清水河边钓鱼，他的那辆宝马依然停在原来的位置，依旧占去了大半个路面。为此，他还专门做了两个牌子，车前放一个，车后放一个，牌子上写的是同样的内容：

崭新宝马，剐剐两万，请你掂量，小心为要。

这牌子看得阿牛恨得牙根直痒痒，但他也不敢再逞强了，直接回头，改道多绕十几公里的路去县里。恶狗挡道人害怕，豪车挡道人心寒，剐一次两万，谁也玩不起呀。

一晃一个星期过去，这天阿牛开着车来到清水河边，看见吕发财的宝马已经停在路上了，他正准备改道，突然看见远远有个高大的身影狂奔而来，凝神一看，阿牛愣住了，这不正是他家已经卖掉了的那头大牯牛阿黑吗？它怎么跑回来了？

"阿黑，阿黑！"阿牛下了车，叫唤着大牯牛的名字，迎了上去。

"快闪开，这头牛已经疯了！派出所接到命令，要击毙它，你快闪开！"两个民警端着枪跑了过来，大声对阿牛说。

阿牛忙闪到了一边。只见大牯牛浑身上下大汗淋漓，嘴边喷着白沫，口鼻间鲜血淋漓，估计是挣脱了绳子跑出来的，看它的样子，果然像是疯了。大牯牛四蹄翻飞，民警连发了两枪，都没有打中。

枪声惊吓了大牯牛，它跑得更快了，眼看宝马车就在它眼前挡了道，大牯牛便径直撞了上去，"砰"的一声巨响，宝马的车前盖立时凹了一大块下去。这一撞的力度好大，大牯牛跟跄着倒退了几步，这一撞也

把它给彻底激怒了。只见它头一低，挺起两支长长的犄角，再次向宝马冲去。大牦牛的两只犄角顿时断了，宝马也给撞得歪在一边。大牦牛又低头猛力一顶，宝马哪里再吃得过这一顶，顿时掉下了马路，往河道摔去。一路筋斗打过，车前盖飞了，玻璃烂了，车顶也给压扁了，最后只听"砰"的一声巨响，宝马掉在清水河里，河水溅了吕发财一身，吕发财一声惨呼："宝马，我的宝马呀！"

在吕发财的惨呼声中，宝马就这么慢慢沉没在清水河底，民警的枪再次响了，这一枪正中大牦牛的脑袋，大牦牛一声悲鸣，慢慢躺了下去。

"阿黑，阿黑……"阿牛呼唤着大牦牛的名字，走了上去。大牦牛最后一次抬起头来，看着阿牛，又看看不远处水鸣村的方向，伸出温热的舌头，舔了舔阿牛的手，倒在地上，再也不动了。

大牦牛死了，但吕发财已经听见阿牛的呼唤声，他就像抓到了根救命稻草般，挺着大肚子气喘吁吁地爬了上来，伸手抓住阿牛，质问道："这是你家的牛？"

阿牛还来不及说话，吕发财身后的一个黑壮汉子回答说："老板，这不是他家的牛……"

吕发财急了，瞪眼说："怎么不是？你没听见他叫了牛的名字吗？而且牛临死前还舔了他的手。"

黑壮汉子搓着手说："老板，这原来是他家的牛不假，但几天前他开三轮刮了你的车，为了赔你钱，已经把牛卖给牛贩子了。"

吕发财哈哈一笑，拍手道："这就行了，水有源树有根，那我们就去找买他牛的牛贩子，赔我车！他的牛撞了我的车，想不认都得认的！"

黑壮汉子又为难地说："老板，我们还是找不了牛贩子。因为牛贩子后来又把牛卖给了你的屠宰场，这牛就是从你的屠宰场跑出来的。说到底，是你的牛撞了你的车呀……"

吕发财脸上的笑容一下僵住了，半天才发出"嗷"的一声惨叫，探头看着下面的清水河，嚎了起来："宝马，我的宝马呀……"

（题图、插图：张恩卫）

虽说有句俗话叫"懒人有懒福",不过今天,懒人祥子的懒福怕是要到头了……

懒人祥子

□ 汪培君

祥子从小失去了父母,是街坊们养大的,东家一顿西家一宿,街坊们一直宠着他,祥子也就变得又懒又馋了。

转眼间祥子长成了半大小伙,居委会主任就给他找了个保洁工的活。谁知没有几天,祥子就不干了,嫌干这活丢人,以后连个媳妇也不好找。主任便让他到工地上学点技术。却不料,祥子第二天就不干了,嫌太累,一天下来浑身酸痛。

主任急了,叫他自己找活,并通知街坊们,今后谁也不许再给祥子饭吃,让他自己挣钱买饭吃。这一招还真灵,第三天祥子就来找主任,说他想做生意,求主任帮他贷一笔款。

主任问他想做什么生意?要多少钱?祥子很诚恳地汇报:他想做点小生意,前期投资需要五十元。

主任一听只有五十元,想也没想,掏出五十元就给了他。祥子接过钱走了。

这时,主任感觉自己草率了,五十块钱能干什么?也就是一瓶酒两个菜的事。想到这里,主任急忙悄悄跟上,看看祥子到底想干什么。

还好,祥子没有进饭店,而是进了一家帽子店,从里面买了五顶礼帽。

主任纳闷了,买帽子干啥?只见祥子又进了广告公司,这下主任更纳闷了,就几顶帽子,难道还需要打广告?不一会儿,祥子就出来了,手里多了几块小木牌,一块大木牌。

随后,祥子走到了一座人来人往的桥上,把礼帽一字摆开,又分别往帽子里放了一块小木牌,然后把大木牌横在帽子后面,自己则背靠栏杆,盘腿坐下。

主任看到有人停下来观看，还有人掏出钱来扔进帽子里。他赶紧随着人流过去一看，原来五个帽子前的小木牌上，分别写着：一角、五角、一元、五元、十元 大木牌上写的是：我是一个瘸子，请求各位好心人帮助，并把您施舍的钱，放在相应的帽子里。原来，祥子不是做生意，而是乞讨。

主任见祥子装瘸子骗人，气得直哆嗦，本想过去踢祥子两脚，可是又觉得那样的效果不一定好，想想还是给祥子留一点面子，让他自己撤了。

第二天，主任借了一件大夫穿的

白大褂，弄了张桌子放在祥子对面，桌子上放一个牌子，上面写着：祖传秘技，气功治疗瘸腿。下面还有一行字：对乞讨者免费。

来来回回的人多了，有人就问祥子："你既然是瘸子，为什么不去对面免费治一治？这么好的机会不治，你是不是装瘸骗人？你站起来我们看看，如果是骗人，有你好看的。"

祥子害怕了，说："不是我不让他治，是他根本不会气功，他才是骗人的。"

大伙又把主任团团围住，问他，究竟会不会气功。

主任挺有把握地说："今天，我就拿对面那个瘸腿乞丐试验。我一发功，保证他的腿立马就好。"见大伙不相信，主任又说，"如果不好，你们打我一百拳，踢我一百脚 如果好了，你们就别再丢钱给他了。"

这一下，大伙更来劲儿了，齐声说好，并立刻让开一个通道，让主任发功。

只见主任深吸一口气，双手高举，蹲好马步，双手下压，收至腰间，随后"嘿"的一声，双掌自腰间推出。接着，主任说道："现在，你们让他站起来，走两步看看。"

大伙过去让祥子站起来走两步，祥子开始还扭捏，后来竟真的站起来，在原地转圈,大伙惊讶地看到，祥子不仅瘸，而且瘸得更厉害了。

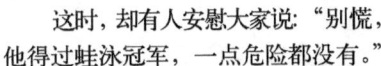

主任一看祥子装得那么像，急了，赶忙过去抓住祥子蜷着的"瘸腿"，想给大伙看看。

不料主任的手刚触到祥子的裤子，祥子就疼得大叫起来，接着"扑通"倒在地上打滚。这下大伙不干了，纷纷指责主任，还有人说，要打他一百拳，踢他一百脚。

主任百口莫辩，只好灰溜溜地跑了。看来，来硬的不行，怎么才能让祥子在众人面前伸开腿呢？主任苦思冥想，终于有了主意。

一连几天，祥子都坐在桥上，一边打盹，一边等着钱往帽子里飞，好不快活。可是这一天，他等来等去，只有人围观，却没有人扔钱。

祥子发现情况不对，就顺着众人的目光往后一看，只见背后有两个气球，中间拉了一条横幅，上面写着：行为艺术——乞讨。原来众人把他当作了表演者，所以没人掏钱。

祥子连忙急吼吼地问："这是谁的气球？快拿一边去，要不我就不客气了。"喊了几声，没有人应，他就伸手去拉。可他一伸手，气球就往后退，他手缩回来，气球就又跟着飘回来。

祥子够了几次够不着，急了，一条腿站在了桥栏杆上，探出身子去够，可探出去大半个身子还没够着，他又用一条腿使劲，这回没站稳，一下子掉进了河里。

见有人落水，大伙慌了，大呼小叫："瘸子掉河里啦，快下去救人。"

这时，却有人安慰大家说："别慌，他得过蛙泳冠军，一点危险都没有。"

河里的水清澈透明，水流也不急，大伙站在桥上，把祥子的一举一动都看得一清二楚。只见祥子双腿一伸一缩，用极标准的蛙泳姿势，正向岸边游去。

看到这里，大伙都大叫"他的腿没毛病，他是在骗人。"祥子听到大伙的喊声，才知露了马脚，赶紧改变方向，向下游游去。

主任回到办公室不久，祥子也来了，垂头丧气地说："气球一定是你做的。我的生意让你给搅黄了，肯定没有人愿意再施舍了。你还是给我找活干吧。"

主任听了高兴地说："你还是继续去工地干吧，苦点累点，但挣的多，将来好娶媳妇成家。"

不料祥子一听，苦苦央求主任："主任，您好事做到底，今天就帮我找个媳妇吧。"

主任劝道"你还小，着啥急啊？等两年，我一定帮你找。"

祥子叹了口气说："主任，那找个保姆也行，我干一天活回来，好张嘴就吃呀。"

主任听完，惊道："好小子，你还真是懒啊！"

（题图、插图：谭海彦）

难寻八小时

□ 陈 平

刘满屯高中毕业，浑身是劲，却不想呆在村里干农活，今年一入夏，他就来到城里建筑工地上打工。刘满屯干活利落，头脑伶俐，人见人夸。可谁也没想到，三个月后，他本来干得好好的，却要辞职。

包工头拉着他，问他这是为个啥？刘满屯昂着脖子说："现在报上都在宣传'八小时工作制'！叔，你看我来的这三个月，别说是什么八小时工作了，连个周末都没有。我来城里三个月了，就连周末想请假出去逛逛，都没个机会！不行，我不干了！我要找个能休假的工作去！"

旁边有个长辈把他拉到一边，语重心长地说："满屯呀，你现实一点行不？咱农民工去哪也要靠力气吃饭，你想的合法，但不实际啊。"可刘满屯是吃了秤砣——铁了心，转身而去。有人要向前拦他，包工头用手一挡

说："让他去闯吧，闯个头破血流他还得回来！"

离开建筑工地，刘满屯做梦也没想到，这么大的城市，那么多工业园区，报纸上还说闹"工荒"了，缺少工源，可自己居然找不到一份工作。劳务市场上一个个笑脸相迎的人事，听到自己要求"八小时"工作制，都像看到"穿越"人一样。他想起招工的那句话："工资又不低，你图啥？非要找'八小时'的工作，你喝西北风去吧！"

这样没几天，他就到了山穷水尽的地步，兜里没有一分钱，手机欠费限呼了，连吃饭睡觉都成了问题。这时，刘满屯晃到了一个小酒店，实在

饿得不行了，只好要求打个短工，管吃管住就行。老板娘正缺人手，又不用开工钱，真是困了有人送来枕头。

过了两天，老板娘有心想把他留下来，就把他叫到柜前商量。可刘满屯还是那句话——八小时工作制。开饭馆的，哪有八小时的道理啊？老板娘虽说答应不下来，可还是想劝劝这小伙子，许诺可以让他边打工边学厨，明年送他去考个厨师证。刘满屯却是个认死理的，还是不答应，老板娘有些不理解，换别人找都找不到的差事，他刘满屯为什么不干呢？老板娘摇了摇头，叹道"现在'农二代'的孩子，真不知道心里想些啥。"

这时，前厅喊刘满屯帮忙传个菜，等他把菜端上桌，发现桌边坐着一个面熟的女孩。还没等他反应过来，女孩先认出了他："这不是满屯吗，你怎么在这里呀？"

女孩叫方艳，是刘满屯的初中同学，初中毕业后就来城里打工了，出落得婷婷玉立，上学时两人还有那么段蒙眬的感情。失去联系三年多，两人见了面自然很亲切，当得知刘满屯工作还没着落，方艳很吃惊"现在工厂都缺工，你比我文化高，怎么会找不到工作？"说完，还答应帮忙找找。

三天后，方艳来找刘满屯，她打工的服装厂缺辅助工，和老板说好了，可以每天干八小时，只是每月发货期需要加几天班。听说工资不高，

刘满屯有些犹豫，方艳责备道："厂里有不少老乡，在一起做工不好吗？"刘满屯这才满口答应下来。

服装厂工作也不轻松，实行计件制，经常加班。刘满屯要求只干八小时，就只能做辅助工作，钱自然挣得就少一些。好在有几个同乡和方艳在一起也不寂寞，只是别人晚上加班时，刘满屯自己待在宿舍，觉得有些孤单，却

又不想放弃原则。

因为钱少，刘满屯每次打饭总是不舍得买菜，方艳把自己的菜往他碗里夹，劝他换个工种，加班多挣点钱改善生活，他却总是摇头。再提起这事仿佛触动了他的底线，方艳也不好再说什么。

没多久，厂里赶一批货，大家都忙不过来，管工找到刘满屯，说："你现在也熟悉工作了，生产这么紧，你就不能加班多挣点钱？年轻人不要惜力气，打工不就是图挣钱吗？"刘满屯没解释，只说当初来工厂就是以八小时为条件的。管工很生气："真不可理喻，年纪轻轻不求上进！"两人这么你一言我一语的，差点就要扭打起来。方艳见了，赶紧上来把二人扯开。

这天晚上，方艳约刘满屯到外面转转。方艳告诉他，当初引他到厂里来，说是八小时，实际上是让他逐步适应，为什么挣钱少也不加班？刘满屯不服地说："我来城里，也不光是为了挣钱，还为了能开开眼。一天到晚都埋头加班，除了流水线还是流水线，连抬个头的机会都没有，还哪儿有工夫瞅瞅外头的世界啊？"

方艳却叹了口气，插了句嘴问道："外头的世界虽好，可你要是这么一直耗下去，活没干着，钱没赚着，那外头的世界，看是看到了，却能够得着吗？"

刘满屯被方艳这话顶得哑口无言，扭头就走。从此，他越发一个人独往独来了。

这天刘满屯正在做工，管工走过来，训道："你已经是熟练工了，工厂需要常加班，这是你最后一次机会了，要么今后你每天必须加班，要么停你工资，你就另谋高就吧！"

刘满屯听了，一腔怒气上了头，和管工的在流水线上大吵起来。只听管工的大吼一声："不干就给我滚蛋！"这么一喊，围上来不少人，也有刘满屯的老乡，起哄说不让人干，也得把工资结了。

见围观的人多起来，管工失了面子，眼一瞪说："违反劳动合同，还想要工资？赶快给我走人！"说着一把抓住刘满屯的衣领，往外拖。谁知刘满屯到底年轻力壮，用力一推，管工失重倒下去，后脑勺磕在了桌角上……

救护车将管工送到医院，抢救了半天才缓过来，刘满屯吃了官司，因过失伤人被判入狱。

刚进去，管教就找到刘满屯谈话："小伙子，你还年轻，走错了路不要紧，好好表现争取减刑。在监狱里劳动改造，用的是标准化车间，每天严格执行八小时工作制。八小时外，监狱里有各种文体活动场地和器材，还可以读书学习。"

"八小时，原来你在这里……"刘满屯听了，顿时哭得稀里哗啦。

（题图、插图：谭海彦）

一路好人

□秋绵

一个七岁大的孩子，独自赶了两千多公里路，找到了在上海打工的父母。这个近乎天方夜谭的故事，让我们感受到这个社会的温暖。

悲喜两重天

洪刚和妻子祝梅在上海打工，那天老家父亲打来电话，说他们七岁的儿子宝宝不见了。洪刚夫妻俩听了大惊失色，忙问父亲详细情况。父亲说，自从洪刚夫妻俩离家外出打工后，儿子宝宝经常一个人站在大门外，望着大路的尽头，口里不停地喊妈妈。今天早上孩子就不见了，怎么找也找不到。

洪刚急出了一身冷汗，祝梅更是泪流满面，泣不成声。儿子会不会被坏人拐走了呢？夫妻俩不敢怠慢，立即跟厂里请了假，乘当晚的火车赶回老家。

从上海到老家，要一天一夜的路程。一路上，祝梅不住地抱怨洪刚，不该将儿子留在老家。洪刚一直默默地听着女人的唠叨，不说一句话。从内心里讲，他一直想把儿子接到身边，可是到城里上学，那有多难啊。听说光赞助费就得拿出三万元，学校还不一定愿意接纳。再说了，打工仔每天忙得脚不沾地，哪还有时间管儿子呀？

终于到了老家的火车站，洪刚扶着老婆刚下了车，手机就响了，他拿起电话一接，是自己在上海打工的那家公司打来的，说是宝宝找到了，是上海火车站派出所送来的，现在人就在公司集体宿舍里，要他们赶快回上海。

这大喜大悲的消息，一时让洪刚夫妻俩愣在那半天没吭声。他们实在想不明白，这么远的路，是谁带宝宝到上海的？

他们想不明白也就不想了，连老家都未回，买了车票又赶回上海。

洪刚夫妻二人匆匆赶回上海，一回到打工的公司，真就见到了儿子。祝梅上前一把抱住宝宝，激动得浑身发抖，似乎一撒手就会再失去。宝宝的两只小手也紧紧抓住妈妈的衣服，一个劲地说："妈，我永远也不离开你了。"经过这一场虚惊，洪刚夫妻几乎虚脱。

回到他们租的小屋，洪刚迫不及待地问道："宝宝，到底是谁带你到上海来的？"

宝宝一听，挺骄傲地说："我自己呀，我可是男子汉！"

这话谁信啊？七岁的宝宝，连路牌都看不懂，从老家农村到镇上，从镇上到市里火车站，就有三十多公里路，再从市里到上海要近两千公里，他怎么就找到了呢？洪刚对妻子祝梅使了个眼色，耐着性子问儿子。

一元钱旅行

洪刚问了半天，发现宝宝真是独自一人来上海的！

宝宝得意地说开了。其实宝宝知道爸爸妈妈在上海，但上海到底有多远，他不知道。而爷爷跟他说过，去上海就要先进城，然后再坐火车。那天，宝宝听隔壁的刘大爷说要进城去卖兔子，就有了主意。他在路边拦住刘大爷，说要搭车进城到大姨家。刘大爷知道宝宝大姨家的情况，当然不生疑，让宝宝上了拖拉机。祝梅亲了一下儿子，问："我儿子真聪明，学会免费搭车了。那你去了大姨家？"

宝宝挺神气地说："没有，我直接去了火车站。"

洪刚想想不对，儿子在撒谎"拖拉机不让进市里，刘大爷最多只能把你送到老城墙那儿，那儿离火车站还远着呐。你是怎么去的火车站？"

宝宝像个小大人似的，认真地说："我怕大姨不让我找妈妈，就没有去她家。我在城门口问一个阿姨，去火车站怎么走，她问了我几句话，就把我领到一辆公交车上，跟司机说了几句话，还买了一张车票。"

洪刚庆幸儿子遇上了好人，万一碰上坏人，那后果不堪设想啊。洪刚感动地想，下次回家时，一定要去找找那位阿姨，好好感谢一番。

这时，祝梅提出最为关键的问

题："宝宝，你怎么坐的火车？你哪里来的钱呢？"

宝宝神气地解释说，他在火车站门口问一个叔叔，去上海在哪上车，叔叔把他领进候车大厅，指着一张牌子让他在那里等候上车。等了一会儿，他看见人们开始往里边走，就跟着人群进去上了火车。

洪刚发现儿子越说越离谱了，就打断他的话，说："你又没买票，进口处的检票员会让你进吗？"

宝宝一脸无辜地说："没人问我要票，反正我是跟在大人后面进去的。"洪刚想想也有些道理。进站那会人山人海，检票员也许没注意到。

"小机灵鬼。"洪刚轻轻拍了一下儿子的头，假装威胁道，"这是逃票行为，抓住要罚款的。"

宝宝很不服气，从口袋里掏出一张儿童半价车票，说："我没有逃票，我有票。"洪刚接过那张火车票看了看，满心疑惑地问："你哪儿来的钱买车票？"宝宝得意地说："我自己攒的钱。"见爸爸妈妈不相信，他又特别说明，自己每天放学后去地里割草，然后卖给养兔子的刘大爷。

祝梅一听，眼泪就下来了，埋怨道："你爸跟我在外边辛苦打工，不缺你吃穿，你干吗还要去割草卖钱呢？"宝宝撅着嘴说："我想妈妈，我要赚了钱找妈妈。"祝梅听了鼻子一酸，眼泪又流下来了。

洪刚还是不相信，毕竟这张火车票要好多钱，光靠割草是远远不够的："你割草能赚了多少钱？"

"割一筐草一毛钱，我割了十筐草，刘大爷给了我一张一元的钱。你看，这是我买车票剩下的钱。"儿子说着从口袋里摸出一枚硬币。

洪刚夫妻听得目瞪口呆，看着儿子手里的竟是个一元硬币，他们怎么也弄不懂，用一元纸币买了车票，人

家又给找了一元零钱，这是一笔什么账？

遍地是好人

再问下去，事情才渐渐清晰起来。原来，宝宝混进车站，到了车上后，被列车长发现了，就问宝宝去哪？大人呢？买票了吗？宝宝哪知道怎么回事，就把一元纸币递给了她。列车长拿着钱怪怪地看了好一会儿，宝宝以为钱不够，就把随身带的那只宝贵蝈蝈连笼子一块儿也递了过去。后来列车长收了那张纸币，给了一张车票，又找给宝宝一枚硬币，最后又把蝈蝈还给了宝宝。

事实上列车长已经明白发生了什么事，但列车不可能停下来，她只有与上海站联系了。

想到列车长自己掏钱给儿子买了一张半价车票，洪刚感动不已，这事做得那么富有人情味，完整地保护了儿童的天真，洪刚不禁脱口喊出声来："我明天去火车站，一定要找到那位列车天使。"

想到漫长的路程，祝梅又关切地问起儿子："在火车上一天一夜，你吃饭了吗？"

宝宝连连点头，说："刚开始看见别人吃饭，我肚子就叫了。我就尽量不去看别人吃东西，开始逗那只蝈蝈玩。妈妈，这可是我特地给您带的礼物，您看，累了，听听蝈蝈叫，人就

精神了。后来车上有个小孩听见蝈蝈叫声，就跑来跟我说，只要我让他一起玩蝈蝈，就给我一包饼干和一瓶可口可乐。我答应了，妈妈我聪明吗？"

祝梅双手轻轻摇晃着儿子脑袋，感慨地说道："用一只破蝈蝈跟别人换吃的，聪明啥？那是人家故意在帮助你啊。"

宝宝意犹未尽地说："到第二天，车上好多人，包括那位阿姨都给我送吃的，我都吃不下呐。"

后面的故事就不需要赘述了，宝宝到了上海，肯定是列车长将他交给上海警察，最后是警察联系到他公司的人……好人啊，儿子尽碰上好人了！洪刚夫妻俩抱着儿子唏嘘不已。

望着妻儿幸福的样子，洪刚一半高兴，一半忧虑。儿子太想和妈妈在一起了，可是，如果把儿子留下来，儿子到了上学的年龄，在找学校的日子里，夫妻俩白天要上班，孩子放在哪里？他问祝梅，到底该怎么办？

祝梅紧搂着儿子，说："要么白天把宝宝锁在家里？"

洪刚直摇头："那怎么行？儿子才七岁，正是贪玩的年龄啊。"

这时，宝宝从妈妈怀里挣脱出来，跳到地上，高声叫道："只要不送我回老家，我都愿意！"

三人相拥，泪水纷飞，他们决定一家人再苦再难也要在一起。

（题图、插图：谭海彦）

意外惊喜

□苏 毅

马建明是个农村孩子，考上大学来到了北京城，毕了业就单枪匹马在城里拼搏。不久前，公司总经理找他谈话，说对他工作挺满意，准备提拔他做分公司的经理。不过任命之前，公司还要锻炼锻炼他独立工作的能力，所以要派他去外地一个分公司实习三个月。

听到这个消息，马建明一阵惊喜，准备简单收拾下就出发。临走前几天，他正想着这租来的房子空上三个月，租金照交够亏的。忽然，他灵机一动，想到个主意。

是这么回事，自打马建明工作租了房，就想把老家的爸妈接到城里来一起过，可他爸妈观念不一样，总觉得那不是他自己的房子，进城来是给儿子添乱，就开玩笑说："你啊，什么时候买套房子，我们再跟你享福去。"

可如今看着这房价，像马建明这样的年轻人也只能望洋兴叹。现在好了，这房子空三个月也是白空着，他只要略施小计，就可以让两位老人来北京享享福。

于是，马建明赶紧给房东打电话，商量说："我出差三个月就回来，你帮我一个忙，撒一个善意的谎言，千万别跟我父母透露房是我租的，否则，他们心痛钱，又要回乡里的。"房东听他一片苦心，挺感动，忍不住夸赞道："好样的，百行孝为先，放心吧！这事儿我绝对保密！你爸妈回家以前，我绝不会露面的！"

马建明这才又赶紧给爸妈电话，他乐滋滋地说："除了升职这事儿吧，我还要给你们一个意外惊喜。我用自己攒的钱付了首付，买了套二手的两居室，现在我可以去接你们一起过来住了吧！"

爸妈听了这消息，真是惊喜不已，直夸儿子又有本事又孝顺，乐得

合不拢嘴。为此，他俩来北京以前，还在村里摆了好几桌。第二天，马建明赶紧回家里把爸妈接进了城，便踏上了去分公司的镀金之旅。

再说马建明的爸妈，虽说住进了儿子的"新房"，可却有了心事。为啥？这城里虽然有了房，可这二手房就是二手房，装修摆设都是别人整好的，怎么看怎么不像自己的窝。这个屋子地面灰暗，家居陈旧，墙壁颜色也难看，特别是家电，怎么看都是用过的。两个老人想着儿子为了孝顺自己，首付大概已经把钱花光了，只好先买上这些凑合过。一想起这，当父母的就内疚，他们绞尽脑汁，想怎么助儿子一臂之力，想来想去，想到了一个计划，在儿子出差回来之前，完

成一项神秘的工程！

老两口马上行动，找到了承包公司，要求两个半月完成任务，自己又搬回了乡下。为了不让马建明觉察，他俩告诉儿子，家里座机坏了，有事打手机。马建明一来电话问候，两人总是高兴地说："好，我们都好，你忙你的吧。"要说吧，男孩子就是粗心大意，父亲的话他根本就没多想。

装修工程提前竣工了。父母又从农村回到城里，一看，真是旧貌换新颜，只是家具什么的看着别扭。母亲不屑地说："上身穿西服，下身穿布鞋——不配套啊。"父亲豪气万丈地说："为了儿子，抽筋、扒皮，砸骨髓，小菜一碟。统统换新的！"于是，父母拿出银行存折，毫不吝啬，一扫而光。

这天晚上，马建明打来电话说："爸，我明天就要回家了。"父亲听了，兴奋地说："建明啊，爸妈要给你一个意外惊喜，现在暂时保密，到家你就知道了。"挂了电话，马建明才睡下。可这一晚上，他都揣摩不出父母究竟会给自己一个什么意外惊喜。

第二天一下飞机，马建明就迫不及待往家奔，回到家中一推门，啊！屋里焕然一新，时尚家具，高档电器，真是旧貌换新颜。

此刻，马建明心里惊叫一声："啊！房子给精装修了，这可是租的房啊……"

（题图、插图：张恩卫）

蝈蝈虽小，养起来却自有讲究。
这万只蝈蝈的哑然失声，见证了一个
王朝的穷途末路……

蝈 蝈 王

□曹景建

万国来朝

清朝末年，京城有个老于家，当家的叫于乃鸣。他们家世代养蝈蝈出了名，京城那些玩蝈蝈的达官贵人、亲王贝勒无人不知、无人不晓。他们家的蝈蝈个大、种纯、叫声高，这于家也就自然成了皇家钦点培育蝈蝈的世家。

每年大年初一，于家要为大清皇宫准备一万只蝈蝈，皇上新年上朝，接受群臣朝贺，只要天子迈进太和殿的那一刹那，殿两旁顿时就要响起万只蝈蝈的鸣叫声，此为"万国来朝"。

于家人得了这么个差事，自是小心翼翼，不敢有半点马虎。

这天腊月二十八，于乃鸣正在家里仔细研究古籍，突然下人来报，太后派内务府的太监来访。于乃鸣赶紧整理衣装，恭敬相迎。

小太监来后，开门见山地说："太后说了，庚子年的这个大年初一，可要好好听听你这万只蝈蝈的叫唤呢。你这'万国来朝'可得给太后准备妥当喽！"

于乃鸣跪在地上，谦卑地回话道："请公公回太后的话儿，小人自当小心伺候这些蝈蝈爷，到时候好让它们铆足劲儿地叫唤，绝不敢有半点差池！"

小太监微微点头，拉起于乃鸣，看着他两鬓白发，感叹地说："听王爷们说，你这个京城的蝈蝈王要让位了，望你做好这次庆典，载誉而归。"

于乃鸣笑道："公公消息灵通，没错，我年龄大了，也该在家享享清福

了，明年我就打算把侍奉皇家蝈蝈的差事交给犬子振翼了。"

小太监拍了拍于乃鸣的肩膀说道："那咱们就等着那天开开眼喽！"说完，转身而去。

送走宫里来的小太监，于乃鸣马上把儿子于振翼叫来，吩咐道："你可给我听好了，这次'万国来朝'可是要过太后的耳朵，我们绝不能有半点马虎。"说完，他又想起了什么，问，"你师弟钱展翅呢？"

于振翼笑着回道："他呀，没事就爱在蝈蝈房泡着。"

于乃鸣点了点头："嗯，他是块好料子，初一还是你和他跟着我进宫。"

天有不测

年初一一大早，天刚蒙蒙亮，于

乃鸣一行人就驱车载着万只蝈蝈进了皇宫。太阳还没有出来，在内务府的安排下，他们已把蝈蝈们安排在太和殿两侧，专等太后和大臣们的到来。

过了片刻，群臣们便都来到了太和殿前，按品级列队肃立等待。北风呼呼地吹着，群臣们冻得脸庞发红，可殿内两侧的于家人却并没有挨冻，而是一边搓手，一边烤着火红的炭盆，不过这炭盆可不是为人准备的，而是为那些宝贝蝈蝈备下的。

蝈蝈平时十分娇气，温度过高过低都不行，而且只有在一定的温度下它们才会鸣叫。现在笼子里的蝈蝈们都安静待命，那是因为气温还稍低了一点。

这时，只听殿前太监叫了一声："太后驾到！"只见慈禧太后在众人的搀扶下远远地走了过来。于乃鸣低

声喊道："加火！"一旁的于振翼和钱展翅又向各自面前的火盆里放了几块木炭，把火盆移到蝈蝈笼子面前。

太后刚迈进太和殿，等听"万国来朝"的大臣们却发现今天有点不对劲，因为太后都走进门好几步了，还没有听到蝈蝈的声音，大家正迟疑时，只听殿内两侧传来几儿蝈蝈的低鸣。

慈禧太后眉头一皱，怒道："这是什么'万国来朝'？来人，把于家人给我叫出来！"

而此时于乃鸣一行人，额上早已经冒出了豆大的汗珠，他们掀开蒙着布的蝈蝈笼子，大吃一惊，只见蝈蝈们都躺在笼子里，肚皮朝上，早已没了气息。

"这，这是怎么回事？"于乃鸣正在惊疑，却被几个太监拉起来，拖到大殿之中。慈禧太后望着两腿打颤的于乃鸣厉声喝道："这是何缘故？"

于乃鸣吓得结结巴巴地禀道："回，回太后，小人实在不知，今儿个来的时候还活蹦乱跳的，可现在不知道为何纷纷死亡，只剩下仅存的几只还活着。"

慈禧太后"哼"了一声，拉长声音问道："是吗？"

于乃鸣点了点头，道："太后，小人斗胆进言，古人说，蝈蝈不叫，实为不祥，应为天祚不合，恐为上天发怒啊！"

于乃鸣说完，殿前的大臣们顿时议论纷纷。突然殿内一个老臣大声呼道："太后，大过年的，还请恭迎皇上回宫吧！"慈禧太后听了却不接话，而是大喝一声："来人啊，于乃鸣培育蝈蝈不力，让我皇家新年遭此不祥之遇，实在可恨，打入死牢。另外，派人严查此事，一定要弄个水落石出！"

在一声声"冤枉"声中，于乃鸣被侍卫们拖了下去。

谁人之罪

于乃鸣入狱后，每次过堂审讯，都被打得皮开肉绽，痛不欲生，可他除了大呼冤枉之外，别无它言，谁也拿他没有办法。

各路行家对死去的蝈蝈仔细查验，可谁也没有发现异常。慈禧太后听了，不免心事重重起来，她心想，难道真的是上天对自己的告诫吗？想起被自己幽闭于瀛台的光绪皇帝，她不禁有些惶恐起来。

这天，于乃鸣正在牢里浅睡，突然被一个穿黑衣斗篷的人拉起来。他睁眼一看，原来来人竟是自己的儿子于振翼。于振翼一见父亲惊异的样子，马上低声说："父亲别出声，我是贿赂了狱卒才混进来的。"他看了看满身是伤的父亲，眼泪"刷"的一下子就下来了。

于振翼抹了一把眼泪，小声说道："唉，您不知道，太后虽然责难于

你，可是她把仅活下来的几只蝈蝈交给了钱师弟好好养着，说要是蝈蝈们都死尽了，大清朝也就分崩离析，玩完儿了！"说到这里，他又神秘地说，"父亲，我当时捡了一只死去的蝈蝈，回到家后也剖了，我看一定是有人给它喂了冷香粉。这种药无色无味，却能毒死蝈蝈，外人还看不出个所以然来。而知道这种古药配法的只有你我父子二人和钱

展翅。所以我怀疑是钱展翅趁我们不注意下的药。"

于乃鸣心里微微一惊，道："此话可不能乱说！"

于振翼说道："我也没有十足的把握，可不是他，还能有谁？年前，他经常一个人在蝈蝈房转悠。再看他现在，在皇宫里天天照顾着那几只幸存的蝈蝈儿，使劲儿巴结太后，明着说是想讨好太后，让她饶了你，可谁知他心里怎么想的。"

于乃鸣摇了摇头，训斥道："你又没有证据，可不能胡说！我死就死了，反正也是老命一条，不值钱了，还好有你在，日后还能重振咱家蝈蝈王的威名！"

悲喜交加

又过了些时日，于乃鸣已经被折磨得不省人事了。可忽然有一天，他却又被无罪释放了。回到家几个月后，他终于醒了过来。他一睁眼，看到的只有站在床前的弟子钱展翅。

钱展翅惊叫道："师父，您终于醒了！"

于乃鸣刚一动身，却发现下肢已经不在了，他轻轻地拍了拍头，慢慢回想起了发生过的一切，忙喊道："振翼呢？"

钱展翅支支吾吾地说道："师父您还不知道吧，是振翼师兄承认不小心误给那些蝈蝈喂了冷香粉，您才给

放出来的。现在他已经被打入死牢，秋后将被问斩!"

于乃鸣听了气得胡子乱颤，接着他又极力平静下来，拉着钱展翅的手说:"事到如今，我可不能再隐瞒什么了，其实那冷香粉是我故意喂给那些蝈蝈吃的，我可不能让振翼替我背这个黑锅。"

"师父，你为什么那样做啊?"钱展翅吃了一惊。

于乃鸣神情严肃地说:"恕我不能对你明讲。对了，我已成了废人，你就向太后通报实情吧，到时候我自会禀明缘由。"

钱展翅沉默了一会儿，突然皮笑肉不笑地说道:"师父，我这次恐怕帮不了你了。"

于乃鸣连忙问:"为什么?"

钱展翅突然大笑道:"师父，我现在不管你们父子两个到底是谁下的药，你现在成了废人，于振翼再一处斩，凭我的资历，天下养蝈蝈这一行里，谁还能与我争锋?早晚我会成为咱大清国下一任的蝈蝈王。"

于乃鸣听后，手指着钱展翅，气得喷出一口鲜血，晕倒在床。

可一个月后，当于乃鸣再一次醒来时，睁眼一看，床前坐着的竟是自己的儿子于振翼。

他惊恐地问道:"你是人是鬼?"

于振翼含泪回道:"父亲，您胡说什么呢?我是振翼啊，我早就从死牢里出来了。您还不知道吧，钱展翅被处斩了!"

"这又是怎么一回事?"

于振翼说道:"还不是因为他把那几只蝈蝈养得好才惹的祸啊。父亲，现在咱北京城被八国联军给占了。唉，说来好笑，您要知道，初一那天幸存的蝈蝈刚好是八只。太后传旨逮捕钱展翅的时候，气得大骂他为啥把那几只蝈蝈养得那么壮，招来了凶神恶煞的八国联军。太后临出逃之前，气没处撒，把那些蝈蝈踩死不说，还杀了钱展翅出气。这时有故交进言，要不是我用冷香粉毒死那么多蝈蝈，如今来打大清朝的就不只是八国联军，而是万国联军了，那可真的没救了!唉，我就这样被稀里胡涂地从牢里放了出来。"

于乃鸣听后，长叹了一阵，又缓缓地自言自语道:"当初，我偷偷喂蝈蝈吃冷香粉，就是想让蝈蝈发不了声，再用天怨地怒之类的话警示太后，对待皇上有所收敛，可怜皇上啊，我们这些拥护您变法的人再没机会为您分忧，只有尽此微薄之力啦……"

(题图、插图:黄全昌)

绿版编辑部各编辑邮箱:
吴 伦: wulun54@126.com
朱 虹: zhong98305@sina.com
刘迎曦: liuyingxi1203@163.com
颜轶超: yanyichao1004@sina.com
黄美舟: huangmeizhou@163.com

最佳杀手

□ 贺显锋

威廉姆斯是个职业杀手，在他们的那个行当里早已名声在外。其实，在这个城的杀手圈里，让人闻风丧胆的，除了他威廉姆斯，还有一个叫托马斯的。

这天，小城来了个神秘的客户，说要请一个杀手干一笔大买卖，事成之后将有重金酬谢。面对这么一块肥肉，威廉姆斯和托马斯都动了心。于是，两人通过中间人，先后找到了那个客户。

客户让威廉姆斯和托马斯各自带上武器，跟他一起去大街上走一圈，他想考察一下这两个人谁更厉害，谁厉害他就请谁。两人收到邀请，欣然前往。

一路上，威廉姆斯显得很自信，不停地吹着口哨。托马斯可就沉默多

了，他只是和客户打个招呼，其他时候都抿着嘴一声不吭。

不一会儿，三人来到了闹市区。客户停下来说："看见马路对面刚启动的那辆公交车吗？你们谁能站在这儿把它后面的一个轮胎打爆？"

要说这可真够难的，这得要你以迅雷不及掩耳之势掏出枪，神不知鬼不觉地扣动扳机后迅速收枪，这才不会在人群中暴露自己。而更难的是，你要想打中轮胎，那子弹必须穿过闹市区的人群，但又不能伤到任何人。

只见威廉姆斯微微一笑，手一摆弄，便从腰间拿出一把枪，身子一扭，只听"啪"的一声，再看前面那辆公交车，它的一个后轮胎已经爆了。这前后也就不过两三秒钟的时间。

"漂亮！"客户赞道，"托马斯，你

怎么样呢？"

托马斯摇了摇头，那意思是承认威廉姆斯厉害。

接着，三人又来到了市中心广场，发现有很多人在广场上放风筝。客户看了看飞在广场上空的风筝，发现有一只大大的蝙蝠风筝，于是他对威廉姆斯和托马斯说："你们看见那只蝙蝠风筝了吗，谁要是能把它的线给打断，那我就决定请谁了。"

"这个简单。"威廉姆斯又是微微一笑，手一抖动，瞬间掏出枪，"啪"的一声，再看那风筝，它的线已经断了，在空中摇摇晃晃地飞远了。

"漂亮！"客户再次赞道，"托马斯，你怎么样呢？"

托马斯还是摇了摇头，不过，却

开口说道："先生，我想请你在这里等会儿，我想找威廉姆斯去前面那座雕像后面谈谈。威廉姆斯，你敢去吗？"

"笑话！我怕过谁？去就去。"威廉姆斯说完，就跟着托马斯走了。

二人去了有那么一会儿，却只见托马斯一个人从雕像后面走出来。客户挺纳闷，不解地问："威廉姆斯呢？从刚才的表现来看还是他厉害，所以我决定跟他合作。"

托马斯却笑了起来，说："先生，威廉姆斯已经走了，我想你只能和我合作了，而我确实也比他厉害。"

"什么？他走了，这怎么可能？"客户皱起了眉头，问，"你凭什么说你比他厉害？"

"噢，是这样的，先生。"托马斯耸了耸肩膀，说，"刚才在雕像后面，我开枪把威廉姆斯的手给废了。"

（题图、插图：佐　夫）

您手中有没有得意之作？本刊辟有二十多个原创性栏目，如新传说、我的故事、情感故事、16岁故事、海外故事、职场故事、传闻逸事和中篇故事等；您读到或听到什么有趣事可以和大家一起分享吗？3分钟典藏故事、开卷故事、微博故事、外国文学故事鉴赏和快乐辞典等都是本刊推荐性栏目。热忱欢迎来稿，可从邮局寄发，也可从网上传递。邮寄地址：上海绍兴路74号《故事会》杂志社，邮编：200020。本期责任编辑信箱：liuyingxi1203@163.com。

最恶之人

一位师父带着个小沙弥下山化缘。二人路过一片野果林，便摘下了许多野果以备解渴之用。不想林子里却窜出一伙强盗，拦住二人索要钱物。见二人身无分文，强盗便将野果全都抢走了。强盗走后，师父双手合十问小沙弥可有感悟，小沙弥愤怒地说："掠人财物，最恶之人。"大师听后笑而不语。

接着两人化了一天的缘，却什么收获都没有。小沙弥十分沮丧，饥渴难耐。就在此时，前方几个人骑着快马疾驰而来，到了师徒二人跟前，来人勒住马，喝道："快快闪开，一会儿这里有贵客通过。"师父听后不悦，说："我们在路上化缘，你我互不相干，为何要走开？"只听那人讽刺道："不就是要吃的吗？给你便是。"说罢叫人扔给他们一袋干粮，便扬鞭而去，边跑边回头喊，"速速离开，否则后果自负！"

小沙弥得了干粮十分高兴，师父看了看他，又问他有何感悟，小沙弥笑着回答："幸亏遇上了他们啊，他们是好人。"

师父听后摇头，对小沙弥说："此乃最恶之人。方才的强盗仅掠人食物，可这伙人却掠人尊严。"

（作者：程　刚；推荐者：郝景田）

切下牛排一角

黄先生到一座城市拜访朋友，朋友带他去家附近一个出了名的牛排店用餐。两人入座后，黄先生点了一份七分熟的牛排，便和朋友边聊边等。这时候，黄先生发现服务生端给顾客们的牛排都被切下了一角，那块被切下来的小肉块，就放在切口一边。黄先生正好奇，朋友笑笑说："这正是这家牛排店的特色呢！"

这时，服务员把黄先生的牛排端上桌来。黄先生第一眼就看到那个缺口，肉是粉红色的，没有血丝，是恰到好处的七分熟，正合他胃口。朋友见他吃得香，又笑问："你现在知道切下牛排一角有什么用了吧？你想如果

上桌后顾客觉得牛排太生，退回厨房重新加热，顾客心里头肯定有些别扭；如果牛排过熟，重新上一份，餐馆的损失就更大了。现在切掉一个角，生熟程度在厨房里就一目了然，可以及时补救，这样一来，餐馆的效率提到最高，也保证了顾客的满意度，让顾客看到质量，何乐而不为呢？"

黄先生听了朋友这番话，心里豁然开朗。说到底，"让顾客看到质量"是一种商业智慧，更是一种做人的态度！

现在，一些商品都是金玉其外、败絮其中，有很多商人都喜欢把商品质量当成机密似的遮遮掩掩。或许，他们也应该借鉴一下这种"让顾客看到质量"的做法呢。

（作者：陈亦权；推荐者：于林娜）

从前有个丞相，一天到城外去视察民情。走到半路，他忽遇百姓拦轿喊冤。查问之下原来是有人打架斗殴致死，家属前来告状。丞相淡淡地回答说："不要理会，绕道而行。"

走了没多远，随从们发现有一头牛躺在路上直喘气。丞相忙下轿围着牛查看了很久，问了周围农户很多问题。

于是，人们议论开来了。有人说，这个丞相太不尽责了，死了人都不管；还有人说，这个丞相非但不尽责而且轻重不分——他竟然对一头生病的牛那么关心。

议论传到皇帝耳中，他问丞相为什么要这么做。丞相回答："这很简单，打架斗殴是地方官员该管的事情，他自会按法律处置，如果他渎职不办，再由我来查办他，我绕道而行没有错。丞相管天下大事，现在天气还不热，牛就躺在地上喘气，我怀疑今年天时不利，可能有瘟疫要流行。要是瘟疫流行，我没有及时察觉那就是我这个做丞相的失职了。所以，我必须了解清楚这头牛生病是因为吃坏了东西，还是因为天时不利的原因。"一番话说完，皇帝笑了。

（作者：李轶民；推荐者：史志鹏）

（本栏插图：谢 颖）

丞相和病牛

学写作文，从读故事开始

老妈不烦

□ 刘丽华

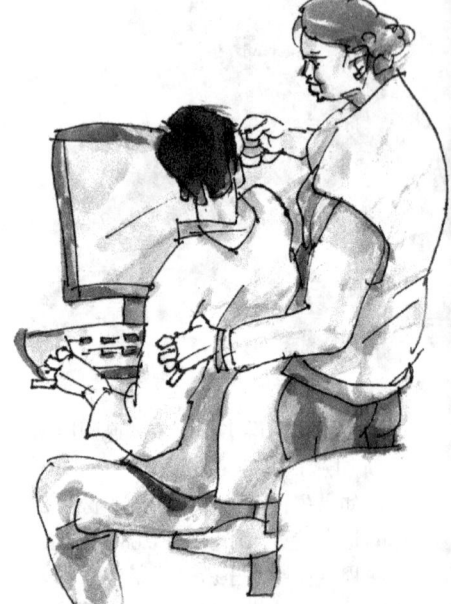

王刚是个游戏迷，平时下了班回家，就往电脑前一坐，什么单机游戏、网络游戏，他都恨不得一网打尽，简直就是废寝忘食。

可他偏偏摊上了个爱管事的老妈，平时打电话千叮咛万嘱咐也就罢了，最近她老人家还不远千里从老家赶到王刚的蜗居，监督起他的饮食起居来。

从此，晚上只要王刚一打开游戏页面，老妈就马上勒令他关机。王刚便改变作息，等老妈睡着再玩。可没得瑟两天，这天半夜，王刚才蹑手蹑脚打开电脑，进入游戏界面，忽然，电脑屏幕黑了！这时，灯亮了，老妈已神不知鬼不觉出现在他身后，手里拿着拔掉的插头，说："少跟我耍花枪！赶紧滚上床！"

就这样，王刚虽然心有不甘，和老妈斗智斗勇，可都最终败下阵来。面对老妈的唠叨，他也只能回敬一句："您怎么就这么烦呢？"

正当他无计可施的时候，乡下大哥打来电话，说小侄子闹着要学习机，让王刚给买一台。放下电话，王刚眉头一舒，乐了。他赶紧一溜小跑直奔学习机专卖店。他乐啥？学习机买回来，谁给大哥送去？老妈自然是最合适的人选。回到家，王刚把学习机往老妈手上一送，心头还偷着乐，总算可以把烦人的老妈打发回老家了。老妈似乎猜透了他的心思，应下差事的同时，没忘了给他泼瓢冷水："别以为往后就没人管你了，告诉你，我很快就回来。"

王刚嘴上虽然应声说是，心里却已算计好了，老家离得远，路上得两天；老屋很久没人居住，一定脏得不行，加上后园的杂草，这一收拾，老妈一去一回至少得一个礼拜。这些时间足够他把一款新版的游戏玩到通关。

不想，老妈临出发的头一天，竟然变本加厉折腾起来。她不但不让王刚打游戏，还拎着他的耳朵，手把手逼着他学自己的绝活。王刚听了，不由嗤之以鼻，啥"绝活"，不就是"鸡脑壳"吗？

这"鸡脑壳"是王刚老家的一种面制食品，类似于水煮面疙瘩，形状有点像鸡头。不过，不得不承认的是，老妈做出来的"鸡脑壳"口感特好，在老家颇为人称道。

虽然心头一百个不愿意，但想到曙光即将到来，王刚还是全力配合，和面、揉面，丝毫不敢懈怠。"鸡脑壳"做好，老妈一尝就赞不绝口："不错，是老妈真传！"

第二天一早，老妈打了几个电话联络熟人后，就准备着出发了。王刚跟老妈道了别，也直奔公司去了。坐在办公室里，王刚正展望着网上的游戏场景，邻座的小马冲他努努嘴："瞧，你妈来了。"怎么可能？这会儿她应上车了才对呀！可由不得不信，就眨眼的工夫，老妈已急吼吼走到王刚跟前，说是还钥匙。离开时，老妈不知哪根神经搭错，竟然当着所有同事的面往王刚脸上贴金："大家知道吗？我儿子脑瓜可好使了，昨天一晚

的工夫，就学会了我'鸡脑壳'的绝活，做出的那个味儿，啧啧，都跟我差不离！"

王刚的脸一下子红到了脖子根，赶紧把老妈往门外推。可她老人家不肯消停，回过头还向里面吆喝："我没瞎白话，要是不信，大伙儿可以叫他露一手。"

老妈压根想不到，就这一吆喝，可把她儿子坑苦啦！和王刚一个办公室坐着的，除了科长老张，全是些小年轻，整天巴望着蹭个饭局，现在有人主动邀请，哪有不乐意的？老妈前脚出门，小马后脚就报名："王刚，去你府上尝个鲜，咋样？""算我一个。""还有我。"这下不得了，科室里三十多号人，几乎所有人都向他抛出了"绣球"。

看着这颇为壮观的场面，王刚心头直抱怨。可毕竟大家一个办公室呆着，低头不见抬头见，既然张了嘴，就不能驳了人家面子。王刚只好憋出笑脸，一一应承下来。

考虑到吃客太多，为缓解压力，小马提议分期分批上门，还热心拟了一份表格。小马自诩劳苦功高，日程表上他是一天不落。

就这样，王刚在家摆起流水席，甭管中午晚上，一到饭点，就有同事找上门。随小马头一拨上门的是科室仅有的几名女同事，饭局还算顺利，毕竟现学现卖，王刚是特别上心，最

后赢得大家一致好评。第二回再做，他俨然以熟手自居，动作上一麻溜，质量就有所下滑。"鸡脑壳"一上桌，小马就皱起了眉头，说："这味道咋跟上次不一样了？"他这一抱怨，其他男同胞的眼睛就齐刷刷瞄向了王刚，王刚便知道情况不妙。

不出所料，第二天办公室流言四起，说王刚男女两重天，重色轻友。为挽回影响，又一拨男同事上门，王刚使出了浑身解数。可仓促之中，他发现灶台上独家配料已所剩无几。这配料是老妈苦心琢磨出的，堪称秘方。

少了它，"鸡脑壳"味道大打折扣。

小马又开始煽风点火，听得王刚心头窝火，又不好发作，现在唯一能做的，就是提升"鸡脑壳"品质，堵住小马破嘴。配料不用担心，王刚知道在橱柜的顶层，装有百合根、车前草、板蓝根等十多种晒枯的草药、野菜，老妈那神奇的配料就出自这根根草草。他赶紧每样各取一些，混在一块碾成末。

本以为这下料齐了，可等到下一轮饭局，"鸡脑壳"还是没能在小马这头"过审"，王刚又落个大花脸。不过他算弄明白了，老妈那配料得讲个比例搭配。为了尊严，王刚跟小马打了个赌，不问老妈，靠自己破解老妈的秘方。可这谈何容易？一连两天，他熬红两眼，琢磨出一道道配方，均以失败告终。每回饭局上，小马那刻薄的点评倒没少听。直到第五天晚上，王刚拿着配料用鼻子一嗅，心头一阵狂喜，是老妈那味儿！

为给小马以最有力的还击，在第六天中午的饭局——也就是日程表上的最后一顿，王刚使出浑身解数。这一次的"鸡脑壳"没给他丢脸，大家一开吃就跷起大拇指……

心头石块落地后，王刚猛然想起，这些天只顾琢磨"鸡脑壳"，把"正事"给撂一边了。就在他打算用剩下的时间好好耍两把游戏，又出了变故。下午汇报工作，他发现老张黑着个脸，心里一寻思，王刚猜出个十之八九了：这几天只顾招待那帮小年轻，把头儿给冷落了，老张能没想法？汇报完工作，王刚诚惶诚恐发出邀请："科长，要是您不嫌弃，晚上到我家尝尝那'鸡脑壳'咋样？"

老张脸上顿时放晴："嫌弃啥？大鱼大肉早就吃腻了，还正想换个口味呢。"

不曾想，这老张连放了他两次鸽子，到第七天晚饭才大驾光临。因为心情不好，这回的"鸡脑壳"味道实在不咋的，可老张毫不挑剔。吃完，他和颜悦色地说："小王，这几天受了不少委屈吧？不是大家成心难为你，没办法，都是你妈意思。"

经他这么一点，王刚才想起来，老妈临走那天打的那几个电话，说是联络熟人，却神秘兮兮的。这下他如梦初醒：原来一切都是老妈布下的局。

是啊，老妈此举可谓一箭双雕：他生活无规律，时常饥一顿饱一顿，前些日子还犯了老胃病。老妈担心这七天他重蹈覆辙，才想出这歪招，让同事蹭饭的同时，也让他填饱肚子。除此之外，王刚回想起来，就这短短的一星期，自己认识两三年但只是点头打招呼的同事，现在都跟自己称兄道弟起来。原来，老妈还想告诉他，人与人之间，就像"鸡脑壳"的秘方，需要用心调配……

想到这，他心头不由暖烘烘的。

送走老张不久，门外响起熟悉的脚步声，王刚赶紧开门。老妈的目光在他脸上审视一阵，俏皮地说："怎么，烦人的老妈回来了，你不欢迎？"

王刚赶紧从她手中接过行李，回敬一句："岂敢，亲爱的老妈，您老人家一点儿都不招人烦。"

（题图、插图：谭海彦）

·本刊信息传真·

法律知识故事征文

本刊推出的"法律知识故事"，通过发生在我们身边的、短小而具体、在法理上容易混淆的个案，生动、形象地宣传法律知识。这些知识注重现实性、实用性，真正起到解剖一个案例、明白一个道理的作用。

为鼓励作者深入生活，写出高质量的法律知识故事，我刊决定面向全国征文。本次征文也欢迎读者和法律界人士提供相关素材、案例，一经录用，即付稿酬。

来稿方法：1. 从邮局寄发，请在信封上注明"法律知识故事"字样，本刊地址：上海市绍兴路74号《故事会》杂志社，邮编：200020。2. 从网上传递，可寄以下信箱：wulun54@126.com，请在主题上注明"法律知识故事"字样。凡已和我刊编辑有联系的作者，稿件可继续投给原编辑。

□ 曾凡洪

三请大厨

绝 养

明朝末年，方城有个方员外，仗着叔父是个总督，就在方圆百里巧取豪夺，富甲一方。他这人有个嗜好，就是爱吃，天上飞的地上跑的水里游的，他巴不得吃个遍。方府上光是厨子就二十来个。

可这些天，方府上上下下的厨子使出浑身解数，方员外却怎么也提不起胃口来。原来前两天方员外进山打猎，遇见高人了。此人自称姓简，说是为了躲避仇家追杀，才举家搬到深山里住下。那天简大厨见有贵客，端上一盘红烧猪肘，说是独门绝活。方员外虽瞧不上这普普通通的猪肘，却碍于情面，只得夹起一块塞进嘴里。哪知猪肘一进嘴里，方员外立即愣了，继而闭上眼睛，细细品味，满脸陶醉，连连夸绝。当晚，那一盘猪肘，方员外足足吃了半个时辰。

解铃还须系铃人。管家请了方员外的令，赶紧进山高价请简大厨出山。那简大厨也不扭捏，赶了几头猪欣然来到方府。从此，方员外日日都能变着法儿吃上这简氏猪肘。有一天，他便趁机打听其中奥妙。简大厨大方地答道："关键就在养猪的法子上。"说罢，就带着方员外来到厨房边的猪圈，指着圈里的猪说"这些可都不是家猪，而是家猪和野猪杂交的小猪，肉质鲜而细嫩。"说完又指着料槽里的东西道，"再看这饲料，是用上等大米酿造成酒糟，加上灵芝、当归、野参等名贵中草药配制而成，这种饲料喂养出的猪，鲜而不腥，肥而不腻。"方员外听了连连点头，心里却打起小算盘来。自己既然已经知道其中奥妙，何苦再花高价伺候眼前这位呢？所以，没几天，方员外就找了个借口，把简大厨打发走了。从此，方员外圈了块地，让下人好吃好喝伺候了一圈猪，可这道猪肘经府里的厨子一做，味道仍不如简大厨的十分之一。

绝　杀

　　正当他懊恼之际，他叔父方总督命人送话给他，清明要回家扫墓，命他好好准备。方员外听了喜不自胜，早早安排妥当，唯有饮食，他思来想去，还是觉得简大厨的猪肘定能讨叔父的欢心。无奈，他只好亲自拎着厚礼进山，求简大厨再次出山。

　　这简大厨倒也爽快，只要价钱出得够高，他是走得潇洒，来得轻松。趁此机会，方员外又问起秘诀来。简大厨看着圈里的猪说："野猪配的种当然不能圈着养。我家的几十头猪便是放养在后山的。"见方员外信服地点点头，简大厨又得意地说，"不光是要会养，还要会杀，你来看我如何杀猪。"

　　只见他赶了一头猪进圈，手持一根棍棒撵着猪跑。猪一停下，他就一棍子打在猪屁股上，猪只得负疼再跑，如此循环往复，直到猪累得口吐

白沫趴在地上，不再动弹。简大厨这才扔掉棍棒，了结了它的性命，让徒弟烫毛开膛破肚。一切收拾妥当后，简大厨才说："这样杀的猪，所有精血全累积在腿上，肉质最好。"方员外连连点头默记在心。

　　总算到了方总督回乡扫墓的那天，方员外在府上设家宴宴请方总督。简大厨也不负众望，上了一道压轴菜——"醉香猪肘"，菜上桌后，简大厨往猪肘上倒上酒，又取出打火石一擦，一股蓝色的火苗"腾"的蹿起，顿时，一股醉人的肉香飘散满屋。

　　此时，方总督挑起一点猪肘，往嘴里一咂吧，不由眉毛一挑，把筷子往桌上重重一放，把方员外吓得一惊，以为不合方总督的口味。谁知方总督两掌一合，叹道："我走南闯北，猪肘也吃过不少，就数今天的味道最好，不油不腻，醇厚鲜美，叫人齿颊生香，正是此味只应天上有，人间哪得几回尝！"于是，叔侄二人频频举杯，一时间欢声举座，笑语满堂。

　　送走了方总督，方员外又打起了小算盘，他已知道这猪是怎么杀的，似乎简大厨又多余了，于是他再次辞退了简大厨。可和上次的情形一样，自己做的猪肘味道还是差那么一点点，说不清道不明的一点点，犹如画龙未点睛，缺少灵气。

　　方员外猜想简大厨留了一手，至于是什么，他绞尽脑汁也想不出。

绝　料

　　转眼到了大雪纷飞时，方总督忽然捎话来，宫里的陈公公要来方员外府上游玩，叫方员外准备猪肘宴。

　　这陈公公是皇宫里的太监总管，皇上身边的红人，最能呼风唤雨。五年前遭到左都御史刘大人的弹劾，他竟以莫须有的罪名假传圣旨杀了刘大人全家，百官迫于他的淫威，敢怒不敢言。这方总督是个见风使舵的人，平时极力巴结陈公公，两人私交不错。刚好陈公公又极爱吃猪肘，方总督便极力推荐简大厨的秘制猪肘，撺掇陈公公去方员外家一游。陈公公就约了方总督在冬至吃猪肘。

　　此时，离开冬至已然不远了，可是自家做的猪肘味道欠点火候，情急之中，方员外又想到了简大厨。这次简大厨可是高低不从，但后来听说是宴请陈公公，就提了个条件，宴后要

面见陈公公，由方员外提个话头。

　　方员外不解地问："你一个乡野村民又不做官，见陈公公有什么用？"简大厨却道："我一个山野村夫，一辈子也见不到皇上，可我听说这陈公公是皇上身边的大红人，见见皇上身边的人也不枉为人一世啊。"方员外哈哈大笑道："只要你让他吃得高兴，我包你见到他，不过我也有个条件，你必须告诉我，那猪肘的配料你是不是留了一手？"二人就这么说定，简大厨见到陈公公之日，便是他抖出秘方之时。

　　冬至这天，陈公公和方总督乘着两顶暖轿来到方府，方员外恭恭敬敬地把他们迎进大厅。寒暄茶罢，酒菜上席。陈公公一看，呵！竟是满满一桌猪肘：蒜泥肘肉，酸辣肘子，酱肘花，卤肘子，醉香猪肘，红焖肘子，燕窝炖肘子，东坡肘子，就连汤也是肘子人参汤……他不由喜笑颜开，击掌大笑道："好一个肘子宴，老夫要开怀畅饮、大快朵颐了。"

　　陈公公喝着温酒，依次品尝，赞不绝口。罢了，他不禁长叹"老夫吃了一辈子肘子，今日算开了眼界，这个厨子必定不同凡响。"方员外便趁机引荐，陈公公一听来了兴致，随即

便命人领了简大厨进屋。

待那简大厨请了安，陈公公便问他姓谁名谁。简大厨回说姓刘。此刻，方员外和方总督一惊，不是姓简吗？怎么姓刘了？只听简大厨又开口道："公公还记得五年前被你杀的左都御史刘大人吧？我就是他的小儿子刘书智，今日取你的狗命来了！"说完，刘书智从围裙里一抽一抖，一把软剑在他手上霎时坚硬如钢。只见他将剑往前一送，直透陈公公胸腹，那阉人顿时毙命。侍卫们这才缓过神来，上前按住了刘书智。只听刘书智仰天大叫"爹娘，智儿为你们报了仇了！"

原来左都御史刘大人被杀时，他的小儿子刘书智正好在武当山拜师学剑，逃过一劫。刘书智从此隐姓埋名，好容易才打听到陈公公爱吃猪肘，便决意从猪肘入手，君子报仇，十年不晚。他先师从名厨，后又得高人指点，钻研烹饪之道。随后，才有了所谓深山偶遇方员外、半推半就献秘方的一幕一幕。原来，这一切都在他刘书智的计划之中。

绝 命

再说这陈公公死在方员外府中，方员外脱不了干系，好在抓住了凶手刘书智，方员外上下打点花了几万两银子，加上方总督上表申诉、四处求情才了结此事。可这方员外还是不死心，因为刘书智还没告诉他猪肘里少

了什么配料。屡试屡败之后，方员外叹了口气，看来只有去问刘书智了。

待到刘书智开刀问斩的那一天，方员外上下打点一番，做了一道"醉香猪肘"送他上路。那刘书智大口喝酒大口吃肉，见他酒足饭饱，方员外便凑近小声说："你不能食言，得告诉我少一道什么佐料？"

刘书智哼哼一笑，不屑地说："告诉你你也弄不到，那可是天山红顶冰蟾的血。"见方员外一脸愕然，他接着说，"凡是动物的肉，实际都有些腥毒，要去这腥毒，唯有天山红顶冰蟾的血。上天有眼，前些年我和师父到天山习剑，机缘巧合，抓了只天山红顶冰蟾，取了一小瓶血。"

方员外听了愣了半晌，满脸遗憾道："可惜，天山红顶冰蟾是天山冰蟾的绝品，长在天山山顶极寒地方，可遇不可求，看来我再也吃不到这种美味的猪肘了。"

刘书智却正色说："我是为了杀奸臣报仇雪恨，才苦心钻研烹调之术，你却不该贪图享受。你想想，你和你的叔父如不是贪吃，能为我利用吗？陈公公如不是贪吃，能死在我手里吗？你难道还不警醒？"说罢哈哈大笑，转身向刑场走去。

方员外听了脸红一阵白一阵，呆站在那里许久许久。

（题图、插图：黄全昌）

藤泽周平（1927—1997），日本著名小说家，作品多以江户时代为背景，描写当时庶民和下级武士的悲欢离合。本篇选自其小说集《黄昏清兵卫》，原名《生瓜右卫门》。

无声的厮杀

□土 人 改编

日本江户时代末期，有个下等武士，脸长得像只歪了的生瓜，于是大家都懒得喊他真名，干脆戏称他叫"生瓜"。他为人老实，听了也就一笑了之，从不计较。虽然人长得丑，可生瓜从小苦练武艺，凭着过硬的剑术，在藩府谋到了一个职位，还挺受领主的信任。

这天，生瓜接到了一个秘密任务。原来，生瓜的领主年轻有为，想要扳倒守旧势力，搞革新，为了瞒过当地守旧势力，领主拜托生瓜和他的好友吉田偷偷地到别的藩联系筹钱。

可就在两人准备出发的前几天，生瓜去不成了。

事情是这样，那天藩府下发节日糕点，生瓜从前有个同僚刚过世，家中还是得到了一份糕点。生瓜为人忠厚，决定顺路帮忙把糕点送过去。送到后他刚要离开，那家的寡妇突然捂住肚子，瘫坐下去。不巧的是，那家的仆人这时候正好外出办事，生瓜一看，寡妇的症状正好和自己妻子平时犯病时一样，于是征求了她的同意，帮她按摩了背上的一个穴位，果然见效了。这样，生瓜又被千恩万谢了一番，才赶回家去。事情的前因后果，不过如此而已。可这几天不知为何，这点鸡毛蒜皮的事情竟成了一段绯闻，传得满城风雨。

事关名誉，生瓜是个正派人，那时候藩府里还有专门监督武士操守的衙门。生瓜就决定去衙门里自行解释一下。谁知道，当天值勤的官员看来者是丑八怪生瓜，就想耍弄他一番，竟然发了公文，罚他在家闭门思过二十天，不许出门。

这一处罚，能出门执行任务的只有生瓜的好友吉田了。

这不是把玩命的事情全都推给好友了吗？正当生瓜急得直跺脚时，吉田来了。吉田也真够仗义，不但不责备生瓜，反而安慰他少安毋躁，而且吉田还找了一个年轻武士顶替生瓜。一切都安排妥当了，吉田才询问起了生瓜的绯闻来。听罢来龙去脉之后，吉田疑惑了，当时在场的只有生瓜和寡妇两人，那么到底是谁把这个八卦到处乱传的呢？想到这儿，他不由担心起这是冲着他俩的秘密任务来的。可是两个人反复推测，觉得生瓜登门拜访寡妇纯属偶然，所以那寡妇发病应该不是个阴谋。这事暂时看不出什么破绽，夜也深了，吉田便告辞，回家准备明天的任务去了。

第二天，生瓜干坐在家里等消息。中午时分，生瓜等来的却是跟自己闹上绯闻的寡妇。那寡妇一进门便连连向生瓜夫妻道歉。这时候，一旁生瓜的妻子冷笑道："当初要不是您到处说，现在我们当家的也不至于干坐在家里。如今又来道歉了，这算怎么回事情？"那寡妇赶紧解释

说："我并不曾把这事情到处说，回想起来，那之后我哥哥助藏来看我，问起我病根的时候，我倒是顺口提过一句。"生瓜一听到助藏这个名字，"噌"的一下跳起来。原来，这个助藏就是守旧派的，做起事来不择手段。

寡妇是个妇道人家，对男人们间的政见不合一点也不敏感，又不紧不慢地说道："当时哥哥好像还说了句'生瓜这小子还真有两下子嘛'！"生瓜心想，完了，一定是助藏故意散布的谣言！看来吉田此去凶多吉少了。

他连忙送了客，自己戴上斗笠遮住脸往码头奔去，希望能赶上朋友。可生瓜这张脸实在太惹人注意了。到了码头，他还是被渡口的官员给认出来了，坚决不让他上船。此刻，生瓜

即使有七十二般武艺，也使不出来了，自己大闹一场，反而容易出卖朋友的行踪。想到这里，生瓜又只好悻悻地回家去，呆呆地等着消息，心中充满了焦虑。

生瓜就这样焦虑地等了整整三天，第三天夜里，来人了，来的却不是吉田！

来者告诉生瓜，吉田死了，在执行任务的途中，被人偷袭毙命。幸好带去的年轻武士抓住了杀手，还逼问出果然是那个助藏在藩主家里藏了奸细，出卖了他们的行程。生瓜听了，呆坐着半晌。事情已经很明显，助藏打探到了自己和吉田的行踪，故意散布谣言困住了武艺更高的生瓜，这样解决吉田就方便多了。这时，生瓜心如刀绞，只想着都是自己害得朋友命丧黄泉。

转眼间，二十天的处罚过去了，生瓜又出门了。他仍像往常一样卖力地办差，只是却像老了十岁，从此更加一言不发了。旁人都不知道二十天前那惊心动魄的一幕，全都以为他因为绯闻受了点处分就不吭声了。大家都觉得此人度量小、脸皮薄，也都懒得去搭理他。

不久后，领主励精图治，又募来了资金，以迅雷不及掩耳之势，扳倒了守旧势力。原先守旧派的许多人物从此也就风光不再。比如那个寡妇的哥哥助藏，也随着一批人免去了要职，整天满腹牢骚。

这天，这位助藏又喝了些酒，骂骂咧咧到处晃悠，人们懒得招惹他，远远躲开两三丈远。这时候，他迷迷糊糊见迎面走来个人，手里还捧着高高一摞文书。他此刻心中郁闷正无处发泄，便趁着酒劲，一下子撞在来人的身上。顿时，那摞文书洒落在地。只见那人蹲下来，不紧不慢捡起文书来，竟然瞧都不瞧他一眼。助藏见自己被人蔑视成这样，勃然大怒，骂道："你是谁家的奴才！竟然敢无视我助藏！"说完，便要挥拳头。

此刻，蹲在地上的那人抬起了头来。助藏一瞧，嘿，这不是生瓜吗？他便

嘲笑道："原来是你这小子！长得这副德行，还有脸抬头？"这话说得实在难听，一旁看热闹的人都以为生瓜要发怒了。可生瓜此刻却又低下头去，继续捡他的文书。助藏又抬脚向生瓜猛地踹了一脚，道，"喂！没听见我说话吗？"

生瓜抬起头来，朝助藏狠狠瞪了一眼，又低头去捡文书。这一瞪，助藏好像找到了什么借口似的，他立刻拔出长刀来，嚷道："你算个什么东西，居然敢瞪我！看我不把你砍了！"说罢，举刀就砍。此时，两三丈开外的旁人一阵惊呼，心想这下生瓜可惨了。

就在这一阵惊呼之后，大伙儿却久久不见助藏收刀。半晌，随着"轰"的一声，倒在地上的竟然是助藏！原来，就在他准备手起刀落的时候，人们只看到生瓜腰间的短刀似乎出了鞘，明晃晃地闪了一下，又给收了回

去。又过了一会儿，有胆大的过去探视，发现助藏已经没气了，此时生瓜却已经捡好了文书，默默离开了。

这件事情，自始至终都是助藏挑衅在先，先拔刀的也是他，而且有很多人证，于是，上头调查下来，生瓜只被罚了在家思过二十天而已。

二十天后，领主召见了生瓜，告诉他决定给死去的吉田家里增加俸禄以示安慰。生瓜听了，流着泪重重地给领主磕了一个头。这时，领主又说道"听说你的短刀刀法了得，助藏那家伙当年可是个风云人物啊！武艺也不一般。"生瓜听了，仍不做声，只是默默又叩了一个头，表示认同。领主顿了顿又说"不过，据说那家伙死的时候，有人上去探视，看见了你剩在地上的一本文书，里头哪有什么字啊？就是一堆莫名其妙的废纸嘛。你小子是想给吉田报仇吧？真行啊！"

此刻，生瓜仍一言不发，微微抬起头来，又重重地给领主叩了一个头，这才起身离开了。

从此以后，藩里再也没有人喊起"生瓜"这个绰号了——谁都没法忘记当年衙门里那场可怕的厮杀。

（题图、插图：佐 夫）

俗话说，官话说

◇ 俗话说：隔行如隔山。——官话说：这叫"打造复合型领导人才"。

◇ 俗话说：这山望着那山高。——官话说：这叫"开拓进取、攻坚克难"。

◇ 俗话说：牛不喝水强按头。——官话说：这叫"顾全大局、服从大局"。

◇ 俗话说：三个臭皮匠，顶个诸葛亮。——官话说：这叫"集体智慧"。

◇ 俗话说：旧的不去，新的不来。官话说：这叫"跨越式发展"。

◇ 俗话说：新瓶装旧酒——官话说：这叫"与国际接轨"。

◇ 俗话说：头痛医头，脚痛医脚。——官话说：这叫"突出重点"。

◇ 俗话说：笨鸟先飞。——官话说：这叫"发扬主人翁精神"。

◇ 俗话说：王小二过年，一年不如一年。——官话说：这叫"经济欠发达"。

◇ 俗话说：赔了夫人又折兵。——官话说：这叫"负增长"。

（推荐者：温献伟）

用一句话证明你读过四大名著

◇ 前面便是狮驼岭，守关大将正是那蛮王孟获。此人我识得，早年是京师八十万禁军总教头，贾大人寿诞之时，百官同贺，我在大观园里见过他一面。

◇ 兀那黑厮，你可知俺这通灵宝玉，乃是炼自老君八卦炉中，若得此物，必能辅汉安刘，匡复中原。

◇ 你这黑厮，可曾记得那妖怪的模样？

◇ 身长八尺，豹头环眼，燕颔虎颈，倒像在哪里见过一般，何等眼熟到如此！

◇ 唐三藏快活林舌战王熙凤，李逵大观园提枪大战白骨精。

（推荐者：孟　坚）

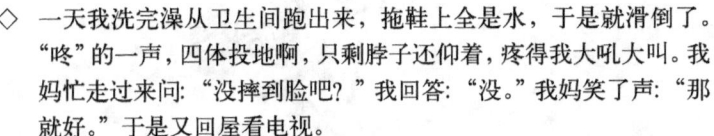

◇ 一天我洗完澡从卫生间跑出来，拖鞋上全是水，于是就滑倒了。"咚"的一声，四体投地啊，只剩脖子还仰着，疼得我大吼大叫。我妈忙走过来问："没摔到脸吧？"我回答："没。"我妈笑了声："那就好。"于是又回屋看电视。

◇ 有一次，我妈从外地看我姥姥回来，我就问她我姥姥怎么样，我妈说："身体还行，就是胳膊有点不得劲了，特别是拿东西的时候，老是抖。"我还没接茬儿，我爸在一旁说了："恩，精神抖擞嘛！"

◇ 和老公结婚登记，出了民政局大门，老公喜滋滋给婆婆打电话："妈，恭喜你啊，你有儿媳妇了！"婆婆在电话那头笑："哎呀，谢谢谢谢！太客气了！同喜同喜啊！"

◇ 一次，我妈妈说我就是咱家的太后，我得意地问："什么太后啊？西太后？"我妈妈说："脸皮太厚！"　　　　　　（推荐者：黄　易）

加一句话，毁灭小清新

◇ 两人分手后多年，在一个城市不期而遇。男："你好吗？"女"好。"男："他好吗？"女："好。"女的问："你好吗？"男的回答："好。"女："她好吗？"男："她刚才告诉我她很好。"

毁：一阵沉默后，女："你听说过安利吗？"

◇ 他趴在桌子上睡着了，她在他包里翻到了他的日记。这是他暗恋她的第四年了，他在日记本的第一页写着，等把这本日记本写完，他就向她表白。她小心翼翼地把日记放回包里，把日记本后的空白页全撕了。

毁：然后，她握着那些纸捂着肚子奔向厕所。

◇ 他是个病孩子，没有人肯陪他玩。直到下了第一场雪，他堆了一个小雪人。他问："我可以抱抱你吗？"小雪人反问："为什么？"他说："因为我喜欢你。"小雪人沉默地投入他的怀抱。下一秒，他听见小雪人轻轻在他耳边说："我穿越四季，只为融化在你的怀抱里，谢谢你那么喜欢我。"

毁：第二天，他死于重感冒。

◇ 走出考场，她哭得一塌糊涂。众考生目瞪口呆地看着这漂亮女孩哭得梨花带雨。他不顾旁人的眼光，一把揽过她。她哭道："数学好难，我们不能上同一所大学了。"他笑道："笨蛋，就知道你不会，后面大题我都没做。"

毁：后来他考上了大专。而她妈送她去国外读大学了。（推荐者：卫　勃）

（本栏插图：刘斌昆）

· 快乐辞典 ·

家庭经典对话

网上订票事件

□ 蒲玉海

在外打拼的邱强，连续两个春节都没能回家，究其原因，他不是不想回，而是买不到票回不了！

今年邱强找了个女朋友叫小雨，眼看又到春节了，小雨说想见见未来的公公婆婆。这是一个合理合情的要求，可邱强却开始头痛了，要回家，又得买火车票。

这天，邱强在报上读到一则新闻，说是火车票也可以网上购买了。邱强高兴得一跳八丈高，立刻来到一家网吧，"啪啪啪"输入铁路部门专用的订票网址，然后按照提示进行订票操作。可半小时过去了，费了老大劲，邱强还是没能把票订好。

邱强无奈地退出铁路部门的网站，继续用搜索引擎搜索其他订票信息，然后选择了列在第一位的网址进行订票操作，没想到很快就在这家网

站订好了车票。在最后一道付款程序时，邱强留了个心眼，现在"钓鱼网站"很多，难保这家网站没有问题。于是他没有点击付款，而是掏出手机记下了网址。

出了网吧，邱强马上来到当地火车站的咨询台，他掏出手机询问道："我想在网上购票，但不知道这家网站有没有问题？"

电话那头车站工作人员对照网址，咨询过上级主管部门后肯定地回话"没问题，这家网站可以进行火车票的代购业务。"

得到确切答复后，邱强再一次来

到网吧，输入网址，订购了两张回家的火车票。订票成功后，邱强迫不及待地给小雨打电话，报告喜讯。

想不到，小雨比他还兴奋："你不是说订票很难吗？我刚订了两张到你家的火车票！"

放下电话，邱强一阵苦笑：需要车票的时候一张没有，现在倒好，一下就到手四张！有啥办法呢？赶紧退票吧。

邱强又来到网吧，进入订票网站，却没有找到相关的联系方式。于是，他就通过"反向搜索"，找到一个"400"字号打头的网站客服电话。一般官方客服电话都是由"400"字号打头，邱强觉得应该错不了，便掏出手机拨了过去。

电话很快接通，接线员在听完邱强的情况后，非常爽快地答应了退票的要求，并保证车票的退款将在三个工作日内，打进邱强的银行卡上。

不愧是大网站，售后服务就是好。接下来邱强按照接线员的要求，提供了自己银行卡的卡号及密码，就等着退款了。

挂断电话后，邱强突然感觉不对劲，对方索要银行卡号还说得通，但为啥连密码也要呢？为了保险起见，邱强马上来到最近一家银行的自动取款机前。

当他插入银行卡，输入密码后，立刻就傻眼了，卡上的余额三千多元钱不见了。

不一会，闻讯而来的小雨拖着邱强来到火车站，讨要说法。毕竟这个网站是他们确认的。

车站方对此事非常重视，由站长亲自出面，联系上了邱强订票的那家网站。

网站负责人在听完邱强的诉说后，说："不可能，我们网站没有开通'400'电话啊。"可能这类事已发生多起，所以他们又问，"您是在离开我们网站后，再通过搜索引擎，重新进入的链接吗？"

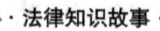

在得到邱强肯定的答复后，对方立刻肯定地说："不好意思，您最后进入的是'钓鱼网站'，您被骗了。"

这时，车站的人也提醒道："铁道部规定是十五个工作日退款，无论谁都得遵循这个规定，他又怎么可能在三个工作日内把退票款打进您的银行卡呢？我看你们还是报警吧。"

于是小雨和邱强来到就近的派出所，由于此类情况太多，且数目不是很大，派出所只是给做了笔录，并没有马上立案。

邱强莫名其妙被被骗了三千多元钱，心里总有点痛，说话也少了。小雨见状，就告诉他，再走过一条街，就有一家律师事务所，自己认识一名王姓律师，何不抱着"死马当活马医"的态度，问问？

邱强同意了，他们一起找到了那位王律师。

听完邱强他们的介绍，王律师感慨地说："虽然我国有专门的网络管理机构，但由于'钓鱼网站'的频繁出现，以至于现有的处理机制，很难做到及时有效的制止。"

小雨问："那我们就没办法了？"

王律师苦笑着回答："只能靠你们自己多当心了。在网上支付时选择第三方支付平台，切忌向个人银行账户汇款！"

邱强忿忿不平地说"王律师，我们老百姓怎么当心啊？那么多监管部门，他们都在干什么呢？"

王律师一拳砸在桌上："说得好，也说到根上了，此类案件是不能以被骗数额大小作为立案标准的，我们应该请求有关部门作为！"

最后在王律师的陪同下，邱强和小雨再次来到派出所。办案民警根据王律师反映的"此案为民生类、热点诈骗案例"性质，经请求上级后，最终决定马上立案侦查。

律师点评：

《网上订票事件》故事涉及的法律问题：即网上"诈骗"构成的刑事犯罪。根据刑法规定，诈骗罪指以非法占有为目的，用虚构事实或隐瞒真相的方法，骗取数额较大的公私财物的行为。

一般讲，"较大"数额指二千元以上。本故事中的"诈骗"，显然还有累计次数及累计数额等综合情节。

一个人，两张车票，似乎诈骗"标的"不是太大，故受害者往往觉得报警麻烦。但十个人、一百个人累计次数及累计数额就"较大"了，这就触犯了法律而构成诈骗罪。这就希望大家一方面网上购物、购票等应尽可能严格按照正规程序操作； 另一方面，如果发现有异常情况，应及时报警及时提供线索，让诈骗者无处藏身。

（题图、插图：刘斌昆）

·微博故事·

故事会■新浪 微故事大赛

6月优秀作品选登 （主题：恐怖故事）

@风铃炸弹 二十万字的小说刚写完，系统突然当机，重启后再看，咦，字数怎么多出五千？我仔细一查，小说结尾后居然多出一章，原先该死的男女主角都活过来了。岂有此理！我干净利落地删掉这章，谁知它却更利落地恢复了，屏幕上还多出一句话："再弄死他俩，就弄死你！"

@油城玉壶 生日宴会后，他烂醉如泥地回到家。打开房地产大鳄老李送的贺卡，果然有一张银行卡塞在里面。突然，贺卡上出现几个闪着蓝光的大字：忌日快乐。他大吃一惊，酒也吓醒了一半。沉思许久后，他决定将卡退给老李。临出门，他又瞥了一眼贺卡，却见上面四个大字在闪光：生日快乐！

@梦想家农西宁 他回到家便吃上丰盛的晚餐，一脸幸福地问："不是七点的车吗？那么快？"她笑了笑。那晚，她将他的衣服全都整整齐齐重新叠了一遍，把家里清理得干干净净，然后窝在他怀里安然睡去。清晨，他猛然惊醒，发现床边空空如也，身旁手机响了，他接听："您妻子搭乘的客车昨晚六点不幸翻落山谷……"

@jlsclxlhw 王局长爱吃野味，这天一个企业老板请他吃了一桌穿山甲宴。回家后他一人睡在书房，第二天醒来，他惊恐地发现自己的手臂居然长出了鳞甲，再看镜子里……他爬向妻子房间，希望她能帮自己。刚到门口，就听见妻子喊："儿子，快，咱家书房有只特大穿山甲，肯定能卖个好价钱！"

@我是瑶民 新租了两室一厅，我住外间，另一间欲转租。可恶的隔壁邻居每晚十点后开始打麻将，直至天亮。那声音虽微弱，但还是影响了我休息。这天晚上，我忍不住敲开隔壁家的门。邻居大叔却说："你家怎么每晚都打麻将，好吵哇！"我正要反驳，突然听见从我家隐隐传来哗哗的洗牌声……

@冰心雪凝 女巫说："我可以满足你永远美丽永远富足的愿望，但你要付出代价。"女孩激动得连连掐自己："这不是做梦吧！什么代价？""你永远得不到真爱。"女孩大笑"放心！我愿意坐在宝马里哭！"女巫点头。女孩飞奔回家，刚打开门，只见爸妈一脸的惊恐和警惕地问："你是谁？怎么会有我家的钥匙？"

@潴材怪 利民大桥，出自他手中的豆腐渣工程，终于坍塌，死伤人员无数，而他却安然无事，有钱能使鬼推磨。情人生日那天，他送她一台最新款的数码相机。情人撒娇地举起相机给他拍照，突然一声尖叫，当场昏死过去——在相机的人脸识别系统下，情人看到他身后，有无数张因愤怒而扭曲的脸！

（大赛启事请见P80）

短信也能发微博！将作品编辑成短信发送到951318188，就可马上参与微故事大赛。移动／联通／电信全覆盖！无信息费。

故事会·2012年7月下半月刊·绿版 **67**

总说"书中自有黄金屋，书中自有千钟粟，书中自有颜如玉。"金钱、俸禄、美女……自古天经地义都是代代书生们的理想。可谁又能想到，十年寒窗后，却终归惹得祸从书起……

书祸

□ 王永坤

1.筹办学堂

清朝末年，苏南宝庆县城有个秀才，名叫陈砚平，他到省城应试举人，名落孙山后顺便到上海游历，见了世面眼界大开，认为当今世道"实数千年未有之大变局"。于是他毅然弃文经商，经十来年走南闯北的打拼，终于成为上海滩的企业巨子。

这年新年刚过，陈砚平从上海坐船返乡。这天日过中午，船至离宝庆城还有二十来里路的古埠码头，陈砚平提着一只沉甸甸的皮箱，一下船，就见老管家刘老忠的儿子刘贵已在那里等着接他。刘贵是个只有十五六岁的少年，他向主人问好之后，便接过了陈砚平手中的皮箱，两人随着人流走出了码头，就见小商贩们蜂拥而来，争相叫卖。

其中有个挎着竹篮子卖油条的中年小贩引起了陈砚平的注意。只见他头戴不合时宜的元宝帽，穿着一条单薄的长衫，一副寒酸相。别的小贩都在高声叫卖："便宜喽，一个铜钱三根油条！"他却跟在后面低声念着："亦然，亦然。"路人见他这般迂腐，不由抿嘴发笑。

那小贩一抬头，发现陈砚平注视着自己，顿时惊惶转身，掩面要走。陈硯平快步上前，一把扯住了他，叫道："丁兄，见了故人怎么能躲避呢？你我当年可是同考秀才的啊。况且我今天在古埠下船，就是特意来找你的，有要事相商呢！"那丁秀才这才不好意思地立住脚，同陈砚平打拱施礼。

陈砚平对刘贵说："我今天要在古埠耽搁一晚上，你可抄小路先赶回去，告诉家人不必为我担心。"

刘贵答应一声，把皮箱捐上肩膀转身要走，陈砚平又叫住他叮嘱道："阿贵，你路上一定要小心保管好皮箱，这皮箱里的东西可是无价之宝呢！"刘贵连连点头，飞奔而去。

刘贵走后，陈砚平忙拉着丁秀才来到一家酒楼，要了几碟小菜，一壶老酒，二人边吃边谈了各自近年来的情况。

丁秀才满面羞惭，一声长叹道："怎么也没想到，乙巳年朝廷竟然罢停科举！看来还是陈兄你有远见，早早抽身成了陶朱公，不像我等，如今科考无望，为了谋生竟斯文扫地……"

陈砚平兴奋地对丁秀才说："我又决定弃商从文了，这次回家乡要在宝庆城办第一所新学堂！"他告诉丁秀才，如今科考罢停，各地有识之士兴办新学堂如雨后春笋，探索救国救民的新道路。说着，陈砚平向丁秀才发出邀请，"新学堂的名字就叫振华学堂。各科的教材样书我都已备齐了，教员也都基本聘定了，大都是留过洋的学生，只是尚少一位国文教员。丁兄国学功底深厚，不知是否愿意低就？"

丁秀才惊喜道："如此说来，丁某一肚子的书还有用处，明日我就随你同去宝庆城！"

2.渡口陈尸

第二天，陈砚平和丁秀才雇了辆大马车，从大路来到了宝庆城。陈砚平的家人见了他，十分惊讶。陈砚平的妻子嗔怪道："说好你昨晚到家，怎么今天才回来？让人心悬了一夜，正要再派人去找你呢。"管家刘老忠更是惊疑地问："老爷，小儿阿贵怎么没

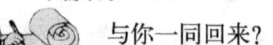

与你一同回来？"

陈砚平惊道："怎么？难道昨晚刘贵没先回家？"一番问答，这才知晓刘贵竟然失踪了！刘老忠急得手足无措。

陈砚平想了想道："刘贵昨晚是抄小路回来的，途中必然要经过大清河的青枫渡口。我们不妨去问一问青枫渡口摆渡的艄公是否见到过刘贵。"

刘老忠一听，更是吓白了脸，失声道："不好！青枫渡口的艄公叫李阿大，当年曾是北芒山土匪头子彭三大王手下的喽罗，杀人放火，无恶不

作。后来他见官府剿匪风紧，在山寨快被攻破的时候反了水，帮助官兵捉住了彭三大王，他也因此免于一死，从此在青枫渡口当了艄公。可我看他匪心未死，这两年人们传说时有客商在青枫渡莫名其妙地失踪，只是大家没有抓住他的把柄罢了。只怕我儿年少无知，凶多吉少……"

陈砚平安慰他道："刘贵虽说捎了我的那只皮箱，但皮箱里并没有值钱的东西，银票全在我身上装着呢。李阿大不会打他的主意的。"

话虽如此说，但大家还是骑马的骑马，骑驴的骑驴，慌慌张张赶到渡口，只见河对岸泊着一只孤零零的渡船，不远处李阿大的茅屋门半掩着。众人喊了半天，才见李阿大睡眼惺忪地摇晃着走出来，将渡船划了过来。渡船一靠岸，众人就闻到李阿大一身酒气。听了众人的质问，李阿大仍醉意蒙眬、结结巴巴地说："我……我昨天上午去……去古埠了，吃醉了酒，回来便睡了，一直睡到现在。没……没见到刘贵……"

刘老忠往船上扫了一眼，看到船舱的挂杆上挂着一把撑开的枣红色竹柄油纸伞，伞底有一个大大的墨漆"刘"字！刘老忠见了大叫起来："这……这不正是我儿昨天带的伞吗？李阿大，你这个贼，我儿定是被你害了！"

他边说边跳上船，一把揪住了李

阿大。李阿大的酒彻底醒了，惊得两手乱摇道："冤枉啊，我说的句句是实，真的没……没见到你儿！"

刘老忠悲愤至极，不依不饶道："我儿的伞还在你船舱里，人怎么不见了？定是被你害了！说，你把我儿尸体藏哪儿了？"

冷静的陈砚平注意到李阿大惊慌地向河畔一侧的野芦苇丛中瞟了两下。那丛野芦苇由于根茎细小，编不得席子，周边又尽是污泥浊水，无人采割，格外茂密厚实。

陈砚平心中有了点底，紧紧盯着李阿大的眼睛，来了一招敲山震虎，猛地一指野芦苇丛，大声喝道"李阿大，老实点！你究竟在野芦苇丛中藏了什么？"

李阿大顿时吓得浑身一哆嗦，脸色惨白地说："没……没藏什么，里面没……没有刘贵的尸体……"

这话岂不是不打自招吗？陈家的家丁们不等主人发话，急忙绑扎好护腿，趟着污泥浊水走进了野芦苇丛，不一会儿，几个人便从中抬出一具死尸来！

李阿大顿时瘫倒在地。刘老忠发疯似的冲到尸体前，一扒拉，却见尸体是个身穿老羊皮袄、满脸络腮胡子的中年男子，脑壳被打得稀烂，并不是刘贵！

众人也不管有没有找到刘贵的尸体，就七手八脚绑了李阿大，来到了宝庆县衙。

3. 堂审艄公

宝庆县知县张山柏，人送绰号"张三拍"。他接到报案升堂后，面对陈砚平和刘老忠对李阿大的指控，当即将李阿大收了监，随即又命衙役再搜青枫渡。衙役们又从那片野芦苇丛中搜出两具已成白骨的死尸！

披枷戴镣的李阿大被带进了衙门大堂。张知县习惯地一拍惊堂木："李阿大，说，这三具尸体是怎么回事？"

李阿大抵赖不得，只好招供道："这个穿羊皮袄的，是个外地药材商，半个月前坐船渡河，小人见他兜里有银钱，便一撸把打杀了他。至于那两具，也都是外地客商，是两年前打死的。"

"刘贵呢？"

"不、不知道。"李阿大仍一口否认杀了刘贵。

"嘿！官法如炉，不打不招。打板子！"张知县二拍惊堂木，甩下令签。几个行刑衙役将李阿大按倒在地，红白棍上下交替翻飞，打得李阿大鬼哭狼嚎"大……大人，一条人命已是死罪，更何况三条人命？若是小人打死了刘贵，何……何苦不招？"

张知县哪里肯信，大喝道"休得油嘴滑舌狡辩，刘贵的下落就着落在你身上！"于是他三拍惊堂木，"来

人！用大刑，给他套上'一品红'！"

所谓"一品红"，乃是一件被火烧得通红的铁马甲！套上了铁马甲的李阿大立刻身上青烟直冒，皮焦肉烂，再也忍受不住，便连声地求饶道："大……大人，别烙了，小人招，刘贵也是我打杀的，也是用撸把打碎了他的脑壳……"

"哼，这还用你说？本官要问的是刘贵尸体何在？"

李阿大眨巴眨巴眼睛说："刘贵的尸体没……没藏在野芦苇丛里，让小人扔到河里了，顺流冲走了。"

第二天，张知县命几个水性好的衙役顺流而下找寻刘贵的尸体，果然在大清河拐弯水流平缓处找到了。不过，刘贵的脑壳好好的，胸口窝却扎了一把尖刀！

刘贵的尸体被抬到了大堂上，张知县就要命衙役将李阿大从死牢里提过来指认。他打算待李阿大指认罢尸体，此案就可以了结了。

"张大人且慢！"此时，在堂下听审的陈砚平走上前道，"请大人先将刘贵尸体藏到一旁，然后让李阿大说一说他杀害刘贵时，刘贵穿的什么衣裳，带的什么行李。"

张知县有点不高兴了，觉得此举岂非是画蛇添足？但碍于陈砚平是地方上有影响的人物，就一拍惊堂木命衙役将刘贵的尸体抬到大堂后面。

遍体鳞伤的李阿大听说让他描述一下刘贵的衣着和行李，便又眨巴了一阵眼睛道："刘贵么……穿的是黑布袍，黑布裤，扎一根蓝腰带，袜子倒是白色的。行李么，什么也没带，哦，不，不，是带了一把伞——小人船舱里挂的那把油纸伞！"

这时，衙役从后门抬出了刘贵的尸体。李阿大一见，一阵惊愕之后，面若死灰地叹气道："出鬼了，还真找到了刘贵的尸体，活该我倒霉……"

陈砚平却双眉紧皱，对高坐案台的张知县拱手道："张大人您看，刘贵固然像李阿大所说的那样，穿了一身黑棉衣，但他外罩的这件银鼠色翻毛坎甲却是那天他接我时，我见他有点冷，特意脱下来扣在他身上的，可李阿大却不曾交待；而刘贵揹着我的一只大皮箱，李阿大更是全不知晓。由此可见，李阿大是凭着以往见到刘贵的印象招供的。更关键的是，李阿大说自己是用撸把打死刘贵的，可刘贵分明是被人用刀杀害的。也就是说，李阿大并非杀害刘贵的真凶！请大人明鉴！"

谁知陈砚平话音未落，李阿大竟直着嗓子接上了腔："谁说刘贵不是小人打死的？刘贵就是小人打死的，就是小人打死的！"

陈砚平质问："你为何要打杀刘贵这么一个半大孩子呢？"

"当然是抢他身上的银钱！"

"你抢的银钱呢？只一晚工夫，总不能花掉吧？"

"这、这、这，"李阿大一阵结巴之后，改了口说，"刘贵身上没有银钱，小人才……才一怒之下杀了他。反正，反正刘贵就是小人杀的，只求大人别再对小人动大刑了！"说完他转过身，对张知县如捣蒜一般地叩起头来。

此刻，张知县对陈砚平大为不满了，心说：大堂之上，是老爷我审案还是你审案？简直是越俎代庖！

当下他猛地一拍惊堂木，喝令衙役将李阿大带下去，又拉着官腔冲陈

砚平没好气地说："陈先生呐，刘贵穿着你那件翻毛坎甲，想来是李阿大昏黑之中来不及细看，哦，对了，李阿大当时喝醉了酒，是醉眼昏花没看清；至于你的皮箱，说不定是刘贵搞丢了，也许是当场翻落水中了。倒是刘贵的确是被刀扎而死这件事提醒了本官，这一定是李阿大故意招供是自己用撸把杀的人，等到省提刑复勘此案时，他趁机翻供，如此一折腾，便可拖延拖延，多活个一两年再砍头——死囚们的这套把戏本官见多了，待明天本官再提审李阿大，让他将口供改为用刀杀了刘贵。如此，本案便如板上钉钉了！"

"大人，还有那把伞哩，"同来的丁秀才插言道，"若是李阿大打死了刘贵，他怎么会那么招摇地将刘贵的伞挂在船舱上呢？"

张知县更不把丁秀才放在眼里，气哼哼地说道："李阿大已经彻底招了供，且根据他的供词也找到了刘贵尸体，此案已是铁证如山。至于枝枝叶叶的事，何须细究？"说罢，一撂惊堂木，喝声，"退堂！"头也不回地走了。

陈砚平愕然无语，丁秀才愤愤地说："昏官，枉为百姓父母、只知三拍惊堂木的昏官！"

4.破庙见诗

毕竟人命关天，陈砚平和丁秀才

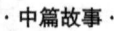

只得把筹办新学堂的事情先放在一边，着手琢磨刘贵被害的事，越琢磨越觉得这案子漏洞太多了：毫无疑问，李阿大绝非杀害刘贵的真凶，他之所以招那是他自认必死，又不堪酷刑，而急于结案的张三拍便来个清楚不了糊涂了！

陈砚平与丁秀才认为，不能如此结案，说什么也要找出杀人真凶，为无辜的刘贵报仇！于是，二人又来到了青枫渡，实地勘察。

望着人去船空的萧索渡口和滔滔流水，陈砚平陷入了深思，他想：从刘贵的伞留在了渡船上，而尸体在下游被发现来看，这只渡船确实是刘贵最后被害的地点，由此可知凶手早就在渡船上等待并起意要杀掉刘贵了！

如此费尽心机，其动机不外乎情杀、仇杀或财杀。而刘贵是个乳臭未干的少年，平时与外人极少接触，不可能是情杀或仇杀，极可能是财杀。

说到财，刘贵身上除了一把伞，只有那个沉甸甸的皮箱了，而皮箱至今不见踪影，看来十有八九是被凶手掳走了，只是令人疑惑的是，皮箱里并没有值钱的物件啊！

想到这儿，陈砚平不由心中一动，便问丁秀才道："丁兄，假若你是那杀害刘贵的凶手，抢夺了那只皮箱之后，日暮天晚，下一步该怎么办？"

丁秀才一愣，随即脱口而出："当然是要逃之夭夭了！"

"如何逃呢？"

丁秀才认真地望了望渡口周边的地形，想了想道："虽说天色已晚，但新年刚过，路上走亲访友的行人依然不断，提着皮箱沿路而逃，必定会引起行人的怀疑，看来只能顺着荒凉弯曲的河岸而逃了。"

陈砚平进一步问："若是顺岸而逃，是逃往上游还是逃往下游呢？"陈砚平进一步追问。

丁秀才想了一想说："应该逃往上游。因为冬季水枯，越往上游水面越狭小，从这儿逆流而上十来里后，河水窄浅，就可涉水而过了。"

陈砚平点点头说："我们不妨向上游找一找，也许尚能发现凶手留下的蛛丝马迹呢。"

于是两人顺着河岸往上游走去，边走边细心观察寻找。可令两人丧气的是，这些天一直刮着凛冽的北风，河岸上被吹得尘沙皆无，干净得连个脚印子也不曾见！

大约走了三四里光景，只见河岸旁有座破败的河神庙。神庙不大，只一间独屋，屋顶已经半塌，没有上锁的庙门被风吹得"吱呀"作响。

两人连忙推开房门，向里张望，只见庙中河神塑像尚在，可像前的香案和香炉却全都翻倒在地，屋内一片狼藉，看上去不像近些天有人进去过的样子。

两人正要离开，突然外头刮起一

阵旋风，呼啸着从屋顶冲进了庙内，搅得弥天香灰积尘，又逆势从门里吹了出来。

两人闪避不及，被呛了个灰头土脸，两人正拍打身上的尘土，突然，陈砚平发现脚下有一缕黑色的灰迹，他不由一惊，道："庙里近来有人来过！"丁秀才一怔："何以知之？"

陈砚平指指脚下的黑灰道："你看，香炉里的香灰应是灰白色的，而这黑灰是木炭灰，不是香客所留！"

两人随即顺着黑色灰迹进入庙内，果然在神像背后发现了一堆没燃尽的木柴，而木柴堆旁，散落着十几本厚厚的书册。捡起书册拿到光亮处一看，陈砚平不由失声叫道："天啊，这些全是我那天从上海带来、放在皮箱里的书籍！"

丁秀才探头一看，只见这些书册的封面上分别写着"算学"、"格致"、"国学"、"修身"、"体操"等名目，全是办新学堂的教科书样本！令人惊诧的是，每本书册都被人踹上了污黑的脚印——看来此人对书册恼恨至极！

丁秀才建议道："陈兄，看来我们推测得不错，凶手就是为了抢夺皮箱而杀害了刘贵。我们不妨回去把这条线索告知张三拍——这下他应该无话可说了吧？"丁秀才建议道。

陈砚平对张知县已经失望透顶，摇了摇头道："就算姓张的承认刘贵

不是李阿大所害，但指望他坐在大堂上，拍拍惊堂木便能使此案水落石出，只怕比登天还难！求人不如求己，还是靠我们自己找出杀人真凶吧。"说着，他拿出一只最新式的西洋打火机，重新引燃木柴堆，"也许，我们会有新的发现——装书的皮箱还没找到呢。"

柴堆燃起，原本幽暗的角落亮了起来，两人虽然仍没找到皮箱，却发现被香火烟雾熏黑的墙壁上有几行新鲜的划痕，上前去仔细一看，竟是一首打油诗：

的的的，全是书本惹的祸，勒令

尔把书看作宝？阎王面前莫怨我。问我是何姓，杓子少个柄；问我居何处，五色云中树。尔错我亦错，不如拎箱归，的的的。

读罢诗，陈砚平恍然明白刘贵为啥被害了：那是自己对这些开启民智、承载科学的新学堂教科书珍爱至极，所以那天自己才在古埠叮嘱刘贵管好皮箱时，顺口称之为"无价之宝"，不料一旁的盗贼听到，那贼人误以为皮箱中全是黄金珠宝呢，又探清了刘贵回家的路线，便先行一步来到了青枫渡口。

杀了刘贵、抢走皮箱后，贼人逃到了这座河神庙，燃起这堆木柴，一来烤火驱寒，二来趁便打开皮箱，看看里面到底有多少宝物。当他发现皮箱里全是书册后，懊丧恼怒之余，居然诗兴大发，写下了这首自以为神不知鬼不觉的藏谜诗！

贼人诗中虽有谜面，谜底却极是难揭，尤其是诗头和诗尾的"的的的"更是令人如堕云里雾中，陈砚平和丁秀才回到家中，苦思冥想了好几天，也没弄出个子丑寅卯来。

5.古镇寻凶

转眼间到了正月十五元宵节，宝庆城中到处搭起彩棚，家家大红灯笼高高挂，户户爆竹声声响，人人欢天喜地，街上游人如织。而陈砚平和丁秀才却无心出游，依旧关在书房中相对犯愁叹气。

"猜灯谜去喽！"书房外传来仆人们相约的喊声。丁秀才听了不由眼一亮：县衙门前的拴马场上，每到元宵节便有不少文人雅士制作新奇谜语，粘贴在精美的彩灯上，供人竞猜，若是有人猜中谜底，则可挑了彩灯就走；若是猜不中，则要丢下几文铜钱，既雅趣，又热闹。丁秀才觉得民间自有猜谜高手，若将贼人诗谜粘贴出去，兴许谜底能揭晓呢！

丁秀才把自己的想法对陈砚平一说，陈砚平连连叫好，于是两人当即写了两张谜面，一张是"杓子少个柄，打一姓"；另一张是"五色云中树，打一地名"。他们把谜面分别粘在了两个彩灯上，叫来一个小厮，塞给他一把铜钱，让他挑了去拴马场。

两个时辰后，只见小厮一蹦一跳地空着双手回来了。

小厮告诉他们，这两个谜面确实难猜，不少人在彩灯前苦思冥想，摇头而去，但终于有一个走村串巷的老郎中猜出了谜底。老郎中说，"杓子少个柄"，就成了捣药的盂，盂者，"于"也，谜底为于姓；至于"五色云"，指的是五彩缤纷的烟云，可看作彩烟，宝庆本地恰巧有座彩烟山，而"树"者，立也，乃是"六一"二字的草书连笔竖写，"六"字的大写为"陆"，如此拐了几个弯，谜底便是彩烟山下的陆一镇!

两人听了，喜不自禁地说："这下好了，原来贼人就是陆一镇姓于的！"

第二天，两人便带了小厮直奔陆一镇。不曾想到了陆一镇一打听，陆一镇上百户人家几乎都姓于。于姓是大家族，人丁兴旺，大都在沿镇街两旁开有店铺，做着各种各样的生意！望着街道上的如林幌子，听着此伏彼起的叫卖声，两人茫然了：这杀人真凶是哪一个姓于的呢？

两人分头在街上奔波了半天，依然一无所得。陈砚平忍不住将须长叹，这才感到自己近日因追查凶手而懒于梳理，已是发须拉碴了！他踱进了一家剃头铺。剃发匠见了一边招呼一声："客官请坐"，一边拿过剃刀，在一块硬砂布上"啪啪啪"连蹭几下，为陈砚平剃起胡须来。剃刀锋利，"噜噜"几下便把那乱糟糟的胡子剃了个干净。

剃好了胡须，陈砚平站起身，恰好小厮找了进来。一见有人进入铺子，剃发匠拿起剃刀，在硬纱布上"啪啪啪"。待他看清是个脑门光光的小厮，不好意思地"嘿嘿"一笑："老习惯了，一见来人便忍不住蹭剃刀，啪啪啪，啪啪啪——"

陈砚平听了，脑中不由电光石火般地一闪，想起了贼人诗中的"的的的"！于是，他向剃发匠拱拱手，攀

谈道："师傅，你们陆一镇好热闹，听，卖香油的敲起梆子'帮帮帮'，铁匠打铁'叮叮当'，耍猴的敲锣'哐哐哐'，就连小货郎的拨浪鼓都'咚啷啷'地响个不停，真是各吹各的号，各唱各的调呀！"

剃发匠应声道："是哩，各样生意都有自己的号音呢！"

陈砚平问"有没有吹'的的的'号音的？"

"有啊。街东头路南有家卖蒸饺的，也姓于，他家的蒸饺一出笼，为了招徕顾客，便吹起八孔喇叭，的的的，的的的——"

"这倒挺有趣。只不知于家蒸饺店的主人是谁？"陈砚平故作漫不经心地问。

"于慕白。说来这小子倒是我们陆一镇的一大活宝呢！"这下触起了剃发匠的话头，他竟滔滔不绝说起来。

原来，于家蒸饺店已经经营上百年了，颇有名气，几代人虽发不了大财，但由于吃苦肯做，家道堪称小康。于慕白从小聪明伶俐，本来也会像他的祖辈和父辈那样成为一个勤快的蒸饺店店主的，但十几年前陆一镇上发生了一件不大不小的事情改变了他的人生轨迹。那年，时任知府老爷破天荒地坐着八抬官轿打陆一镇经过，前面的衙役举着旗牌鸣锣开道，后面的兵丁戟剑如林，威风凛凛，百姓们匍匐在地夹道迎接。官轿停在街心，知府老爷召里正问事，平时不可一世的里正跪倒在轿前，浑身抖个不停，被端坐在轿帘里的知府老爷骂了个狗血喷头！

当时只有七八岁的于慕白挤在人缝里，咬着手指头看着知府老爷一行人走过之后，忽然迸出一句："我长大了也要做知府老爷！"

人们听了都"哄"一声笑了：人们笑他，想当知府老爷岂不是癞蛤蟆要吃天鹅肉？可是在众人的讥笑声中，却有个读过几天书的老头竖起大拇指夸赞道："燕雀安知鸿鹄之志哉？这小哥有志气，只要头悬梁、锥刺股，读好书，就能中秀才、中举人、中进士，当官做老爷！"

于慕白听了，一双大眼瞪得溜圆，回家后便又哭又闹要读书。爹娘被他缠磨不过，只得拿出省吃俭用攒下的钱为他重金聘请塾师。

于慕白读书果然刻苦，三更灯火五更鸡，是镇上起得最早、睡得最晚的人。不曾想光绪三十一年，朝廷取消科举，这犹如晴天霹雳，把于慕白震傻了，十年寒窗，全白费了，连半个秀才也没捞到！他抱头大哭一场后，又"哈哈"狂笑着把一摞摞读过的书全焚烧成灰。

就在这年，他那操劳过度的父母又先后病亡，人们都叹：到底是老于家祖坟上没有冒做官的青烟啊！可于慕白却不死心，他到处打听不通过科举如何做官的门径。

可是打听的结果更使他沮丧：如今做官，不外乎两条路，一是靠后台往上爬；二是花钱买官做，做了官便捞钱，捞足了钱再买更大的官。于家代代白丁，亲戚也都是平头百姓，第一条路自然走不通，而第二条路也不行，家底全让他这些年读书掏空了！没奈何，于慕白只得拾起爹娘扔下的蒸笼，极不情愿地卖起蒸饺来，但他却吃不了做小买卖的那份苦，三天两头关门歇业，眼看于家百年蒸饺店就要倒闭了……

剃发匠说到这儿长叹道："就是

如此，于慕白依旧自命不凡，以读书人自居，平时满口之乎者也，还经常写什么丝（诗）作什么瓷（词），真是个现世宝！要说呐，全怪他读书读浑了脑袋！"

这时陈砚平完全明白了，但不知怎的，他全然没有案件即将水落石出的欣喜，而是心头沉甸甸的。他怎么也没想到，杀人真凶竟是个苦读过诗书的年轻人！

陈砚平和丁秀才来到街东，很快找到了于家蒸饺店，果然见到一个歪戴着元宝帽的年轻人正懒洋洋地做着蒸饺。不用说，他就是于慕白。不一会，蒸饺熟了，于慕白拿起一管竹喇叭，走到店门口"的的的"地吹起来。等他放下喇叭揭起蒸笼时，陈砚平走上前吟道："的的的，全是书本惹的祸……"

诗没念完，只见于慕白脸色发青，两手一抖，一笼雪白的蒸饺撒落在地！

6.官迷心窍

于慕白被抓进了县衙大堂，没等张三拍拍惊堂木，便一五一十地招了供……

为了尽快弄到钱买个官做，利令智昏，于慕白竟走上了盗窃抢劫的邪路。他常去客来商往的古埠码头行窃。正如陈砚平所推测的一样，那天他在跟踪陈砚平时，误以为那只皮箱中尽是金银珠宝，当即打定了杀人劫财的主意。至于为何要选在青枫渡口杀掉刘贵，是因为他在中午看见酒鬼艄公李阿大喝得大醉，傍晚时分定然酣然入梦！于是，他杀了刘贵又故意留下那把伞，是让李阿大为他背黑锅。当他在河神庙拉开皮箱，发现里面竟全是他最讨厌的书册，不由气恨交加，狠狠踹上几脚。然后他摸出酒灌下肚后，酒兴一来，诗兴大发，写了诗。之后他才拎了皮箱，回到陆一镇。如此，案子就此了结。

出了正月，一番忙碌，振华学堂终于要开学了。陈砚平邀请丁秀才出席庆典仪式，丁秀才却打起了退堂鼓

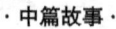

说："陈兄，经过于慕白这一案，不知怎的，我觉得读书不一定是好事。你想，若是于慕白不曾读书，何至于走上害人害己的不归路？祸因书起啊！再说了，就算他读书博得了功名，也不过又是一个害民误国的昏官张三拍而已。又比如我，空有一肚皮诗却只能卖油条，而卖起油条来也卖不过别人，真是百无一用是书生！我……我真担心教别人读书实是误人子弟呢。"

陈砚平听了哈哈大笑道："丁兄，你怎么又迂腐起来了！我们办的是新学堂，非以往科举私塾可比。科举读书读的是四书五经，为的是学而优则仕；新学堂读的书大多是科学之道、知世之学，教育学生求真求知，学生们走出学堂便能成为治国人才，怎么是误人子弟呢？"

丁秀才似乎有点明白了，他点头道："如此说来，我就随你去新学堂教书。"但他又嘀咕了一句，"办新学堂是好事儿，但如果穿新鞋走老路，将来仍搞读书做官那一套，只怕还会出于慕白那样的凶犯。"

陈砚平却信心满满地说："凡事总不能因噎废食。办起新学堂，中华就有新希望！"说着，他拉了丁秀才，迈开大步，向新学堂走去。

（题图、插图：杨宏富）

·本刊信息传真·

故事会■新浪 微故事大赛

7月征集主题：最后悔的事

篇幅最短、含"金"量最高的故事，等待你的挑战！

《故事会》杂志和新浪微博（weibo.com）联合主办微故事大赛继续进行，邀请各路故事名家、草根英雄和世外高人展开较量！

本次大赛所有作品通过新浪微博平台征集（搜索＃微故事大赛＃），每月一个主题，当月设金奖1名，奖金1字10元（字数低于120的按120字计），银奖2名，奖金1字5元，另设年度奖项。优秀作品将在每月的《故事会》上刊登，并结集出版。5月青春绽放故事金奖获得者：潜龙在天天潜龙，更多详情请登录故事中国网（www.storychina.cn）查看。

7月微故事征集主题：最后悔的事——有一种药是永远都买不到的，但那些令人后悔的事却会刻骨铭心，甚至牢记一辈子。本月请你讲述最令人后悔的故事，正文字数在130以下，力求情节出人意表，立意隽永深远，文字鲜明生动。本月的微故事达人或许就是你！截稿日期：7月21日。（本期刊物特别选登6月微故事大赛优秀作品，详见P67）

俗话说："没有老婆想老婆，有了老婆怕老婆。"甚至有人打趣说，怕老婆，和尊老爱幼一样，是中华民族的传统美德。

这不，我们的民间故事里，也有不少怕老婆故事，充满了诙谐幽默和生活情趣，让人忍俊不禁。

站边

清朝年间，有一知府刚走马上任，就听说当地的官吏都有一个毛病——怕老婆。于是他想验证一下。

一天，官吏们都到齐了，知府大人说道"听说这里有个风俗，就是男人都怕老婆，不知道诸位如何？现在，我想请怕老婆的站到左边来，不怕的站右边去。"

听了知府的话，大小官吏你看我我看你，谁也没动。知府大人又说："现在诸位的内人就在隔壁的房子里。"话音刚落，只见大小官吏纷纷站到了左边。

最后只有一人慢慢站到右边。知府见了哈哈大笑："谁说这里的男人个个怕老婆？还有一个不怕嘛！"

随后他走到这个小官跟前说："跟他们讲一讲，你是怎么站到这边来的？"

这位小官忙说："因为早晨出门的时候，我老婆告诉我不要往人多的地方去！"

百灵鸟洗澡

老爷非常喜欢百灵鸟，专门雇了一个仆人来喂养。这天天很热，老爷吩咐仆人说："你去给百灵鸟洗个澡，然后小心看着，要是落掉一根毛，我就折断你的腿！"

谁知老爷刚走，太太就来支使那仆人做其他事情。仆人说："太太，我可不敢擅自离开，要是这百灵鸟落了一根毛，老爷就要折断我的腿。"太太听仆人这么说，顿时气呼呼地走过去，将百灵鸟一把从笼子里抓出来，"嚓嚓嚓"把它身上的毛拔得一根不剩，然后放回笼子里。

不多会儿，老爷回来了，见自己心爱的百灵鸟变成了一只无毛鸟，气得大声责问："这毛是谁拔的？"

仆人不敢答，他太太眼一瞪，说"是我拔的，你准备怎么样？"

老爷听了，连忙笑嘻嘻地说"拔得好，比洗澡凉快多了！"

酒运不济

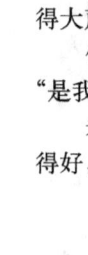

有个酒鬼特怕老婆。老婆规定只有来客人时可以喝酒，这人便三天两头请朋友来家做客。

可有一次，一连十天也没有客人登门，于是这酒鬼就跑到大街上，希望能碰上个熟人。

可他实在酒运不济，太阳下山还没遇到一个。

忽然，前头迎面来了个陌生的中年汉子，顿时，酒鬼心生一计，迎上去握住那汉子的手道："多年不见，你可好啊？"

那汉子见这酒鬼如此殷勤，以为自己的确是把老朋友给忘了，觉得实在不应该，便应了酒鬼的邀请，跟他回家去。

回到家，酒鬼赶紧要老婆打酒烧菜，哪知酒菜上桌，中年汉子竟然不会喝酒，和酒鬼碰了十多次杯未沾一滴。酒鬼喝完一壶，让妻子再打一壶。此刻那妻子心里已有几分明了。但因为不便在外人面前发作，便趁那汉子不注意，对着酒鬼狠狠瞪了一眼，伸出一个巴掌，做出一副要打人的样子。

酒鬼见了，晓得自己被妻子看穿了，夹菜的双手立刻停在半空不动。那汉子也看出了几分尴尬，便起身要离开。

这时，酒鬼反应过来了，惊醒了，一把拉住客人说："老朋友，你别走！咱们慢慢喝慢慢聊，你刚才都看见了，我老婆刚是用手势告诉我，家里还有五壶酒呢！"

看戏着迷

有一对老夫妻。老婆子是个戏迷，每天只想着看戏，家务活都丢给老头子做。

一天晚上，老婆子看戏回来也不睡，坐在那里唉声叹气。老头子以为她受了风寒，赶紧给她熬了碗姜汤，劝她喝了早点睡下。

谁知老婆子竟骂道："死老头，老娘能睡得安稳吗？好多兵卒还困在二郎山呢！"老头子一听明白了，原来是老婆子看了一出戏，叫《兵困二郎山》，戏里只唱了兵卒上山，没唱到下山。

老头又好气又好笑，道："你这看戏就看戏，替那些个古人操哪门子心啊？"老婆子听了破口大骂："你这无情无意的东西！"吓得老头子大气不敢出。

就这么一连三天，老婆子不吃不喝。老头子慌了，不惜血本卖了家里的大肥猪，换了钱跑去找戏班的班头帮忙。班头收了钱，道："你先回家，这事交给我了！"

当天下午，老婆子正在家里唉声

叹气，只见戏班班主"通通通"跑来，撞进家门，满头大汗一屁股坐在椅子上。老头问："师傅，你家有急事吗？"班主高声冲着房内喊："我特来告诉你家一个好消息，我率领的兵卒在二郎山上困了三天三夜，今天天刚亮，打退了围兵，下山来了！"

老婆子一听这消息，立马跳起来，走到堂屋，对老头说："死老头！快把我们家的大肥猪杀了，慰劳下山的兄弟们！"

老头心想着那猪已经卖了换钱，一时不知如何是好。老婆子见老头子不吭声，"啪啪啪"三巴掌打得老头子眼冒金星，随后她便骂道："兄弟们一个不留下山了，你还愣着干吗？"

我最怕老婆

＿＿次，皇帝招众大臣共商国是后设宴款待大家。大家吃饱喝足后，把话题转到了谁怕老婆的话题上来。

一位大臣先指着丞相说："我看我们的丞相大人最怕老婆。"

大家一听，全都哈哈大笑起来。

丞相听罢，不慌不忙来到这位大臣面前，说道："您说得对，正因为我最怕老婆，所以到现在我还不敢娶老婆。"

（本栏插图：安玉民 梁 丽）

城里不平静

□刘自忠

威尔逊在中国留学，最近正在学汉语。

这天，好友约他到一家餐馆吃饭。那地方离学校不算远，威尔逊就打算慢慢走过去。

刚出校门不远，威尔逊就听一个姑娘叫道："你是衣冠禽兽？"

威尔逊一愣，回头一看，却发现是一个年轻姑娘在打电话，看上去她却不生气，还满脸笑意。他不禁佩服姑娘的涵养，却听姑娘又说："我刚刚在一丝不挂，等会儿咱们色狼门前见吧！"

他正觉得费解，突然想起自己研究过中国历史，知道从前一些黑帮的人说话都用所谓的黑话，旁人根本无法了解，莫非这姑娘也是黑帮的一员？威尔逊眼见姑娘渐渐走远，身后又有人叫道："今年还是少年犯吗？"

他一回头，是两个女人正说话，其中拉孩子的那个说"不啦，今年我改贩卖儿童了。"

另一个听了，说："试试也好，要是好的话跟我说一声，下次我也改贩卖儿童。"

威尔逊大吃一惊，想去报警，可望了望四周，转眼一想，自己身在异国，还是少惹麻烦为好，就低下头，只管埋头走。

刚转过一处街头，他就看到一个胖子拍着一个瘦子的肩叫道："好久不见，这段时间到哪发财了？"敢情是两个老朋友见面呢，却听瘦子说："近段日子不好过啊。你走得这么急，想去哪儿？"

胖子哈哈一笑，叫道："我和几个朋友正要去杀人放火呢，遇上你也算巧，一起过去干一场吧。"瘦子也笑道："不错啊，一块儿去！"说完两人大笑着，兴奋地离开了。

威尔逊只觉得心里发寒，心想这

城里真是不平静啊。他不由加快脚步，一路小跑，却和朋友撞了个满怀。

朋友看威尔逊脸色不对，不禁奇怪地问："看你心神不定的，遇上什么事了？"

威尔逊此时才长舒一口气，说："我总觉得这城里不太平静，黑道上的人太多了。"这时，他说了刚才一路上的见闻。朋友听了哈哈大笑，道："你也太敏感了，哪有什么黑道啊，那打电话的姑娘说的是附近服装店的店名，一家叫'衣冠勤售'，另一家叫'衣丝布挂'，我还经常去呢，至于色狼，那是一家发廊，叫'涩廊'，和你想像的意思不同。"说罢还在他手心上将字写出来。

威尔逊还是不放心，又问："可那个贩卖儿童和杀人放火的人呢？"

朋友又笑道："看来你的中文还是没学到家，哪是什么贩卖儿童啊，那'犯'是吃饭的'饭'，他们说的是附近中学门口的两家饭馆，一家叫'少年饭'，另一家叫'饭卖儿童'，好多家长都在那儿给孩子订饭。至于你说的'虾仁放伙'，那是一家海鲜城。"

威尔逊听了连连摇头，正要反驳，朋友拍拍他的肩说："来来来，到饭馆了，进去吃饭。"

威尔逊抬头一看，妈呀，只见这饭馆的牌匾上赫然写着几个大字：饭醉集团！

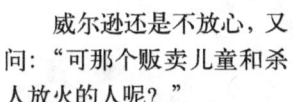

问 路

□ 袁夫之

张杨是个厂长，这天他接到通知，去步行街附近的培训中心开会。来到步行街，张杨瞅准一个老头上去问路。老头指着前方，说："前面是公园，过了公园继续走，有个公厕，然后右拐，一直走到幸福大药房，对面就是培训中心。"

张杨有些迷糊，就又拉住一个学生打听。学生往前一指，说："前面有

好多卖冰棍的，再往前走右拐，有一家网吧，培训中心就在旁边。"

张杨一听，两人说的都是直走右拐，便放心往前走，到了公园，门口果然好多卖冰棍的。可他却找不到公厕，就问旁边的一个中年男子："这附近哪有厕所？"中年男子微微一笑，指着右边的一条小胡同说："你就进去直走！"

进了胡同，走了一会竟没路了。他心里正纳闷，抬头一看，只见墙上歪歪扭扭写着：禁止尿尿！原来中年人以为他尿急，指了条暗道。他哭笑不得，回身走出来，还是没找到，就问旁边一个年轻姑娘培训中心的位置。

姑娘回头一指，说："你走过头了！往后走，到海派婚纱左拐，过了巴黎时装店和百盛内衣店，就到了。"

张杨听后一脸茫然，幸好旁边一个乞丐大声说："往回走，看到一个垃圾桶左拐，再走两个垃圾桶，看见门口有个大垃圾箱的就是！"

张杨终于明白了，回头走了不远，看到一个垃圾桶，旁边就是公厕。他又循着垃圾桶找到了垃圾箱，一抬头，终于看到了"培训中心"的牌子。

这时，手机响了，是他的一个朋友，也来参加学习班，找不着地儿。

只听张杨对着电话说："你现在在哪？啥？到了必胜麻将馆！不远了，一拐弯就是！嗨，搞了半天，就在'一条龙按摩房'对面！"

赔不起

□ 刘吾福

小刚买了辆便宜的二手车。可便宜没好货，第一天他才开到街心公园就感到脚刹有点失灵。他赶紧拉动手刹，谁知手刹也失灵了！

幸好小刚多少有些经验。他急忙扭动方向盘，想把车开到附近的草坪去再处理。这时，小刚看到前方二十米站着个老头，哆哆嗦嗦迈不开步子！

小刚第一个念头就是千万不能撞老人，撞上了一赔起码二三十万。就在车子快擦着老人的时候，小刚将方向盘猛一扭，车刚好跟老人擦肩而过！

小刚舒了一口气，谁知前边又冒出一辆劳斯莱斯！说时迟那时快，小刚又一扭方向盘，避过了劳斯莱斯，直冲进了广场中心。好家伙，小刚昨晚才看新闻，有人只擦伤了一辆劳斯莱斯就赔了三十五万呢！可他才庆幸了两秒，又发现车子直冲广场中心的

不锈钢雕塑而去！这可是市里的标志性雕塑，据说花了五六百万元。万一撞了，少说也得赔六七十万！

小刚再次扭动方向盘，小车就像喝醉了一样东闯西撞，扭了好几十米，最后只听车轮下面一阵"汪汪"声，车终于停了下来……小刚下了车一瞧，原来压死了一条小狗，他心里终于舒了一口气，一条小狗几百元钱的事，自己还出得起！

这时候，小狗的主人跑过来双手紧紧地揪住小刚，要小刚赔钱。小刚爽快地问要赔多少。小狗的主人伸出两个指头来。小刚立即从口袋里掏出两张百元大钞，可是那人大吼："你这是打发叫花子啊？"

小刚问："难道要两千元不成？"

狗主人两眼一瞪，道："你好好看看我这小狗，它可不是普通的小狗呀，它可是一条纯种藏獒——不是两千，不是两万、二十万，而是两百万元！

小刚一听，眼前一阵晕眩，"扑通"一声就栽倒了！

较　真

□岳治国

罗明抠门出了名，能贪的便宜绝不放过。

这天，他要到县城里去办公事，看等车的人多，他竟然也琢磨出了个贪小便宜的法子：先买半程车票，然后坐到终点站下车，再找张大额的车票报销，这样就好多捞几块钱补贴。

于是他选了中途的辛庄站，买了到那儿的票。

车子开到辛庄后，罗明赶紧闭上眼睛假装睡着了，等到了县城车站，他才站起来随着人群向车下走。可到了车门口，售票员却拦住他，厉声说："你买票到辛庄，却坐到县城，再补五块钱！"

罗明早有准备，说"我在车上睡着了，到地方你没叫醒我，把我给拉过站了，我没让你赔损失，你倒还让我补票？我得赶快下去，看还有没到辛庄的车。"

但售票员却不松手，气势汹汹地说："如果是你赖票咋办？"

罗明冷笑着说："如果那样我付你五十块车钱！"

售票员听他这么一说，道"如果你当真要去的是辛庄，那么今天哪怕是专程送你一个人，我也把你送过去。"罗明望了望车外，天就要黑了，车下也已经没人来乘车。

罗明料想这肯定是最后一趟到县城的车，便梗着脖子说："你这人可要说话算数！今天我还跟你扛上了！"说着，他坐了下来，装作很巴不得的样子。

这时，其他乘客都已下光，售票员关上车门，对司机喊："走，辛庄！"

罗明向窗外一瞟，发现车子果真开出了车站。他安慰自己，现在是关键时刻，屏住一会儿，这口气就争回来了，于是他还故作镇定，坐在车上一动不动。

地摊货

□ 潘李君

王三笑是一个摆地摊的，卖的东西是便宜，可质量却没啥保证。他一年到头流窜在人多的地方，真是令工商头痛，令城管烦恼。

这天，王三笑在一个繁华的街口摆起了地摊，他一吆喝，顿时吸引了不少人。

半天下来，王三笑收获颇丰。忽然，他听到有人喊道："城管来了！"王三笑听了也不急，不慌不忙收拾好东西，撒腿就跑。要知道，这几年来，他王三笑跟城管不知道赛了多少次跑，从来都没有输过。

正当他以为已经成功逃脱的时候，没想到一个城管却一把拽住了他，喝道："看你往哪跑？"

王三笑这才发现，今天算是遇上高手了，只见对方又高又瘦，尤其那两条腿细长细长的，难怪自己不是他的对手。

经过这次教训，王三笑一咬牙，买了一辆电动三轮车，这样东西就不用摆在地上了，万一城管追来，收拾起来快，跑起来更快。

他看着崭新的车子，得意极了，心想：这回就算你是刘翔，也追不上我了，哈哈……

有了这辆车子，王三笑摆起摊心

可谁想五分钟过去了，车子竟出了县城，在乡间公路上飞驶起来。罗明心慌了，顾不上了面子，赶忙喊停车。可司机和售票员却像没听到一样，车子反而跑得更快了。

车很快便到了辛庄，售票员打开车门对罗明说："好了，现在你可以下去了。"

等罗明下了车，司机才隔着车窗说道"忘了告诉你了，我们家就住这里，每天都收车回来，如果要去县城，欢迎你明早继续乘车！"

说完，他丢下傻了眼的罗明，把车开走了。

· 幽默世界 ·

里可踏实多了。为了显示自己的实力，他特意把摊摆在老地方。果然，城管又来了。王三笑远远就看见了那个瘦高个。其他小贩早已闻风而逃，只有王三笑还埋头跟一个顾客纠缠着。等他抬头一看，这才发现城管不知什么时候竟然骑上了摩托车。他暗叫一声"不好"，来不及多想，上车就跑。城管在后面喊着："看你往哪逃？"这电动三轮车哪里跑得过摩托车呀，不一会儿，王三笑又被追上了。

这一次，王三笑的跟头算是栽大了，足足罚了三百块钱，还说了一大堆的好话，才领回了车子和东西。他一打听，原来那个瘦高个是个中队长，外号"霹雳火"，是新上任的，难

怪下手这么狠。

可王三笑是个倔脾气，心想：自己跟城管斗了这么多年，从来没有输得这么惨过，你一个小小的中队长，我就不信斗不过你！王三笑暗暗较上了劲。

几天后，王三笑和"霹雳火"再次相遇。一个在前面跑，一个在后面追，不一会儿，两个人就进入了胶着状态。"霹雳火"侧头说："看你往哪跑？故意跟我作对是吧？"王三笑大笑一声，也侧头回应"哼！告诉你也无妨，老子的车改装过了！发动机是雅马哈的，传动系统是法拉利的，哈哈……我看你怎么追。"说完，猛地一踩油门，"嗖"的一下就把"霹雳火"甩在了后面。王三笑那个得意呀，笑得嘴巴都歪了！

突然，只听"嘎嘣"一声，王三笑吓了一跳，紧接着，发动机就熄火了，车子滑行了几十米后，停了下来，再也发动不起来了。这时，"霹雳火"已经追了上来，见王三笑那副熊样子，"霹雳火"笑得前俯后仰，半晌才说："跑啊，你不是跑得很快吗？"

王三笑哭丧着脸，差点没哭出声来，他气得使劲地踹了一下发动机，只听"咣当"一声，发动机竟然散架了。王三笑目瞪口呆，半晌，才忿忿地说："狗日的，原来连这三轮摩托也有地摊货……"

（本栏插图：包丰一 顾子易）

516

2012
SEMIMONTHLY
上半月刊

8月

STORIES

欢迎登录本刊主办的"故事中国网"（www.storychina.cn）

故事会
-STORIES-

2012年8月
上半月刊·红版

何承伟：社　长、主　编
夏一鸣：副社长
吴　伦：常务副主编（兼绿版负责人）
姚自豪：副主编（兼红版负责人）

本期责任编辑：姚自豪　丁娴瑶
电子邮箱：dingxianyao@126.com

红版发稿编辑：
吕　佳　叶小萌　石莎莎
美术编辑：李宝强
电脑制作：郭瑾玮

本社办公室电话：021-64375030
上半月刊编辑部电话：021-64332325
下半月刊编辑部电话：021-64336469
（上海市绍兴路74号 邮编：200020）
主管、主办：上海文艺出版（集团）有限公司
出版单位：《故事会》编辑部
发行范围：公开

出版、发行总监：张　凯
电话：021-64313938
广告业务：上海故事会文化传媒有限公司
广告总监：张　淮
广告业务：021-34010383
广告投诉：021-64333738
广告经营许可证
沪工商广字3100320080016号
发行：中国图书进出口上海公司

特别提示： 凡本刊录用的作品，即视为本刊已获得该作品与《故事会》相关的网上传播、汇编出版、电子和录音录像制品等权利。本刊向作者支付的稿酬，已包含了上述各项权利的报酬，如有特殊要求，请提前说明。

抽象派

一个歌手、一个演员和一个画家被一群大象包围了。为首的大象让他们表演自己的才艺。

歌手唱了一首动听的歌，大象们很满意，放走了他。

演员表演了一段搞笑的滑稽戏，大象们看了很开心，也让他走了。

画家刚刚从国外学成归来，便挥笔画了一幅画。可是，大象们都说看不懂他画的是什么。

画家十分自信地解释道："看不懂就对了，这可是抽象派作品！"

话音刚落，为首的大象愤怒地用鼻子抽打画家，并吼道："叫你抽象派，叫你抽象派……"

（张金平）

（本栏插图：包丰一）

公主和王子

情侣两人都是文字工作者，最近因为吵架，两人都心烦意乱，写的东西总被退稿。

这天，女的沮丧地在微博上写道："从前有一个公主，她爱写散文，但她的散文写得并不好，总是被退稿，她就是'白写公主'。"

没多久，男的就在评论里回复："从前有一个王子，他爱码字写小说，但他的小说码得并不好，总是被退稿，他就是'白码王子'。"

（允里）

红枣和枸杞子

妈妈看到电视里介绍枸杞子有营养，就给全家炖了乌鸡枸杞子汤。

小女儿指着汤里的枸杞子，问："妈妈，这是什么？"

妈妈告诉她："这是枸杞子。"

女儿眨了眨眼睛，说："我还以为是刚出世的红枣呢！"

（冬冬）

比搬家便宜

妻子平时爱买衣服，而且很怕和别人撞衫。

这天，妻子特地挑了一套新买的衣服穿去上班，可出门没多久，就哭着回来了。

妻子说："都怪隔壁那个女人，她今天穿的衣服和我的一模一样。"

丈夫体贴地说："我懂你的意思啦，你想再买一套新的，对吧？"

妻子破涕为笑，对丈夫撒着娇说："那总比我们搬一次家要便宜吧！"

（小　柔）

岳母赐字

小李在给儿子讲历史故事，儿子听到岳飞的故事时不禁发问："爸爸，岳母真那么狠毒吗？在岳飞背上刺字，那多疼啊！"

小李笑着说"傻孩子，岳母给儿子刺的那四个字很重要，让岳飞受益一生呢！"

这时，一旁的小李岳母把小李喊到身边，说："来，岳母我也来给你'赐'四个字。"

小李疑惑不解，见岳母一脸认真，只得背过身，蹲在岳母身前。

只见岳母撩起小李衣服，在他背上写了四个大字：赶紧买房。

（秦　浩）

· 笑口常开 轻松一刻 ·

可爱的地理老师

新学期开学，校长交代新来的老师，要好好准备第一堂课的开场白。

小李教地理，上课铃响后，他面带微笑走上讲台，娓娓道来："本人李建民，唐朝皇帝李世民大家都知道吧？我俩姓名就差一个字，他能当皇帝，而我却不能，可谓一字之差成千古恨。李世民血溅玄武门，杀了自己的亲兄弟，一点天理也不讲，他不讲天理，我也不讲天理，我讲《地理》。"

（若　尚）

天气预报

老母亲喜欢看天气预报，儿子给她订了报纸，可她嫌字太小，看不清；儿子给她搬来电视机，她抱怨电视上的天气预报时间太短，常常错过；儿子觉得智能手机方便，便买了手机给老母亲，可母亲又抱怨那些个应用软件她用不来。最后，儿子索性在自家院子里绑了块石头。母亲不明所以："儿子，你什么意思？"

儿子说："若石头是潮湿的——雨天；若石头是摆动的——有风；若石头是热的——晴天；若石头是凉凉的——阴天；若石头是白色的——雪天；若石头消失——台风！"

（继 平）

狗的抱怨

猫和狗结婚，不久闹离婚。

法官问原因，狗新娘说："猫婚后每晚都不回家，行为不轨。"

猫新郎大喊"冤枉啊，我只是去追老鼠。"

狗新娘说："你听听！"

（莫 子）

包 庇

一位考生来到考场，走到两位监考员面前，礼貌地招呼道："叔叔好！"然后他就坐到自己的位子上了。开考后，无论该考生如何违规抄袭，两位监考员都装作没看见。

考试结束后，甲考官说："你侄子挺厉害的嘛！"乙考官大慌"我还以为是你侄子！"

（小 宁）

考试行情

父：这次考试，行情如何？

子：发生崩盘，指数暴跌。

父：报一下收盘价位。

子：数学56，语文43，物理52，政治49，化学58。

父：怎么搞得满盘皆输？

子：从基本面分析，平时上课因研究股市行情而没能好好听课；从技术面分析，这次监考太严，各种救市措施无法出台。　（董 来）

广播员的机智

当火箭发射前的倒数一结束，电台实况广播员就按事先拟好的稿子念道："看啊，火箭起飞了！巨人般的火箭腾空而起，升到了蔚蓝色的天空，它发出雷鸣般的吼声，震耳欲聋！"

但当他念完，抬头一看时，却发现那火箭仍然一动不动地留在发射台上。

广播员灵机一动，说："突然，奇迹出现了，有四条长长的金属手臂伸出去抓住了火箭，把它拉回到了发射台上！"

（呆 虫）

电视剧《甄嬛传》热播，一对夫妻看得入迷。

这天早上，丈夫意犹未尽地对妻子说："亲爱的，以后我出门上班，你要说'恭送老公'；下班回家你要说'臣妾叩见老公，祝老公万福金安！'"

妻子白了他一眼，不屑地说："你想得美，天天让我跪着给你请安，那你准备怎么报答我？"

老公皱着眉头想了半天，然后一本正经地说："我保证今后只翻你一个人的牌子。"

（张金平）

保证报答你

猴狗联姻

新婚之夜，猴新郎悄悄地问狗新娘："你选择了我，介意我没什么钱吗？"

狗新娘认真地摇了摇头。

猴新郎又问："介意我没房没车吗？"

狗新娘还是摇了摇头。

猴新郎很感动，喜滋滋地问："那你说说呗，你嫁给我，是看上我哪点了呢？"

狗新娘羞涩地说："还不是为了咱们的孩子以后能有点人模样！"

（杨 瑶）

本栏欢迎来稿，读者、作者可将有新鲜感、有精彩细节的笑话佳作投寄给我们。来稿一经采用，最高稿费为一则100元。本期责任编辑电子信箱：dingxianyao@126.com。

□ 冯琬惠 改编

与世隔绝

贝纳尔·韦尔贝是法国当代拥有读者最多的小说家，他的作品被译成三十多种语言，畅销海内外，这在传媒和娱乐手段空前发达的今天是极为罕见的现象。究其原因，是他以非凡的想象力为我们创造了一个神奇而富有哲理的世界。本篇根据他的同名小说改编。

古斯塔医生医术高明，已婚，是两个孩子的父亲，邻居们都很尊敬他。不知从什么时候开始，古斯塔就有了一个奇怪的想法：人类所有的知识早就存在于大脑里了，思考可以了解一切。古斯塔常常把自己关在房间里，他就这么想啊想，竟冒出了一个惊世骇俗的念头。

那一天，他把妻子瓦蕾叫进了房间，说："这两天的思考，等于我几年的学习，我认为只要认真自省，就可以更新所有知识。"

妻子非常尊重丈夫，但她听了这话后，实在不能理解丈夫的想法，她说："我的知识大都是从生活经历中来的，现实的空间远远大过一个人脑袋的空间，看来你是低估了这个现实世界。"

古斯塔摇了摇头，说："不是，是你低估了人脑的强大力量。"

瓦蕾并不想跟丈夫争吵，她默默地退了出去。从这以后，古斯塔不再接待病人，不再见任何人，甚至连他的孩子都不见。瓦蕾还是一直在给丈夫送吃的喝的，照顾他的起居。虽然她不同意丈夫的观点，但她还是选择不去打扰丈夫。

古斯塔整日整夜地在一块大黑板上不停地画图，还订购了一大堆电子工具。为了思想的自由，他决心摆脱睡眠和食物的奴役，这样一来，他日渐消瘦，妻子很担心，可古斯塔却解释说："身体是多余的，我们却还要时时刻刻供给身体营养，补充消耗，而且，身体病了的时候，我们还要照料它。相反，大脑需要的就少多了，但它为了身体，浪费了太多能量和时间。还有那些什么嗅觉、味觉、听觉、视觉，它们让我们生活在假象里，让身体控制了我们的思想。"

古斯塔说到这里，拿起一个杯子，翻转过来，于是，杯子里的水便洒落到了地毯上。古斯塔说："身体和思想，就好比容器和它里面装着的东西。没有杯子，水还依然存在；没有身体，思想就不会再被束缚。"

听着丈夫这番古怪的话，一时间，瓦蕾有点怀疑丈夫是不是疯了，她惊慌失措地反驳道："但是，如果脱离了身体，人就死了！"

古斯塔又摇了摇头，自信地说："不一定，我们完全可以在保持思想的状态下脱离身体，只要把大脑保存在营养液里就可以了。"

那次谈话之后，古斯塔真的将念头付之于行动了……

在某个日子里，手术按计划进行。在场的有瓦蕾、他们的孩子、还有几位古斯塔非常信任的科学家朋友。为了达到绝对的"与世隔绝"，古斯塔决定给自己做这个世界上最彻底的外科切除手术：身体切除手术。

几位同事小心翼翼地打开了古斯塔的头盖骨，就好像打开汽车引擎盖一样。他们把这块圆溜溜的骨头放在一个铝制的容器里，粉红色的大脑安安静静地躺在里面，微微地蠕动着，好像是由于麻醉而陷入了沉沉的睡梦中。

外科医生们一点点地切除着大脑与身体之间纷繁复杂的联系。他们首先切除了视觉神经、听觉神经，然后又割断了给大脑供血的颈动脉，最后他们谨慎无比地把脊髓从脊椎骨中分离了出来。他们麻利地将大脑取了出来，放进了一个装满透明液体的玻璃缸里，这样，大脑上的动脉就可以立即吸取里面的糖分和氧气，而视觉神经和听觉神经则被封住了。外科医生们还设置了一个恒温系统，以此来保证营养液和浸在里面的大脑一直保持正常。

古斯塔的遗嘱早已事先拟好：不要把他的身体安葬到家族墓地里，科学解放了他的思想，他也要用自己的躯壳向科学致敬，他将把自己的身体毫无保留地捐给科研事业。

手术完后，家里从此再也不见古斯塔的身影了，儿子弗兰西斯问："爸爸死了吗？"

"没有，他一直都活着，只不过……他变了个样子。"瓦蕾很忧伤，她一边说，一边禁不住浑身颤抖，"从今以后，你再也不能跟他说话了，也听不到他说话了，但是，爸爸还是会时刻挂念着你的，至少，我是这样感觉的。"

刚刚开始的时候，那个盛放着古斯塔大脑的玻璃缸，被稳稳地安置在客厅的正中央，它闪烁着庄严的光芒。大家都还像从前看待古斯塔那样

尊敬它，把它当做一名杰出的家庭成员。

渐渐地，儿子弗兰西斯开始觉得它好像一大棵暗红色的蔬菜一样漂在水里。有一天，弗兰西斯放学回来，他走到玻璃缸前，说："爸爸，你知道吗？今天我考了好成绩，不知道你是不是能听见，但是我觉得你一定很高兴，是吗？"

瓦蕾也经常这样跟玻璃缸说话，问怎样维持家里的生计。古斯塔以前在家庭理财方面很在行，所以瓦蕾幻想着她这么一问，立刻会有一个答案穿过玻璃缸，直接送到她面前，或是有一个神秘的声音会在她耳边轻轻响起。然而，什么都没有。

日复一日，住在玻璃缸里的古斯塔医生一直在静静地思考着，再也没有嗅觉、味觉、听觉、视觉之类的感官来刺激、打扰他了。起初，很自然的，他也曾想过这个决定到底对不对，想到就这样把亲人和病人都抛弃了，甚至让他感觉到一丝内疚。但是，敢为天下先的思想很快又占了上风，他正在进行的是一项独一无二的体验，在他之前，曾经有多少隐修士幻想着置身于如此清净的、与世隔绝的境地啊，这可能是死亡都达不到的境界，无边无际的知识海洋呈现在他面前，所有的一切都属于他了。

年复一年，瓦蕾渐渐衰老，可是她丈夫的大脑却没有长出一丝皱纹。

时光如同流星一般，又是好多年过去了，弗兰西斯也老了，他临死前，对他的儿子说："你看见那个玻璃缸里的大脑了吗？那是你祖父的，他在那里不停地思考，已经有很多年了。你得照顾好他，注意保持适当的温度，还要经常换换营养液，它只需要一点点糖就可以了，一升葡萄糖就可以维持六个月……"

古斯塔还在不停地思考，取出大脑这个法子延长了他的寿命。他花了好几十年去揭开那些无穷的秘密，他的思考越来越深入，发现的新问题也越来越多，当然，解决新问题的方法也是无穷无尽……古斯塔的大脑早已成为世界上最聪明、最有能力的大脑了。

某日，邻居家的一只狗莽撞地冲进了客厅，它发现了蹲在墙角的猫，于是扑了过去，猫逃，狗追，弄翻了角落里装大脑的玻璃缸，猫逃走了，而狗看到了地上那粉红色的物体……

之后，狗满足地打了个饱嗝，就这样，古斯塔伟大的思想消散在了无边无际的黑暗里……

（题图、插图：安玉民 梁 丽）

孩子们也长大成人了，那个玻璃缸也逐渐在他们的生活中黯然失色，失去了往日重要的地位。家里买了新沙发的时候，大家毫不犹豫地把玻璃缸推到了客厅的角落里，安置在电视机旁边，再也没有人去跟它说话了。

20年过去了，那个装着大脑的玻璃缸还在，可看起来已经跟别的家具没什么区别了，渐渐地，在它旁边放置了水族缸，又陆陆续续出现了盆花、非洲小雕像，最后还多了盏卤素灯。

又过了好多年，瓦蕾去世了，那颗大脑看似对此漠不关心，儿子弗兰西斯气得差点要砸了那个玻璃缸。

红版编辑部各编辑邮箱：

姚自豪：yaobianji68050@126.com；
吕 佳：lujia411@yahoo.com.cn；
叶小萌：xiaomeng.ye@gmail.com；
石莎莎：ssasha@163.com；
丁娴瑶：dingxianyao@126.com。

北极熊飘逝的母爱

动物园有一只叫珍宝的雌性北极熊产下一只小熊崽。有一次，珍宝喂奶时，乳汁突然断流，它便撕抓自己的乳房，直到皮开肉绽渗出血来，它不顾疼痛，让小熊崽吮咂着自己温热的血浆。平时，珍宝对小熊崽也是呵护备至，一会儿要替小熊崽赶苍蝇，一会儿要舔小熊崽的肛门，帮助它排泄……当熊崽断奶时，珍宝却瘦得皮包骨头。

第二年，珍宝又产下一只小熊崽，取名亮晶晶。为了避免以血代乳的惨剧重演，饲养员在亮晶晶一出世就进行人工喂养，当珍宝要来插手一些琐碎杂事时，饲养员总是和蔼地将它推开。

饲养员的辛劳付出使亮晶晶茁壮成长，但珍宝的母性慢慢冷却。有时，亮晶晶拉屎撒尿后满地打滚，弄得身上又脏又臭，珍宝就在旁边，却视而不见。

这天下午，饲养员走开了。亮晶晶一不小心掉进了水池，它拼命挣扎，珍宝见了，正准备去救，但突然，一只飞来的斑鸠吸引了珍宝的注意力，它完全忘了水里挣扎的亲骨肉……等饲养员赶来，亮晶晶已气绝身亡。

爱，即使是出于善意的替代，也是一种残忍的剥夺。

（推荐者：小 麦）

爱，保护了她的尊严

小梅和丈夫结婚八年，渐渐觉得丈夫老实得无趣，她便时常上网闲聊，竟遇见初恋情人，两人禁不住相约见面。

这天，小梅借口说和朋友聚会，丈夫让她注意安全，然后将包递给小梅。

小梅和初恋情人回味过往美好，气氛不知不觉变得暧昧。这时，小梅的老公发来短信："在你包里多放了三百元钱，走时要自己埋单。"

初恋情人喝多了，意犹未尽地邀请小梅去包间唱歌，小梅婉拒了。不料，他竟不怀好意地靠过来，想要侵犯小梅。小梅抬手给了他一巴掌，初恋情人一愣，大叫道"你以为你是谁呀，臭婆娘，不愿意拉倒，你这样的我见多了！"

小梅转身想走，男的在后面嚷道："你懂不懂规矩呀，市面上流行AA制！"小梅想也没想，从包里拿出三百元扔在桌面上，向他猛"啐"一口。

回到家，小梅才发现出门的时候，忘记了关电脑，想必丈夫早就知道一切。而丈夫放在她包里的那三百元钱，是无声的包容与爱，挽回了她的尊严。

（作者：古保祥；推荐者：杨 瑶）

那时，在梅树村里，电视机是很稀奇的东西，整个村里只有村尾那肖大婶家里有台黑白电视机，总有人趴在她家窗户下，蹭着看会儿电视，但总被肖大婶喝斥着赶走。热心肠的小林看不过去，他用积蓄买了台彩色电视机，让村民免费去他家看电视。渐渐地，小林家里热闹了起来。

一个月后，小林去交电费，看到

电费单时，他愣住了，电费多了九十多元。但小林一咬牙，没和村民们说。这一切，村民们可都看在眼里了。这不，卖水果的隔三岔五就送些梨给小林，卖烤鸭的时不时送来半只烤鸭和黄酒，卖杂货的每隔几天就送些日用品来……

小林算了一下，村民们送的东西的价值远多于电费，他很过意不去，便对村民们说："如果大伙执意要送我东西，不如每人交六七块钱，这样就差不多抵上多出的电费了。"大伙听了，却一句话也没回应。

第二天，小林回到家，见一个人也没有，走出门一望，才发现大伙都在村尾，直勾勾地盯着那台黑白电视机……

礼尚往来的情意有时经不得明码标价，把账算清了，情分就不知不觉薄了。

（作者：黄佳明；推荐者：小 瓜）

（本栏插图：安玉民 梁 丽）

一句话的改变

学写作文，从读故事开始

选择

□ 一 冰

做个好人

市场竞争实在太激烈，潘好的公司已经濒临破产，他一连谈了几家有收购意向的大公司，对方报出的价格都很低，眼看写字楼的房租一天天到期，潘好只得选择了报价最高的那家公司，签署了转让协议。收购公司的老总丢下一张支票，就大摇大摆地走了。潘好望着那张支票，欲哭无泪，这点钱，只是他当初投资的三分之一还不到呀！

这几天里，员工已经陆陆续续走了，还剩下几个，等着潘好把公司卖出后给他们结算工资。

一会儿，潘好招呼了一个员工，他叫聂小阳，潘好把支票递到他手上说："小聂，你帮我跑一趟吧，到银行把支票上的钱取了，回来把工资发掉。"聂小阳一愣，好像要说什么，但又什么也没说，拿着支票出去了。

一小时后，聂小阳回来了，潘好发了工资，送走了员工，独自在办公室里发了一会儿呆，便也起身准备离开。

就在潘好路过外面的员工办公区时，忽然听到"噼噼叭叭"的声响，谁还没走呢？潘好循声望去，只见一个格子间里有人影晃动，走过去一看，是聂小阳，他正在电脑前捣弄着什么。

潘好问他在做什么，他平静地说："我把电脑清理一下。"

"哦，好吧。"潘好心想，他肯定是在清理自己的东西，就由他去吧。潘好一边走，一边回头还说了一句："走时把门锁好，明天人家要来清点东西。"

聂小阳答应了一声，潘好就走了。外面正在下雨，潘好没带伞，只得找了一家小饭馆，一个人喝起了闷酒，喝得晕晕沉沉的，回家倒头就睡了。

第二天，等潘好睁开眼，已经是下午2点了，他惊得一下子从床上跳起来，昨天跟那家收购公司谈好了，今天早上9点要办理公司物品、财务交接的事，他居然爽约未到，这可怎么好？

潘好火速赶到公司，公司的大门开着，里面静悄悄的，他走进去一看，惊异地发现，整个公司已经是旧貌换新颜，虽然大件东西都没变，但所有物件都摆放得整整齐齐，窗子擦得明亮如新，地板拖得干干净净。潘好心想，真不愧是大公司，办事就是有速度、有效率。

就在这时，一个声音传了过来："老板，我正要去叫你呢。"潘好一看，格子间那头站起了聂小阳，他满脸欣喜，说："老板，我们有救了！刚才那家公司的老总说，我们公司就算是他的子公司，一切不变，老班底，老领导，还请你回来做老板，他们会注入资金的。"

潘好一听，大吃一惊"什么？这不可能吧？"

聂小阳肯定地说"是的，我正在做策划书呢。"潘好觉得跟做梦似的，

他将信将疑。

正在这时，外面传来一阵匆匆的脚步声，那家收购公司的老总跨进门来，他一见潘好，就大步上前，紧紧握住了潘好的手，有些激动地说"我在商海混了三十多年，收购过无数家公司，但像你们这样的公司还是第一次遇到！"说着，他伸手一指，说："我早上过来一看，整个公司窗明几净、一尘不染，连所有的电脑都清理得干干净净，这样高素质的公司令我震惊，这是你领导有方啊！我请求你能留下来，我给你年薪50万！"

潘好当时就傻了，什么话也说不出来，潘好的公司，经营最好的时

候，一年也赚不到50万啊……等等，听那老总话里的意思，公司不是他们整理的，那会是谁打扫的呢？

老总对潘好说："你先做一份策划，我们明天就开个会研究，怎么样？"

潘好连连点头，老总走后，他看了看聂小阳，心里明白了，他走上前去，问："快跟我说说，到底是怎么回事？"

聂小阳的脸红了一下，说"其实也没什么——"

原来，昨天刚开始时，聂小阳也只是把自己的办公桌和电脑清理了一

下，可后来看看屋里实在太乱了，就动手把整个公司都清扫了一遍。这样一直忙到了深夜，他也没回去，就和衣在办公室里躺了一夜。醒来后还舍不得走，想再跟潘好见上一面，说几句道别的话，可没把潘好等来，却等来了收购公司的老总。老总一进门就赞叹不绝，可聂小阳没有独占功劳，说是潘好和自己一起干的。

听完这一切，潘好紧握着聂小阳的手："谢谢你，你帮了我的大忙呀！"

"不，是老板您帮了我！"聂小阳忽然泪流满面，"您不知道吧，我在学校时曾因为偷东西被开除，后来为了找工作，我就弄了张假文凭，可到处都被识破，是您收留了我，您不在意我的文凭，只看重我的能力。我平时听同事们说，您是个好老板，无论公司再困难、资金再紧缺，您也从不拖欠员工一分钱。公司倒闭前，您曾把所有员工的资料一起递交给收购公司，希望能让我们继续留下来工作，不至于失业。还有，您还记得昨天吗？您把十多万的支票交给我这个仅仅工作了两个月的员工，您就不怕我跑了吗？就是冲着这份信任，我甘愿为老板您做任何事啊！"

"这都是我应该做到的，"潘好沉思着，"因为我们都会选择做个好人……"

（题图、插图：安玉民　梁　丽）

16

UFO究竟是个什么样子？那得去那牛栏山，问问瞧见了"UFO"的他们……

等待
UFO

□ 王相军

UFO，那叫"不明飞行物"，俗称"飞碟"。现在很多人都在为世界上到底有没有飞碟争得脸红脖子粗，我们这故事，不说飞碟有没有，而是说，这外星球的玩意儿，一旦和我们中国山沟沟里的一群男女老少发生关系，会引出什么样的新鲜事来。

牛栏山小学只有一个班，班上九男四女，全是留守儿童。班主任叫小米子，她既是校长，又是教师，还是负责孩子们衣食住行的"准妈妈"。

这两年来，每逢春节，小米子都

忧心忡忡的，为啥？两个字：思念。想谁？想两个人，一是和班里的孩子一样，想爸哩。小米子的爸，也就是老米，他带着这十三个孩子的爸，远离家乡，在苏州的一家造船厂打工。过年时的加班费高啊，老米叔就怂恿大伙给家里打电话，说是车票难买，借故留下。就这样，去年春节，这十三个孩子的爸竟然都没回来。今年春节又要到了，老米叔又来电话说不能回来，小米子更难过了。二来么，小米子还有个男朋友，叫二柱子，也在苏州那个厂里，是给老板的女儿开小车的，眼看这个春节也见不着他了。

小米子这般伤心，有一个人却在偷偷高兴，他叫洪刚，他暗恋着小米子。洪刚心想：二柱子不回来，这可是天赐良机，自己可趁机对小米子发动猛烈攻势，即使不能击败二柱子这个"情敌"，也要形成势均力敌的态势，不能把自己心仪的女孩子拱手相让！

要想在小米子面前好好表现，这要花钱，可洪刚没什么钱，他的口袋经常比脸还要干净。洪刚愁着：到哪里去弄钱呢？

牛栏山地理位置特殊，无论是南下还是北上的长途汽车都要经过这个地方，并且地形奇特，拐弯极多，车子到了这里都要减速，这就给飞车劫货提供了有利条件。早些年，牛栏山人穷，一些拉煤拉货的车打这经过，村上有些人便经常三五成群地飞车劫货，洪刚决定：趁月黑风高之时，他也飞车劫一次！

说干就干，这天天一黑，洪刚就独自一人来到岔路口，爬上了一棵树。这树的枝干很粗，一直伸到路中间，只要等拉货的车一过，他就从这里跳下去。

大约晚上九点多，一辆大车缓缓地拐到这边小路上来了。这是一辆货运大卡车，外面因为要防雨，覆盖着厚厚的篷布。驾驶员因长途跋涉，已是昏昏欲睡，车子摇摇晃晃地向前缓慢行进着……

洪刚看着车头一过，就毫不犹豫地纵身跃下，他原想着落下去后接触到的会是厚厚的篷布和成堆的货物，可谁料到"哧溜"一声，篷布下面竟然亮出了一条长长的口子！洪刚心想：这下坏了，车后面竟是空的！他正想着，身体就已经直直地落下了，洪刚的双足还未踏到车厢底部，忽然又觉着脚下一软，像是踩到了人的身上，紧接着，只听得"哎哟"一声，车子里就炸开了锅，随即，惊叫声、斥骂声乱作一团……

洪刚心想：咋这么倒霉，这叫啥货车，怎么后面还拉这么多人！

再说坐在车后的这一伙人，正昏昏沉沉地睡着，忽然间天降一物，顿时被砸得不知所措，仰头一看，篷布还露了个大洞，谁也猜不出这掉下来的会是什么东西，莫非是炸弹？不会啊，这太平盛世，哪会有这玩意儿？再仔细一听，掉下来的这东西还喘着气呢！

洪刚吓得蜷缩在原地不

敢做声，车上的所有人也都沉默着，好一会儿，才有人开口说了话"我打开手机看看吧！"这人一说话，洪刚立时吓得屁滚尿流：哎哟，这不是二柱子的声音吗？

没错，车上这一伙人，正是老米叔他们！原来，老米叔他们这十五个人，原本计划着今年继续留厂里加班的，怎知计划赶不上变化，这天，老板突然拿着一张报纸匆匆来找老米叔，指着报纸上那一串字，一字一字地读给老米叔听……

报纸上刊登的是一次UFO事件，而发现UFO的地方，正是老米叔的村子——牛栏山！事情巧的是，这老板是个UFO迷，而且迷得如痴如醉，《飞碟探索》这杂志，他都订了二十多年啦。老板很想亲自去一趟牛栏山，可岁末年初，脱不开身呀，他想，老米和这一帮农民工，都是最实诚的人，如果他们能拍到UFO的照片，一定是天底下最真实的！于是，老板临时决定每人多给一千元工资，让大家回家过年，并配发一个高性能相机让大伙带着。如果能拍到UFO的照片，春节过后，每人再多加一千。返乡的车票难买，厂里就派了这辆货车，送他们回家。

这一下，可把大伙乐坏了，唯有二柱子低着头，站在一旁不出声。这二柱子，自从开上这小车后，整天和老板的女儿呆在一起。虽说这有钱人家的女孩子生性刁蛮、极难侍候，可二柱子相貌英俊、一表人才，而且又十分憨厚，慢慢的，老板的女儿竟然动了心，每天缠着，并严厉禁止二柱子接小米子的电话。有一天，老板的女儿对二柱子说"除了天上的星星、水里的月亮、外星人的UFO，别的我都可以给你。"谁不想过好日子？对于出生穷山沟的二柱子来说，这可是一步登天的好机会呀，可是，二柱子想到了与自己青梅竹马的小米子，他在两人之间徘徊着，举棋不定。罢了，还是先回家吧，见了小米子再说。就这样，他也上了这辆货车。

出发后，一路上大伙都在议论着UFO，现在，猛然间有一个活物从天而降，莫非真是"外星人"？这一下，大伙来了精神，不知是谁大叫一声："快，别让外星人跑了！"于是，黑暗之中有无数只手，不约而同地按住了洪刚！就在这时，手机一亮，二柱子大叫："洪刚！咋是你呢？"

嗨，闹了老半天，不是外星人，竟然是村里人！老米不由得皱起了眉头："洪刚，你小子说实话，咋会跑到这车上来了？"

这时的洪刚，心里慌了，这大半夜的，跳到人家车里干吗？他得圆这个谎呀！这小子机灵，见刚才大伙把他当作外星人，一时间灵光乍现，立刻有了主意，这不，他原本就在发慌，

·情感故事·

现在要装惊慌的样子，那就更像了："可可不得了啦，我……我看见外星人啦……"

洪刚这么一说，便有人应和"看来老板说的不假，老家真来了外星人啦！"

要紧关头做决定的还是老米叔，只见他大手一挥，果断命令道："立即下车拍照，千万别让外星人走远了！"

车很快停了，这一拨人下了车，全都站在牛栏山边。天空中寂静一片，大伙四处观望，看得脖子都酸了，也没见动静。老米叔大声喝道："洪刚，你说的那个什么'油欧'呢？咋就鬼影子都没见？"

洪刚嗫嚅半天也没说出一句话来，大伙哄笑一片，眼看谎言就要被揭穿，忽然有人大叫："快看，那个UFO来了！"

大伙猛抬头，顺着那人手指的方向一看，果然有一长串耀眼的亮点，在天空中忽高忽低地移动，那情形正如报纸上刊载的照片一样！老米叔大喊："拿相机，快拍照！"话音刚落，这一帮人手机加相机，"咔嚓咔嚓"，狂拍起来。

洪刚长长地松了一口气，他暗暗祷告："谢谢外星人！"这时，二柱子走过来，低声问道："洪刚，你在想什么？"

洪刚和二柱子打小就是哥们，彼此都知道对方对小米子的心思，洪刚掩饰着自己慌乱的神态，说："没什么，我在想着外星人的事。"

二柱子看了洪刚一眼，说"外星人？你瞒得了别人，瞒不了我！"

洪刚一愣，说："你什么意思？"

二柱子冷笑一声，说："你刚才为啥跳到车里来？你不说，我也知道！"

洪刚踏上一步，眼睛瞪得像铜铃："别以为在城里呆了几天就了不起啦，怎么着，想动手？"

二柱子的神态显得很平静，说话也很平缓："你知道，三年前我是在乡里的棉纱厂当司机的……"

三年前，二柱子

20

还没到苏州开车，他在本乡一家棉纱厂当货车司机。一天晚上，二柱子开着装满了棉纱的车经过牛栏山，也是这么"哧溜"一声，有人跳到了车里，二柱子开始没发现，后来发觉有动静，而且从后视镜里看到有人将几袋棉纱扔下了车，仔细一看，很快发现那人就是洪刚……这事二柱子没有声张，更没告诉小米子。

现在，见洪刚旧习不改，把别人都当傻子，二柱子再也按捺不住，便竹筒倒豆子，说了这段往事。这一下，洪刚的脸上可挂不住了，对"情敌"的恼怒、对对手生活境遇的嫉妒、对小米子的痴爱，使洪刚怒上心头，他攥紧拳头，扑了过去……

恰好在这一刻，二柱子的手机响了，他连连后退，避开了洪刚，拿出手机一看，竟是小米子，小米子在电话里说："二柱子，还记得你从前教我做过的孔明灯吗？你给我说过，它代表思念和祝愿，所以我就经常教班里的孩子们做。我告诉他们，只要在做这灯时，在心里默念一千遍'爸爸妈妈'，他们就能听到，就能看到，就会回来……去年一年，我们做了很多灯，可是你一盏也没看到，今天这灯又飞起来了，你知不知道我今天在心里，是念了你一千零一遍的……"

电话里，小米子哭了，而二柱子心里那点对老板女儿的可怜欲念，早已瞬间崩塌。他抬起头来，看着夜空中那些闪亮发光的"UFO"，心里一下子明白了：这哪里是UFO，这是小米子和她班里那十三个孩子放的孔明灯啊……

此时，身边的众人还在为天上的"UFO"激动着，二柱子拿着手机，躲开了大伙，小声说："小米子，我看到了，我看到你放的孔明灯了！"

小米子听了，有些生气"二柱子也会骗人了，你在苏州，哪里看得到？"

"小米子，不骗你，我真的看到了！"

"你若是看到了，你能告诉我，现在天上有多少盏孔明灯吗？"

二柱子翘首望天，认真地数着："一、二、三……十五盏，怎么会十五盏呢？"

小米子在那边甜蜜地笑了："我放了两盏，一盏是我的，一盏是你的……你真是看到了，你一定在山那边，我的二柱子永远不会骗人！"小米子说到这里，就害羞地挂了电话。

二柱子走到正在拍照的老米叔跟前，一叠声地笑着，说："老米叔，你帮我多拍几张！"老米叔很诧异"你要这玩意干吗？"

二柱子笑得合不上嘴："我也要留着这UFO，做纪念呗！"说话间，身边早已不见了洪刚，刚才二柱子和小米子通电话时，他全听到了……

（题图、插图：张恩卫）

后门大开

□ 李大勇

有个著名的旅游胜地叫"丰滦"，在清朝就建城了。为了庆祝建城300周年，丰滦市决定举办一场大型的庆祝晚会，晚会将由省卫视向全国直播。

组织方特意到北京请来了著名的音乐制作人，创作了一首新歌《丰滦欢迎您》。歌曲旋律优美，朗朗上口，极富时代气息，大家一致公认这首歌将是引领乐坛新潮的扛鼎之作，谁唱谁红呀！

那究竟让谁唱呢？组织方决定让本市一个青年歌手来演唱，他可是最近一次全市大奖赛上第一名的获得者呢！

不料这一天，庆祝晚会的负责人对管着这事的导演说"牛导，我儿子是学音乐的，北漂五年了，漂得就差要饭了，给他一个露脸的机会吧，让他过把瘾再死。"

这个牛导，五官下等，个子中等，体重上等，大胡子，马尾辫，棒球帽一戴，绝对导演的范儿。牛导心想，这个负责人可怠慢不得，于是毫不犹豫地说："行，打造羽泉第二。"有些人或许不知道这"羽泉第二"是啥意思，那可是中国大陆大受欢迎、知名度颇高的男子音乐组合。负责人听了，自然高兴得合不拢嘴。

五分钟后，这次晚会的赞助商董老板找到牛导，说："牛导，你看看能不能让我侄子参加主题曲的演唱？"他一边说着，一边往牛导兜里塞进了一个很厚的红包。

牛导心知肚明，笑若桃花地说：

"没问题，小虎队二号就要诞生了。"

牛导刚把董老板送走，他的一个相当铁的哥们打来了电话，说："老牛呀，你干儿子寻死觅活的，说是无论如何要参加你们那个什么欢迎你的演唱……"

牛导心里在想，起什么哄呀，就那小子的破嗓子能唱歌？于是委婉地说："现在已经有三个人了，你看……"

哥们说："F4、飞轮海、阿里郎不都四个人吗？你打牌时，你干儿子可没少给你打暗号。"

这是哪跟哪呀，算了，那孩子土匪着呢，拒了怕是也不好对付，四个人也并非不可，于是牛导就答应了下来。

因为眼下这四人，都是二十多岁的小伙子，牛导就给他们起了个很潮的名字——"青春无极限组合"。

第二天，四个小伙子到齐了，牛导瞪大眼睛一看，一怔，其中一个小伙子也太矮了吧，还不到一米六。那小伙子倒挺机灵的，主动走到牛导跟前说："牛叔，我叫董石，我叔让我谢谢你。"原来这就是董老板的侄子，拿人手短，牛导只好打落牙齿肚里咽，做声不得。

牛导刚把这边的事情安排完，那边一个工作人员走了过来，对牛导说："牛导，大丰集团罗总在外面等你呢。"

罗总曾经是牛导闯天下的大哥，那可得罪不起，他赶紧跑到罗总跟前，笑呵呵地连声说着恭维话。罗总拍拍牛导的肩膀，皮笑肉不笑地说："兄弟，混得连你大哥都不认识了啊？你帮个忙，把我省里一哥们的孩子安排唱《丰滦欢迎您》。"

牛导毫不犹豫地说："大哥，你的事不就是兄弟我的事吗？再加一个也没啥，韩国的'东方神起'就是五个人嘛！"

第二天，罗总把人带来了，牛导一看，眼就瞪圆了，怎么是个女的呢？

男的也就算了，就算是咱本土的"东方神起组合"，可来了个女的，怎么安排呀，"东方神奇组合"？牛导心里憋了口气，算了，让音乐部门自己想办法吧。

在随后的几天里，各方面的头头脑脑、同事朋友、亲戚哥们都给牛导递话传音，都要往《丰滦欢迎您》里塞人，哪个不同意都得罪人，他们还说，不指望全国出名，露个脸，镀层金，好歹在本地能混出个名声也好啊！

有道是多个朋友多条路，多个仇人多堵墙，牛导只得认了。那天，他把音乐部门的人召集起来，亲自对他们说"1986年，《让世界充满爱》《明天会更好》，就是由很多歌星演唱的，你们可以参照那两首歌，一人唱几句嘛！"

这事打发过去后，刚刚消停没几天，副导演跑到牛导跟前，说"牛导，今天来了一个六十多岁的老头，还有一个四十多岁的胖女人，也要唱那首歌，跟'青春无极限'太不贴谱了！"

副导演这么一说，牛导才想起，昨天下午，他都忘了是哪个领导又提起了这茬事，说是有个文化馆的谁谁，也要来参加演唱，估计这老头和四十多岁的胖女人就是那路人马。牛导打了个哈欠，一脸倦意地说："现在就别叫什么'青春无极限组合'了，就直接叫'无极限组合'嘛！"

副导演张张嘴，欲言又止，呆了片刻，走了。牛导不糊涂，他全看在眼里，骑虎难下呀，好好的一首歌就这样被糟蹋了。

又过了一天，副导演又来找牛导，说："牛导，《丰滦欢迎您》那歌又有麻烦了，现在人员超编，一人一句已经不够唱了。"

牛导大吃一惊："一人一句都不够了？"

牛导为此事愁了整整一个晚上，直到天亮，他才有了一个绝妙的主意，他长长地吐出了一口气，心里在想：好吧，来吧，再来多少都无所谓了！

那一天，晚会终于开始，主持人走上台来，念了开场白，随后舞台上的帷幕徐徐开启，我的妈呀，只见台上黑压压地站了一百多人。主持人朗声说道："请听歌曲大合唱——《丰滦欢迎您》，演出者——无限制组合！"

（题图、插图：谭海彦）

您手中有没有得意之作？本刊辟有二十多个原创性栏目，如新传说、我的故事和中篇故事等；您读到或听到什么有趣事可以和大家一起分享吗？3分钟经典藏故事、外国文学故事鉴赏和快乐辞典都是本刊推荐性栏目。热忱欢迎来稿，可从邮局寄发，也可从网上传递。邮寄地址：上海绍兴路74号《故事会》杂志社，邮编：200020；如为电子邮件，本期责任编辑信箱：dingxianyao@126.com。

谁是发帖人

□ 曲育乐

韩峰在一家小型国有企业的人事科工作。众所周知，国有企业论资排辈现象比较严重，由于老科长一直得不到升迁，韩峰都"奔四"的人了，还依然是个副科长，眼看着自己那些老同学不少都是处级干部了，韩峰心里这个急呀！

最近，办公室主任荣升副厂长，主任的职位就空了出来。据上头的可靠消息，韩峰和办公室副主任魏大海成了仅有的两个新主任候选人。

起先，韩峰高兴得不得了，可仔细一想，他又犯愁了：论年纪，自己快40了，而魏大海还不到30岁，现在都提倡干部年轻化，自己明显处于劣势；论业务，自己一直从事人事工作，对办公室的业务是门外汉，而原本就是办公室副主任的魏大海，业务上自然是轻车熟路。分析完"敌情"，韩峰真有点坐不住了，心里想着是不是该采取点"非常措施"，可转念一想，在这个节骨眼上给领导送礼什么的，万一人家不收，岂不是搬石头砸自己的脚？

正当韩峰一连几天都踌躇不定、进退两难的时候，选新主任的事却起了波澜。

这天，韩峰刚到办公室，同事小李就一脸神秘地对他说："韩科，快打开电脑看看，公司内部论坛上可热闹了。"韩峰一边数落小李爱看热闹，一边好奇地打开了公司内部论坛，随即一则醒目的标题进入了他的视线："堂堂国企干部坐地铁居然逃票"，韩峰点开链接，一则视频随之被打开，视频中一名男子在地铁出闸口神色慌

张，随之突然猫下腰，迅速从验票闸口钻了出来，一溜烟地消失在画面中。视频光线不太好，但依然可以清晰地看出，那名男子不是别人，正是办公室副主任魏大海！

韩峰暗中一阵冷笑：好个魏大海，没想到你平时人模人样的，背地里居然会干出这种令人不齿的事来！这段视频早不出现，晚不出现，偏偏在魏大海和自己竞争办公室主任的时候出现，这显然是对魏大海非常不利的，公布这段视频的人会是谁呢？韩峰还没想出个所以然来，办公室的电话忽然响了起来。他抓起电话，电话那头传来了厂长冷冰冰的声音："韩副科长，到我办公室来一下！"

等韩峰进了办公室的门，厂长就劈头盖脸地质问道："韩峰，说说那段视频是怎么一回事吧！"韩峰一愣，低声问："厂长，你说的是魏大海那段吗？"

厂长生气地说："这还用问？现在正是你和他竞争办公室主任的关键时刻，别告诉我，这件事和你没关系！"

韩峰急忙辩解道："厂长，这件事真不是我干的，我韩峰就不是那种喜欢背后使绊的人！那视频显然是地铁监控探头拍下的，我根本就不认识地铁公司的人，怎么会弄到这种视频？还有，我看了这段视频的发帖时间，

是昨天下午4点半，而昨天那时候，我正在给科里同事开会呢，这件事我们办公室的人都可以作证的。"

厂长将信将疑道："你说的都是真的？"韩峰使劲儿点点头。厂长义正词严地说："坐地铁逃票，虽说金额不大，影响却很坏，我们一定会严肃处理魏大海。但同时，我们也要彻查那个发帖之人，看看他到底是何居心！"

从厂长办公室出来，韩峰心底一直琢磨着这件蹊跷事，到底是谁发的帖子呢？难道是魏大海为了栽赃他韩峰，上演的一出苦肉计？不太像，记得那天自己在会议室门口还遇见过魏大海，魏大海明明知道自己不具备"作案时间"，怎么还会陷害自己？再说，魏大海自我揭短，显然对这次竞选没有帮助啊！难道说是厂里和自己关系好的同事在暗中帮助？一上午，韩峰挨个去找自己的好友询问，却没有一个人承认。这事还真是奇了怪了！

发帖之人一直没找到，但办公室主任的事很快有了结果，由于受到"逃票门"事件影响，原本稍占上风的魏大海最终落选，韩峰如愿以偿坐上了办公室主任的位子。这天，韩峰陪一个亲戚去市房管局办点事，正准备离开时，他突然发现了一个熟悉的身影——魏大海，此刻他正在一个办事窗口前询问着什么。韩峰走上前去，

猛地一拍魏大海的肩膀："小魏，干什么呢？"

魏大海吓了一跳，转过身一看是韩峰，急忙赔着笑脸打招呼："是你呀，韩主任。"韩峰摆出一副胜利者惯有的姿态，说："小魏，上次我请单位里的同事吃饭，就你没到，今天我一定要补请你一顿。"魏大海婉言相拒道："主任，我今天还有事，改天我请你吧！"韩峰笑道："别推脱了，就今天了，你不去也得去！"

韩峰让亲戚先回去，然后和魏大海来到了一家高档餐厅。酒过三巡，菜过五味，韩峰打着酒嗝说："小魏，这次竞争主任一职，我赢了，但你也不要灰心，你年轻，能力又强，以后有的是机会。"魏大海酒量不如韩峰，此时已有些把持不住自己了，晃着脑袋说："主任，给你说句实话，我根本就没想当这个主任。"

韩峰哈哈大笑道："你小子就吹牛吧，谁会嫌自己官大？"魏大海一脸神秘地说："主任，你知道那段视频是谁发到网上的吗？"韩峰心里一惊，故作镇定道："是谁？"

魏大海不无得意地说："不瞒你说，是我！知道为什么吗？

因为我想申请经济适用房。我老婆怀孕了，没有工作，将来一家三口就靠着我这一份工资，我的工资除以三，刚好低于咱市的最低生活标准842元。我家里没有房子，一直租房，完全具备购买经适房的资格。"

韩峰一下子没回过味儿来，问道："申请经适房和你当不当主任有什么关系？"魏大海说："有关系，当然有关系了！我一升职，工资是不是要涨？这一涨，再一平均不就超过842元了吗？"韩峰终于恍然大悟，魏大海家里条件不太好，厂里工资也不高，他们家要买商品房难度确实挺大，也只能打起了价格便宜一半的经适房的主意。

魏大海叹了口气，说："主任，我这么做也是出于无奈呀，你可一定要

替我保密，到时候如果真要购买经济适用房，购房者的信息是要在单位和社区公示的。我在网上发那段视频，一是为了神不知鬼不觉地退出竞争，二是要给人一种这家伙确实很穷的印象。你明白了吧？"

韩峰替魏大海感到可惜："小魏啊，虽是你用这法子保全了买经适房的资格，但是那视频一曝光，在单位里领导对你的印象可是会大打折扣，这以后的日子可长着，难保没有影响啊！"

魏大海摆摆手，掏出手机给韩峰看"主任，你瞧，我这有完整的视频，看了你就明白了。"

韩峰接过手机，仔细一看，那手机视频里前半段是魏大海"逃票"，单位论坛上也只放了这一段，没想到往后还有内容，只见魏大海匆匆钻出验票闸口，大步拦下一个黄毛青年，那青年看上去鬼鬼祟祟，魏大海与他一番撕扯，竟从青年身上翻出好几个钱包！天呀，原来那天，魏大海是在抓小偷干好事啊！

魏大海解释说，其实那天他压根不是故意逃票的，只为追一个小偷，一个心急钻出了验票闸口。后来警察来了，他随警察到地铁监控台去调看监控录像、做笔录，看着那录像，魏大海才有了截下视频前半段，用来让人"断章取义"的点子。他说："后来，

主任的事定下来之后，我就跟领导解释清楚了，领导看了视频，还夸了我呢！"

魏大海喝得迷迷糊糊，笑得也傻乎乎的，韩峰看了忽然觉得心底很难过，知道他这般"折腾"的缘由，真觉得魏大海这小子的生活也过得不容易。

几个月后的一天，韩峰回到家中，老婆春妮笑盈盈地说："老公，今天你们单位魏大海带着老婆到我们医院来做产检了。"韩峰的老婆春妮是妇产科的专家医师，听春妮这么一说，韩峰才想起来，前几天魏大海的确提及过要带着老婆到春妮那里挂个专家号，做个产检。韩峰问道："怎么，他老婆情况怎么样？"

春妮笑着说："情况很好啊，今天检查，基本可以确定他老婆肚子里怀着的可是双胞胎呢！"

韩峰一惊："双胞胎？魏大海的老婆怀了一对双胞胎？"

听到这么件喜事，韩峰心里倒一阵心酸起来：早知老婆怀的是双胞胎，那魏大海根本没必要自毁前程、放弃主任的职位，要知道办公室主任的工资除以四依然低于842元。现在倒好，购买经适房的条件是达到了，可抚养两个孩子的费用将成倍增加，他哪还有能力去买哪怕是很便宜的经适房？

（题图、插图：张恩卫）

故事会■新浪 微故事大赛

6月优秀作品选登 （主题：恐怖故事）

@愚人小骏 工棚里，几个农民工正讲着故事打发时间。老雷讲了一个连环杀人魔的故事，大家说这故事没意思；小张讲了一个恐怖的鬼故事，大家说这种故事太俗套了。这时，包工头小何的手机突然响起，大家顿时安静下来，接完电话，小何的一句话让大家脸色刷地全白了："老板带着我们的工钱跑了！"

@吃素的沙漠狼 女友丧身于车祸，他十分内疚，整天把自己锁在屋里，抱着女友的遗像看。他很后悔：如果不是他提出分手……一天一夜，他都没走出过自己的房间。家人怕出意外，砸开了门，只见窗户紧闭，人却不见了！突然，母亲凄厉地尖叫一声，满眼恐惧，目光落在她手指的地方，家人全呆了——他赫然出现在女友的遗像中！

@梦想家农西宁 明临死前同意捐出心脏，同一大院的涛得以保全。后来涛常听到院里人说："涛懂感恩，经常在凌晨给明独居的老母挑水劈柴。"涛羞愧又恐慌，他没做过这些，但是早上床边干净的拖鞋经常满是污泥……当晚他将房门锁死，早上拖鞋果然干净，但猛然发现墙上有血字："我把心脏借你，你把黑夜借我。"

@看指间飞沙 他走进医生办公室，看四下无人，把一个红包塞进了主任的口袋："难得您能明天亲自给我开刀。您多费心了，这是我的一点心意。""你这是干什么？拿走！拿走！""笑纳，笑纳，明天见。"他扭头急匆匆地走了，主任疑惑地看了看自己明天的安排：没有一例手术，只有一堂人体解剖示范课。

@吃桃子的桃天 陪伴我十几年的导盲犬老死了，央求邻居葬了它后，我再不想出门。一周后，我感觉我的狗又回来了，我能听到它的叫声，能抚摸到它柔顺的毛发，它还像往常一样指引着我……又是很多年过去了，它一直在身边陪着我。可是我有些记不清，当年，是它因想念才回来陪我？还是我太想念才去找的它……

@若有兹 昨晚，胡局长一夜欢宴，醉了。早上好不容易起床，头还是昏昏沉沉的。走进单位大院，门房老李招呼他："喂，小胡，你怎么又迟到了！"胡局长诧异"老李？你不是早就退休了吗？"胡局长一路纳闷，等推开自己办公室的门——劈头就听见："小胡，找我什么事？"他抬眼一看，老局长端坐在位子上……

@四季春风80 她想减肥，于是她买了一个体重秤。开始，体重秤显示：100斤；后来，体重秤显示：90斤；后来，显示：80斤；后来，显示：70斤；后来，显示：60斤、50斤、40斤、30斤……后来的后来，体重秤一直显示：0……

（大赛启事请见 P31）

短信也能发微博！将作品编辑成短信发送到951318188，就可马上参与微故事大赛。移动／联通／电信全覆盖！无信息费。

□ 老三

祭旗

国王的亲弟弟违反军纪，命悬一线，是杀，还是不杀，其间另有玄机……

从前，有一个国家遭受到邻国侵略，军队屡战屡败，老国王迫不得已，决定起用刘全。刘全刚满二十六岁，在军队中担任"百夫长"。几次战役下来，只有他那支队伍训练有素，进退得当，取得了一些局部的胜利。

那一天，老国王亲自召见了刘全，言谈中，老国王惊诧地发现，这个年轻人饱读兵书、文武双全、雄才大略，堪当重任。在此多事之秋，已容不得犹豫了，老国王当即决定破格录用，拜刘全为三军大元帅。

为树立刘全的威信，老国王亲自带领士兵在城东筑起帅台，举行了隆重的拜帅仪式，颁发了大元帅印和可以先斩后奏的尚方宝剑。

明天一早，刘全就要率领二十万人马出征了，这天的下午，老国王再次召见了刘全。

刘全来到王宫，双手抱拳，仅施一礼："陛下，恕末将甲胄在身，不能全礼！"

老国王吩咐赐座，刘全坐下，说："不知陛下宣末将前来，有何指教。"

老国王说："我决定了，让我的弟弟韩城随你出征，官拜副元帅，担任你的副手。"

刘全心里一个咯噔，禁不住浑身一凉：国王对自己还是不放心啊，也难怪，这二十万人马是全国最后的家底了，如今全部交由自己这个外姓人指挥，人家能不担心？

见刘全沉吟不语，老国王说："韩城进了军队，就要按军队的规矩行事。他虽然是王储，是未来的国王，但在军队中，副元帅就是副元帅，一切还是你说了算。"

这个国家的法规，王位是先传弟后传子，韩城是老国王唯一的亲弟弟，因此老国王百年之后，韩城就是国王了。

既然老国王已经决定了，刘全当然不好再多言语，他说："那好，我这就亲自去通知您弟弟，明早辰时一到，所有将士在城东集合，待祭旗后开拔……"

老国王说："不必了，你军务繁杂，忙你的去吧。韩城那边，我会亲自通知。"

刘全告辞后，老国王命内侍宣来了韩城。此时天已擦黑，老国王吩咐摆上酒宴，屏退了众人，一边喝酒，一边和韩城密谈。

老国王开门见山地问："弟弟，你可知晓我让你随军当副元帅的用意吗？"

"当然。"韩城说，"全国目前能凑齐的，统共就这二十万人马了，将这些人马，全部交给一个毛头小伙子，

您当然不放心。我去，就是起个监军的作用。"

"你明白就好。"老国王放心了。两人又叙谈了一会儿，老国王便把明早军队集结的时间告诉了韩城，说："今晚不宜久饮，你早些回去歇息吧。"

时间过得很快，转眼鸡叫三遍，旭日东升，城东校场上，人喧马嘶，大军云集。刘全站立在帅台上，金盔金甲，腰悬尚方宝剑，威风凛凛地注视着这支即将出征的队伍。帅坛下，一面巨大的"刘"字帅旗迎风招展，大旗下，三匹白马已经在树旁拴好，那是预备杀了祭旗的，三名手执鬼头大刀的刽子手站在马旁，一切都已准备妥当。

可是，时间已到辰时，也就是现在的早上七点，可奇怪的是，副元帅韩城却迟迟未到，于是刘全神色肃穆地命令道："派人去催！"

传令官当即跳上马背，快马加鞭，进城赶往韩府。

又过了很久，韩城才骑着马风尘仆仆地赶来。此时，校场上，三军早已集结完毕，刀枪林立，鸦雀无声，唯有帅旗猎猎作响。看着眼前的情景，韩城很是狼狈，他策马来到帅台边，下了马，向帅台上的三军大元帅刘全深施一礼，说："末将来迟，还望元帅恕罪。"

刘全面无表情，高声问一旁的行

刑官："按律，大军集结时来迟，当如何惩处？"

行刑官一听，吓得都结巴了："按律当……当……当斩……"

刘全一声断喝："来呀，把韩城绑了，砍头祭旗！"

卫士们先是一愣，后见大元帅威严之色，即刻一拥而上，把韩城五花大绑起来，拖到了帅旗之下。韩城一看这架势，早已吓得魂飞魄散，他大声喊道："末将无罪……"

刘全冷笑一声："辰时一到，全军集结，三军尽知，你姗姗来迟，还说无罪？"

韩城大叫："冤枉啊，是国王亲口告诉我，集结时间是巳时，我怎么知道你们会提前？"

巳时，也就是现在上午九点到十一点的时候，这和辰时差了一个时辰，那还了得？可韩城毕竟是国王的亲弟弟，实在不能贸然处置，一些送行的大臣，见刘全要动真格的，纷纷求情。

刘全脸上依然毫无表情，但心潮起伏，难以平静：难道老国王真的忘记时间了？不会，他精明着呢，他这是什么意思？杀，还是不杀？真是骑虎难下啊……

刘全沉吟良久，终于开了口："既然队伍现在还未开拔，又有这么多的大臣为他求情，那好，姑且等陛下的旨意吧。"说着，他命令传令官："你马上去晋见陛下，将事情禀明，请他定夺。"

传令官快马加鞭，赶往王宫。

在王宫里，老国王听完传令官的禀报，说："听着，你回去带给你们元帅两句话——第一，将在外，君命有所不受；第二，我没有对韩城讲错时间。"

传令官前脚离开，老国王的大儿子后脚便从帷幕后闪出，老国王对他说："你现在就走，带着我昨晚亲笔写好的旨意，马上赶往军中，接替你的叔叔，做副元帅。我的好孩子，你此去，除了监军以外，你也要开始学习如何做一个国王了……"

（题图：黄全昌）

由上海故事会文化传媒有限公司主办的《金色年代》
——中国第一本介绍退休后精彩生活的杂志

《金色年代》——开启新生活的大门
《金色年代》——向长辈敬献一份爱心
《金色年代》——向退休员工以示关爱

□ 鲁宁阳

惊魂两分钟

初初这人，电影学院毕业后，在影视圈打拼了好几年，一次大奖也没得过。和很多优秀演员一样，初初也非常想获一次大奖，众人瞩目的奖杯可是对一名演员艺术成就的肯定啊！

前不久，一个著名制片人给初初介绍了一部新戏，剧本不错，而且跟她演对手戏的男一号是一个最近非常走红的青年演员。机会来了，初初决心演好这部戏，努力走上渴望已久的红地毯，捧起梦寐以求的奖杯。

就这样，初初使出浑身解数，开机第一天就拍出了好几组非常精彩的镜头，而且全是一条就通过，导演坐在监视器面前，兴奋异常，一次次地

竖起大拇指："OK！"

这是一部具有浓厚传奇色彩的情感大戏，随着一组组镜头的完成，剧情也一步步走向高潮，那场震撼人心的重场戏终于开拍了。

这场戏的情节是这样的：初初扮演的女一号，历尽了重重苦难，她跟男一号之间的矛盾终于爆发了。男一号由爱生恨，人性极度扭曲，他把女一号捆绑起来，疯狂地拳打脚踢……女一号无力反抗，只能在屋子里拼命地奔跑、躲闪，避让着暴风雨般的拳脚；男一号边追边打，直至把女一号打得昏死过去。

按导演对镜头的要求，这场戏是一个长达两分钟的长镜头，必须一气呵成，中间不能停机。这种重场戏不仅充分考验演员的实力，同时也最能

引起观众的共鸣，是全剧高潮中的高潮。

导演坐在监视器前大喊一声："开始！"于是，摄影师、录音师、照明师……整个摄制组立刻进入了实战状态。现场的工作人员一个个连大气都不敢喘，唯恐这场重头戏"砸"在自己的手里。

初初不愧是一名非常优秀的演员，导演话音未落，她立刻就进戏了。按照剧本的要求，此时此刻，初初的双手已经被捆绑起来。摄影师先是迅速给了初初一个眼睛的大特写，然后再来一个快拉，怒不可遏的男一号进入画面，这场戏就开始了……

只见男一号怒吼一声："你这个贱货，看我今天不打死你！"

紧接着就是一阵雨点般的拳头，一拳重过一拳地落在初初身上。按照剧本的要求，一直打到两人一个被打昏、一个被累垮，双双倒在镜头前，这场戏就结束了。

初初和男一号都是专业演员，在电影学院的形体训练课上，都专门练习过这种"被打"和"打人"的专业动作，再加上导演和摄影师技术上的处理，这种打人和被打的戏，往往会使观众看得惊心动魄，演员却毫发无损，全是假的。

谁知这一次却大出意外，男一号出手第一拳就重重地打在初初的脸上，霎时间，初初觉得两眼直冒金花，眼前一黑，差点倒在地上，啊，男一号今天玩真的了！

按照惯例，在表演过程中，如果演员失手，当他意识到误伤对方后，应该是主动叫停，或者是立刻改变"打法"，重新回到演戏的状态中。可是，初初做梦也没想到，今天这个男一号竟然一直在玩真格的！

这一下初初可惨了，男一号一阵拳打脚踢，初初一声接一声发出撕心裂肺的痛苦呻吟，摄制组的人都惊呆了：这个男演员是不是疯了？怎么能假戏真做呢？照这样"演"下去、打下去，两分钟下来，还不把初初给打死呀？

可在拍摄现场，导演是绝对权威，他不发话，任何人都无权让拍摄停下来，几千万的投资啊，拍砸了可不是闹着玩的。

时间一秒一秒地过去了，这短短的两分钟，初初甚至觉得比一个世纪还要漫长。有好几次，她差点坚持不下去了，她甚至想叫停，但终究没有叫。虽然她不明白今天男一号为什么会这样做，可她心里明白，这种情况下拍出来的戏，因为没有表演的痕迹，最能产生强烈的艺术震撼力，这也正是初初多年来追求的一种艺术效果，所以，她一定要忍耐。

男一号最后一脚，竟然狠狠地踢在初初的肚子上，她只觉得一阵剧烈的疼痛，吐出一口鲜血，当即昏倒在地上……

再说这个导演，是影视界公认的"艺术疯子"，只要他进入了工作状态，就会全身心地投入，甚至连自己是谁都会忘记。只要戏拍得好，让他花再大的代价也愿意，可是，看到那殷红的鲜血，导演这才意识到出问题了：剧本里没要求见血呀，我也没安排化妆师做这种口吐鲜血的效果，难道是……

导演猛然醒悟，没来得及喊"停"，就一个箭步冲上前去，搀扶起已经昏迷的初初，说"你死心眼啊？为什么不叫停呢？"

初初惨然一笑，说："这样更真实……"

事后初初才知道，原来这一切都是那个"著名制片人"精心策划的，这家伙曾对初初有非分之想，可初初拒绝了他的"潜规则"要求，于是，这个披着艺术家外衣的衣冠禽兽怀恨在心，就暗中对男一号说："我可以捧红你，但你要利用拍戏的机会，狠狠教训这个不听话的小妮子，替我出口气！"

戏拍完了，上映了，初初也如愿走上了电影节的红地毯，在发表获奖感言的时候，她真诚地说："感谢导演，感谢剧组所有的人……假如在那个获得专家好评的长镜头中，我真被打死了，我也不后悔，就算是为艺术献身了……"

据说那个男一号，很长时间里都没人敢跟他配戏，当然，他也没能"红"起来……

（题图、插图：佐 夫）

阿P
赎手机

□ 灵泉心语

阿P有个朋友在电视台工作，前几日到家里来玩，把手机忘在阿P家了，说好了今天来取。

这会儿，阿P在家等着朋友来，正无聊时，他把朋友的手机拿在手里把玩，朋友的手机是新买的，外形漂亮，功能也多，阿P看着心里就痒痒，想着自己那个旧手机用了好几年了，也该去换个新的了。

玩着玩着，阿P无意间打开了朋友手机里的通讯录，一看，他一惊，天呀，这都是谁的电话啊，都是明星啊！阿P这才意识到，朋友跟他说起过，最近电视台在筹办新栏目，请了很多明星来当嘉宾，朋友平时也会负责一些接待工作。这么说来，这些个明星的电话都是真的了？阿P不由地兴奋起来，他可是第一次离明星距离这么近啊！他一个一个往下翻，突然

看到一个熟悉的名字——牛露露！那不是最近红翻天了的美女歌星牛露露吗？阿P最近可喜欢听她的歌了，这下亲眼看见偶像的电话，阿P兴奋得手直哆嗦，他赶紧拿出自己的旧手机把牛露露的电话存了进去。

不一会儿，朋友到了，把手机拿了回去。临走时，朋友又折了回来，拿出随身带着的又一个新手机给阿P，说："咳，工作需要，手机一天都离不了，这不，这个手机忘在你这里了，我就立马又买了个新的。现在手机拿回来了，新买的这个也用不到了，你拿着吧。"

阿P真是想什么来什么，新手机拿在手里，他感动得要命。告别时，朋友握着阿P的手，严肃地说"老哥啊，有件事我得拜托你，我原来那手机里有好些个重要的电话，你都看到

了吧？"

阿P下意识地点点头，一想不对，这不是明摆着自己看了人家隐私嘛，他连忙又使劲摇头。

"老哥，说实话，我手机里头那些个'大牌'、'小牌'，可没一个是好惹的主！他们那些短信、电话等资料万一泄露了出去，我们这种相关人员都得吃不了兜着走！老哥你懂我意思吧？"

阿P一愣，想了想便明白了，连连点头答应："懂、懂，你那手机，我可什么都没动，你放心。"

朋友走之后，阿P盯着旧手机里刚存的偶像电话好一会儿，心想：朋友那么仗义地送了他个几乎全新的手机，他可不能干出卖朋友的事。这牛露露的电话算是打不得了，可是他又不舍得删，便留着不去动好了，这总不算泄露吧。

第二天，阿P就用上了朋友送的新手机，旧手机他便卖给了城中村的陈大爷，收了两百元。

过了几天，小兰无意问了一句阿P，当初卖手机时，可有把旧手机里的信息删除干净？这一问把阿P问傻了，他一拍脑袋：坏了！旧手机里还留着牛露露的电话呢！当初可是跟朋友保证不泄露的，这下要闯大祸了。阿P赶紧找到陈大爷，又用200元赎回了手机。

回到家后，阿P迫不及待地查看手机通讯录，一看他又傻眼了，手机里的信息、电话被删除得干干净净。奇怪，陈大爷大字不识几个，不可能懂得清理内存这种技术活儿的呀，阿P一时也迷糊了，不过，为了确定一下，他又找到陈大爷，问他有没有动过手机。

陈大爷一听，果真急了："没有没有，我咋懂得弄这个，我只会拨键打电话嘛。"

阿P仍然不太放心，没想到陈大爷想了想说，好像他孙子小强拿去玩过。

什么？小强动过？阿P顿时脑袋一阵晕眩，小强可是城中村有名的网瘾少年，经常从家里偷钱去泡网吧。万一让他发现了手机里牛露露这么个重量级明星的电话，把号码公布到网上，那后果简直不堪设想呀！回家路上，阿P越想越闹心，正决定要找小强弄个明白时，那小子正迎面走过来了。

没等开口，小强就一脸坏笑说："嘿嘿，我看见你手机里……"阿P急忙打断他："什么？你都看见了？"

"对了，我看见了，骗你是小毛驴！"小强一本正经，不像说谎。

唉，麻烦了，阿P恼得咬牙切齿，他赶紧把小强叫到一边，问他有没有泄露出去。小强说他什么都没做，阿P稍微松了口气，又问小强，说发现内存被清理过了，是怎么回事。小强

说，他那天不小心把手机摔在地上，结果死机了，重启后不知怎么的，手机就恢复了出厂设置，原本手机里的东西都没了。

原来如此，看来手机里的那点"秘密"只有这小子看到了，看他刚才一碰面就坏笑的样子，是想着要敲一笔封口费吧，邻里街坊都说小强人小鬼大，真是一点也不假。

于是，阿P要求小强千万保守那个"看见了"的秘密，为此，他愿意重金酬谢。小强一听就乐了，发毒誓表示没问题，放心吧，然后做了一个数钞票的动作，向阿P竖起了食指——"1"。阿P皱了皱眉头："一千？"

小强直摇头，"什么？一万？"阿P铁青了脸，"这简直狮口大开啊！"

小强反而糊涂了，以为阿P在开玩笑，转身想走了。阿P见小强"摆架子"，心里急了，连忙拦住小强说："你别急着走啊，事情还可以商量嘛。"

小强说："也不是什么大事，阿P叔你也别太在意。"

哪能不在意啊，朋友当时那么严肃地叮嘱阿P，说手机里的重要号码若是泄露了，那可是天大的祸事，上次网上泄露好多明星身份证的事，风波闹得可大了，阿P可是知道其中的利害的。看来，这封口费给少了还真解决不了问题，不过，要给一万封口费，阿P实在是心疼，可是他一想到自己哥们对他那么仗义，还送了自己新手机，他阿P也不能做出不上路的事。更何况，当初他可是拍着胸脯保证没动过手机里的东西，万一让朋友知道自己私自记下了牛露露的电话，估计他阿P的信用全无了，朋友都做不成了。想到这里，阿P也不犹豫了，他一咬牙，说："最多六千，成交吧！"

最后，阿P让小强按指印签协议，内容大致是：如果小强没有遵守承诺，阿P叔叔就可以去派出所告发小强偷了他六千元……

小强轻而易举就拿了六千元，笑得合不拢嘴，立刻去买了一部时下热门的新手机。陈大爷起先以为那只是一部玩具手

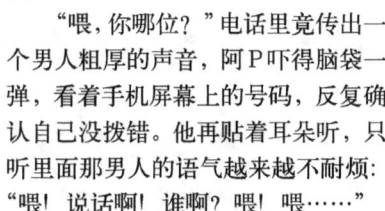

机，结果小强的姐姐一看："不得了，是真的！这手机要五千多块哩！"

"啥？五千多块？"陈大爷瞪着眼睛，急忙追问孙子是不是又干了啥偷鸡摸狗的事。见瞒不过，小强只好承认是阿P叔叔给的保密费。陈大爷觉得很奇怪，啥秘密要给六千啊？小强说："我也很奇怪，也没啥大不了的秘密，我本来只想要个一百块就偷笑了，谁知他硬要从一千说到一万，后来又打折到六千啦！"

那到底是啥秘密啊？全家人都好奇极了，小强笑着说："我只不过看见了他前几天给老婆发的短信，洋洋洒洒一长段，是篇肉麻的检讨信哩！哈哈！"

再说阿P，事情解决后，他宽心不少，觉得虽然花了六千元，什么都没得到，但最起码他保住了自己的信用，也算捍卫了和朋友之间的交情。至于牛露露的电话，虽然当时存在旧手机里给删了，但阿P其实早就记心里了。事情过去几个月以后，有一天阿P没忍住，终于拨通了牛露露的电话……

只听彩铃是牛露露演唱的歌曲，阿P心想：这肯定是她本人的电话了，一会儿要是电话通了，他就不出声，亲耳听听偶像的声音，那也好啊！可是，阿P屏着呼吸把彩铃听了好几遍，电话就是没人接。终于，彩铃歌声戛然而止，电话接通了，阿P兴奋地用

手捂着嘴，耳朵死命贴着听筒。

"喂，你哪位？"电话里竟传出一个男人粗厚的声音，阿P吓得脑袋一弹，看着手机屏幕上的号码，反复确认自己没拨错。他再贴着耳朵听，只听里面那男人的语气越来越不耐烦："喂！说话啊！谁啊？喂！喂……"

阿P不甘心，捏着鼻子发声说道"你好，我找牛露露小姐。"

"我是她助理，你有什么事儿？喂！说话啊！喂……"

原来是助理啊，阿P有些扫兴，又不敢往下说了，便打算挂了电话了事，但突然他听到电话里的男人说道："兔崽子，别跟我玩这套！我这电话号码没几个人有，你哪里的？你从哪儿弄来牛露露的电话？说话啊你！"

阿P心跳得厉害，吓得不敢说话。

"哼！算你行！不说是吧？好，我看得见你的号码，我早晚给你查出来！"说完，男人恶狠狠地挂了电话。

这下，阿P张大着嘴，完全慌了神。是啊，自己怎么没想到，刚才是用自己手机拨的牛露露电话，号码全显示在别人手机上了，这不是穿帮了？到时候人家万一拿去给电视台里的人一核对，他阿P该怎么和朋友交代啊！

（题图、插图：顾子易）

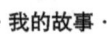

不该占的

便宜

□ 韩春玲

最近，电视台搞了个抽奖活动，凡是发来短信的人都有机会赢大奖。一等奖是台价值五千多元的空调。参与活动的观众很多，有的还一连发了好多条短信来，提高中奖率，但最后的一等奖得主是个只发过一条短信的观众，而且还是个民工。

不过怎么说呢，运气这事儿还真难说，眼看就要过领奖期限了，那位幸运的一等奖得主至今还没来领奖。

领奖者一直联系不上，我这个负责管理奖品的人就没法了结手头的工作。台里的领导对我说："小玲，再等一星期，要是还打不通那人的电话，就算了。"

算了？算了是什么意思？回家路上，我坐在表哥车里，还一直想着这个问题。

"'算了'就是让你自行处理这台空调嘛！说白了就是——只要那人不来领，空调就归你！"表哥一手操着方向盘，一手指着我说道。

我把表哥的手推了回去，说："别瞎说，这空调是台里的东西，我哪能往自个儿家里搬？"

表哥摇摇头，说："你也太老实了，我跟你说，这空调到时候没人领，也是搁在电视台某个角落里积灰。再说了，这阵子你辛辛苦苦加了那么多班，你们领导一定心里有数。要我看，他说'算了'，意思就是到时候人家不来领，那他就做个顺水人情，拿空调犒劳你！"

我立马表态："我可不要。"

"你不要，我要啊！"表哥来劲了，"到时候，我开着车来运空调！"

我往表哥大腿上击了一拳，说："亏你说得出来，你这开宝马的主，还要贪这一台空调的便宜？"

表哥理所当然地说："要啊，有便宜干吗不占？你哥最近钱都套在股票里啦，这次装修买家电的钱，你嫂子算得紧，现在有现成的，干吗不要？"

我不禁觉得好笑："你还越说越认真了，算了吧你，下星期，那人的电话肯定能打通，到时这空调就物归原主了。"

"那就让他的电话一直打不通好啦！"表哥打着趣说道，但又好像他真有了什么主意似的。

表哥这人我知道，从小门槛儿就精，鬼主意也多，前几年玩股票赚了笔钱，日子也算过得顺风顺水，但就是老改不了贪点小便宜的毛病。我和表哥住一个小区，那天他开车接我下班，提到空调那事，我原以为他开开玩笑的，没想到，他真的有了动作。

第二天，我正要给那位得奖人打电话，突然发现工作通讯录不在包里，想着一定是昨天落在表哥车上了。我立刻打电话让表哥送来，他倒有效率，一会儿就真送到电视台楼下了。临走，表哥关切地问："怎么样，

电话打通了吗？"我说："还没打呢，通讯录都落你车上了。"表哥似乎松了口气，说："那就好，那就好。"我看惯了他鬼头鬼脑的样子，也没太在意。

谁知晚上回到小区，我见布告栏前围了好些人，挤进去一看，不过是一张普通的《售房启事》，仔细一看，原来，这启事之所以引起了轰动，是因为上面的售房价格极具诱惑力，按行情，这房子至少要卖一百多万，可现在售价只要七十万，怪不得众人唏嘘个不停。

我的眼睛突然扫到启事上的联系人电话，那串数字怎么这么眼熟？等等，我意识到什么，赶紧翻出工作通讯录一看，天啊，这不正是我打了无数遍的那个电话吗？

我很快就明白了——一定是表哥假造了一张《售房启事》，上面写上那个民工的手机号，这号码自然是他偷看了我的工作通讯录得来的。他四处张贴启事，感兴趣的人多了，那民工的手机就会被打爆，机主不胜其烦，甚至会关机，这样，我自然就联系不上了……

唉，表哥出此损招我真是万万没想到，难不成他还真的贪定那台空调了？我想上前一把扯下启事，谁知立马冲出来个老大爷，拦着我说："你不能撕啊，又不是只有你对这房子有兴趣，碰上这么便宜的事，我这老头子

也想给那房主打电话联系买卖呢！"他这一说，周围好些人都附和着，纷纷掏出手机要存那联系人电话。我不好意思争辩，只得撒手钻出了人群，跑去质问表哥。

表哥开门见是我，便急着问："那电话，还没通吧？"我气鼓鼓地说："你都把人家电话变成热线电话了，我能打通吗？哥，你太缺德啊！"

"我缺德？我看是你缺心眼！"表哥把我拉到沙发上坐下，继续说："老妹，你哥这法子绝，保管这个礼拜里，那民工的手机被打到爆。到时候，我就去你台里运空调喽！"表哥一脸轻松，还递了杯果汁给我消气。

我没接，皱着眉说："你太天真了，我们台里天天滚动播放着活动的得奖消息，那个得奖人就算接不到电话，他也能从电视上看到消息。"

表哥一笑，反问我："你傻呀，那人是干什么的你不知道？"

"是个民工啊！"

"对啊，民工干活忙，哪有条件天天守着电视啊？"表哥神色泰然。

"你……真服了你了！"我对着表哥直摇头。

表哥哈哈大笑，说："老妹，你也别多想，那民工电话本来就不通，到时候联系不上，也不全是我那启事捣的鬼，只能说是天意。再说，不就一台空调嘛，也不是什么大事，你们电视台财大气粗的，根本没人会在意。既然没人来领，我们领了去也没什么。"表哥絮絮叨叨地在我耳边念了半天经，念得我头疼，就随便他去了。

一周后，那台空调因逾期不领，奖项作废了。领导果然也没再提这事，当真让我"自行处理"了。在表哥怂恿下，我也终究默许表哥把那空调运回了家。

原以为这件事就这样过去了，可一个月后，同事告诉了我一个惊人的消息：那个民工死了。

我在报纸上看到了报道：那个民工叫牛德军，是个孤儿。从小穿百家衣、吃百家饭，得到过社会的关爱。工作后，他立志回报社会，答应孤儿院里的孩子们，今年'六一'之前，一定给孩子们装上空调，可谁知包工头一直拖欠着工资，牛德军为了履行诺言，无奈之下，只得兼了好几份工，没日没夜地干活，就在一天夜里，他从七层楼上掉了下去……

我怔怔地看着报纸，心潮起伏：他的死，和我有关吗？如果我没有默许表哥把他的奖品据为己有，那么，或许他就不用没日没夜地干活，或许惨剧就不会发生……

后来，我说服表哥把空调送到了孤儿院。虽然我们都知道牛德军的事是个意外，但我们心里不知什么时候才能好受一些。

（题图：刘斌昆）

燕子的来信

□ 程桂东

$\mathbf{海}$南省的文昌市有个女孩叫小菊，她家屋檐下住着两只可爱的燕子，每天飞进飞出的，小菊很喜欢。但燕子每年十一月飞来，第二年三月就飞走了，算来，一年里小菊有大半年都见不到燕子。

经过几个月的漫长等候，这天小菊突然听见几声熟悉的啼叫。她一乐，几步奔到屋檐下，抬头就看见两只燕子双双站在窝沿上，歪着脑袋瞅着她。小菊开心地找来吃的喂给它们时，突然发现一只燕子的脚上不知是谁用透明的胶布粘了个小小的纸团。

小菊取下纸团一看，上面写着：

"你好，我叫吴勇，今年十六岁，家在吉林省的白山市。我家的这两只燕子每年四月到来，十月秋风一起，它们就飞走了。离开我家后，它们是不是在你家生活呢？我很喜欢这两只燕子，希望能和你成为朋友。"后面留的是一个通信地址。

小菊在地图上一查，天呀，吉林的白山市和海南的文昌市，竟然相距四千多公里。每年这两只燕子离开这里，去遥远的吉林安家，等到秋天再飞回来，来回居然飞行了近一万公里路，这可真是个了不起的旅途呀！

小菊立刻给远方的吴勇回了信，还在信的最后，附上自己家的电话号码。

一个星期后，小菊接到一个电话，有个羞涩的声音说道："你好，是小菊吗？我是吴勇。"一听是吴勇，小菊兴奋极了，两个孩子在电话里聊得

很畅快，还相约不久后的寒假，吴勇来小菊家看燕子。

自从和吴勇有了寒假相见的约定，小菊就开始忙活开了，天天打扫屋子，还买了很多零食、点心，等着吴勇哥哥来。爸爸却为这件事担心起来，怪小菊不该轻易和陌生人交朋友，把人约到家里来更不妥当。小菊不以为然，信誓旦旦地保证吴勇一定不是坏人。

没过多久，寒假到了，可是吴勇并没有出现。爸爸说："傻丫头，你瞧，我就说陌生人信不得吧，人家随口一句，你还当真了。"小菊听了不乐意，她要问个究竟，她立马回拨吴勇打来时的那个号码，没想到那竟是个公用电话。爸爸见了，顺势严肃地说："小菊，事实证明，你不该把家里地址随便留给陌生人，这人身份不明，幸好他没来，不然还真不知道他有什么目的！"小菊很难过，想要争辩，但她心里也没底。

一天天过去了，小菊没等来吴勇，却在鞭炮声中迎来了春节。春节过后，不知不觉寒假也要结束了，小菊不由得叹了口气，看来吴勇哥哥是骗自己开心的。现在的交通工具多便利，吴勇哥哥真要来海南看这两只燕子，不管是坐飞机还是坐火车，都早该到了，哪会拖到现在还不见踪影？

这天，小菊正看着两只燕子发呆，突然有人说话："你好，是小菊吗？"回头一看，原来是个瘦瘦的男孩，十六七岁光景，背着个大大的行囊。

小菊回答说："我就是小菊，请问你是谁？"

男孩笑了："我是吴勇呀，小菊，你忘了我们的约定了？我说过要来看燕子的。"

小菊愣了半天，说："吴勇哥哥，欢迎……欢迎！"

小菊爸爸从屋里出来，打量了吴勇一下，见那不过是个中学生模样的孩子，就宽心地把客人迎进了屋。

吃饭时，小菊禁不住地问吴勇为什么拖到现在才来。

吴勇笑着说："一放寒假我可就动身了。"小菊和爸爸都奇怪，寒假就出发了，怎么花了近一个月才到海南？

吴勇又是呵呵一笑："因为我的旅行方式特殊……"说着，他从行囊里掏出个方方的牌子，牌子上写着字："司机朋友们，我是吉林白山市人，要到海南岛的文昌市去，因为我家的两只燕子飞到那里去过冬了，我想去探望它们。如果方便，请搭我一程，您载我一公里，我离它们就近了一公里的距离。"

原来，马上就要成年的吴勇，想为自己举行一个与众不同的成年礼。因为家里并不富裕，他很少有机会出去看看，他便策划了这次不同寻常的旅行：从吉林出发，一路向南，穿越冰天雪地的北国，跨过长江黄河，渡过烟波浩渺的琼州海峡，在旅途中过了年，花了近一个月的时间，来到了温暖的海南岛。

吴勇说："这一路上，我得到很多好心人的帮助，他们给我指路，送我干粮、水果。有一次我在郊区摔破了腿，有个老大爷用手推的木板车载着我走了整整10公里的路。我没有带相机，没能拍下他们的照片，但我画了他们的像，你们看！"说着，吴勇从

包里取出一个画本，里面是厚厚一沓画像，这些画虽然并不完美，有几页甚至都脏了，破了，但看得出来，每一幅他都画得很用心，每一幅都有故事。

小菊爸爸沉默了许久，他拍拍吴勇，郑重地说："祝贺你，这真是个了不起的成年礼！你们年轻一代的天地不应该只是校园，外面的精彩世界有很多书本上学不到的东西。小菊，你是黎族人，按老祖宗传下来的风俗，你今年十三岁，也该举行成年礼了。你有没有自己的计划呢？"

窗外传来燕子的叫声，小菊朝吴勇笑了笑，说："春天要来了，燕子们又要飞回吉林，爸爸，如果我说想去看看燕子在吉林的家，你会不会不答应？"

爸爸问："真要走那么远？那一路上可是会很辛苦的。"

小菊指着窗外的两只燕子说："小小燕子能飞到的地方，我也一定能到！"

爸爸笑着说："爸爸陪你去！咱们也去看看，这一路上的故事有没有吴勇的精彩！"

小菊开心得不得了，和吴勇在燕子窝下钩着小指，约定相聚吉林不见不散。小菊爸爸看着两个孩子眼里的期待，不禁感慨：那才是青春无敌、美好的样子啊！

（题图、插图：刘斌昆）

不死的秘密

□ 宋文奇

诡异一幕

民国年间，离叙州城不远的灵木山上有一座道观，叫古木观。古木观的香火很旺，据说观主永木道人的"道行"很深，一些来找永木问道算命的富人、官员，常常一掷千金。

但种种迹象表明，永木道人的身份十分可疑。不是吗，道行再高的人，也不可能一直不老呀！可多少年来，永木看上去却一直是七十来岁模样，警方怀疑，现在的永木，早已被"移花接木"，真正的永木道人，也许已经遇害。古木观的道人们，极有可能是一群打着幌子行骗的江湖盗匪。

为了查明真相，年轻警察甘峻潜伏在古木观做杂工，暗中观察情况。

几个月来，甘峻发现，永木的卧室里总会传出一种怪异的声响——"橐、橐、橐"。甘峻以为永木在里面敲什么法器，但又觉得不像。永木不让任何人进入他的卧室，甘峻无计可施。

这天半夜时分，甘峻远远看见永木的卧室里隐隐透出红光，甘峻一惊：难道是卧室失火了？

甘峻快步跑过去，拼命敲门，屋里却毫无动静。门从里面闩上了，甘峻只得用手指在纸糊的窗上捅开个洞，往里瞧，里面的情形，令他惊骇万分！

卧室里，一东一西，竟然有两个永木盘腿而坐！东边的这个，两手互叠于丹田，身上正燃着熊熊烈火，而他却似乎没有反应，只是闭着眼念经；而西边那个，姿势动作，与东边那个完全一样，只是身上没有燃烧。甘峻想冲进去，但发现自己此时全身都动弹不了，似乎被施了"定身法"。

等东边的永木化为了灰烬，西边的永木才停止念经，他缓缓起身。甘峻发现，这个永木目光呆滞，像一具毫无灵魂的躯干，动作也机械得如同木偶。只见他走到灰烬旁，伸手从里面摸起了什么，因永木是背对窗户的，甘峻只看见永木似乎把那个摸起来的东西放入了自己的怀中。刹那间，那木偶一般的永木，动作一下子灵活起来，他用拂尘把地上的灰烬扫成一堆，捧起，走到后窗，把骨灰撒向窗外……然后，永木宽衣脱鞋，上床安寝，像什么也没发生过。

一只山蚊子"嗡嗡"飞来，叮得甘峻又痛又痒，忍耐不得，他抬手一拍，"啪"，蚊子被他拍死了。甘峻这才知道，自己全身可以动了。

一间密室

甘峻想，那个被火烧了的永木，应是真永木，可能他一直被施了什么邪术，软禁在卧室里，并且被逼着做着一件什么事，直到事做完了，失去了利用价值，假永木就放火把真永木烧了。刚才自己全身动弹不得，显然也是中了假永木的邪术。

甘峻冷汗直冒，立刻趁夜赶回了警察局，并把所看到的情况报告给了局长。局长下令连夜封锁了灵木山的所有通道，等天亮，就动手把假永木及其同伙一网打尽。

天亮后，局长带领甘峻和部分警察来到了道观前，却见永木已候在观门外，他说："两位长官，我知道你们的来意了，请两位随贫道到内室一叙，我有要事相告。"说罢，他转身就走，毫不理会面面相觑的警察们。

局长沉吟片刻，对甘峻说："好，咱俩就去'双刀赴会'！"他吩咐身边的副局长："听到里面枪响，立即率众进攻。"

甘峻和局长来到永木的卧室，永木开口说："两位长官，请坐。有什么疑问，尽管问吧，贫道如实相告。"

局长问："请问，道长今年高寿？"

永木不紧不慢地说："一岁，准确地说，是一虚岁。"

甘峻心想，这个老道，一定是在装疯卖傻，他忙说："出家人不打诳语！"

"贫道未打诳语。昨夜，甘长官你是亲眼所见的……"永木站起身说，"两位请随我来。"说着，他领着两人来到里屋一间密室。密室里有一张木台，台上，摆着一套雕刻工具；地上，有一大堆木屑和两段木头，那木头长约两米，直径约半米。永木指着那木头，说："这是金丝楠木，通常可经数百年而不腐。"

局长满脸疑惑，问："这与你的年龄有关系吗？"

永木说："有，两位，请先听贫道

念一段经文。"说罢，他"叽里咕噜"地吟诵起来。甘峻只听永木念了几句，神智就开始迷糊，他暗叫不妙……

永木重生

恍惚间，甘峻的眼前出现了这样一番情景：路边，躺着一个十来岁的男孩，男孩头上留了一条辫子，似乎是清朝人的装束。他皮包骨头，显然是饿极了。

这时，走来一位老道长，扶起男孩，喂了他水和干粮，男孩感激地立刻跪拜老道，说："师父，我要跟着你当道士。"老道考虑良久，便带着男孩上了灵木山。灵木山的古木观中，原

本只有老道一个人，现在多了个小道童，老道为小徒取法名"永木"。

永木渐渐长大，老道却始终不见再老。这天，老道对永木说："徒儿，为师要云游去了。如果你到四十岁时还无所'悟'，那就还俗吧。"说罢，他飘然而去。从此，永木就在观中修行，为老百姓做善事。

永木四十岁时，有一次，他整整闭关七天后，便开始收徒。过了不久，永木叫上徒弟，来到山林深处，找到一棵粗壮的金丝楠木。他们将它砍倒，截成一段一段，每段一人多长，分几次把木头运进住处的密室中。

从此，永木一有时间，就进入密室，在金丝楠木上敲敲凿凿。日复一日，永木渐渐老了，在他大约七十岁时，那段树干，终于被雕刻成了一个栩栩如生的老道人，面目和此时的永木一模一样。等最后一刀完工，奇迹发生了，那个木头道人，竟然从木台上坐起身来，活了！

永木走出密室，在蒲团上盘腿坐下，而那个木头道人，也跟着坐在永木对面。永木双手互叠于丹田，念起经来；那个木头道人也跟着念。

过了一会儿，永木往身上抹了点儿清油，用蜡烛点燃了自己，接下来的情形，就像那晚甘峻所看到的一样。

肉身永木化为灰烬后，那个木头永木便有了肉身，并当了古木观的观

主。春去秋来，这个永木的容貌都未曾变化。直到有一天，他进入密室，也开始雕刻自己的塑像……一切循环再现。

从第二个活了的木头道人主持古木观起，这里渐渐热闹起来，叙州城里的一个大富商抓住商机，修了一条通往古木观的盘山公路，又在周围建起了一片别墅，不少有钱人住了进来。

一天，永木忽然发现自己的皮肤开始发黑、溃烂、腐朽，他大为惊诧，自己只有二十多岁呀，他连忙进入密室，开始雕刻。几年后的一个夜里，也就是昨夜，木头道人雕成了，也活了……

善心永存

甘峻和局长眼前的画面戛然而止，永木道人叹了口气，说："两位长官，你们刚才所见，就是我的历史。"甘峻和局长还没回过神，不由地揉了揉眼睛。

永木继续说："那年，永木闭关七日悟出——师父为其取法名'永木'，是要他刻成自己的木像后，转换能量而重生；后来他又悟出——人的心智，大多在四十岁至七十岁之间，是最为成熟的鼎盛期，之后，就会迅速衰退。第一个永木重生的时候是七十岁，那个时候，相貌改变不大了，也就不会引起人们过多的注意。"

局长问："那为什么第一个木刻的永木，七十年才重生，而第二个好像只有三十年左右就重生了？"

永木叹了口气，说："这些年来，古木观常被达官贵人们的汽车尾气、众多目的不纯的求神者体内的污秽之气所浸润。永木的'木头肉身'经不起腐蚀，就提前重生了。"

甘峻问道："那你从灰烬里拿出来放入怀里的是什么呢？"

永木说："肉身在火化的过程中，心脏不化。木头永木把肉身永木的心脏安入自己的胸腔内，才算完全重生。"说罢，永木起身，进入密室。过了良久，不见他出来，甘峻和局长感觉不对劲，推开密室门，已不见永木的踪影，屋中间的地上，留有一堆灰烬……

这时，进来几个道人，都面有悲色，为首的一个老道说："师父说，他重生的秘密已曝露，由于体质受损，他的此次生命极其短暂，且无法再次重生了，于是决定把真相告诉警方后，提前仙逝。多少年来，师父可是一直用观中所得的香火钱以及诸多善款，以匿名的方式，资助了许多贫苦百姓啊……"

甘峻听了，一声长叹，看看局长，脸上也是一副悲切的样子，久久说不出一句话来……

（题图、插图：佐 夫）

兵丁甲和路人乙

□ 杨 好

我叫兵丁甲

这里是影视城，正在拍戏——敌国来犯，皇帝亲自招集兵马，保家卫国。军队在开拔出城时，受到京城老百姓的热烈欢送。

我在其中饰演的是一名兵丁。"兵丁大哥，喝点水，好杀敌寇，保家卫国。"一个姑娘捧着一只青花大碗，碗里盛着满满的茶水，递到了我的面前。姑娘穿的虽是粗衣粗布，却掩饰不了清秀、可爱的模样。

见我很快将一碗水喝尽，姑娘又掏出两只煮熟的鸡蛋，塞到我的怀里。鸡蛋似乎是现煮的，还挺热乎，贴在心窝处，让人感到暖暖的。这时，姑娘红着脸，羞答答地问道："兵丁大哥，你姓甚名谁，他日你凯旋归来，在那么多的将士中，奴家也好寻找。"

我愣了一下，随口答道："我叫'兵丁甲'……"

"停！"导演突然中止了拍摄，指着那个姑娘，沉着脸高声喊道"那个女的，对，就叫你，谁叫你来的？这是在拍戏，胡闹什么，快走！"

"不就演一下戏嘛，干吗那么凶？"姑娘嘴一撇，走出人群，远远地蹲在地上，显得很伤心。

在这个影视城，拍片的剧组很多，虽说我手里有着正规影视学校毕业的文凭，但在鱼龙混杂的影视城里，我最多只能靠演一些兵丁甲、路人乙、死尸丙之类的小角色，来混口饭吃。

刚才在戏中的那个女孩演技真好，演起来就像真的一样，尤其是她那羞答答的表情，竟让我有一种怦然心动的感觉。

休息时，我走到女孩面前，不知该怎么安慰她。女孩抬起头，眼睛里满是泪水："你帮我跟导演说说，我只不过就想过一下戏瘾，就一下，我绝不捣乱，好不好？"

唉，女孩太天真，凭我这个跑龙套的，哪能在导演面前说上话呢？可我不忍心拒绝她，只得点头答应。

拍戏很累人，尤其是像我这样不起眼的小演员，一天下来，身子骨累得跟散架似的，唯一想做的就是睡觉。那天拍完戏，刚走出片场，又遇见了那个姑娘。她一见我，就春风满面地迎了上来："导演同意我演一个角色了吗？"我没想到她还没走，一直在等我，我不知该怎么回答她。

"他不同意，是吧？"女孩见我这样的表情，失望极了。我点了点头。"不管怎么说，还得谢谢你。"女孩转身走了，失落的身影，让我一夜不眠。

诡异的预兆

第二天要拍出征将士凯旋归来这出戏。早晨，我见导演心情不错，又见那女孩还在，正蹲在剧组门口的旗杆底下发呆，便决定去碰碰运气。

我跑过去，拉着女孩来到导演面前，说："导演，她有拍戏的底子，就让她过一下戏瘾，随便演个什么角色都行。"我赔着笑脸央求着导演，女孩在一旁也随声附和着。

"这怎么行？"导演生气地说道，"整场戏都是安排好的，随便找个人来演这演那，不是胡闹吗？"

导演不同意，我没有办法，在劝女孩时，我看到女孩回头看了一下那根旗杆，眼神中似乎含着隐隐的担心。

一切准备就绪，就在刚要开拍时，忽然，"咚"的一声巨响，竖在剧组大门前的那根旗杆莫名其妙地断成两截，诡异的是——四周一丝风也没有！

片场一下子变得鸦雀无声，圈里有点经验的人都知道这是个不好的兆头。说来也确实有点匪夷所思，这两年来，凡是在影视城拍戏的剧组，一旦碰到剧组门前的旗杆断掉，肯定就会出点什么事。比如前年，一个剧组门前的旗杆断了，结果这个剧组的片场上就发生了汽车刹车失灵的事故，当场撞死了一个姑娘，那是一个群众演员，扮演的是一个老太婆。据说当时骤然起了很大的风，据事后调查，旗杆确实是被这阵风吹断的，但在去年，情况就不一样了：有一个剧组，大门前的旗杆竟然在没有风的情况下断成两截，后来在拍戏时，就发生了烟火爆炸，造成了两死五伤的严重事故，死者中一个还是当红影星，让剧组赔了很多钱。这以后，类似的事故又发生了好几起，旗杆都是在没有风的情况下断掉的……

现在，看到旗杆突然折断，显然，导演也怔住了，但他很快下令道："我们拍戏的时间很紧，别管它，一切照计划进行，开拍！"

我正要入场，女孩一把拉住了我的手，我能感觉到她的手在颤抖："你不能去，会死人的！""没关系。"我故作轻松地笑了笑，"我这个角色来之不易，丢了很可惜。"

她叫路人乙

戏终于开拍了，我在戏中仍然是那个兵丁甲，夹在一大群兵丁里面，估计就几秒钟的镜头。

突然，那个女孩再次出现在夹道欢迎的老百姓中，我以为自己在做梦，拼命地揉着眼睛。那个女孩是怎么又一次混进了群众演员队伍的？就在我这一愣神的工夫，有人准备开始点礼炮了……

"兵丁甲大哥，这是奴家自酿的水酒，用来庆贺大哥凯旋归来。"女孩忽然分开人群，冲了过来，将满满一碗水酒捧到我的面前，满眼都是柔情。

我心中最柔软的部位一下子被击中了，索性什么都不管，接过碗一饮而尽。酒不醉人人自醉，我情不自禁地抓住了女孩的手："姑娘姓甚名谁？"

"奴家叫'路人乙'。"女孩一笑，娇羞地低下了头。

"停——"导演一声怒吼，"片场保安呢？怎么让一个闲人跑了进来，你们是吃干饭的？"导演话音刚落，就上来三四个膀大腰粗的保安，把"路人乙"往片场外推。姑娘边走边看着

我，泪眼汪汪的，仿佛就是生离死别。

"怪事！"我旁边一个装扮成兵丁的老演员说道，"我想起来了，每次哪个剧组门前旗杆断掉的时候，总能看见这个女孩，次次都来片场捣乱，之后被保安轰出去。"

老演员的话让我吃了一惊，隐隐约约的，我预感到将要有什么发生。

戏重新开拍后，路人乙再也没有出现，伴随着礼炮一声又一声巨响，我的背后忽然传来一阵马的嘶鸣声，我回过头一看，顿时吓傻了，一匹受惊的战马，撩起四蹄，发疯一般地朝我冲来。

千钧一发之际，路人乙竟然出现了，她张开双臂挡在了我的面前！这一挡，战马减缓了速度，但还是在冲倒了路人乙后，从我身边一跃而过，马蹄在我手臂上狠狠地踩了一下，我当场就痛得昏了过去……

永远记着你

我醒来时已经在病床上了，幸好，马蹄只是踩到我手臂的边缘，肌肉被踩烂了，却一点都没伤到骨头。

我担心路人乙，恰好导演来病房看望我，我便问：她的情况怎么样？

"这事我也觉得奇怪，明明许多人看到她被战马冲倒，却一点事也没有。"导演心有余悸地说，"因为她没事，我们就把注意力集中到了你身上，等想起来再找她时，却再也找不

到了。"

没事？怎么可能？这么大的冲击力，人的血肉之躯怎么受得了？换药那天，我问护士"我受伤的那天，是不是有个女孩也受伤了？"

"没有啊，就你一人。"护士说道，"不过你真是幸运，前年，有个女孩被刹车失灵的汽车撞死，真惨啊，送到医院来时，她还穿着老太婆的戏服，听说也是在剧组拍戏的，是个群众演员。"

我的心猛地一沉……

回家后，我查了许多资料，终于找到一张那个装扮成老太婆而死去的女孩的照片，她就是路人乙！

其实，没有哪个剧组拍戏时能一帆风顺，总要遇到这样或那样的问题。自从那姑娘死了后，非常喜欢拍戏的她，一直舍不得离开片场，如果遇到哪个剧组将要出现什么事故，她就会出现，以"过戏瘾"为名，来当群众演员，并把旗杆弄断，以此警戒剧组，避免事故的发生。她的心地这么善良，旁人却毫不知情，屡屡遭剧组驱逐。

现在，我仍然还在影视城当群众演员，拍戏之余，我更希望哪个剧组门前的旗杆断掉，不是希望他们出什么事故，而是因为我期待着见到那个情深义重、名叫"路人乙"的善良女孩……

（题图、插图：黄全昌）

 ·快乐辞典·

打牌识人

◇ 打牌打得好，说明有头脑；
◇ 打牌打得精，说明思路清；
◇ 打牌打得细，说明懂经济；
◇ 打牌不怕炸，说明胆子大；
◇ 打牌路数邪，说明懂科学；
◇ 打牌有怪招，说明素质高；
◇ 赢了不吵嚷，说明有涵养；
◇ 输了不投降，竞争意识强；
◇ 敢打单吊牌，肯定有后台；
◇ 输赢都不走，能做一把手。

（推荐者：秦　然）

（插图：谭海彦）

成本加减法

◇ 成本价后面加一个0的，叫名牌商品；
◇ 成本价后面减一个0的，叫瑕疵品；
◇ 成本价后面加三个0的，叫奢侈品；
◇ 成本价后面减三个0的，叫处理品；
◇ 成本价减到几乎为0的，叫回收废品；
◇ 成本价后面想加几个0就加几个0的，那叫文物珍品！

（推荐者：青　冬）

幽默词典

◇ 晴天霹雳——最反常的气候；
◇ 一字千金——最昂贵的稿费；
◇ 难以置信——最小的邮筒；
◇ 文不加点——最长的句子；
◇ 铺天盖地——最大的被子；
◇ 无边无际——最大的空间；
◇ 包罗万象——最大的影集；
◇ 九死一生——最大的幸运；
◇ 一本万利——最好的生意。

（推荐者：小　年）

词语新解

◇ 时装：越来越包不住身体的一种纺织品；
◇ 板砖：平时用来砌墙，偶尔也可用来拍人的一种板状硬物；
◇ 手机：自己交费为他人提供方便的远程遥控器；
◇ 酒局：以酒厂为媒设下的一种诱局，主骗健康、感情、财物、社会关系等；
◇ 结婚：一种仪式，准确写法为"节荤"——仪式过后，那些曾经不安分的主人公，就不得再到处偷荤吃。

（推荐者：秦　好）

舌尖上的中国语言

◇ 谋生——叫糊口；
◇ 工作——叫饭碗；
◇ 受雇——叫混饭；
◇ 嫉妒——叫吃醋；
◇ 受欢迎——叫吃香；
◇ 受照顾——叫吃小灶；
◇ 打招呼——叫吃了吗；
◇ 混得好——叫吃得开；
◇ 负担太重——叫吃不消；
◇ 犹豫不决——叫吃不准；

◇ 女人漂亮——叫秀色可餐；
◇ 不顾他人——叫吃独食；
◇ 没人理会——叫吃闭门羹；
◇ 有苦难言——叫吃哑巴亏；
◇ 理解不透——叫囫囵吞枣；
◇ 理解深刻——叫吃透精神；
◇ 广泛流传——叫脍炙人口；
◇ 靠积蓄过日子——叫吃老本；
◇ 负不起责任——叫吃不了兜着走。

（推荐者：北极虾）

文件夹真相

　　小张是干设计的，他的电脑从不让家里人碰，说是里面存了很多图稿，怕误事。小张妈总觉得事有蹊跷，某日趁儿子不在，偷偷打开电脑察看，发现一个可疑的文件夹，取名为"我的心碎了"，小张妈猜儿子八成是失恋了，她打开文件夹一看，心也跟着儿子碎了……

　　文件夹里的文件依次为：设计图→设计图改→设计图完成版→设计图完成版1→设计图完成版2→设计图最终版→设计图最终版2→设计图最最终版→设计图最终板2→设计图绝对不改版→设计图绝对不改版1→设计图绝对不改版2

（推荐者：姚　平）

"憋"中窥人

医学角度看——
◇ 所谓幼稚，就是既憋不住尿又憋不住话；
◇ 所谓不够成熟，就是只能憋住尿，却憋不住话；
◇ 所谓成熟，就是既能憋住尿，又能憋住话；
◇ 所谓衰老，就是只能憋住话，却憋不住尿。

（推荐者：鸣　可）

成功的轮回

◇ 4岁，成功是不尿裤子；
◇ 12岁，成功是有很多朋友；
◇ 18岁，成功是有驾驶执照；
◇ 25岁，成功是生个大胖儿子；
◇ 35岁、45岁、60岁，成功是有事业；
◇ 65岁，成功是生个大胖儿子；
◇ 70岁，成功是有驾驶执照；
◇ 80岁，成功是有很多朋友；
◇ 90岁，成功是不尿裤子。

（推荐者：小　禾）

一手原始股

□鹿鸣

1. 赠 股

203所是个研制生物医药的研究所，这一天，所长办公室的门"哐"的一声被推开了，不用说，开门的一定又是孟舒教授。所长高景扬抬头一看，果然，孟舒怒气冲冲地瞪着他，大声质问道："你现在完了没有？"此前，所长高景扬一直说在忙，看来这一回终于把孟舒惹急了。高景扬放下手中正在玩"空当接龙"游戏的鼠标，哭笑不得地对孟舒说："我没有完，而且永远也不会完！"

孟舒这次没有关门退出去，而是气汹汹地走过来，将辞职报告重重地拍到了高景扬面前，他也觉得自己刚才的话不太好听，于是语气略有些缓和："不管你完不完，先给我签了字

吧。"高景扬拿起辞职报告看了看，又抬头瞥了孟舒一眼，只见孟舒气鼓鼓的，也不正眼看他，只是逼着他签字。

前些天，孟舒承担的科研项目完成了，谁知，在往上报的时候，所长高景扬竟然成了成果的第一署名者。其实，这本来是件习以为常的事情，谁让高景扬是所长呢？不知为何，这一次孟舒竟然发作了，闹得很厉害，又找上级又找法院的，还磕磕巴巴地和高景扬吵了好几次。高景扬在全所大会上申斥了他几句，孟舒当场就撂了挑子，非辞职不可了。

高景扬看着眼前这个书呆子一样的教授，嘴角露出一丝得意，他当即批准了孟舒的辞职申请，还皮笑肉不笑地说："孟教授，你终于可以把自己

卖个高价了！等你发了大财，可别忘了，是我成全了你。"孟舒冷眼看了看所长，一言不发地拿过高景扬面前的纸笔，"哗哗"大笔一挥，写了几个字，随后郑重地签了名，递给了高景扬。

高景扬接过一看，忍不住笑了。只见上面写着"原始股一百股"，还签了"孟舒"的名。这举动，简直就像小孩子过家家，高景扬不由得冷笑了起来，孟舒一本正经地说："别笑，会有厚报！"厚报？还是后报？这句话好像很有深意，孟舒的表情也是异乎寻常的怪异。没等高景扬问清楚，孟舒就转过身去，义无反顾地走了。

在203所里，孟舒和助手小况近来完成了一个科研项目，那就是利用蒲公英的茎叶提取物，来制造一种防止心脏房颤的药物，这个药物，孟舒将它命名为"欣安壹号"。

在申报成果的时候，高景扬把自己的名字排在第一位。其他项目高景扬倒是无所谓，这个项目，已经有财团提出合作意向。名字排在第一位，作为第一发明人，会有不可想象的丰厚回报，也难怪高景扬赶走了孟舒后暗自得意，少了一个分享果实的人，还不是好事？

2. 转股

孟舒刚离开高景扬的办公室，他的助手小况，却在这时候走了进来。说起来，这次申报"欣安壹号"科研

成果，应付上级的咨询，还有应付那场官司并且胜诉，全是小况的功劳。事先，高景扬把孟舒"主任"的位子偷偷许诺给了小况，还承诺尽快解决他的高级职称。于是，小况在关键时刻，一把火将孟舒的原始手稿烧得干干净净，让孟舒失去了所有物证；至于人证，小况是孟舒的助手，他却当庭证明所长高景扬才是第一发明人，孟舒自然败诉了。据说，这么一来，孟舒气了个半死。

果然，今天小况踏进高景扬的办公室，是来问职务的事。高景扬立刻换了笑脸，因为"欣安壹号"的所有技术资料，目前都在小况的手里，高景扬至少眼下还需要小况，他满面笑容地对小况说："小况，主任的位子是你的了。好好干，以后还会有更多的好事等着你呢！"说着，他目光落在那张原始股的纸上，一伸手，把纸推到了小况的面前。

小况拿起来看了看，惊愕地瞪大了眼："孟老头办公司了？送你一手原始股，好大的礼啊！"

一百股股票称一手，面值一元也不过一百块钱，况且，为人处世窝窝囊囊的孟舒能办成什么大事？所以，所谓"一百股原始股"，在高景扬眼里，说到底，其实就是个儿戏，哪能当真？他便做了个顺水人情："你那么稀罕，这份大礼就转送给你吧！"

小况会做人，他可没把领导转送

的这张纸当成儿戏，他小心翼翼地收了起来，郑重其事地对高景扬说："这怎么好意思？谢谢所长。"一副很感恩的样子，他甚至还故弄玄虚地问高景扬："要不，您给我出一份原始股转让协议？省得以后发生争议。"一句话把高景扬逗乐了，他伸手作势要把"那一手原始股"夺回来，小况却像宝贝一样地护着，哈哈大笑，跑走了。

真的是好事多磨，以后的事情，并没有按高景扬设想的脉络发展，那个有合作意向的财团，不知怎么，突然对"欣安壹号"项目失去了热情，资金注入工作拖了一年，仍旧没有进展。高景扬和小况对他们展示了部分技术机密，也就在这个时候，财团却突然对"欣安壹号"的产品弱点提出了犀利的质疑，这个质疑，正中产品

软肋。莫非他们背后冒出了高人？高景扬心中掠过一丝不祥的预感。

常言说：福无双至，祸不单行。确确实实是这样。没过多久，有人告诉高景扬，孟老头真的办了一家生物制药公司，叫"孟舒公司"。据说，这新公司仅从表面一看就气势不凡、实力雄厚。高景扬愣了半晌，有些明白了：那个财团，一定是被孟老头撬走了，否则，他们不会对"欣安壹号"的缺陷那么了解。

高景扬怀疑孟舒带走了203所的科研成果，否则孟舒公司不会这么快就成气候，于是，他就让小况想办法打探一下，看看他们的主打产品是什么。这天，小况打探回来说，孟舒公司的产品主治男性功能障碍，叫"牛弟"。高景扬鄙夷地"哼"了一声，很看不上这类东西。小况对高景扬的表情不以为然，他解释说："所长，现在市场上这类产品十分吃香，国外很多公司都在竞相开发新产品呢！听说孟舒公司的牛弟，效果十分明显，而且安全，没毒副作用！"高景扬看了看小况，话里有话地说："你对他们的了解好像很透彻！"小况嘟嘟囔囔地说："这不是您让我打探的吗？"

3. 寻 股

眼看着203所的新成果出不来，老成果转让不出去，亏损越来越大，上级领导极为不满。这一来，高景扬急得坐卧不安，就在这时，一个漂亮的小姐来找高景扬。高景扬眼前一亮，笑眯眯地问她有何贵干，小姐说她姓梁，是孟舒公司的公关部部长，有件要事需要和高所长私下面谈。高景扬迟疑片刻，把"小梁部长"请进了办公室。

两人在办公室里密谈良久，等小梁部长一离开，高景扬马上找来了小况，让他赶紧把孟教授的那张纸拿来。

小况不解地问："哪张纸？"高景扬带着责备的口气说："就是那张写着'原始股一百股'的纸条。"小况听了，说："嗨，所长不是转送给我了吗？"高景扬立刻严肃地说："开玩笑，那么重要的证据，我能随便乱送人吗？"小况又问那是什么证据，高景扬面孔一板，手指敲着桌子说："孟老头蓄谋窃取203所的科研成果，那个原始股的纸条，就是重要证据！"

小况为难地说："当时，我们都以为是个儿戏，我早忘了随手放哪儿了……"高景扬摆摆手打断了小况的话："别说'我们'，那只是你个人的看法。无论如何，一定要给我完好无缺地把它找出来！马上！现在！"小况见高景扬这副神态，不敢怠慢，转身跑着去找了。高景扬不放心，也立刻跟了过去，到了小况的办公室，两人锁好了门，悄悄地翻箱倒柜，找了起来。

可一直找到晚上八九点，办公桌上上下下，文件柜内内外外，所有的纸张都被翻来覆去折腾了好几遍，连一片纸屑都没有放过，可还是没见那张"原始股"的踪影。高景扬一屁股坐到了沙发上，喘着气绝望地说："完了，泡汤了！"

小况小心地问什么"泡汤"了，却见高景扬一言不发，眼睛直直地盯着办公室的门后——那门后似乎是贴着一张什么纸，随后，高景扬身手敏捷地跑了过去，哇，找到了，果然是那张写着"原始股一百股"的纸，原来，小况用胶水把纸牢牢地贴到了门后。

这时，小况也走过来，刚要动手揭，高景扬一下把身体扑上去，护住了那张纸，他惊恐地喊道"千万不能动，一揭就坏了！"可不是吗，贴在门上时间长了，纸张变得很脆，一揭可不就烂了？用水浸一下？也不行，怕字掉色。这可怎么办？小况说，既然找着就放心了，明天来了再想办法吧。高景扬却不放心，他一定要马上想办法把它弄下来。拍照？公证？两人想了好多办法都不行，高景扬最后决定明天再说，自己今夜留下来，现场保护那张纸。小况一听，只好主动要求自己留下来，让所长回家休息。

高景扬的态度很坚决："不行，事关重大，我必须亲自保护这份证据！"就这样，当天晚上，高景扬没有回家。

第二天一大早，小况给高景扬买好了早点，赶到了办公室，一看，却见有两个木匠，正在小心翼翼地拆门。高景扬告诉小况："昨晚想了一夜，终于想出了这么一个好办法。"木匠卸了门，又用手工锯，沿着那张纸周围的边框，把门板一点一点锯了下来。高景扬在旁边提心吊胆地指挥着，出了满头的大汗。

门板锯下来了，上面粘贴的纸完好无损。高景扬捧在手里，连头上的汗都顾不得擦，就匆匆走了。小况看着锯得七零八落的门，不知所措地喊道："所长，我的门——"高景扬头也不回地喊道："找人重做吧！"

4. 兑　股

高景扬根据小梁部长留下的地址，匆匆赶到了孟舒公司，到了小梁部长的办公室，他打开了用报纸包好的那块门板，郑重其事地把它放到了小梁部长的面前。小梁部长惊奇地看着这块门板，不解地问："这是怎么回事？"高景扬回答说："高度珍视、避免被盗，是一种独特的收藏方法。你看——'原始股一百股'，还有孟舒的亲笔签名，是不是真实可靠、保存完好？"

小梁部长苦笑一下，无奈地说："那好吧，只要出示了这张纸，那套高档别墅就是您的了，我现在就给您办别墅赠予手续，把房子交付给您。"

只要出示原始股凭证，便可获赠一套高档别墅，这就是那天小梁部长找高景扬私下面谈的要事。

那天小梁部长找到高景扬，说是孟总讲了，高所长是孟舒公司的原始股东，她此来就是落实这件事的。小梁部长接着解释说："孟舒公司共有十一名原始股东，孟总买了十一套高档别墅，每位原始股东奖励一套。"高景扬听了心里暗暗一惊，会有这等好事？随即他想起来了，记得当时孟舒像要孩子气，写了"原始股一百股"，还说"会有厚报"，原来真不是玩笑。

高景扬在办公室没等多久，很快，小梁部长拿来了转赠协议、别墅领取表格以及别墅钥匙。在给这些文件签字的时候，高景扬犹豫了一下，他小心地问小梁部长："我可以签我儿子的名吗？我准备把这套别墅给我儿子。"小梁部长摇摇头，语气决然："高所长，那不可以！"

手续办完了，高景扬对小梁部长说想见见孟教授，小梁部长毫不客气地说，如果没有预约，孟总一般不见客。

5. 套 牢

那套别墅有四百多平方米，是个独立的单元。车库、花园一应俱全，依山傍水、风景秀丽，高景扬看了感到非常满意。孟老头这个老学究，就是言而有信，送了他这么好的大礼，高景扬站在那套别墅里，自言自语地说："管他呢，不要白不要，白要谁不要！"

第二天，高景扬就从上层获知：孟舒公司有意兼并或者收购203所。得到这个消息，高景扬的心情很复杂，虽说现在203所困难重重，但它毕竟还拥有多项科研成果，一旦转化，效益应该还是很可观的。孟舒公司真的有意并购的话，至少应该让他们支付相应的代价吧？在所里的办公会上，高景扬慷慨激昂地表达了上述观点，可令人吃惊的是，竟然没有一个人附和他的声音。

散了会，小况留在后面等着高景扬，等到只剩下他们俩，小况若无其事地悄悄问道："所长，您的新别墅准备如何装修啊？"高景扬心里一惊，脱口而出："什么别墅？"小况笑了笑："所长还不知道吧？我们是邻居！"

高景扬一时语塞，尴尬地看着小况，小况接着说："其实，我和所长一样，都是孟舒公司非正式的原始股东，如果兼并成功的话，就会变成合理合法的原始股东！"这个暗示太明显了，高景扬一屁股坐到了椅子上，他结结巴巴地问："所里还有谁是邻居？"小况话里有话地说，至少不止他们两人。

没过多久，203所由于资不抵债，被孟舒公司顺利接收了。这期间，高景扬作为现任领导，在这件事上所起的作用自然不可低估。接收203所，私下里谁都知道，一定会给孟舒公司带来巨大的经济回报，孟舒也十分难得，给高景扬打来电话："老高，欢迎加入孟舒公司这个大家庭！"

没想到一切看似顺顺利利，实则不然。高景扬在给别墅装修的时候，

有一天，来了几个送装潢材料的人，高景扬在送货单上签收时，那些人亮出了工作证，原来他们是纪委的，他们用这种方法取证来了，于是，高景扬被双规了。

高景扬说，自己只是接受了孟舒送的一手原始股，好在价值不高，面值一元也不过一百元钱而已。纪委的人一声冷笑，质问高景扬："孟舒办了一个生物制药公司，触及同业竞争，也违反保密条例。你作为203所的所长，原本可以起诉他，维护国家利益，

可是你没有，为什么呢？还不是因为他送了你一手原始股？"

纪委的人还告诉高景扬，孟舒公司的产品"牛弟"，其实就是"欣安壹号"研制过程中的意外收获。孟舒利用高景扬抢功这件事，成功地策划了一次"完美撤离"，同时也带走了"牛弟"这个有巨大前景的技术成果。还有，助手小况的纵火、作伪证，包括送高景扬一手原始股，都是孟舒计划的一部分。如今，孟舒公司已经上市，股价每股超过百元；而且，一手原始股经过几次高配送，现在已经是八百股了，价值已经达到十几万；况且，还有那套价值几百万的豪华别墅，纪委的人冷冷地说："高景扬，你被套牢了！"

高景扬双手揉了揉脸，痛苦地说："想不到区区一手原始股，就把我害惨了！"纪委的人气愤地说："你知道吗？比你更惨的，那就是这个国家。国家拿出了几百万、几千万、甚至几亿的科研经费，给你们搞开发，出了成果却成了你们自己暴富的资本。孟舒和助手小况，设计了圈套，利用你的失职成功脱身，悄悄带走了成果，然后堂而皇之招商引资、包装上市、接收203所，从而使他们窃取的技术合法化。你说你被害惨了，其实国家和广大纳税人，才被你这样贪图小利的庸才害惨了！"

（题图、插图：谢　颖）

"神童转世"的诱惑，让人邪念顿起，且看"蓝田大法"如何巧惩恶人……

人算不如天算

□ 王义宝

1. 这个客人很诡异

山东、江苏交界处有一座大山，名叫五莲山，山上有座文殊寺，山下有个村子叫龙湾头，龙湾头山清水秀，人杰地灵。

村前大道边，有一家"好客客栈"，客栈老板姓蓝，四十刚刚出头，胖胖的身体，大大的脑袋，慈眉善目，一双眼睛笑起来眯成一条缝，让人不由得想起五莲山文殊寺院里的弥勒佛。

这天，客栈里来了一个外地客商，没有车辆行李，没有随从陪侍，操着一腔南方口音，说是要住宿。客人自称姓陈，是个员外，家在五莲山南边的苏北，这次出来主要是游山玩水，寻朋访友的。

可奇怪的是，这位陈员外住下后，每天早晨吃了饭，就自带干粮出去游玩，一直到天黑时再回客栈，回来时灰头土脸、一脸疲倦，像是长途跋涉归来。

客人的异常行迹引起了蓝老板的注意，他暗中叫来伙计阿丁，如此这般吩咐一番。

第二天，陈员外刚刚走出客栈，阿丁随后就跟了上去，一直尾随在陈员外身后，想看看他每天出去到底在做什么。

陈员外一出门，蓝老板悄悄开了陈员外的客房，偷偷进门检查起来。陈员外行李不多，只是在床边角落里孤零零地搁着一个丝绸包袱。蓝老板走上前去，打开包袱一看，不由得倒吸了一口凉气：里面竟然包着一个瓦罐，罐里放着满满的骨灰！

出门游玩，带着个骨灰罐干吗？这实在是天下奇闻！蓝老板满腹狐疑，不动声色地退出了房间。

再说阿丁，尾随在后，见那陈员外出了客栈，不上集市，不逛店家，却是直奔五莲山而去，而且只选人迹罕至的地方转悠，每到一处，就四下观望，好像是在寻找什么东西似的。

阿丁接连跟踪了三天，都是如此。到了第四天中午，阿丁正趴在草堆里，偷偷窥视，正在这时，只见陈员外回过身子，大声说道："朋友，出来见个面吧，一连跟了几天，想必累坏了吧？"

阿丁十分尴尬，慢吞吞地走出来，说他家主人也是为了陈员外的安全，才吩咐他保护员外的。说着，阿丁不解地问道："在下有一件事想请教陈员外，您天天到这深山老林里来，难道是在寻找什么？"

陈员外没有马上作答，他示意阿丁坐到身边，说："看你为人实在，我就告诉你事情的缘由吧。"

陈员外说，他的老家就在五莲山脚下。有一年，五莲山一带闹饥荒，陈员外祖上只好携妻带子外出逃荒，后来辗转到了苏北定居，并创下了一份家业。到了他这一代，陈家庄园在苏北已经远近闻名，陈员外的父亲年老以后，把家业交给儿子打理，自己吃斋念经，一心向佛。三年前，老人一病不起，临终留下遗言："咱老家山东五莲山，人杰地灵，宝刹文殊院千年香火不绝。我死后，你要想尽一切办法，带我回到家乡，把我葬在文殊院附近，让我死后能天天听到文殊院里的钟声，这也是一种慰藉啊！"说完，老人家与世长辞。

陈员外是个孝子，不敢违背老人的遗愿，只好背着父亲的骨灰，千里迢迢而来。可是，把父亲葬在哪里呢？这里的人又怎么会让一个外乡人在山上竖碑建墓？几经思量，陈员外决定找一个天然的墓穴，这才在"好客客栈"住了下来，一岭一岭地寻，一涧一涧地找。

说到这里，陈员外长叹一声，说道："我几时才能让父亲入土为安啊？"

阿丁被陈员外的孝心打动了，说："陈员外，您若是有用得到我的时候，尽管吩咐。"阿丁回到客栈，把陈员外来五莲山的缘故禀告了蓝老板，蓝老板听了，觉得儿子尽孝道，那是人之常情，也就不再多疑了。

这头事情刚完，那头事情又来

了：农历三月初三，是蓝老板的父亲故去一周年的忌日，这一天，蓝老板请下了文殊院六六三十六位僧人在家中做功德。黄昏时分，只见一位行者先来点烛烧香，打动鼓钹，歌咏赞颂。随后，文殊院的智真长老摇动铃杵，念动真言，发牒请佛……蓝老板和伙计阿丁站在一边，端着点心、茶水伺候。

就在这个时候，奇怪的事情发生了：原本在这里做功德的是三十六个僧人，眼睛一眨，居然成了三十七人，多出了一个和尚！因为其他僧人都闭目默念，不看四处，所以全都没有察觉。刚开始时，蓝老板并没有注意到这个和尚，后来看到他了，又见他一个劲地向自己使眼色、打招呼，正愣着，却见那和尚站了起来，朝厅外走去。蓝老板沉吟片刻，便随后跟着，一路走了出去。

这个时候，天色已暗，黑暗之中，两人来到一间屋前，那僧人举手于胸前，说："阿弥陀佛！施主万勿惊疑，且听贫僧一言相告——当今天下刚定，百废待兴，我受文殊菩萨之命，在五莲山下寻找执莲童子，代菩萨为天下百姓行事，为臣文能治国、武能安邦。今日是令尊一周年祭日，过后就该找个归宿，五莲山文殊院后面的山崖上，有一个水莲洞，水生莲，莲生子，菩萨会让执莲童子转世蓝家的。"

这一番话，说得蓝老板眼睛都直了，心口"扑腾扑腾"跳个不停：什么，眼前这僧人竟然是文殊菩萨派下来的神仙？他要让我父亲的亡灵转世成为菩萨的执莲童子？蓝老板顿时又喜又忧，喜的是他蓝家后代有望成为文能治国、武能安邦的国家栋梁；忧的是该怎样把父亲的骨灰送上山崖！他怯生生地问："水莲洞有十几丈高，我怎么送父亲上去？"

僧人说道："只要把骨灰拌上黄泥，做成泥丸，用弹弓弹射上去就可。记住，天机不可泄露。"僧人说毕，飘然而去……

2. 偷梁换柱

俗话说"隔墙有耳"，谁都没有想到蓝老板和那僧人密谈的地方，正是陈员外的客房。外面和尚念经，声音传来，多少有点打扰，但人家在做佛事，又不好多说，于是陈员外早早熄了灯，上床睡了，但没睡着，这一番执莲童子转世的"天机"，被陈员外听了一耳朵！

第二天中午，陈员外便偷偷请来阿丁，备下好酒好菜，一番觥筹交错之后，陈员外说了执莲童子转世的事情，要阿丁帮忙。

阿丁一听，禁不住打了一个"咯噔"：事情再巧不过了，陈员外正在找地方安置父亲的骨灰，而蓝老板父亲的骨灰至今保存在蓝家祠堂里，近日准备下葬，自己又是蓝老板的心腹，他一定会把下葬水莲洞这事托付给自己，只要使个掉包计，将陈员外父亲的骨灰下葬到水莲洞里，水生莲，莲生子，执莲童子不是转世到陈家了吗？

可是，蓝老板待我毕竟不薄啊，我十几岁死了爹娘，要饭要到好客客栈，是蓝老板收留了我，我哪能忘恩负义、以怨报德？这念头一起，阿丁猛然又想到自己前几天对陈员外说的话——"有用得到我的时候尽管吩咐"，话都这么说了，如何推脱？阿丁左右为难、难以决断，陈员外察言观色，见阿丁犹豫不决，便从枕边拿出一个用红布裹着的小包，轻轻放到阿丁跟前，说："你年纪不小了，这是一百两银子，你拿去买房娶妻，剩下的当本钱做个买卖。"

陈员外苦苦相求，阿丁最终还是允诺了他的"掉包计"，一切按计划行事。

第二年春天，蓝老板喜从天降，老婆给他生了一个大胖小子，取名叫"蓝田"。这天，正是蓝田的百日大庆，客栈里所有的客商都被蓝老板邀请到客厅喝酒，就在这时，一辆马车远道而来，在"好客客栈"门前停下，从车上下来一个人，正是陈员外。

陈员外来干吗？上次掉包后，过了一些日子，他老婆便生下了一个儿子，这孩子天生失聪，对世间一切全都懵懵懂懂的，陈员外这下可奇怪了：难道这就是转世的"执莲童子"？可怎么看都是一个呆子呀！陈员外百思不得其解，就再次来到"好客客栈"，想弄个水落石出，可奇怪的是，到了客栈，以前和蓝老板形影不离的阿丁，突然不见了，陈员外心里不禁一个"咯噔"……

按照当地风俗，百日酒宴开始前，要举行孩子抓东西的仪式，那形式和"抓周"一样，以此昭示孩子的志向和前程。一块红绒布早就铺在地上，家人准备了胭脂盒、布老虎、弓箭、锄头、毛笔、戥子等众多物件，蓝夫人把孩子放

到红绒布上，任他随意抓取。

那场景可热闹了，只见蓝田慢慢朝前爬着，费力地绕开弓箭、老虎、躲开锄头、胭脂，朝着毛笔，急着爬去。一会儿，孩子伸出那稚嫩的小手，一把抓起毛笔，在绒布上来回划着，周围立刻响起一阵热烈的掌声，宾朋中有一位七十多岁的老秀才，他不住地点头，感慨道："蓝田，蓝田，以后定是前程无量！"

一旁的陈员外，看着眼前的蓝田，长得天庭饱满，地阁方圆，虽然刚刚出生百日，却朝气十足，灵气活现，再想想自己那呆头呆脑的傻儿子，不禁长吁短叹，闷闷不乐。

酒宴结束，客人们陆续离去，陈员外刚回到自己屋里，却有人敲门，一看，竟是蓝老板。

蓝老板一进门，便从身上取出一个红布裹着的小包，放到了桌上，随后双膝落地，长跪不起"万望陈员外宽恕在下治家不严之罪……"

原来，去年那个中午，阿丁见陈员外可怜，又加上喝了几杯酒，就答应了陈员外要他"掉包"的事。回去以后，阿丁越想越觉得对不起主人，第二天，就想把银子和骨灰罐退回，不料到了客房，陈员外已经离去。陈员外见阿丁办事实在，又收取了一百两银子，心想他一定会把事情办好，为了避嫌，便匆匆离开了客栈。接着，事情的发展果然如陈员外所愿，蓝老

板把安葬父亲骨灰的一应事宜都交给阿丁打理，阿丁看到蓝老板对自己这么信任，更觉得对不起主人，于是便把事情的真相全盘供述。

最后，蓝老板说："我把这一百两银子和令尊的骨灰一直保存在我的内室，时时留意，一刻不敢懈怠，现在终于物归原主了。想想这几年我真糊涂，只顾自己的生意，忘记了阿丁已经长大成人，自从这事发生后，我就给他置办了几亩地，盖了三间房，让他娶了个老婆，自立门户了。"

陈员外听到这里，恼怒不已：怪不得蓝家的孩子聪明伶俐，自家的儿子呆如木鸡，原来骨灰没有掉包，"执莲童子"还是转世到了蓝家啊！他长长地吐出了一口粗气，无可奈何地摇摇头，说："蓝老板，你是真爷们，你要是不告诉我，我就一直被蒙在鼓里了！"

当天夜里，据蓝家的仆人禀报，从陈员外的房间里不时地传出一阵阵醉后呕吐的声音，和恨声连连的呻吟："姓……姓蓝的，我……我一定会回来的……"

3. 两个女人

一晃一年过去，这天，"好客客栈"人来人往，喜气洋洋，少爷蓝田今天周岁大庆，按照习俗，这次该"抓

周"了，真是奇了怪啦，那个蓝田，竟然还是抓了那枝毛笔，那玩意儿，一般孩子谁会喜欢？宾客们自然还是说了一箩筐的恭维话，蓝老板喜不自禁，大摆宴席，答谢前来祝贺的亲朋好友。

快开宴的时候，一辆竹篷马车从远方徐徐而来，在"好客客栈"门口戛然而止，驾马车的伙计跳下车来，挑开敞篷的布帘，恭敬地说："客栈到了，请夫人们下车。"说着，他伸出胳膊，小心翼翼地从马车上扶下两位二十多岁的少妇。

蓝老板正在门口恭候那些前来贺喜的客人，他在一旁看见了这两个少妇，眼睛都直了：一个短衫长裙，身材窈窕，好像嫦娥出宫；一个穿红披绿，柳眉杏眼，仿佛七仙下凡。她俩轻移莲步，姗姗而来，走到蓝老板面

前，道了个万福，问道："看来今天是客栈大喜之日？"

蓝老板笑容可掬，连忙说："今天是犬子周岁，特摆下几桌酒席，凡是今天来住店的客人，一律免费入席，哈哈……"说着，他把两位少妇请进厅堂，邀请入席。驾马车的伙计找到账房先生，为两位少妇办好借宿事宜，就匆匆离去了。

前来"好客客栈"贺喜的女眷不少，两位少妇入席后，很快和一桌上的女客熟悉了，两人告诉大家：她们是苏州的刺绣妹子，一个叫大巧，一个叫小巧，听说山东的剪纸漂亮，就前来学艺，准备把剪纸手艺带回苏州，开一家剪纸店。她们已经在附近几个县城跟随一些民间艺人学了几个月，学会了七八分，听说五莲山景色秀美，她俩就来到这里，准备一边练习技艺，一边看看山水。

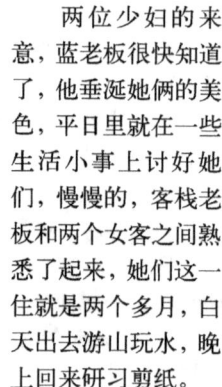

两位少妇的来意，蓝老板很快知道了，他垂涎她俩的美色，平日里就在一些生活小事上讨好她们，慢慢的，客栈老板和两个女客之间熟悉了起来，她们这一住就是两个多月，白天出去游山玩水，晚上回来研习剪纸。

有一天晚上，蓝老板走到小巧房间门口，只听到里面有一阵阵水声。房门虚掩着，蓝老板从门缝里一瞧，看见小巧在洗澡，门缝很窄，看不清楚。蓝老板像被钉子钉住了一般挪不动腿，他恨不得把门再推开一点，好看个明白，他正想把脸往门缝上靠，忽然，屋里响起了小巧的声音："当心门板夹了眼睛！"

蓝老板惊得一下扑在门板上，门被撞开，身体向前冲去，跌跌撞撞，竟滚到了地上，小巧撒着娇说道"有贼心没贼胆的东西，偷看人家女人洗澡，算什么男人！"一句话把蓝老板挑逗得如百爪挠心，他扑进屋里，一下压在小巧身上，小巧顺势吹灭了屋里的蜡烛……

从这以后，隔三岔五的，蓝老板就到小巧房里幽会。

这天，五莲山庙会开始了，大巧、小巧赶庙会，走到半路，大巧一下崴了脚，走不了路，只好叫了马车独自回店。这个时候正好大家都去赶庙会了，店里人少，蓝老板就像猫儿闻着了腥，一下闪进了大巧房中，搂着大巧亲热起来……

就这样，蓝老板把大巧小巧一网打尽，他自以为享尽了艳福，谁想到这人世间的事还真难料，自古强中还有强中手，大巧和小巧这两个女人，她们此番来五莲山，既不是来学剪纸的，也不是来游山玩水的，而是受陈员外之命，别有所图……

4. 冤家对头

转眼到了秋天，大雁南飞，马车又来，伙计跳下车来，结完账，把两位少妇请上马车，匆匆离开客栈。

陈员外这番苦心设计为的是啥？其实，他为的还是"执莲童子"转世那档子事，既然现在"执莲童子"转世到蓝家去了，那好，他就从蓝家沾点仙气、福气、灵气，于是他纳了两房姨太太，假作苏州的刺绣妹子，稳坐钓鱼台，等蓝老板上钩。

果然，到了来年夏天，陈员外的两房太太分别生了一个大胖小子，大的叫陈东，小的叫陈西。兄弟俩都天资聪颖，饱读诗书，不过从相貌上说，陈东相貌堂堂，陈西却丑陋多了，弟弟虽然长得不济，但文才十分了得，从小到大，出类拔萃，竟在乡试中名列榜首。

兄弟俩长到十八岁的时候，正值京城大比之年，陈员外决定让文才略逊一筹的哥哥陈东前去小试锋芒，他老谋深算，让陈东比别的考子早几天进京，临走之前，他对陈东说："你的文才比弟弟还差几分，更不用说到了京城，山外青山楼外楼，高手更多，我听说山东有个叫蓝田的，你不要小觑了他。为父教你一个计谋——你到了山东境内，每到一处旅店，离开后务必在墙上留下这样一句话……"说

完，他在纸上写下一行字，交给了陈东。

第二天，陈东背起行囊，踏上了赶考的路，晓行夜宿，奔京城而去。没过几天，就进入山东地界，陈东记着父亲的话，每到一处旅店，就在墙壁上留下这样一行字——"天下文人才子多，最怕蓝田小哥哥"，落款"陈东"。

过了几天，全国各地的考子陆续在京城汇集，他们住到了旅店里，很多人都议论纷纷：蓝田是谁？陈东又是谁呢？

其实，蓝田也进京来了，他很快知道了这事，觉得满腹狐疑，四处寻

访，终于打探到了陈东住在哪个旅店，可没等他去找陈东，陈东倒先找上来了。

那是开考前一天，陈东找到了蓝田借住的旅店，他一进房间，见了蓝田，纳头便拜，说："我赶考离家前，家父病危在床，一个化缘的和尚到我家说，要想家父病愈，只有冲喜。所以，我这次考试的成败，关系到父亲的安危，恳请哥务必让我一次。"

蓝田被陈东的孝心感动，答应了他的请求，蓝田想了想，说道："我可以让你，但是其他考子未必会让你呀！"

陈东说："我只听说蓝田哥哥文才了得，至于别人，我能应付。"

见陈东这么说，蓝田便不再言语了。

到了考试的时候，蓝田执笔在手，面对着铺在眼前的一张白纸，真的是为难了。按理说，如果只是要让陈东，那他也可以得到陈东之后的名次，问题是他的心眼太好了，一心想着帮陈东，但又不知道考到什么样子，才能既帮了陈东、又不至于让自己落第，心中无数，于是一让再让。

那一天，大考揭榜，陈东高中榜首，而蓝田却名落孙山。

蓝田默默地回到家乡，准备三年后再考。蓝老板听儿子说了进京赶考的经过，念叨着"陈东"这个名字，好像回味出点什么了。

三年一晃就过去了，陈员外的小儿子陈西久等的这一天终于盼来了。其实，三年前他就应该去赶考了，可他听从了父母的劝告，把机会让给了哥哥，避免了亲兄弟之间的自相争斗。

这一年，陈西进京了，大比结束，他果然高中榜首，位居第二的，则是三年前落榜的蓝田。

这一年，公主恰逢十八妙龄，要从两名考子中选一人招为驸马。当朝皇帝开明，让女儿自主选婿。

入夜，皇宫内明烛高悬，鼓乐喧天，御厨准备了一桌山珍海味，宫女伺候着玉液琼浆，让陈西和蓝田对桌饮酒。也就在这个时候，窗外出现了两个身影，那是公主和皇后，两人在窗外偷偷向内窥视，正暗中相亲呢。

陈西面目丑陋，身体猥琐，而坐在对面的蓝田，却是一表人才、器宇轩昂，陈西自己觉得不是竞争对手，再看着眼前的一桌子好酒好菜，想到这也许是最后一次在这么好的地方享用这么好的东西了，于是就大吃大喝起来。再说蓝田，看着陈西狼吞虎咽的样子，心头不由升起一丝厌恶，于是就双眉一皱，把头歪到一边……话说细节决定一切，就是这么一个细节，从此改变了蓝田的人生道路！

酒席上，陈西、蓝田各自想着心事，窗户外边，可急坏了皇后和公主娘俩，看看陈西，虎背熊腰，能吃能喝；瞅瞅蓝田，细嚼慢咽，动作迟缓。公主拿不定主意，看脸蛋，还是蓝田顺心；看身体，要算陈西强壮，公主无奈地望着母亲，作不了主。皇后呢，她考虑得则十分实际、实在、实惠，她想的是，长个好模样有什么用？又不好啃两口，即使好啃，咱皇宫里能啃的什么没有？还是身体重要，瞧这蓝田，这么好的饭菜放在面前，还皱眉头、歪脑袋，一看就是胃口不好，胃口不好是不会长寿的，咱家女儿可万万不能守寡！

皇后把自己的想法对公主说了，母女一合计，当即决定选陈西为驸马，于是第二天张贴皇榜告示天下：苏北考生陈西高中状元，招为驸马！

蓝田怎么也想不到公主会看上陈西，回到旅店，又气又恨，吩咐店小二端上酒菜，自斟自饮起来。一壶酒下去，不觉沉醉起来，所有往事猛然涌上心头，愤极伤怀，于是便挥毫在白粉墙上写道——

　　老天不公平，
　　公主不长眼。
　　金枝伴拙夫，
　　羞煞俺蓝田。

写完，蓝田放下笔，又连饮了几杯，一头倒在床上，酣然大睡。

朝廷那边也还有事呢，为了抚慰蓝田，皇帝派内侍宣召蓝田进宫，钦封蓝田为翰林学士，并赐绸缎一匹，黄金百两。可内侍来到旅店，已经人

去室空，看见的只是留在墙上的文字。内侍不敢怠慢，赶紧将墙上的字抄在纸上，回复皇上。皇上看后大怒："此人恃才孤傲，让他回家好好反省一下也好。"

5. 制定法律

蓝田一气之下回到老家，闭门不出。蓝老板看到儿子岁数已大，就托人给他找了一个贤惠的媳妇，让他安心继承自己的家业。

蓝田不甘心这么默默无闻，当时，国家百废待兴，全国没有健全的法律，社会混乱无序，蓝田决心凭借自己的才华，用自己的心血，为国家制订一部法律。从此，蓝田一头钻进书房，谢绝亲朋好友的来访，闭门研习，几乎到了废寝忘食的地步。春天过去是夏天，夏天过去是秋天，蓝田忘记了昼夜，忘记了四季。

这天，妻子到蓝田书房送饭，走到院子里，看见邻居家的枣树上结满大枣，红透树枝，一根树枝还伸过了墙头。她想起丈夫从春天钻进书房就没有出来过，不仅感慨万千，她顺手摘了一把大枣，放在蓝田书桌上："你看看这都什么季节啦？"

蓝田编制法律已经到了痴迷的程度，他抬头望望妻子，不解地问："什么季节？"

妻子埋怨道："你从春天坐到这里，现在都到秋天了。"

蓝田若有所思地点点头："秋天来了，我的法律也快完成了。"正说着，他忽然看到桌上的红枣，便问妻子："我家栽过枣树？"

妻子说："我看你都忘记了时间，刚才看到邻居家的枣树伸过墙头，这才顺手摘了一把，提醒你有多长时间没有出门了！"

突然，蓝田把脸一板，问道："人家答应你摘他家的枣啦？"

妻子"扑哧"笑了："一把枣还得人家允许？你真是编法律编傻了，何况是他家的树枝伸到咱家院子里了！"

蓝田没有再说什么，急忙去翻阅自己编写的法律，他翻到了《民事法》，找到第22条，朗声念道："私自采摘他人作物，戒板脊杖五下。"念完，蓝田不由分说，拿起书桌上的戒板，喝令妻子跪下，随即又撩起妻子的衣服，在她的脊背上狠狠打了五下。打完，他抚摩着妻子的脊背，心疼地说："我制订了法律，首先就要严以律己，哪怕是面对自己的亲人，也要严格执行。"

妻子眼泪汪汪："你这是何苦呀？"

第二年的春天，蓝田编制法律的大事终于完工了，他根据现实生活的需要，制订了《赋税法》、《考试法》、《婚姻法》、《青苗法》、《赡养法》、《民事法》、《丧葬法》等多部法律，洋洋

洒洒十几万字，内容丰富，包罗了国家职能部门和百姓生活的各个方面。

由于劳累过度，蓝田积劳成疾，书写完后一病不起，他觉得在这个世界上的日子不多了，临终前，便请求妻子帮助完成一件大事：把"法"和"律"分开。

妻子听了，懵懂不解，蓝田告诉她："所谓'法律'，其实是包含了两个部分。我死后，你要把所有的律条和我的尸身一起放进棺材，埋进坟墓，然后你背着大法进京，在皇宫门前叫卖，一定会有人购买你的大法，所得银两，也能维持你和孩子往后的生活了，如此，我的心愿也就实现了。"说完这些，蓝田双眼一闭，离开了人世……

6. 京城卖法

按照蓝田的遗愿，妻子处理完事后，便带着蓝田编制的书，风雨兼程，进京卖法。

那一天，妻子到了京城，她急急赶到皇宫前，把一部部大法摆在路边。妻子触景生情，想起丈夫为了编制这几部法律，呕心沥血，夜以继日，最后撒手西去，不禁声泪俱下，她一声声地叫卖着，如泣如诉。

路人闻声聚集而来，很多人前来围观，也有一些读书人，蹲下身来，翻看这些书，他们一边看，一边赞叹："这些法，要是被国家利用，那该多好！"

蓝田的妻子进京卖法的事在京城引起了轰动，这消息不久就传到了皇帝的耳朵里。

这天，蓝田的妻子被宣入朝，皇帝看了那一部部大法，龙颜大悦，对群臣说："你们看看，治理国家，多么需要这样的法，你们整天拿着国家的俸禄，却赶不上一个落第文人能为朕解忧！"说完，他对宰相说："这些法，朝廷全部买下，此女子以后的生活，朝廷全部给与照顾！"

皇帝说着，乐滋滋地打开第一部《赋税法》，细细一看，顿时大吃一惊，里面只有总的条目，没有具体律条，皇帝问道："这法律怎么只有法没有

律？"

蓝田的妻子答道："丈夫临终嘱咐，所有律条都陪葬了。"

皇帝沉吟道"法律需要健全，只有法没有律条，怎么执行？"

这时，为了讨好皇帝，驸马陈西跪下启奏："臣愿和此女一起去蓝田的家乡，掘开坟墓，找来律条。"

一听说要打开丈夫坟墓，蓝田妻子号啕大哭"我宁愿吃糠咽菜，也不许你们惊扰地下的丈夫，这法我不卖了。"

蓝田的妻子这么一嚷，把驸马弄了一个措手不及，皇帝也无言以对，文武百官全都面面相觑。

看到眼前的尴尬局面，有一个人憋不住了，他就是陈西的哥哥陈东，他如今已官至殿前太尉。陈东出班奏道："山村泼妇，金殿之上竟敢出尔反尔，欺君之罪，岂能饶恕！"

皇帝把头轻轻一摇，说"看在蓝田制定法律有功的份上，赦此女无罪。"

陈东又奏道："臣愿带领一班人马押解此女，和驸马一起去找来律条。"

这时的皇帝，急于想把蓝田制定的律条寻来，和"法"相配，成为完整的法律，于是立刻准奏，急令翰林学士草诏一道，命殿前太尉陈东为钦差，陪同驸马前往山东五莲山。

陈东、陈西兄弟俩领了圣旨，辞别皇帝，带了数十人，押着蓝田的妻子，离了京城，取道山东，这一天，终于来到了五莲山脚下。

当地百姓听说皇帝钦派大臣来取蓝田编制的法律，围观的人群如潮涌一般。在陈东、陈西兄弟俩的指挥下，很快，坟墓挖开了，棺椁打开了，取出了所有的律条，连夜进京，进献皇上。

皇帝如获至宝，翻着所有律条，与每部大法一一对应，每部法律内容具体，解释详实，执行方便，皇帝开心呀，不住地夸奖"多么实用的东西呀，你们看看，蓝田不仅把活人的一切写进了法律，还顾及到了死人的利益……"说着，他打开《丧葬法》，递给站在一边的宰相，"爱卿，给朕读读。"

宰相不敢怠慢，接过《丧葬法》，大声读起来，读了"总则"又读"第一条"，这第一条说的是——"黄泉路上无老少，人死后以入土为安。阴阳两隔，恩怨两清。世人有保证逝者安静的权利和义务。本国境内所有墓群、坟茔以及长眠地下所有逝者均适合本法……"

宰相读着读着，突然疙疙瘩瘩、吞吞吐吐，喉咙口像是被什么塞住了一样，皇帝正眯着眼，津津有味地听着，见宰相如此这般，便睁开眼问道"怎么啦？"

宰相为难地说："这个……那个……"

皇帝一拍龙案："接着读！"

宰相硬着头皮读道："掘人坟墓、开人棺椁者——死！"

当时，战乱刚刚平息，掘坟盗墓时常发生，皇家陵墓首当其冲，偶尔抓到一些盗墓贼，因为没有法律可依，最后只好释放。皇帝正为这事恼怒着呢，所以听到这里，他一拍龙案，大喝一声："好！盗墓挖坟，发死人的财，杀！"

就在这个时候，陈东和陈西站不住了，浑身像筛糠一般，蓝田的坟墓，可是他们挖开的呀……

皇帝刚才一声断喝，也是心情所至，现在看到陈家两兄弟在一旁浑身

颤抖，这才想到了麻烦所在，可皇帝金口玉言，当着这么一些大臣的面，哪能改得了口？犹豫再三，斟酌良久，最后还是一声令下，命侍卫把陈东、陈西推出殿外按律行刑。

就这样，陈东、陈西成为蓝田大法的第二个试法人，当然，第一个是蓝田的妻子，她因为摘了邻居的几颗大枣，被戒板脊杖了五下……

故事说到这儿，再接着开始的话题，读者也能慢慢地回味过来了。其实，所谓的"执莲童子"之说，不过是故事的一个由头罢了，陈员外挖空心思要借蓝家的所谓"风水"，心术不端，手段不正，到最后还是祸及子孙、后患无穷……

（题图、插图：杨宏富）

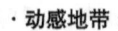

·动感地带·

一拍即至 "码" 上开始

——《故事会》超炫视听新体验

下列这些小方块叫二维码，通过它们，您可以听故事、看视频、收获购书优惠信息以及享受与编辑、其他读者及时互动的体验。为此，您首先需要有一台带摄像头的智能手机，或是一台 iPad，另外，带有摄像头的电脑也可以。其次，请登陆 www.kuaipai.cn，免费下载并安装"快拍二维码"，如果您的终端里已经有其他二维码识别软件，可以直接使用。然后，您就可以用手机或电脑扫描下列二维码，开启一段全新的视听旅程！

听故事

《故事会》带您畅听中国传统童话故事！由专门从事中国传统文化出版的台湾汉声出版社授权，《盛梓钰故事集·汉声中国传统童话》将通过《故事会》平台推荐给您，借助二维码和移动终端，您和孩子每天都能听到一个和中国传统文化有关的童话故事。

这些故事包含了中国民间传说、古代神话、历史名人和著名典故等，比如开天辟地、大禹治水、夸父追日、女娲造人、十二生肖、黄帝战蚩尤、飞将军李广、少年英雄霍去病、孟母三迁、塞翁失马等，全部故事按农历日期排列，每天1则，整整持续一年，其中不少与当天的节日或时令相关，讲述和这个日子有关的传统故事。

故事中国网将按照时间顺序同步发布故事音频，并将链接以二维码方式刊登在同期《故事会》上。扫描右边的二维码，您就可以收听到本期（7月22日－8月7日）的17篇故事。不能使用二维码扫描的读者，也可直接登录 www.storychina.cn 收听或购买。

看视频

扫描右边的二维码，您将看到一组我们精心挑选的幽默视频，定会让您开怀惬意，捧腹不止！本组视频由 *sina* 新浪视频 提供。（视频内容会定时更新，每次打开都有惊喜哦）

囧段子

是不是嫌一期《故事会》上的笑话不过瘾？我们为您搜集了网上流传的爆笑段子，每周更新，保证内容新鲜火热，让您看到合不拢嘴哦！扫描右边的二维码，立刻体验吧！

您对于本栏目的设置有任何意见或建议，欢迎登录故事中国网 www.storychina.cn 论坛反映。

提示：尽管《故事会》是免费向您提供以上增值服务，不过如果您用手机上网下载音频、视频文件，将产生额外的流量费，且速度较慢，建议您在 wifi 环境下顺畅使用。

·神探夏洛克·

婴儿的眼泪

　　伦敦警方不久前接到匿名举报，有一个贩毒团伙正将一批"货"通过婴儿活体秘密转移，神探夏洛克得知，立即随警察赶往火车站。在一列即将驶往南部的火车前，夏洛克拦下了一个俏丽的少妇，她怀抱里的婴儿，正呜呜地哭，泪水一串串地涌出来，煞是可怜。

　　"太太你好，这孩子怎么啦？"夏洛克化装成工作人员关切地问。

　　俏丽少妇幽怨地一瞥，叹道："唉，这孩子还没满月，第一次出门害怕，外加有点感冒，乖乖，不闹了哦……"她边说边给孩子擦泪珠。

　　夏洛克转身对警察说："这位太太在说谎。"

　　聪明的读者，你知道是什么原因吗？

超级视觉

　　荷兰艺术家M·C埃舍尔创作了下面这幅画，你在画中看到了几张脸？（半张脸也算哟）

思维风暴

　　有人去纽约旅行，看见一辆公交车，如下图所示。车现在没有开，他无法分辨车将向哪个方向行驶。你能看出来吗？

A ←　　　　→ B

疯狂QA

　　乔安娜天天透过一层玻璃凝视外面的世界，因为好奇，总想出去看看。有一天，几个孩子在玩耍时，无意中打碎了那玻璃。没有了玻璃，乔安娜才发现外面的世界并没有想象中的美好。这是怎么一回事呢？

　　想知道答案吗。方法一，直接扫描二维码。方法二，登录http://t.cn/zWy1rXr，查询"动感地带"答案的同步更新。方法三，购买8月下《故事会》！动感地带，与您不见不散。

大主题：酒宴上的那些趣事

现代生活中，礼尚往来，宴请宾客是常有的事。酒宴上那些个约定俗成的礼仪风俗背后可都是有故事的呢！

茉莉花茶

客人落座了，自然先上茶，喝什么——来壶茉莉花茶！

据说有一回，玉皇大帝在御花园被一种花吸引了，那花玉骨冰肌、幽香沁人，玉皇大帝赞叹道："好香，好美，真是朵'美丽花'！"从此，"美丽花"的名字就叫响了。别的花嫉妒了，故意疏

远"美丽花"，"美丽花"心一冷，便化身为姑娘，下凡到了人间，嫁给了一个善良勤劳的青年。

第二年，玉皇大帝找不到"美丽花"，派千里眼和顺风耳一查才知道，"美丽花"嫁人了。玉皇大帝勃然大怒，命雷公、雷母去把小两口打死。

幸好善良的百花仙子给小两口报了信。为躲开雷公、雷母的追捕，她先把青年变成了茶树，又让"美丽花"现出原形，再用手往花上一抹，嘿，绝了，"美丽花"竟变成无数朵小白花，朵朵放出浓郁的幽香。等雷公、雷母来到人间，除了遍地白花和一棵茶树外，什么也没找到，只得恨恨地回天上交差去了。

后来，人们把小白花和茶叶混合制成了香味扑鼻的好茶。因为这白花是百花仙子抹过的"美丽花"变成的，所以这茶便被叫做"抹丽花茶"，日子一长，就叫成"茉莉花茶"了。

叩桌谢礼

"笃笃笃……"倒茶时，常见客人用手叩桌以谢礼，这是什么意思？

当年乾隆皇帝下江南，他带了几个大臣微服来到"醉白池"游玩，见那里有家茶馆，就坐下来歇脚。茶房端上几只碗来，随后站在数步远的地方，拎起大铜壶朝碗里倒茶。只

见一条白练从天而降，茶水不偏不倚，滴水不洒地冲进碗里。乾隆看得惊奇，禁不住上前要过铜壶，学着茶房的样子，朝其余几只碗里倒去。大臣们见皇帝给自己倒茶，吓得魂都没了，想跪下叩头，山呼"万岁"，又恐暴露皇帝身份，遭杀身之祸，一急之下，灵机一动纷纷屈起手指，"笃笃笃……"不停地在桌上叩击。

事后，乾隆皇帝不解地问："汝等何故以指叩桌？"大臣们齐声答道："万岁给臣等倒茶，万不敢当，以手指叩桌，乃代叩头致谢也。"

以"手"代"首"，二者同音，三个指头弯曲即表示"三跪"，指头轻叩九下，表示"九叩首"。至今还有不少地方行此礼，每当主人请客倒茶之际，客人即以叩手礼表示感谢。

开席上菜，有没有留意过，酒宴上总有一盘红萝卜？

苏北农村有个在酒宴首席位置上放一盘红萝卜的风俗，这是为什么呢？

据说，当年乾隆微服到江苏巡视，见一户人家的大院门上挂着一块大横匾，上写"天下第一家"五个大字。乾隆心想：好大的口气，一个平民家竟如此狂妄，待我走进去问个究竟。

乾隆进入第一道门，迎出一位胡子白如雪的老人。乾隆问："老者多大年纪？""一百五十岁。""你可是当家的么？""不，当家的还在后边。"

乾隆进入第二道门，迎出一位胡子白如银的老人。乾隆问："老者多大年纪？""一百二十岁。""你可是当家的么？""不，当家的还在后边。"

乾隆进入第三、第四道门，里头又相继迎出两位老人，看他们年纪较之前的老人稍轻一些，但他们也不是当家人。

乾隆进入第五道门，这时蹦出个十几岁的小孩。乾隆问："当家的在哪里？"小孩上前一礼："本人就是，长者有何贵干？"乾隆问："何谓'天下第一家'？""我家五代同堂，代代高寿，可谓天下第一。"乾隆点头。

酒宴上的红萝卜

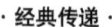

乾隆回到京城后，有一天，他想再考考那个小当家的，便下了道圣旨，赐了一件物品给"天下第一家"。圣旨一到，全家老少又惊又喜又紧张。没想到，皇帝赐了他们一个手指大的红萝卜。圣旨上说，要叫"天下第一家"的当家人，把这个小萝卜分给全家一百多口人吃，要人人吃到，个个吃饱。这不明摆着难为人嘛，大伙儿都吓得不得了。可小小当家人却若无其事地说："这好办，赶快把红萝卜捣烂，放到大铁锅里煮汤，全家都来喝萝卜汤，个个要喝足！"使者回京交旨，述说经过，乾隆大笑道："不愧是个好当家人！"

从此，红萝卜开始摆上酒桌，而且放在首席位置。这样做，一是对坐在首席的人表示尊重，二是赞扬他是个好当家人。

菠菜豆腐讨吉利

红萝卜敬首席，再来道吉利菜讨个好口彩——菠菜豆腐。

在福建北部顺昌洋口一带，每到农历正月初一，家家都要把一盘普普通通的菠菜豆腐端上桌，这个风俗怎么来的呢？

清朝时期，据说乾隆皇帝第四次下江南的时候，乔装成一个富商模样，支开守卫，独自一人来到洋口。久居深宫的乾隆因沉浸于农家美景中而忘了时间。到了中午，周围农家炊烟四起，饭菜香浓，乾隆饿坏了。可他突然想起自己身上根本没带钱，无奈之下，堂堂皇帝只得硬着头皮讨食吃。

乾隆向别人讨吃的，派头却挺大，根本没人理他。走了一圈，只有一个老婆婆看他可怜，留他吃饭。可乾隆看老婆婆家的饭桌上只有一盘菜，显得太过寒酸，他想走，却又饿得迈不动步子，就勉强坐下来吃了。谁知才尝第一口，他就被这盘菜吸引了，急着问菜名。老婆婆觉得可笑，这明明是再普通不过的菠菜豆腐嘛，她见眼前这位食客问得认真，便随口应道："这是敝处名菜'金嵌玉印红嘴绿鹦哥'呀！"

乾隆回宫后，对那道"金嵌玉印红嘴绿鹦哥"念念不忘，可御膳房不会做，这让皇帝是越想越馋了。

到了春节，乾隆传旨让人到洋口召那老婆婆进京做菜。正月初一天一亮，那道菠菜豆腐就摆在了皇帝的团圆席上，宫里的人吃了都赞不绝口。

从此，每年正月初一洋口人都会在团圆席上摆一道"金嵌玉印红嘴绿鹦哥"，不为别的，只因那是道有幸得了皇帝赞许的好菜，大家都图个吉利呗。

上鱼了，喝酒喽！等等，这鱼头怎么摆呢？

鱼头酒

开封酒俗，宴请宾客上鱼时，鱼头冲着谁，谁就得先饮酒三杯，带头动筷子，大家才能吃鱼。鱼尾冲着谁，也要陪着喝。据传，这个酒俗还是北宋开国皇帝赵匡胤在"陈桥兵变"中兴起的呢。

当时，赵匡胤率领大军行至陈桥，和几个心腹密谋政变。他为了试探文臣武将的态度，便在大殿里摆了一桌"鸿门宴"，受邀的全是掌握军队要害部门的文武官员。

席间，侍从端上来一盘色香味俱全的鱼，放在桌子正中。大家都明白这道菜非同寻常，谁也不敢先动筷

子。谋士赵普道："俗话说，鸟无头不飞，蛇无头不行。我有个主意，鱼头对着谁，谁就先喝三杯，带头吃鱼！"众人一看，鱼头正对着赵匡胤，齐声叫好。赵匡胤端起酒杯，说："受之有愧，却之不恭。"说完，他连干了三大杯。对着鱼尾的是主管粮草的文官，他明白这是表明心迹的时候了，站起道："兵马未动，粮草先行，赵点检指向哪里，卑职便到哪里。"说着也干了一杯。几位对着鱼背的武将也一跃而起："这鱼背骨硬如石，正如我们满身盔甲，当仁不让，也得陪着喝！"众人齐向冲着鱼肚的赵普道："先生满腹经纶，妙计比鱼肚里的鱼籽还多，理应喝一杯。"赵普也不推辞，喝了一杯，正色道："如今列国纷争，天下未定。我们愿在赵点检麾下，齐心协力，干一番惊天动地的伟业！"

众人高举酒杯，齐道："志同道合，誓死不移！"

鱼头酒原来是赵匡胤为了试探部下而精心设计的，后来流传民间，以助酒兴。主人上鱼时，也有意将鱼头朝着辈分最大的、职务最高的人摆放，由他带头饮酒吃鱼。若有人见了鱼就馋涎欲滴，抢先下筷子，便会被人耻笑没规矩和没出息。

酒足饭饱，心情可好？各位看客要是看得高兴了，欢迎下次再光临！

（本栏插图：安玉民　梁　丽）

□ 李志强

暗杀
阿拉桑

曼索尔是个杀手,精通几国语言,从未失过手,有很高的知名度。他冷酷无情,有一次,因为一笔可观的酬金,竟然恩将仇报,亲手残杀了资助他十多年的恩人。

一天,有雇主找曼索尔谈了一单生意:暗杀一名叫阿拉桑的名医,期限是一个月。因为开价很高,曼索尔接单了。

阿拉桑居住的城市在海边,属于一个半岛国家,三面环海。曼索尔开始认真研究阿拉桑的行踪,随后秘密潜入,顺利到达目的地,找了一家小旅店住下。

那一天,阿拉桑要在一个大学演讲,时间是晚上八点。曼索尔很高兴,天黑杀人,更方便。他先踩点,选好一处商务大楼的天台作为狙击

点。白天的时候,他在小旅店养精蓄锐。入夜后,曼索尔正准备出发,突然觉得小腹剧痛,越痛越厉害,刚好旅店老板看到,很热心地上前询问,还亲自把曼索尔送到一家私人诊所。诊所里设备还算齐全,先问诊,再照X光,坐堂医生看了片子,严肃地说:"你肚子里有把小镊子。"还把X光照片拿给曼索尔看,惊得他不知所措,一时不辨真假,只好同意动手术,一针麻药打下去,曼索尔失去了知觉……

清醒过来后,曼索尔感觉肚子不疼了,只是肚皮上多了一道伤疤。

等曼索尔勉强恢复了体力,他才

开始四处走动，一看当天报纸，竟发现已经过去了十八天。他开始有点担心完不成任务了，赶忙先上网看看阿拉桑的行踪，可打开网页，曼索尔的目光却马上被一条新闻吸引过去了："黑心诊所假借行医之名，取走病人肾脏，事情败露，相关嫌疑人负案在逃。"

一看这家黑心诊所的名字，太熟悉了，曼索尔顿时大惊失色，这……这么说来，那天晚上，自己有可能被取走了肾脏？曼索尔不敢想象面临的后果，他起初还抱着侥幸心理，等了两天，果然有症状出现了，腰酸、腿软、浑身乏力，再一打听，小旅店老板也失踪了。他这时才知道，小旅店提供的食品不卫生，看样子先是自己吃了不洁食品，这才腹痛，到了那家私人诊所，黑心医生又借"肚子里有小镊子"之名，开刀取走了自己的肾脏……可恶，怎么倒霉事全让自己摊上了？

曼索尔吓坏了，这可怎么办呢？这时，他从网上看到了希望：名医阿拉桑在医院坐堂十天，专治疑难杂症。

这段时间里，曼索尔对阿拉桑进行了详细的了解，知道他是个负责任、有真才实学的人。曼索尔顾不得执行那个"暗杀"任务了，毕竟身体要紧、性命攸关，于是他便按照地址，一路寻去，心急如焚地来到了阿拉桑的诊所。

阿拉桑让曼索尔先去拍一次X光，然后，他看了片子，又问了问具体情况，沉默了。曼索尔见阿拉桑不说话，表情很凝重，立刻急得眼泪都快掉下来了，差点就跪下了。

阿拉桑见曼索尔可怜兮兮的样子，叹了口气，说："你的确少了一个肾。"

曼索尔差点晕了过去，幸好阿拉桑接下来的话又让他看到了希望："不过，我可以帮你重新装上，只收你

很低的成本费。"

除此之外，还能有什么办法呢？于是，曼索尔只好答应动手术。要知道，这可是他这个倒霉蛋在短短的时间里第二次动手术了！

阿拉桑果然医术高明，手术后，曼索尔恢复良好，很快就能下地行走了。又过了没多久，曼索尔就变得生龙活虎，精力异常旺盛，一天不蹦跶几下就会不舒服，一般人动手术后身体总会不如先前，他倒是越来越好，真是怪事！

这一天，阿拉桑通知曼索尔可以出院了，还特地给他留了一个自己的电话，以便及时反馈术后产生的不良反应。

于是，曼索尔离开了医院，准备继续执行暗杀阿拉桑的任务。

曼索尔很快获悉：名医阿拉桑将要出席一个慈善募捐活动，主办方给他预留了十分钟的演讲时间，还是晚上八点，这刚好是悬赏期限的最后一天。

于是，曼索尔又一次选好了狙击位置，还是在大楼的天台上。这次，他干脆提前一天就来到藏身的地方，买了两瓶矿泉水和几个面包，将就过了一天。七点半，曼索尔打开携带的皮箱，取出拆卸下来的枪支配件，熟练地组装好了狙击枪。

时间到了，远远看去，阿拉桑缓步走上了讲台……曼索尔在瞄准镜里看得很清楚，正准备动手，可就在那一刻，曼索尔的手突然微微颤抖起来，他有点激动，毕竟得到这个机会太不容易了：可怜的肚皮，已是伤痕累累。

曼索尔努力想让自己镇静下来，他忽然觉得尿急，随便找了个地方，却尿不出来，膀胱胀得很难受，急得他团团转，就在这个时候，他的脑海里不停地浮现出长长的柱状物体……

太奇怪了，怎么会冒出这个念头？柱状体，这和他有什么关系呢？突然，曼索尔想起了一个笑话：一条狗在沙漠里走，因为沙漠里没有树干和电线杆——柱状物体，被尿活活憋死了，这也难怪，狗，平时就是凭借着柱状物体才会尿尿的。

想到这个笑话，曼索尔心里禁不住打了个冷颤：自己动了第二次手术以后，每次尿尿，好像也是一定要站在卫生间里竖着的圆管旁边，才能顺利尿出来。

怎么会这样？曼索尔实在想不明白，而此时此刻，翻江倒海般的尿意和刻不容缓的暗杀机缘不容许他多想，他看看天台的四处，很平整，光溜溜的，没有柱状物体呀，难道自己一个大活人让尿憋死吗？曼索尔灵机一动，猛地想到了手边那支狙击枪的枪管，虽然细点，好歹也是柱状体啊，

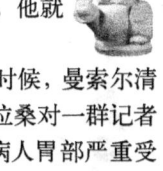

台，救命……"说完，他就昏厥了过去……

也不知过了多少时候，曼索尔清醒过来时，正听到阿拉桑对一群记者模样的人说："这个病人胃部严重受损，切除后，换上了我新发现的一种替代物，同时，还给他进行了植皮整容手术，术后肯定恢复良好。"

曼索尔看着阿拉桑，轻轻地问："医生，这一次你给我换上的是什么替代物？"

阿拉桑得意地说："我能用生物基因技术，利用其他动物的内脏，培育成功能、大小都和人一样的内脏，还可以将这种方法运用到整容技术中，从无一例失败。这一次，我先用牛皮为你整容，又给你换上了猪的胃。"

曼索尔惊恐万状，猪的胃？这使他一下子想到自己在未来的日子里，对着餐馆里的潲水桶狼吞虎咽的惨相，但他还有一个没有解开的疑团，便问："那上一次你又用了什么替代物呢？"

阿拉桑眉飞色舞地说："上次给你换上的，是犬的肾脏。"

曼索尔懊丧万分：怪不得会想起"柱状体"！唉，自己本想暗杀阿拉桑，没想到反让阿拉桑"暗杀"了自己，他气急败坏，大叫起来："我要改行！"

（**题图、插图**：安玉民 梁 丽）

于是，他把枪口朝下，竖了起来……

还真行，曼索尔靠着这貌似"柱状体"的狙击枪枪管，虽然尿得有点艰难，但终于尿出来了，曼索尔长长地吐出了一口气，再一看表，妈呀，阿拉桑的演讲快要结束了！曼索尔用布擦了擦被尿得湿漉漉的枪身，赶紧架枪，准备射击……

曼索尔聚精会神，扣动了扳机，只听"砰"的一声——因为枪里不小心进了尿水，炸膛了……

曼索尔的脸被炸得血肉模糊，一块碎片射进了他的左下腹，他凭着坚忍的毅力，奋力把炸膛的枪扔下天台，又拨通了阿拉桑留给他的电话，微弱地说了一声："我在帝国大楼天

老婆怎么过的

□ 白金科

张甲在外跑生意，外头花花绿绿的世界让他流连忘返，离家快两年了，他都没回过家。一日聚会，张甲正和两位美女打情骂俏，朋友开玩笑地说："老哥，你在外头这么久，不怕嫂子找别人？"张甲摆摆手说："哪能啊，村里女人傻，根本没那根筋！"朋友笑着敬了张甲一杯："老哥够潇

洒啊，真不知嫂子离了哥这两年，可是怎么过的哟！"张甲听了，打着哈哈地干了一杯，但心里倒真犯起了嘀咕。

这天，张甲瞒着老婆偷偷回了家，他要看看老婆有没有红杏出墙。他一进门就见老婆在一个小盆里数着什么，张甲凑过去一看，只见盆里约有一茶杯各式各样的豆子，有黄豆、黑豆、绿豆、红豆……张甲忙问："你在干什么？""解闷。"老婆说，"闲的时候就数数。"

张甲一听，感动得眼泪刷地掉了下来，听说过这样的故事：古代的贞女烈妇每当长夜难熬时，就撒一碗豆子到地上，然后在黑暗中摸索着一粒一粒地捡起来，等捡完豆子，天差不多也亮了，这样，就没心思想那些花花事了……想不到自己老婆也用上了这样原始的办法！张甲深深地自责起来，这样的好女人，过去一点儿都没懂得珍惜她，自己还真是犯浑！

张甲动情地说："这两年来，你就靠这些豆子活着？"

"可不是咋的！"老婆激动地说，"他们来一次我就放进去一粒，来一次我就放进去一粒……"老婆眉飞色舞地继续说："你看呀，这黄的是黄亲亲，黑的是老黑哥，绿的是绿芽子兄弟，红的是阿红他爹……"

这一听，张甲气得跌在地上，半天说不出话来。

请重新就座

□ 马奕彦

约翰是开出租车的,这天周末,他把车停在街口,到附近一个公厕方便,出来时碰见了熟人麦克。麦克显得忧心忡忡,一问才知道麦克要离婚了,现在正要去妻子的娘家,谈财产分割、女儿抚养等事宜,估计是一场唇枪舌剑的恶斗。

约翰劝慰了几句,知道麦克妻子的娘家离这儿有一段路,就让麦克上车,送他到那里去。

约翰上车后,刚坐稳,就响起了电子语音的提示:"屁股就座正确,欢迎启动。"

麦克一听大为惊愕:"哟,怪了,你的驾驶座怎么会说话呢?"约翰告诉他,最近有个汽车研发机构,研发出了一种"屁股识别系统",用于防盗。现在是试运行,熟人介绍,约翰就用上了,昨天刚装上。麦克听了,觉得很好奇:"这么说来,如果别人坐上了,屁股不对,他就无法弄走你的车,是吧?"

约翰眉开眼笑:"那当然了,嘿嘿。"约翰说着,发动了车,很快把麦克送到了他妻子娘家的小区。麦克让约翰等一等他,他希望尽快谈完就能离开。约翰答应了,看着麦克走了进去,他就把车停靠在一边,打起盹来。

可麦克这一去,好长时间没回来,出什么事了?吵架、打骂……总不至于被他妻子的娘家人谋害了吧?约翰想报警,可又觉得有点唐突,于是只好再等,实在等不下去了,正好看到附近有一个小酒吧,约翰就到那里去小酌几杯,解解闷。

一会儿,麦克从小区里跑了出来,气喘吁吁,狼狈不堪,西装袖子也扯了,一只鞋子也没了。他一过马路,见约翰的车子停着,车里没人,就扯着喉咙大叫:"约翰!约翰!"约翰闻声出来,一见麦克就问:"离婚的事谈得怎么样了?"

麦克没有回答，一边往小区方向张望，一边连声催促："快，快跑……"

"怎么啦？"

"那女人的弟弟是个无赖，长得又高又大，操起刀子追着要杀我……"

约翰一听要出人命，赶紧上了车，坐到了驾驶位上。就在这时，奇怪的事情发生了，只听语音提示器发出了声音："屁股就座错误，请重新就座！"

什么"就座错误"？约翰脑子一懵，难道是没有坐实？不要紧，再抬抬，于是，他便撅了撅屁股，又重新坐了一下，可没料到"屁股识别系统"再次发出了语音提示："屁股就座错误第二次，请重新就座！"糟糕，屁股还是那屁股，系统还是那系统，怎么会错呢？

一旁的麦克急得跳脚："是不是出故障了？能不能快点呀，我的爷

爷，那个无赖要追出来了！"

约翰知道，"屁股识别系统"一共可以有三次机会，还好，还有一次机会，不过，这可是最后一次了。想到这里，约翰更紧张了，他想：这次可不能再出错了！压力之下，约翰如履薄冰似的撅腚、提肛、运气，感觉酝酿得差不多了，便充满期待，端端正正地把臀部十分精准地放了下去，只听"嘀"的一声："屁股恶意就座第三次，暂停两小时！"

完了，这时，约翰猛地觉得肛门一阵刺痛，伸手微微一探，那里竟然有个疙瘩，哎呀，是痔疮复发！早不来晚不来，偏偏这个要命的时刻长出来！唉，自己刚才在酒吧不就是喝了三杯香槟吗，喝得不多呀，这痔疮怎么就出来了？

更可怕的是，两人都看到，一个大汉操着刀子，从小区里凶神恶煞般地冲了出来……

·本刊信息传真·

2012年"山阳杯"全国幽默故事创作大赛征文启事

为进一步繁荣幽默故事创作，《故事会》杂志社与上海市金山区文广局、山阳镇人民政府决定联合举办2012年"山阳杯"全国幽默故事创作大赛，并面向全国征文。本次活动将于2012年5月开始，至10月31日结束，11月颁奖。

一、征文要求：1. 内容贴近生活；2. 情节生动有趣；3. 语言活泼，具有口头文学特点；4. 作品尚未在公开出版物上发表；5. 篇幅在1500字以内。

二、奖项设置：本次大赛设一等奖3名，奖金各3000元；二等奖5名，奖金各2000元；三等奖10名，奖金各1000元；创作奖10名，奖金各500元。优秀作品将陆续在《故事会》上发表，并结集出版。

三、征稿时间：2012年5月1日—2012年10月31日。

四、来稿方法：请在来稿中注明"山阳杯"幽默故事，发至各编辑信箱。

如此丧礼

□ 张文刚

市统计局贾局长的父亲去世了。按父亲遗嘱，丧事要在老家村里办。贾局长给村里的红白事经理齐叔十万块钱，还把自己的左膀右臂小徐和老左派给了他，说一定要把丧礼办得风风光光。可刚过一天，资金就告急了。

贾局长晓得孝子要眼不见、耳不闻，任凭活人操办，但这也太离谱了，一天花了他十万，宰冤大头呢！他向齐叔问究竟，齐叔义正词严地说："我给人办了一辈子的事，贪过谁家一包烟了？"

这时，流动饭棚的老板来抱屈："齐叔，三天让我办八百桌酒席，实在没可能啊！"贾局长急了："八百桌，你们打算让全国都来吃啊？"齐叔也懵了："八百桌？明明说了四十桌，不信你看我开的清单。"贾局长看着清单上各项花销写得明明白白，没有一

项特殊。齐叔手下的"执事"拍胸脯保证都是按单子办的，不会错，并当场掏出了单子。齐叔一扫单子就皱了眉头："咋和我这张底子不一样呢？谁给你的？""执事"说："市里的领导给的。"齐叔说："我是另誊了一张清单给了市里那两位同志过过目，把把关。"

小徐，老左也赶来了，贾局长质问道："四十桌酒席，咋愣给整成了八百桌？"小徐嘟囔着"咱也不懂村里的事，老左平时要见到数字一律翻番……"贾局长暴跳如雷："翻番是八十，你数学咋学的？"老左说："我又在后面加了个零，您以前都这么要求的。"

这时，有人来通报，骨灰盒二十个，花圈六百个，孝帽四千顶……全部置办齐全。齐叔一脸苦笑说"反正也放不坏，留着以后用。"

贾局长当时就背过气去了。

失败的作弊

□席　风　改编

越战结束后，史迪克回到了美国，他想找个工作，可以过得充实点。

这天，史迪克来到酒吧喝酒，借着几分醉意，他回想起战场上的事，情绪就有些恍然，于是情不自禁地用手指在吧台上击打起来："滴答滴答

滴滴答……"奇怪的是，这边声音一响，那边角落里竟响起了同样的击打声："答滴答滴答答滴……"

史迪克循声望去，只见角落里有个和他年龄相仿的男人，一边用手击打桌子，一边回过头来，正对着他微笑呢。史迪克忙端着酒杯，走过去打招呼："你好，我叫史迪克。"

"我叫曼格，很高兴认识你！"

原来两人在越战时是一个部队的，都是通讯兵，"滴答滴答"，招呼就打上了。

两人一见如故，巧的是，曼格也有找工作的念头，于是两人相约一起到一家公司去应聘。

口试顺利通过，到了笔试的那一天，两人约定，互相通报重要答案，方法是用铅笔轻轻地敲桌子，"滴滴答答"的，这部队里的暗语，神不知鬼不觉，真是绝了。

考试开始了，碰到有些吃不准的题目，两人就"滴滴答答"地作弊了起来。

开始倒也没什么，"滴答"了一阵子，奇怪的事情发生了：前面讲台上也响起了"滴答滴答"的声音，我的妈呀，监考老师也敲起桌子来啦！

史迪克和曼格竖起耳朵一听，顿时一身冷汗，他们从"滴答滴答"的声音中听到了这样一句话："别作弊啦，我跟你们是一支部队的！"

（本栏题图、插图：顾子易　包丰一）

517 2012 SEMIMONTHLY 下半月刊 8月 STORIES

欢迎登录本刊主办"故事中国网"（www.storychina.cn）

STORIES

2012年8月
下半月刊·绿版

何承伟：社 长、主 编
夏一鸣：副社长
吴 伦：常务副主编（兼绿版负责人）
姚自豪：副主编（兼红版负责人）
本期责任编辑：朱 虹 陶云韫（见习）
电子邮箱：zhong98305@sina.com

绿版发稿编辑：
刘迎曦 颜轶超 黄美舟
美术编辑：李宝强
电脑制作：郭瑾玮
本社办公室电话：021-64375030
上半月刊编辑部电话：021-64332325
下半月刊编辑部电话：021-64336469
（上海市绍兴路74号 邮编：200020）
主管、主办：上海文艺出版（集团）有限公司
出版单位：《故事会》编辑部
发行范围：公开

出版、发行总监：张 凯
电话：021-64313938
广告业务：上海故事会文化传媒有限公司
广告总监：张 淮
广告业务：021-34010383
广告投诉：021-64333738
广告经营许可证
沪工商广字3100320080016号
发行：中国图书进出口上海公司

·笑话·

使劲吹

公司业务太忙，主管就去向经理申请，说忙不过来，能否招个新人？经理爽快地答应了。

新人被招进公司后不久，经理叫他去汇报工作。

主管叮嘱新人说："经理要是问你技术问题，你就使劲吹，反正他对技术一点也不懂。"

新人进了经理办公室，经理问："这个工作，你一个人能忙得过来吗？"

新人想起主管的叮嘱，便壮着胆子说："能，而且还绰绰有余！"

不久，主管就下岗了。

（石见陈）

（本栏插图：包丰一）

来个丫头

帮男人在酒店吃夜宵。席间有人喝多了，色迷迷地问老板娘："有没有特色服务？"

老板娘想了想，说："老板，那就来个丫头，好吗？"

那人一听大喜，赶紧要了一个，看看是什么货色。

两分钟之后，老板娘端来一盆东西，乐呵呵地说："慢用！"

大家一看，是盆鸭头。

（钱琳琳）

魔　力

有个小女孩，喜欢看电视剧《西游记》。这天，小女孩的妈妈问她："宝贝，你要是有孙悟空那样的魔力，你会做什么呀？"

小女孩说："我要是有魔力，就把爸爸妈妈变成妖怪。"

妈妈听了诧异道："为什么啊？"

小女孩说："我把你们变成妖怪，然后抓唐僧给你们吃，这样你们就不会老了。"

（古　妮）

4

胎毛笔

女儿一出生，爸爸妈妈就发现她的头发出奇的长。

爸爸提议说："宝宝头发多，我们就给她做支胎毛笔，既有纪念意义，说不定还有保值功能哩。"

妈妈一听，忙打趣说"既然能保值，那就等她头发再长点，做个胎毛拖把吧！"

（覃 飞）

垂死的富翁

富翁病重，躺在医院里，身边围着妻子、儿女和亲戚们。

大家关切地问医生："他的病情怎么样，会不会马上死？"

富翁一听，气愤地大喊"你们这些没有良心的强盗、流氓！不就是想让我快点死，你们可以分钱吗？"

医生对大家说道："他情况还不错，还能认出身边的人来……"

（守 白）

鸳 鸯

在动物园的湖边，姑娘对小伙说："你看那对鸳鸯，真好看！"

小伙子挽着姑娘的手，深情地说："让我们像那对鸳鸯一样，永远生活在一起好吗？"

姑娘涨红了脸，但又不无遗憾地说："好是好，可我还没学会游泳呢！"

（西门锤雪）

该下地狱

几个恶人死后被判下地狱，在过奈何桥时，他们几个聊了起来。

甲：我是用毒胶囊做药的，真倒霉，不幸吃地沟油死的。

乙：你真缺德，我是奶牛场的，就是吃了你的毒胶囊得癌死的。

丙：我可找到仇家了，我是酒厂老板，就是喝毒牛奶才死的。

丁：你这个卖假酒的混蛋，害死我了！

大家问：你是做啥的？

丁：我就是做地沟油的。哈哈，大家不打不相识，等会儿一起下地狱吧。

（严金杰）

· 笑话 ·

谁大

有个人碰到一对双胞胎小朋友，他问其中一个小朋友："你叫什么名字？"

小朋友说："我叫第一。"

这个人点头说："哦，叫第一，那你一定是哥哥啦。"

小朋友说："不对，我是弟弟。"

这个人很奇怪，第一怎么是弟弟呢？又问："你叫第一，那你哥哥叫什么呢？"

小朋友说："我叫第一，我哥哥叫并列！并列第一嘛！"

（守　白）

找美女

两个年轻人去国外旅游，他们一心想多拍点美女照回来，可看了半天，那里美女的脸都像一个模子里刻出来的。

找了半天，总算看到几个有点特色的，两个年轻人高兴得大叫："这里有美女！"

他们举起相机正准备拍，只听"美女"们说道："别拍啦，都是男人，你拍什么？"

（严金杰）

这字念什么

妈妈指着"问"字考3岁的儿子："这个字念什么啊？"

儿子回答："念'门'。"

妈妈提示道："仔细再看看，'门'里面还有个口字呢。"

儿子恍然大悟道："知道了，念'门口'。"

（陶　陶）

爱学习

有个漂亮女孩，不管出门干什么，手里总会拿一本书，大家都称赞她爱学习。这天，她出门碰见同学，同学问："为什么每次见你都拿了不一样的书？"

女孩笑笑说："其实我拿不同的书在手里，主要是为了搭配我衣服的颜色。"

（守　白）

没 钱

丈夫问老婆要钱买烟，被他老爹看见了。

老爹把儿子叫到一边教训道："一个七尺多的汉子，兜里连买烟钱都没有，你也不害臊。这钱别问你媳妇要了，晚上我给你！"

儿子问："爸，你为啥不现在给我钱？"

老爹说"我现在哪有钱，等晚上我找你娘要去。" （大山）

喜 欢

情人节，一对恋人逛商场。走过一个柜台，女孩对男孩说："亲爱的，我喜欢大玩偶！"男孩立即掏钱买了。

又走过一个柜台，女孩对男孩说："亲爱的，我喜欢法国香水！"男友立即掏钱买了。

又走过一个柜台，女孩对男孩说："亲爱的，我喜欢钻石！"男友立即掏钱买了。

又走过一个柜台，女孩对男孩说："亲爱的，我喜欢……"

男孩拿出干瘪的钱包，说"亲爱的，等一下！你喜欢的东西有没有便宜的？"

女孩干脆地说"有啊，我最喜欢你了！" （陈再西）

相亲记

一个大龄未嫁女在一次相亲会上，拐弯抹角地打听男方家底："你最经常用的交通工具是什么？"

男方回答："飞机、动车。"

女方觉得男方属于高档商务白领，遂交往。

交往后却发现男方是个普通工人，骑一辆破自行车上下班。女怒道："当初你居然骗我！"

男茫然答道："没骗你啊，我说的就是非机动车。"

（齐鑫卫）

（本栏目欢迎原创作品、翻译作品。来稿可从邮局寄发，也可从网上传递。如为电子邮件，请发以下信箱 zhong98305@sina.com）

阿P智斗保安

□ 九方信

阿P的儿子小虎高考一结束，就找了份工作，是给一家数码城发广告。

第一天工作完，小虎垂头丧气地回家了。妈妈小兰忙问："儿子，怎么了，受欺负了？"小虎闷闷不乐地讲起了今天的事。

今天，主管安排小虎到马路上发广告。小虎第一天来不知道啊，这数码城和隔壁的电脑城，两家是竞争对手，平日里都暗自较着劲。小虎没有经验，直愣愣地站在电脑城大门口派发广告，很快就被电脑城的保安发现了，硬是把数码城的传单扣下了。小虎工作没完成，回去还遭主管一顿批评。

看着儿子苦瓜似的脸，阿P的火"腾"地上来了："太过分了，敢欺负

我阿P的儿子！儿子，等着，爸爸明天给你出气！"

第二天，阿P跑到数码城，说是代儿子工作一天，领了广告后直奔电脑城。在大门口，他故意高声呐喊，没一会儿，就发了十几张广告。阿P得意啊，声音更响亮："嗨，走过，路过，不要错过！便宜卖啦……"不知情的还以为这里是卖处理货呐。

阿P正喊得来劲，他肩上挨了重重的一下，一个趔趄，手中的广告都差点掉了。"奶奶的，谁这么没礼貌？"阿P正准备回身，就觉得身子不大听使唤。原来有人一只手按着他的肩膀，那人稍稍一用力，就把他的身子扭了过去。阿P刚想发怒，突然就不吭声了——原来对面站着一个铁塔似的保安，足比自己高两头，身板都有

两个阿P叠起来那么壮。

但当着马路上那么多人的面，阿P决不能示弱，他壮着胆子，声音发颤地问："什……什么事啊？"保安一用力就把阿P提了起来，一脸凶相地发问"少啰嗦，谁让你在这儿发的？"阿P一边挣扎，一边指着不远处一个发广告的，说："他……他能发，我、我为什么不能？"保安冷笑一声："人家发的是房地产广告，跟我们无关。别以为我不知道，你是数码城的，赶紧走，再来我不客气了！"说完一松手，阿P往后几个踉跄，差点摔倒。阿P心想：好汉不吃眼前亏，对方要是一巴掌下来，这医药费可没地方去报啊。阿P一跺脚，喝道："小子，你等着，爷爷不是好惹的！"话没说完，人已经跑远了。

回到家里，小虎看出端倪了，又不好说破，就劝老爸算了。阿P心里很不是滋味，他想："不行，在儿子面前，我不能掉价，起码得想法把广告发完。"阿P眼珠子一转，有了主意。他换了一套衣服，又戴上帽子、墨镜，还把儿子的书包也拿出来，把广告装进去。这次他改行做地下工作了。

阿P又来到电脑城门口，他背着书包，手里拿几张广告，像是学生等人的样子。他瞅瞅门里，没见保安。于是就像特务接头似的，看见人来了，悄悄走过去，说几句话，然后塞过去一张广告。别说，还真有成效，有几

个顾客看了数码城的促销传单后，就转身去了隔壁。

阿P心里得意啊，还是我聪明！不一会儿，电脑城的主管出来检查工作，阿P立刻收起广告单，装作等人的样子。奇怪的是，主管神色诡异地对阿P指了指，然后就快速离开了。

这是怎么回事？难道自己被发现了？阿P正琢磨着，一只大手又搭到他的后背。这次，直接就把阿P拎了起来。

阿P好不容易转过头，一看，心就沉了下去，被保安发现了！只见保安怪笑着说："小样儿，还装嫩来骗我呢！"说着一指大门旁边，一个监控镜头赫然对着阿P站的位置。原来，监控室早就发现了这个形迹可疑的人。

阿P人被悬在半空，两脚乱蹬，话

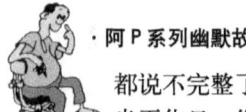

都说不完整了："放，放手……光天化日，你……"

保安一使劲，把阿P推倒在地，保安又蛮横地拽下阿P的书包，打开拉链，将里面的广告都没收了。阿P气得呼呼喘气，又不敢发作，只好一把抓过书包，红着脸离开了。

回到家里，小兰正做着饭，准备用大餐迎接英雄归来。谁知阿P进来时脸色比儿子还差。小兰明白阿P肯定是碰壁了，所以咕哝道："别逞能了，太太平平过日子吧。"

阿P见儿子也在一旁撇嘴，急忙脸红脖子粗地嚷道："这个保安，太不讲理了，我不能饶他！"

夜里，阿P翻来覆去睡不着，怎么教训那个保安呢？自己夸下海口，那一定不能认尿。苦思冥想到半夜，阿P终于有了点子。

过了几天，电脑城门口又来了个发广告的老头，而且发的还是数码城的广告。门口的那个保安见状，走过去一把揪住，叫他快滚！

那老头脾气挺倔，就是不肯离开。于是两人就吵起来。保安一怒之下，抢过老头手里的传单，还随手推了他一把。

谁料老头一下跌倒在地，顿时全身抽搐起来，口中还流出白沫。路人一下围拢过来。保安慌了神，威胁道："快起来，别想讹我。"

这时，人群中响起一声惊嚷，"爸！""爷爷啊！"阿P带着儿子挤了进来。保安看看阿P父子俩，又看看老头，缓过神来，忙向路人解释"他们是装的，他们……"

路人纷纷指责保安，"我们都看见你推人了。""就是，一个大小伙子欺负老年人。"还有人说道"别吵了，老头都不动了。"

保安说不清楚了，心里也有些怕，蹲下身来问阿P："小……大哥，老爷子没事儿吧？"阿P红着眼叫道"走，先送医院！"保安没辙，只能背起老头跟着阿P去医院。

阿P在前边带路，七转八弯来到一个巷子里。保安疑惑地问："大哥，这哪儿有医院啊？"

阿P却不慌不忙地问："爸，歇够了吗？"与此同时，保安背上的老头跳下来，擦了擦嘴边的牛奶沫。

求婚条件 （崔东豪　编绘）

（《故事会》漫画版精品选登）

"你不是晕了吗？"保安诧异地指着老头，还补了一句，"我早觉得你们在骗人。"

阿P爹拍拍身上的土，说："你这小同志也是，蛮横粗暴，要是真伤着人怎么办？不是我说你……"接着，老头开始严厉地训斥。

阿P在一旁得意极了，老爸真的有当领导的范儿。他也学着老爸的样子教训保安："我们不想讹诈你，我们就想要回自己的尊严！今天你必须向我们道歉！"

保安红着脸像个小学生似的，畏畏缩缩走到阿P父子前面鞠了个躬，憋了半天，说了声"对不起"，然后飞快地跑了。

小虎在一旁高兴极了，搂着爷爷说："爷爷真棒！爷爷真棒！"阿P也乐开了花，心里夸自己想了个好主意。小虎趁机从兜里摸出一张广告，对阿P说："老爸，数码城正促销呢，你给我买个新手机吧！"阿P爹正美着呢，爱怜地拍着孙子的头，连说"好，好！"

阿P惊得嘴张得老大，面子回来了，可是，这银子是要出去了。再一想，毕竟面子要比银子更重要啊。于是也牛气冲天地说："买，买最新的手机！"

（题图、插图：顾子易）

□ 川 子

挑剔的客人

三百六十行，行行出状元。可如今又出了一个新行当，他能取得成功吗？

郑同是个宾馆服务生。这天，他负责的楼层来了个女客人。此人长发披肩，身材苗条，提着个旅行箱，是个漂亮姑娘。

郑同帮姑娘开了房门，刚要转身离开，姑娘却叫住了他："你先别走，等我看看房间。"

开了门，姑娘就脱掉高跟鞋，赤脚走了进去。她伸手摸了摸茶几，拉开窗帘望了望，又在床上坐了坐，还到卫生间门口闻了闻。

郑同正纳闷呢，姑娘对他说："这房间我不太满意，能不能换一间？"郑同点点头，又给她开了隔壁一间客房。不料，姑娘察看了一番，还是不满意。郑同只好又给她开了一间。就这样，一连看了三间，姑娘都不满意，她要求再看看对面那间。

郑同有些为难地说："对面那间不是我负责的。不过你要看的话，我可以给你开门。"于是，他下楼拿来钥匙，给姑娘开了门。姑娘依旧赤脚走了进去，但只走了几步就退了出来。她看着脚底的灰尘皱起了眉头。

郑同满怀歉意地说："对不起，可能是打扫房间的时候不够仔细。"姑娘看着他笑了："不是你负责的房间你也道歉？算了，看了这几间，我还是觉得第一间最好，我还是要那间吧。"

得，闹了半天又回到了起点。不过，郑同的脸上始终保持着微笑，没有半点的不耐烦。姑娘对他的服务好像挺满意，关门前还伸出手来和他握手："谢谢你了，我叫汤莹。能告诉我你的名字吗？"郑同也介绍了一下自己，就走了。

郑同来到电梯口，碰到了客房部经理汪宇民，汪宇民问他："听说来了个很挑剔的客人？"郑同回答说："也没什么。只是多看了几间房间，现在已经住下了。"汪宇民哼了一声说："如果是故意找茬，也不能由着她。"

正说着呢，汤莹也来到了电梯口。郑同告诉汪宇民："就是这位客人。"可汪宇民却两眼发直，似乎没听到他说的话。这个汪宇民人长得帅，会交际，常自吹没有他追不到的女孩子，这下看来又动了心。果然，汪宇民立刻和汤莹搭起讪来。郑同找个理由先走了。

不一会儿，汪宇民就找到郑同，让他送些一次性用品到汤莹的房间去。郑同有些疑惑："这些东西，咱们宾馆现在不是不提供了吗？"汪宇民有些不耐烦："让你送你就送吧，问那么多干什么？如果她问起，你就说是客房部特别提供的。"

郑同把东西送到了汤莹的房间。汤莹只说了声"谢谢"，并没有多问。

第二天，汪宇民原本轮到休息，但他却精心打扮地来了，手中还捧着一大束鲜花。郑同远远看见汪宇民去敲汤莹的房门，他不禁摇摇头，走开了。

到了下午，天突然下起了大雨，汤莹从外面回来，淋得跟落汤鸡似的。郑同忙上前问有没有什么需要帮忙的。汤莹摇摇头，说："不用了。我明天就要走了，所以想去附近转转，没想到突然下大雨了。"听说汤莹明天就走，郑同心里竟有些怅然若失。

可到了第二天中午，汤莹没有退

房，甚至连门都没有出。

郑同不由得担心起来，他借客房服务的机会敲了敲汤莹的门。汤莹披着外套来开门，脸色很憔悴，显然是昨天淋雨着了凉。郑同赶忙跑回自己的储物间，拿出感冒药给汤莹送了过去。

第二天上午，汤莹找到郑同说："谢谢你的药，我的感冒好多了。你今天有空吗？我想请你陪我出去走走。"郑同正好下午休息，就高兴地答应了。不料，恰好被一旁的汪宇民听到了，他气得鼻子都歪了："我约她出去她不答应，她却主动约你出去？是不

是你给她吃错药了？"郑同心里高兴，也不和他计较。

下午，郑同和汤莹一起出了宾馆。汤莹这才说道："其实，我来这里是为了工作，本来昨天我就该走了，因为生病才留下的。所以今天索性给自己放一天假，好好放松一下。"

郑同诧异地问："你不是来度假的吗？怎么变成了工作？"

汤莹抿嘴笑了："我的工作已经完成了，告诉你也无妨。其实，我是个酒店试睡员，负责体验酒店的各项服务，然后根据自己的感受写成报告，发布在网上。那天我故意找借口换房间，就是想看看你们的卫生状况。你打理的房间我很满意，但别人打理的，我的评价就不高了。"

汤莹看了看郑同吃惊的表情，接着说："其实我这工作并不轻松，我要马不停蹄地跑很多酒店，经常觉得很累，所以想找个朋友轻松地玩一下。我觉得你人不错，所以才约你出来，咱们好好玩半天吧。"郑同听完，高兴地点点头。

那天下午，两人去了很多地方，玩得非常开心。不料，两人刚回到酒店，就有人通知郑同，说是总经理找他。郑同急急忙忙赶去了。

就在总经理办公室门外，郑同碰到了汪宇民。汪宇民满脸的不高兴，连招呼也不打就走了。郑同心情忐忑地进了办公室，总经理笑着问他"小

郑，你下午是不是和一个叫汤莹的客人出去了？"郑同心里咯噔了一下，点了点头。

"我给你看样东西。"说着，总经理把桌上的电脑屏幕转过来给他看。郑同一看，页面上正是汤莹发布在旅游网站上评价本酒店的文章，但评价内容大多比较负面，比如酒店房间的卫生不尽如人意、向客人提供一次性用品不够环保等等。

总经理又说："这个汤莹是个酒店试睡员，对我们的酒店做出了很多负面评价，影响很不好。从文章上看，汤莹对你的评价还不错，我想请你和她联系，让她修改这些负面评价。"

见郑同有些犹豫，总经理接着说："这件事成功与否，关系到酒店的荣誉。我可以告诉你，汪宇民肯定不能再做客房部经理了，如果你能让汤莹修改评价，他的位置就是你的。如果不行，你也不用在这里干了。"

走出办公室，郑同心情特别沉重。在大堂里，他正好碰上已经退房的汤莹。两人一起走出宾馆，汤莹见他闷闷不乐的样子，就问："怎么啦，是不是被领导批评了？"

郑同吃了一惊："你怎么知道？"

汤莹说："汪宇民刚才对我说，你捅了娄子，要倒霉了。他的话我当然不相信，不过我还是有些担心，正想找你呢。"

郑同很感动，就告诉了她总经理交代给自己的任务。

汤莹停住了脚步，愧疚地说："那篇文章我不能修改，那个网站的设置就是这样，除非直接删除。但我想我的评价是客观的，你们酒店的确存在这些问题，所以我不会删除，这关系到我的职业道德。对不起，我可能要害你丢饭碗了。"

郑同却笑了："我不是来请求你修改评价的。换了我，我也不会做违背自己原则的事。其实，我出来打工，不是为了挣那点工资。你有没有听说过银顶山？"

汤莹点点头："知道，那是一个正在开发的旅游区。"

郑同神秘地笑了笑，说："其实我家就在那里经营酒店。我出来工作，是为了锻炼自己。现在是时候辞职回去，大干一场了。到时，我想请你也去我的酒店看看，给我们一个评价。不知你有没有兴趣？"

汤莹惊讶地瞪大了眼睛："开发新酒店也是我们试睡员的职责之一。我当然有兴趣。不过……"汤莹顿了顿又说，"我们有一个原则，不能私下接受酒店的邀请，以免影响评价的公正性。但是，我想以朋友的身份去你那里小住一段，你欢迎吗？"

"太好了，当然欢迎！"郑同高兴得一把握住了汤莹的手。

（题图、插图：安玉民　梁　丽）

·微博故事·

故事会 ■ 新浪 微故事大赛 🐭👁

7月优秀作品选登 （主题：**最后悔的事**）

@ 冰心雪凝 经纪人对他说："你上次推掉的那部片子，现在被邀请去国外参加电影节了。"他没说什么，心里却翻江倒海。下午，他照常拍戏，顺利完成了重要戏份。导演乐得拍他肩膀："这组表现悔意的镜头总算被你演出味来了！为了逼你入戏，是我让经纪人对你编了那些话！"

@爱也忧忧恨也悠悠 县政府刘主任打电话通知我，市长一行要到我们村慰问贫困党员，中午在村里吃农家饭。吃饭时，我用塑料瓶给各位领导倒酒，大家都说这酒好喝。我说这是村里自酿的土茅台，才两块钱一斤。市长秘书马上说："那给我们带五十斤这样的酒回去吧。"我吓晕了，这可是真正的茅台酒！

@jlsclxlhw 父亲的烟抽得很凶，屋里经常烟雾缭绕，我劝戒烟几次未果，想想都一把年纪了，由他去罢。年前，母亲突然身体不适，去医院检查，肺癌晚期，不久辞世。春节我回老家，顺便给父亲带了两条好烟。谁知父亲突然哭得跟小孩子似的，说："如果听你的话早戒烟，也许你妈就不会走得这么早了……"

@ 秋父V 十年里，他没日没夜地做实验，终于研制出了后悔药。他把第一颗药丸送给妻子，以表十年间冷落佳人的愧疚之情。妻子高兴地服下后，他发现自己一直以来都是单身。他又把第二颗药丸送给了父亲……于是，这个世界上从来就不曾有他，也没有过什么后悔药……

@风铃炸弹 工作几年后，我决定转行从事自己更感兴趣的职业。告诉父亲后，一直对我要求严厉的他竟然没有反对，只是在沉默片刻后说："如果喜欢就换吧，别跟我一样做着不感兴趣的工作。""可是爸爸，您不是在我上学后才换的工作么？"我惊讶地问道。"新单位离你学校近而已。"他淡然回答。

@看指间飞沙 他因为抢救孩子被卷进车轮，虽性命无碍，却永远失去了双腿。在电视台采访时，主持人问他后悔吗？他说"这辈子最后悔的就是失去了双腿，因为再也不能陪儿子踢球，再也不能陪妻子散步了……"摄像悄悄关掉了摄像机，他没看见，继续激动地说道："但如果再来一次，我还会去救那孩子。"

@ 新生代民亨 列车上，一个小男孩因要求没有得到满足，正闹着小性子，糖果、糕点扫了一地，其母好言相劝并很快答应了孩子的要求。我忍不住劝道："你不能这样宠孩子！"看得出她有些不快。为了她今后不要像我一样后悔，我告诉她我此行的目的地：去监狱看望正在服刑的儿子……

（大赛启事请见P35，也可直接扫描右边的二维码，即可进入微故事大赛官方微博）

　　短信也能发微博！将作品编辑成短信发送到951318188，就可马上参与微故事大赛。移动／联通／电信全覆盖！无信息费。

在这个"问题奶"横飞的世界里，流传着这样一句话："金水银水，不如人的奶水。"人奶，人们心目中最安全、最有营养、最适合婴儿的奶水，如今竟也惹出了祸……

奶水惹的

祸

□ 陈　铭

卖奶赚外快

最近，阿强老婆生了个大胖儿子，他发现，老婆奶水特别足，每天不管儿子怎么吃，就是吃不完。

这天，阿强突发灵感，决定出售老婆多余的奶水。他来到热闹的街头，头顶举着块牌子。不一会儿，就有个小平头男人过来问价了。

阿强说："人奶不能卖牛奶价，有点贵，一百块半斤吧。"

小平头笑了笑说："价格不是问题，关键是质量。"

"这个您放心。"阿强马上拍起了胸脯，"绝对纯天然无污染绿色产品，我儿子喝了它，三个月二十斤！"

小平头显然动了心，但还是要求去亲眼看一下奶源。阿强二话没说，带上他就走。

到了阿强家，小平头一看，阿强老婆神采奕奕，胸脯大得要撑破衣裳，儿子白白胖胖生龙活虎。小平头脸上露出了满意的笑容，接着又是羡慕又是感慨地对阿强说："兄弟，你太幸福了！我女儿自打一出生，老婆就没让她吃饱过一回。不得已，只好买奶粉，可现在的奶粉真不敢让她多吃啊，每天都是提心吊胆的。"

阿强心里美滋滋的，可不是嘛，奶粉能和人奶比吗？

小平头当即就下了订单，每天给他女儿留半斤。阿强收了钱，叫老婆到房里现挤了满满一奶瓶，出来交给小平头说"趁热，快拿回去给孩子喝

吧！"

第二天，阿强在家左等右等，就是不见小平头上门取奶，正纳闷呢，忽然听到外面有人用力敲门。打开一看，正是那个小平头，但脸上却是一团怒火。

没等阿强问，小平头一把揪住他的衣服，破口大骂："王八蛋，你敢害我女儿！"

阿强大吃一惊，结结巴巴地问："怎么、怎么了？"

"怎么了？"小平头吼道，"我女儿中毒了！你卖给我的是毒奶，你真不是人！"

阿强傻了："怎么会？明明是我老婆的奶……"

小平头说"你自己去看！"不由分说，揪着阿强就走。

阿强被他扯到了医院，一看病房里果真躺着一个几个月大的女婴，身上还插着管子，打着吊针。一个年轻

女人正坐在床头不停抹泪，估计就是小平头的老婆。见了阿强，她张牙舞爪地扑上来要跟阿强拼命，幸好被小平头及时拦住了。

阿强委屈地说："你孩子可能生什么急病了吧？怎么赖到我家的奶上呢？"

"就是你的奶！"小平头的老婆尖叫着说，"我女儿就是喝了老公买回来的奶后出的事，医生说是中毒！"

阿强差点跳了起来："你们想陷害我，没门！"

小平头脸色铁青，又揪住他骂："混蛋，你还想赖账！"阿强冷笑道，"真是笑话！我老婆的奶怎么会有毒？你那天明明看见我老婆挤的奶……"

"我没看见！"小平头打断他说，"你把老婆拉进房里，拿给我的却是劣质奶粉兑的水，挂羊头卖狗肉！"

阿强愣了愣，一想这下麻烦了，老婆挤奶当然要避着小平头，现在反倒没了证据。阿强急得赌咒发誓，天打雷劈，不得好死的话都说出来了。可小平头哪里肯信，两人正吵吵嚷嚷着，医生进来了，说："不用吵，把孩子喝剩的奶瓶拿来，我一看就明白了。"

这话提醒了小平头，冲阿强说："你等着，如果是毒奶，老子要你喝了！"掉头就回家取奶瓶。

18

这奶有问题

第二天，阿强上街又找到一位买主，是位年轻妈妈。这回他学乖了，为了卖个货真价实，他索性让老婆当着女买主的面挤奶。

谁想，晚上那个买主就找上门来了，说她儿子喝了买回去的奶，上吐下泻发高烧，已经送去医院了。

阿强吃了一惊，说道"你明明亲眼看见奶水挤出来的，难道我跑到你家下毒不成？"

买主一想，确实也是啊，这下无话可说了。

打发走买主，阿强挠起了头皮。真是邪门，自己的儿子喝了几个月都没事，怎么别人一喝就闹病呢？再想想，他不禁有点疑神疑鬼起来，看来奶水这玩意儿是不能卖钱的，卖了要出鬼！

第二天，阿强不敢再上街推销奶水了。可老婆的奶水还是像自来水一样涌出来，堵都堵不住。儿子只吃了一只就撑得不行，老婆只好把另一只的奶水挤在盆里，挤完了叫阿强拿走。

阿强端起来一瞧，好家伙，满满一大盆，他不由得直摇头"可惜啊可惜！"却也无可奈何，卖又不敢卖，自己又不愿意喝，只能一脸惋惜地放在桌上。两口子看着盆子直叹气。

阿强家住的是老城区的旧平房，环境十分脏乱，家里经常出现老鼠蟑

阿强脑子不糊涂，心说这小子要是拿了一瓶毒药来，我就是跳进黄河也洗不清了，急忙拔腿追上去，要求一块儿去取奶。小平头正担心他趁机溜走呢，正合心意，就带着他一起回了家。一看，昨天买来的奶只剩下一点了，阿强紧紧地盯着那个奶瓶，提防小平头使诈。

两人一路护送着奶瓶又来到了医院，医生倒了一点在手心，仔细瞧了瞧，嗅了嗅，又用手指捏了捏，笑了："这是正宗的人奶！"

阿强心中一块石头终于掉了下来，长长松了口气。小平头却糊涂了，瞪着眼说："孩子明明是喝了奶才不舒服的。"不过，他并没有再为难阿强，让他走了。

阿强回到家，愤愤地告诉了老婆："虚惊一场！这家伙真是有眼不识宝，他孩子不知怎么生病了，却硬赖在你的奶上。哼，他以后就是想买，也不卖给他了！"

蝴什么的。就在这时，不知从哪儿钻进来一只老鼠，可谓是胆大包天，居然大白天的爬上了桌子，还凑到装奶水的盆子旁，两只爪子扒着盆沿，咕嘟咕嘟喝起了奶。

阿强一看这老鼠如此无法无天，再也忍不住了，猛地一拍大腿。老鼠吓得"吱"一声叫，掉头就跑。谁知它跌跌撞撞跑到桌子边缘，居然一头掉到了地板上，滚了两滚，爬起来又跑，没跑几步又跌倒了，肚子都翻了过来，只剩四只爪子在那里使劲蹬。

阿强和老婆见状，都惊讶地叫了一声，不约而同地站了起来。

阿强快步走过去一看，老鼠嘴巴上还沾着奶水，身子却像抽筋一样颤抖着，一看就像是吃了老鼠药发作的样子。又过了一会儿，老鼠就一动也不动了。

阿强惊讶地张着嘴巴，抬起头脱口说道："难道你的奶真的有毒？"

"放屁！"老婆骂道，"我的奶有毒，咱儿子早就……"说到这儿，急忙一把捂住嘴巴。

阿强想想也是，老婆的奶要是有毒，儿子就是有十条命也玩完了。可这是咋回事呢？他瞪着那只老鼠，怎么也想不通。

老婆没好气地说："肯定是老鼠吃了鼠药，刚好跑到我们家来了，喝了点奶，反而加快了药性发作。"

阿强心想，看来也只能是这样了，心里连叹晦气，赶紧拿了张报纸把老鼠包住扔到外面。扔完回来，忽然听见邻居王大爷在骂人。听了几句，原来在骂放老鼠药的。他的猫误吃了鼠药，刚刚中毒身亡。

回到屋，阿强突然发现老婆呆若木鸡地坐着，脸色惨白。阿强疑惑地问："老婆怎么啦？"老婆颤抖着说："王大爷的猫死了。"

阿强一听更疑惑了："死了就死了呗，又不是咱放的药。"

"刚才……"老婆犹豫了一下，一咬牙说，"刚才我把那盆奶放在外面，那只猫过来吃……"

阿强愣住了，这也太巧了吧？两口子面面相觑，一时都说不出话来。

究竟是何因

接着一整天，小两口都心神不宁，他们捧着儿子左瞧右看，实在无法相信奶水有毒。

阿强苦思冥想了一夜，早上起来灵光一闪，激动地说："老婆，你发现了吗？咱家里过去蚊子成堆，自从你生了儿子，好像都不见了，儿子从来就没被蚊子咬过一口！"

老婆低头一想，连连点头："那是为什么？"

阿强使劲一拍手："肯定是被你的奶水熏跑啦！"

老婆半信半疑，有些不知所措。阿强迟疑地说："老婆，我觉得吧，你的奶水真的有点邪门。"

两人一琢磨，决定弄个明白，抱起孩子就上了医院。阿强让老婆挤了半杯奶，交给医生，请他化验一下到底有没有毒。

医生哈哈大笑道："我还没听说人奶能熏跑蚊子的呢。"可他还是把奶拿去化验了。

过了一天，阿强和老婆又来到医院，医生摇着头说："闻所未闻。"说着，递过来一叠厚厚的化验单。

阿强看了两张，脸已经吓白了，看到最后，一屁股跌在地上。天哪，老婆的奶水竟然含有十几种毒素。

医生严肃地对阿强的老婆说："正所谓病从口入，你的饮食习惯是怎么样的？"

这一问，老婆就后悔不已，说她吃东西就是不禁忌，就算怀孕期间，她还是管不住嘴巴，什么都照吃，像油条、臭豆腐、卤鸡爪、方便面、皮蛋、辣椒酱、香肠……

"这就对了！"医生摆摆手打断她，"你早上吃一根地沟油炸出来的油条，中午吃两块用腐肉、化工原料泡出来的臭豆腐，晚上再吃半碗用工业硫磺熏制的辣椒酱……唉，你喜欢吃的东西，恰恰都是最有可能用毒料制出来的食物，日积月累，毒素都被你吸收了。毫不夸张地说，你现在的身体就相当于一个有毒工厂，而奶水是你排出来的有毒污水！"

阿强腾地站了起来，气得差点要给老婆两巴掌："我叫你嘴馋！"医生急忙制止他说："不是馋不馋的问题。其实我们每天也避免不了吃到有毒的食物，而她能够吸收并且通过奶水排出，世界上还没有先例，或许是她体内的基因结构已经发生变异了。"

老婆"哇"地哭了："我儿子呢？他还有救吗？"

医生沉吟半晌，说这个也不用太紧张。也许孩子在肚子里时，天天吸收着有毒的母体营养，天生就具备了对毒奶水的免疫力，所以天天喝着毒奶也没事。当然，这是一个奇迹，也是一个有待研究的课题。

阿强两口子顿时一片茫然，以后怎么办呢？后来一想，也想开了，罢了罢了，既然毒不死，那就继续吃下去吧！

（题图、插图：张恩卫）

把精力更多地放在工作上，而不是绞尽脑汁揣摩领导的喜好，这是做人的底线。

□ 徐树建

不可坏了规矩

沈仕明在局里当副主任已经很多年了，最近老局长调走了，新一把手杨局长上任。沈仕明瞅着那空缺已久的主任一职，决定马上开始行动。

很快，沈仕明打探到一个重要信息：杨局长特别爱吃农村老家水荡里出产的野生甲鱼。这野生甲鱼倒不是特别贵，可对杨局长来说意义不一般，里面饱含着亲情、乡情。对了，就打这张感情牌！

星期六，沈仕明驾车长途奔波来到杨局长的老家。他找到村里逮甲鱼的"鱼王"，态度诚恳地说："我母亲生病刚刚开过刀，身体虚弱得很，医

生说要是能搞到野生甲鱼就好了，所以想请你下河逮两只，行吗？"

那一脸憨厚的鱼王一听连连点头，说："行，你这就跟我下荡捉去。不过我已经答应了一个开饭店的，先给他捉两只后再给你捉。"

沈仕明大喜，当即跟着鱼王来到水荡里。两人正在河滩上深一脚浅一脚地走着，鱼王忽然停住脚步，手往下一压，示意不要出声，然后无声无息地脱掉衣裳，接着纵身一跃，"哧"的一声像根针一样直插入河里，眨眼间不见了。

沈仕明正惊讶，只听得水面一阵"哗哗"声，是鱼王冒出了头。等鱼王

22

上了岸，他手里已经捉住一只张牙舞爪的大甲鱼，然后鱼王把大甲鱼翻个肚朝天，再拾起一块不大不小的石头，牢牢压在了甲鱼的肚子上。

做完这一切，鱼王把衣裳往肩头一甩迈步就走，沈仕明叫了起来"咱们都走了，万一有过路人拾了甲鱼怎么办？"

鱼王摇摇头，说"在它肚子上压块石头，既是怕它跑掉，也是告诉别人，这甲鱼有主了，这样一来就不会有人拾。你放心，在我们这里就是金子放在路边，只要压一块石头，也保管不会有人拾的。"

两人正说着话，鱼王忽然第二次跳入河中，当他再次出水时，又捉了一只肥透了的大甲鱼，然后鱼王照旧用石头压住了。

可接下来转悠了老半天也没见鱼王再入水，鱼王有些扫兴地说："你运气不好，今天甲鱼特少，现在天色已晚，我看不清水面上的气泡了，明天再说吧。"

沈仕明恳求道："那这两只甲鱼就先卖给我好了，我多付钱。"

鱼王坚决地摇摇头，说："那怎么行呢？我既然答应了饭店，就得守信。现在我还得给那家饭店捉些黄鳝，你放心好了，明天一定给你捉两只大的。"

沈仕明听了，只好跟鱼王说好明天再来，然后开车走了。

不一会，沈仕明杀了个回马枪，又出现在水荡里，他见四周无人，便悄悄走到压着石头的甲鱼旁，拿起了甲鱼，然后在石头底下压了钱。他才不想明天再来哩，那太耗时间了，再说万一明天鱼王捉不到甲鱼怎么办？

第二天一大早，沈仕明就拎着两只甲鱼，来到杨局长家。一进门，沈仕明满面春风地说："杨局长，送点小玩意儿给您瞧瞧，我可声明在先，这不是送礼，只是表表心意。"

杨局长狐疑地打开袋子一看，顿时眼睛亮了："哇，野生甲鱼！你怎么知道我好这一口？对了，这种野生甲鱼市面上根本买不到，你这是从哪儿

弄的？"

沈仕明含笑说："杨局初来乍到，我怕您水土不服，所以就为您办了这么点小事。说起来这甲鱼虽不算贵重，可得来还颇费些口舌哩，我几乎一夜没睡！"他便把昨天的事一五一十地说了，末了又说，"不过我在石头下是压了钱的，鱼王是杨局长的老乡，我可不敢得罪哟。"

谁知杨局长听完，脸上一点笑意也没有，只见他从口袋里掏出一叠钱，说："这两只甲鱼我就收下了，钱给你，你昨天在石头下压多少就收多少。"

事先沈仕明已经了解到杨局长是个清廉的人，他怕操之过急，反而给对方留下不好的印象，就收下了钱。

这时杨局长又客气地说："沈副主任，今天是星期天，我还要拜托你一件事，就是请你再去我的老家买两只野生甲鱼来，好不好？"

沈仕明一听大喜过望，领导把这么私密的事交给自己办，有戏！

他立即再次驱车来到杨局长老家，找到鱼王，还没开口，那鱼王就嚷了起来："我说你这人，甲鱼都压在石头底下了，你怎么偷偷拿了？"

沈仕明忙不迭地递上好烟，含笑说："大哥，我不是压了钱嘛，难道那钱不够？这样好了，你说差多少，我这就补上。"

鱼王一把推开沈仕明的手，气哼哼地说："这不是钱的问题，你让我怎么跟饭店那家交差？"

沈仕明心里暗笑乡下人死脑子，但他嘴上还是讨好说："大哥，是我错了，可我急啊，因为我母亲急需甲鱼补身子，大哥，我以后再也不敢了。"

听他这么一说，原本黑着脸的鱼王有点消气了，这时沈仕明趁机又开了口："大哥，我母亲特别喜欢那甲鱼，你能不能再捉两只来？价格嘛，你说了算……"

话还没说完，鱼王就斩钉截铁地打断话头："我再也不会跟你做生意了，你这人不诚信！"说完一甩手，转身就走了。

沈仕明又气又恼，心想，死了你张

屠夫，难道我还吃带毛猪不成？于是他在村子里转悠起来，可出乎他意料的是，就是没有一个人肯为他捉甲鱼，而且都对他很不客气地说："你就是昨夜偷甲鱼的人吧？我们不相信你了，你走吧，在我们这里你永远买不到甲鱼了。"

这下，沈仕明真慌了，领导第一次交代的任务就没完成，以后的日子还怎么混？他垂头丧气地走到村口，准备上车打道回府，不料眼前突然出现了一个人，定睛一看，不是别人，竟是杨局长！

杨局长似乎已经知道了结果，问道："沈副主任，我猜你一定空手而回吧？"

沈仕明惭愧死了，搓着手说："对不起……"

杨局长说："你知道什么原因吗？我告诉你，那甲鱼不是你的，你就不应该拿，这就是规矩！或许你对农村的规矩不以为然，可你听完这个故事就懂了。"

接着，杨局长就讲了起来："好多年前，这里有一个孩子考上了大学，可他家里穷，交不起学费，借来借去还差好多，幸好他姑姑家有点钱，就让他去拿。可他拿到钱，在回家的路上，一不小心把钱给弄丢了，直到回了家才发现。他想回头去找，可那时天色已晚，外面什么也看不见，孩子急坏了。他父母也急，只能安慰他，说先睡觉，明天再找。第二天你猜怎么着？一家三口在路上竟找着了那笔钱，在那笔钱上端端正正地压了一块石头，这说明有人见过这钱了……"

听到这里，沈仕明隐隐明白杨局长讲的是什么意思了，这时的杨局长看上去颇为动情，接着说道："沈副主任，你应该猜到这孩子是谁了吧？没错，就是我！我讲这个故事的意思是，没有这个规矩，就没有现在的我，所以我会一辈子遵守这个规矩！或许你认为偶尔破一次规矩不碍事，可时间一长、破的人一多，这淳朴的乡规就会荡然无存！"

杨局长在离去前，又语重心长地说："沈副主任，我劝你把精力更多地放在工作上，而不是绞尽脑汁揣摩领导的喜好，这也是做人的底线。"

（题图、插图：张恩卫）

李阿婆临终遗愿，设计谋但求公平。亲兄弟互不相让，问遗嘱归属何方？

找遗嘱

□ 陈志荣

西郊村有个习俗，老人离世时，一定要由子女洗身换衣，干干净净去地府，这样下辈子才能投胎富贵人家。76岁的李阿婆，得了绝症，她也准备好寿衣寿裤寿鞋寿袜，并把这些东西装进一只纸箱中，放在床边的那个橱上。

李阿婆有三个儿子，老大老二虽说住得很近，但平时很少过来看望。老三住在城里，又常常远水救不了近火。眼看就要离开这个世界，李阿婆决定要找儿子们交代一番后事。

这次，老大老二跑得比兔子还快，一见娘都欲言又止。李阿婆大脑清醒着呐，已经猜出他们要说什么，不就是要立个遗嘱，把房子给他们嘛。看着这迫不及待的样子，老人伤心极了。

老三最后一个到。李阿婆见儿子们到齐了，就对他们说："妈很难活过这个月了，趁今天还能开口说话，你们也都在这里，我再交代一下，千万不要忘记给我清洗身子，换上我准备好的衣服，妈下世还想继续做人，希望能够投胎到富贵人家。这间房屋我也立下了遗嘱，还做了公证。"

老大一听，连忙问："妈妈，遗嘱在哪里，让我们看看。"

李阿婆叹了口气说："我放在一个非常牢靠的地方，现在还不是看的时候。我在遗嘱上写明了，你们三家中最先拿到遗嘱的，得一半房屋，还有一半由另两家平分。不过有个前提，在我咽气前找到遗嘱的，视为自动放弃房屋继承权。"

西郊村靠近城市，土地价格日益飚升，而留在李阿婆名下的老房子，居住面积就有100多平方米，难怪老大老二要虎视眈眈了。

为了能多得遗产，老大老二主动要求留下来陪母亲了。

这天，老大趁老二去卫生间，母亲昏迷之机，悄悄地翻箱倒柜找起来，可是一无所获。这时，老二从卫生间出来，一看就晓得，哥哥在找遗嘱。这还了得，从那时起，他也寸步不离母亲，连上厕所都要让老婆过来代班监督。

两兄弟僵持了几天，顶不住了，最后妥协，在母亲家装了个摄像头进行监控。然后打电话给老三，将陪母亲的任务推到老三身上。

一个星期后的下午，李阿婆到了弥留之际，老三赶紧打电话叫来哥哥、嫂嫂。

见儿子们站在面前，李阿婆有气无力地说："洗……换……"

老二马上弯下身，在母亲耳边说："妈妈，您放心，我们会给您洗换干净的。"

李阿婆听了，才放下心来，眼睛一闭，撒手人世。听到哭喊声，左邻右舍都赶来帮助料理后事了。老大、老二及嫂嫂们，哪里还顾得上给母亲擦洗身子换衣服的事，急急忙忙翻箱倒柜，找起遗嘱来了。

老三见状，只得招呼老婆，拿来热水瓶、脸盆、毛巾，给母亲擦洗起来。前面洗干净后，托起母亲的上半身，右手抱住前胸，左手拿毛巾擦后背。忽然，老三惊叫一声："啊，背脊上有字。"

一听背脊上有字，老大老二都冲了过来，他们心里清楚，有线索了！

李阿婆背上真的有字，而且还十分新潮，是让文身师在她背上文了小小的几个字："工行21。"

"工行21"是什么意思？老大老二琢磨开了。工行，应该是母亲领取抚恤金的那家工商银行。银行是存钞票的，那21肯定是箱号了。母亲到底还是有文化的，她在工行租了一个保险柜，把遗嘱放那了，然后又在背上文了几个字，这样，谁洗擦身子谁就能先看到。

这样一想，老大老二醒悟过来，赶紧又翻箱倒柜，找到银行凭证和母亲的身份证，然后急匆匆出了门，争先恐后地往那家工商银行跑去，只留下老三他们给母亲换衣。

老大老二到工商银行一问，果然有21号保险柜，但要凭密码才能打开，好话说了一箩筐，也没有用。好在他们记得拿着母亲的身份证，用她的生日一试，还真把保险柜打开了，里面有一个信封。老大老二抢着伸手，这可是好几十万哪。一抢一夺谁

也没占便宜，最后两人只好达成协议，现在谁也不许看，拿到乡亲们面前当场读。条件是遗产一人一半。

来到家里，叫来村里长辈，老大从信封里抽出一张纸，一看，上面写着："请立即归还李正邦人民币1000元。"这哪里是什么房屋分配遗嘱，这是一张欠条嘛。老大冷笑一声，对老二说"既然信封是你先抢到的，这钱就你去还吧。"

老二接过纸条一看，也皱起了眉头，一甩手走了。

老三拿过纸来看了，才知道母亲还欠着人家钱。这点钱也不多，就由自己来还吧，了却母亲的遗愿。

李正邦是西郊村老年协会的会长，他秉公办事，深受村民的信任。见老三拿着这张纸来还钱，就摇摇手说："这钱不用还了。"到这时候，李正邦终于说出了真相，"孝子啊，告诉你吧，那份遗嘱在我这里，她生前对我说过，让我交给来还钱的那个儿子。"说着拿出遗嘱交给了老三。

李阿婆的遗嘱怎么会由李正邦保管呢？这也事出有因。李阿婆在银行办好手续，准备存放遗嘱时，突然想到，如果为她擦洗时，背上的字被另外一家的人看到，他们肯定会捷足先登去拿遗嘱的，那么，房产还是让心术不正的子女多得。考虑再三，就故意写了那张代她还款的字据，放入保险箱。做好这一切，才把遗嘱交给李正邦，要他帮助保管，并反复叮嘱，请他把遗嘱和省吃俭用积攒下来的一万多元存单交给来还钱的子女。

李阿婆真是有心人，为了考验三个儿子，这遗嘱藏得九曲十八弯，恐怕警察也要费一番周折了。

看老三拿到了遗嘱，老大和老二懊悔不及。可事到如今，他们只有敲自己的头了。

（题图、插图：谭海彦）

名贵相机

□ 卢树盈

白领青年周波喜欢摄影，这天，他开着越野车往深山里跑，准备拍一组好照片。

周波路过一个小镇，见路边一辆小货车上装满了翠绿的西瓜。周波停了车，拿着挎包走过去挑西瓜。

卖西瓜的是个胖女人，待周波挑好一只小西瓜，就问他，是否要把西瓜切开。周波懒得和她说话，付了钱，拿起挎包和西瓜回到自己的车边，从包里拿出一把小刀，只几下，就把小西瓜的皮削成了长条，盘在西瓜底部。又在西瓜肉上划了几刀，如一朵美丽的玫瑰花。周波一边吃西瓜，一边欣赏着山里的美景。

吃完西瓜，周波到小溪边洗完手，突然发现手上没有相机。一拍脑门，坏了，一定是刚才选西瓜的时候把相机落在小货车上了！周波赶快往回跑。

胖女人正在小货车前数着钞票，见周波匆匆而来，刚要问，周波先开口了："老板，你看见我的相机了吗？"

胖女人肯定地说："没有。"

周波不相信，到处去找。那胖女人也帮忙找。可周波看她躲躲闪闪的眼神就认定有问题。于是他实话实说："老板，你只要把相机还我，我给你一百元钱。"

胖女人的脸红了："我真的没有看到你的相机。"

那相机可是一万多元买来的，周波只得加码，一直加到五百元，可胖女人就是摇头，最后她急了，擦了擦额头上的汗珠，稳了稳情绪，大声说："我真的没有捡到相机，你不要拿钱来羞辱我们乡下人。"

周波看胖女人急了，脸红到耳根，分明是做贼心虚的样子，又发现她的身体慢慢地往一个筐子边移，周波仔细一看，筐子里露出一条黑色的相机带。他突然冲过去一拉，相机从花花绿绿的塑料袋中飞了出来。

胖女人恼羞成怒地抢过相机，紧紧地抱在怀里说："这是我的相机。"

周波冷笑一声："你知道这是什么相机，这么名贵的相机，你这乡下女人买得起？"

谁料，胖女人不但说出了相机的牌子和型号，连价钱也说得差不多。

周波愣了愣，就想上前抢回自己的相机。胖女人更急了，大声喊"老公快来，有人抢我相机！"

随着喊声，从不远处冲出一个黑大汉，一把推开周波，问："你干什么？"

周波看他那凶样，有点害怕，结结巴巴地说："我的相机刚……刚才掉在这里，谢谢这位大姐帮我捡到。"

黑大汉看了一下女人手里的相机，气呼呼地说："这是我家的相机，如果你要，那就一万三千八，少一分钱也不行。免得这娘们天天捣弄相机，也不专心卖水果。"

周波知道自己遇上敲诈的人了，但自己人生地不熟，硬着来，不行！于是他悄悄拨了110。

警察很快来了，周波和胖女人都说这相机是自己的。警察就让他们说出相机的特征。周波胸有成竹，说相机里有自己刚拍的三张照片，都是风景照。

警察打开相机，看了里面的照片，点点头，对胖女人说："不错，相机是这位先生的。"

胖女人不相信，翻动着照片，看着看着，脸色大变，惊慌失措地说：

"你变的什么戏法，怎么把我的照片都换了？"

周波抢过相机，鄙夷地说："不要装了，让人看了很恶心。"

黑大汉也要上来抢相机，被警察拦住了，为防意外，警察把周波护送上车。

周波开车跑了一程，看后面没有人追来，才停下车，拿出挎包，准备把相机装在相机套里。

可周波拿出相机套，一下就傻眼了，里面装着一台一模一样的相机。他仔细回忆，终于想起来，自己选西瓜的时候，把相机放在西瓜车上了。而他称西瓜的时候看见相机竟然在筐子里，想也没想就拿了放进包里。是自己错拿了胖女人的相机。估计那胖女人也把自己落在车上的相机当做她自己的了，直接又放回了筐子里。

周波很好奇，一个卖水果的乡下女人，怎么也玩名贵相机？他忍不住打开她的相机，见里面存有不少照片。有一张照片吸引了他，那是一个穿着朴素的少年，正在给满头白发的奶奶买喜羊羊的玩具手机。奶奶脸上露出顽皮的笑容，充满了童真。周波在常逛的摄影论坛上看过这张照片，标题是：我那返老还童的奶奶。署名好像是"飞舞的梦想"，难道这个胖女人就是飞舞的梦想？

周波急急地往回赶，卖西瓜的车前，围满了看热闹的人。周波挤进去，

胖女人在哭，黑大汉在大声地骂："你这臭娘们就是欠揍，让你去买衣服，买首饰，可你就要买名贵相机。我缠不过你，花了一万多元给你买了新相机。我说了多少遍，让你不要把相机带到街上来。可你不听，就是要随身带着，说是要拍下精彩瞬间。现在倒好，相机被人偷了，还被警察训一顿，说我们见财起意，要敲诈别人。你也该醒醒了，你就是一个卖水果的女人，不要做摄影师的梦了。"

胖女人擦干眼泪，说："卖水果的就不能有自己的梦想？"

周波赶快挤进人群，拿出相机递给胖女人，说："对不起！是我刚才错拿了你们的相机。"胖女人一惊，又赶紧接过相机，打开一看，是一张张熟悉的照片，脸上顿时露出开心的笑容。

周波忍不住喊道："飞舞的梦想！"

胖女人傻傻地望着他，周波笑了："我是'阳光小子'。"

胖女人兴奋地喊道："你就是论坛里的阳光小子呀！谢谢你教了我那么多的摄影技巧。我还有很多的照片，你帮我看看，指导指导。"

周波看着胖女人拍的照片，每一张都没有经过修饰，却能打动人心，触动灵魂。

（题图、插图：谭海彦）

错给牛认个

□ 翟德军

这年春天，副县长的儿子周郑，开着路虎车，带着女友去郊外兜风。车子开到一条村路上，见前面走着一大群牛，把整个道路都占满了，周郑只好放慢了速度，跟在牛群后面，走走停停。

走着走着，女友"扑哧"一声笑了："你开的是牛车吧？"周郑听了，一股无名火升了起来，在漂亮的女友面前，怎么也得找回面子！他挂了个倒档，车子向后倒出一百多米，突然加大马力，向前冲了过去，他猛轰油门，紧按喇叭，声势十分吓人。吓得牧牛人躲到一边，鞭子也掉到地上，那群牛还算识时务，都躲到一边去了。

周郑乐了："怎么样，老虎不发威，当我是病猫？"说话间，车子眼看就要冲过去了，可是最前面还有一头老牛。这头老牛十分淡定，在道路中间不紧不慢地走着，没拿周郑的车

当回事。本来周郑提早打一下方向盘，就可以从它身边绕过去，可是对老牛视而不见的态度，周郑是十二分的生气，一脚油门踩到底，周郑自信，车到跟前，这头牛肯定会躲过去的。

可是这头牛就像和他较劲似的，就是不紧不慢地走。车子都快碰到牛尾巴了，周郑这才意识到这头牛不可能给他让路了。

刹车！已经晚了。前保险杠碰到了牛尾巴，车子算是停住了，却把老牛给撞了。周郑冲女友一笑："追尾了！"两个人笑得前仰后合，就差没把眼泪笑出来。

笑过了，他们才看到牧牛人正拍打着车窗，眼里喷着怒火，示意他们下车。

周郑摇下车窗，看了看牧牛人，收住了笑容："不就是碰了一下牛尾巴吗，至于要和我拼命？我把它买下

来，回家吃肉行不？"

牧牛人被激怒了，他告诉周郑，他已经记下了车号，要是跑了，就算逃逸。周郑不在乎："什么呀，还逃逸，又不是撞死人了。"

牧牛人坚持要周郑下车，周郑就是不动，想不到牧牛人一拉车门，一跃上了周郑的车，一把拔下车钥匙。下了车，把钥匙环往一头牛的犄角上一挂，一拍牛屁股，牛跑到牛群里去了，周郑认不出是哪头牛身上有钥匙，急出一身汗。

那牧牛人好像还不满足，一个劲要求周郑给牛治病，说牛没治好，车不能动。周郑更急了："你的牛挡我的道，你没看到吗？"

"看到了，他是头瘸牛，走路不便。"

"可是我已经按喇叭了，它连躲都不躲。"

"那是它聋，它是头聋牛，可你不是瞎子，你看得到它，它是畜生，你不是……"

周郑也不想跟牧牛人多理论，碰上这种胡搅蛮缠的，打发点钱走人吧。周郑掏出钱，可是牧牛人不要，就让周郑给牛治病，两个人你一言我一语僵在了那里。

见一时脱不了身，周郑指着牧牛人的鼻子问："你是这个村里的吧，我找个人来管你。"周郑准备给当副县长的老爸打个电话，办这点事，应该

没有问题。周郑刚拿出电话，没想到，牧牛人也扯出一只手机来："我跟你说，这一带，我全是熟人，我随便叫个人来，都比你好使。"

周郑看了看牧牛人，心说你能认得谁？大不了认得村长罢了。周郑见牧牛人打电话，他也到一边打电话去了，可是他打了好一阵子，就是打不通老爸的手机。

争吵声引得好多人过来看热闹。女友拉了拉周郑，说"咱们按那个老头的意思办吧，给牛治病，能花多少钱？"周郑说："这不是钱不钱的事，这个老头找人，想给我一个下马威，我倒要看看他找的是谁？"

正说着，牧牛人跳起脚喊："小子，你看，我找的人来了。"

周郑一看，乐了，那不是自己父亲的车吗？原来给牧牛人撑腰的是自己的老爸，自己没打通电话，倒是牧牛人无意中帮了自己的忙。周郑意味深长地笑了笑，那意思是说："等一会儿，有你哭的时候。"

周郑看到父亲来了，刚想上前去打招呼，只见父亲向他摆摆手，周郑心里明白了，父亲是以副县长身份来的，要貌似公平。大伙都不知道他们之间的父子关系，这个时候要做好保密工作。

而牧牛人不知道他们的关系，跑上前去，和周副县长握手："不好意

思，还要劳您大驾亲自跑一趟。"

周副县长客气地说："我正好就在附近检查工作，抬脚就过来了。"原来，周副县长和牧牛人是很早以前的朋友，但来往不多，怪不得周郑不认得牧牛人。

周副县长听了双方的解释后，没有公开他和周郑的关系，而是问牧牛人："老郑，你有什么要求，就说出来吧。"

原来牧牛人姓郑，只听他说："我也没有什么要求，就想让他把牛治好。"周副县长说："这个不难。"说着，走到老牛跟前，查看了一下伤口，让人找来兽医，把老牛的伤口包扎好了。

周副县长问："老郑，可以把钥匙还给他了吧。"老郑说："你呀，还是当年的样子，我为什么让这孩子给牛

治病，第一，我想借着给牛治病，也治治这孩子的牛气；第二，这头牛，不是一般的牛，这是救过人的那头牛，你一定还记得这头牛，这也是我今天找你来的原因。"

周副县长想起了这件事，他和老郑的友谊，就是从这头牛开始的。十多年前，周县长还是周兽医，他在村里给一头老牛动手术时，旁边的孩子淘气，捡起鞭子打牛，激怒了这头老牛，吼叫着向孩子冲了过去，眼看着犄角就要顶在孩子脸上了，人们大声惊呼，这时，另一头小牛却直直地冲了过去，替那个孩子挡住了犄角。孩子得救了，那头小牛却受了重伤。

周副县长握住了老郑的手，说："想不到这头牛还活着，老郑，说实话吧，这孩子，就是当年得救的那个小孩，也就是我的儿子。这孩子从小就淘气，长大了还这样，你就原谅他吧。"

当年，为了感谢老郑家的小牛，周县长把孩子的名字改成了周郑，现在，周郑已经长大了。老郑想了想说："既然这样，那我就只能原谅他了，但我还有一个小小的要求，让他给老牛认个错，这个要求不过分吧。"

周副县长爽快地说："不过分，不过分。"可是边上的周郑立刻就翻了

脸:“什么,让我跟畜生认错?门都没有。”小伙子在女友面前,怎么能低下这个头。任凭周副县长怎么说,周郑就是不听,没法子,周副县长只好过来和老郑商量,求老郑给个面子。

老郑苦笑了一下,说:“你儿子不愿意,那就只好由你来认错了,你向老牛认个错。”周副县长一听,心里也不太高兴,但是嘴上说:“老郑,你看,我有什么错,牛又不是我撞的。”老郑严肃地说:“你把孩子教育成这样,这不是你的错?”

周副县长有些不好意思了:“老郑,我确实有错,但是大庭广众之下,我怎么认这个错?儿子和未来的儿媳妇都在这儿,还有这么多的群众,你太让我下不来台了。”

老郑长叹一声:“唉!你们两个为了面子,都不认错,那就只好由我来认这个错了。”

老郑“扑通”一声,给老牛跪下了:“老牛,对不起了,当年如果不是我在后面给你两鞭子,你也不会冲过去救人,你不救人,也就不会变成了瘸牛、聋牛,车来了你也能躲得开。十多年了,我心里一直很内疚,所以我像对亲人一样对待你。可是今天,我有点后悔了,你能原谅我吗?我的老牛!”

听了老郑的话,在他的身后,周副县长和周郑都低下了头……

(题图、插图:杨宏富)

·本刊信息传真·

故事会■新浪 微故事大赛

8月征集主题:官场故事

篇幅最短、含“金”量最高的故事,等待你的挑战!

《故事会》杂志和新浪微博(weibo.com)联合主办微故事大赛继续进行,邀请各路故事名家、草根英雄和世外高人展开较量!

本次大赛所有作品通过新浪微博平台征集(搜索#微故事大赛#),每月一个主题,当月设金奖1名,奖金1字10元(字数低于120的按120字计),银奖2名,奖金1字5元,另设年度奖项。优秀作品将在每月的《故事会》上刊登,并结集出版。6月恐怖故事金奖得主:看指尖飞沙,更多详情请登录故事中国网(www.storychina.cn)查看。

8月微故事征集主题:官场故事——官场是个大舞台,清官、贪官、好官、坏官,交织出一幕幕悲喜,反射出人生百态。本月请你讲述官场故事,正文字数在130以下,力求情节出人意表,立意隽永深远,文字鲜明生动。本月的微故事达人或许就是你!截稿日期:8月21日。(本期刊物特别选登7月微故事大赛优秀作品,详见P80)

求 字

□ 王东生

大清制币局失火，造币纸被趁乱偷出，闹出一桩惊天大案。但是，再缜密的犯罪，依然会留下痕迹，一旦找到线索，接下去，就是慢慢地抽丝剥茧……

京城有个书法家叫乐游亭，他生于书香门第，一手乐家书法写得炉火纯青。俗话说"家有梧桐必招百鸟"，乐游亭的"尚游斋"堂前，每天来求字的人络绎不绝，对此，乐游亭是来者不拒。

这天，乐游亭突然放出话来，要求字的人自带纸张，他才给写字。原因是但凡喜好字的人，家中必有好纸，好字配好纸，那才更有收藏价值。

这个新奇的做法，似乎更激起人们的好奇心，一时间携纸来求字的人更多了。

这天上午，一个名叫甘双喜的书生捧着纸来求"前程似锦"四字。乐游亭是行家，拿过纸一抖就赞叹一声"好货色！"随手将纸铺在案上，一挥而就。写完，交于研墨的老仆。老仆研墨累了，刚喝了口水还没咽下，也不知怎地，一个喷嚏，一口水全喷在纸上，"前程似锦"四个字被洇得一塌糊涂，可那纸却仍光亮平展。

"就是你了！"突然"啪"乐游亭拍响镇纸，冒出一句，屋后立刻蹿出两个衙役，将这个叫甘双喜的人按倒捆住。"我犯了哪家王法，为什么抓我？"甘双喜挣扎着喊。来求字的人也都被这场景惊呆了。

乐游亭一扫平日儒者风雅，斥道："你的罪迹，就在这纸上，还不招来？"

"我没犯法，要我招什么？身为儒者你不能设扣陷人呀！"在场的人也交头接耳，那神情就是要乐游亭把这事说清楚。

乐游亭叹了口气，说道："那我就从头说起吧。"

那是一月前的一个夜里，大清制币局不慎失火，很快被官兵扑灭，可事后一查库存，却发现库里的纸丢了许多！窃贼乘乱偷纸做什么？还用问，是要制作假币呗。皇上得知后大怒，将此列为大清第一要案，责令限期破案，不破，就将制币局管带哈德全家抄斩！

听到这里，甘双喜连连叫冤："这案子京城里谁都知道，可制币局丢了纸，与我何干？"

"因为你就是那夜的偷儿，这就是你乘乱偷得的贡纸。"乐游亭扯起那张被水洇过的纸，又继续说下去，"眼看破案期限要过，市面上却没见假币出现，难道偷儿放弃了私制假币的打算？原来，那夜制币局丢失的纸有两种，一种是产自南方的

'蔡侯纸'，另一种是产自关外的'高丽纸'。由于偷儿不知道大清银票是用哪种纸印制的，所以他们暂时没敢用。正在这时，闻听'尚游斋'要人自带纸张求字的告示，你就上当了，用上好的纸求字，以后比大清银票还要保值升值。你现在带来的纸，就是用来印制大清币的高丽纸！"

甘双喜仍不服，说："纸上又没标注，你怎么知道我拿的是高丽纸？再说，那蔡侯纸为什么就不能制大清币？"

乐游亭笑了笑说："因为这两种纸表面似同，可内质有别。蔡侯纸用的是南方水，造出的纸性温绵软，稍遇水即浸蚀离解。而高丽纸产自寒冷

的关外，油性具足，性烈耐寒，加厚的纸页甚至韧如牛皮，只有这样的纸印出的大清银票才不易损毁，经久耐用。"

甘双喜听到这里，顿时叹息一声："天网恢恢，怨只怨我自作聪明弄巧成拙，我这是自投罗网呀！"

一桩惊天大案破了，一些还没求到字的人忽然担心起来，如今偷儿捉住了，那乐游亭的求字承诺还继续下去吗？过了几天，"尚游斋"堂前又贴出告示，继续"带纸求字"。

没过几天，一个叫钱克千的人来求字，他求"福禄长寿"四个字以报母育之恩。这是个孝子呀！乐游亭二话没说，取过他的纸写了"福禄长寿"，递给研墨老仆。这回老仆没有打喷嚏，而是抬手将案上一碗清水整个泼在纸上，这下，不仅刚写的字糊涂了，整个纸也洇湿，化作了一团纸糊！这时又听一声"拿下！"两个衙役从屋后奔出来将钱克千按住捆绑起来。

钱克千慌乱挣扎："我家有八十岁老母……这到底怎么回事呀？"那个声音又喝道："有这蔡侯纸为证，你才是盗取造币纸的偷儿！"

在场的人这一下又都迷糊了，盗取造币纸的贼，不是已经抓住了吗？乐游亭微微一笑，指指老仆，说道："只因前日那段公案还没有讲完，我看还是让他接着说吧……"

那个研墨的老仆不紧不慢地说道："一个月前的夜里，制币局失火丢

了纸，圣上震怒，将此列为大清第一要案，眼见破案限期要过，制币局管带哈德就要被全家抄斩……"

"这个故事我们早就听过了，"这时钱克千最先不耐烦了，叫起来，"偷纸的甘双喜，不是已经被你们捉住了吗？"

"哈哈哈，没有甘双喜前日的飞蛾投火，哪有你今天的登门送绑？"老仆继续讲下去，"正为难时，哈德的墨中至友乐游亭送来一计，就是要人自带纸张来索字，这便有了甘双喜携高丽纸求字被捉一事。而你以为替死鬼被抓住，你就可以放心大胆地造假了。可是你太贪婪了，你不仅用偷得的高丽纸仿印了假币，还不放弃蔡侯纸，拿它来求字，留待日后升值。可你哪里知道，真正印制大清银票的不是高丽纸，正是这蔡侯纸呢。"

"是蔡侯纸……"钱克千怔一下，可还不认账，"可我没有偷！没有……"

老仆将墨砚"啪"地拍响："真是茅厕的石头，又臭又硬！"回头朝后堂喊道，"搜赃的回来了吗？"

"来了。"一个人手拎包裹应声进来，他虽然穿着衙门皂衣，人们还是认出来了，他正是前几日被擒的甘双喜！刚才甘双喜带衙役去了钱克千家，搜出了用高丽纸印制的假币。

原来，不久前，钱克千潜入大清制币局放火，乘乱偷回贡纸。可印假币毕竟是他头一回干的勾当，所以为弄清大清银票用哪种纸印他是费尽心机，可最后还是被一步步引入圈套。钱克千被押下去了，可有人不理解，问老仆："大清银票不使用经久耐用的高丽纸，却使用遇水即化的蔡侯纸，这不合情理呀！"

老仆解释道："天下纸林林总总，当属蔡侯纸声名远扬，墨迹能够力透纸内，细密不退。也正是因为蔡侯纸制出的纸币极易损毁，人们在使用它时才会格外当心，担心损毁了不能再用。也只有内心珍惜了，才是真正的经久耐用呢。"

在场人也听得如醍醐灌顶，这研墨老仆对大清制币如此通悉，他到底是何人？

这时老仆除去胡髯，亮明身份：他就是大清制币局的管带，哈德。

（题图、插图：黄全昌）

2012 年 8 月(上)动感地带答案

神探夏洛克：婴儿的泪腺在三个月后才能发育完全，不满一个月的女婴，是不可能流出太多泪水的，显然有假。

疯狂 QA：乔安娜是一条鱼。

思维风暴：事实上，这个人没有看到车门，说明车门在另一侧。根据纽约的交通规则，公交车往 A 方向开。

拿体检说事

□ 刘 丹

发现隐患

公司做销售的赵大同前段时间去南方开拓新市场，由于劳累，最近常感到胃不舒服。五一节前，赵大同回家休息，正好赶上公司给员工安排体检。

体检时，赵大同做了胃镜，医生告诉他患了萎缩性胃炎。赵大同把结果告诉了妻子李艳。李艳紧张坏了，上网查了一些信息后对赵大同说："这病要是不及时治疗，会有很严重的并发症！"赵大同却笑嘻嘻地说："我这么年轻，这点小病算什么，不要太紧张嘛！"

节后，赵大同收拾好行李，准备再次出发时，却被经理叫到了办公室。经理拿出一张表格严肃地说："大同啊，这是你的体检表，血脂血压都偏高，关键是你的胃病很严重啊，医生建议你要好好休息调养一下！"

赵大同说："谢谢经理的关心，我已经按医生的要求买了药。"经理点头又摇头："大同，你听说最近有几例年轻白领过劳死的新闻吧，公司也是因为这个才给大家安排了体检，我们可要引以为戒啊！"

赵大同不好再说什么，便问："可我要是休息一段时间，公司的业务怎么办呢？"经理皱了一下眉头，说："这确实是个问题，想要找个接替你的人还真不容易。不过为了你的身体，我们只好从销售部里先找了一个人，就是周强。你嘛，就做售后服务，这个工作对公司也非常重要，你看怎么样？"

赵大同无奈地点头同意。出了办公室，他心里很不是滋味：自己现在一个月能挣一万多甚至两万元，这样的薪水让当了房奴的赵大同两口子轻松了不少。可现在做售后，一个月才三千多元的收入，这简直是天上地下呀！

似有猫腻

回到家里，赵大同把这事和李艳说了："公司这么安排到底是为了我好，还是另有目的？我看不如辞职算了！"李艳说："我倒觉得这样挺好，如果你再这么跑业务，可能不出两年，小病成了大病，到时候你就该埋怨公司不讲人情味了。"

赵大同听了李艳的话，还是不甘心。周强是谁？两年前赵大同到公司时，销售部里还没这个人呢！

赵大同最终接受了公司的安排，可是他却少了工作热情。而且他总能感觉到，同事们和他打招呼时都一副讳莫如深的样子。赵大同想找人问问，他想到了负责人力资源的小王。

赵大同请小王去了一家很有档次的餐厅，酒至酣处，赵大同说起了他的疑虑，小王说："赵哥啊，实际上这事你们销售部的人都知道，但谁也不能说，为啥？因为周强是老总的亲外甥！这小子比你晚来公司几个月，老总想给他个区域让他单独做。可除了

你，那些销售员都在公司干了几年甚至十几年，而且和经理关系也好，拿掉谁都不行。关键是，赵哥你在这时候还查出了有胃病，这不正好给人家机会吗？"

这里头果然有猫腻！赵大同不禁想起这次体检。且不说公司从未搞过这种福利，就算公司顺应潮流真正是为员工身体着想，那么这次体检的安排对于赵大同的离岗来说也太巧了：赵大同以前和经理说过自己的胃不太舒服，现在公司就安排体检，又借着体检结果把自己辛苦开拓出来的市场让给老总的亲戚，这事儿怎么分析都

不正常。

那么自己的胃要是没有什么大问题，公司是不是就没有借口让自己离岗了呢？其实赵大同心里一直觉得，自己到不了萎缩性胃炎的程度，会不会公司故意让自己的体检结果加重，从而以关怀的名义让自己离岗呢？

很快，赵大同换了一家医院又做了一次胃部检查，结果就像他想的一样，只是轻微的浅表性胃炎，但是吃的药和调养的方法却和之前医院说的没什么两样。

公司竟然真的在体检结果上做了手脚！赵大同心凉啊！没多想，他拿着检验单进了经理办公室，经理接过单子看了一眼说："大同，这张单子也说你有胃炎，你就好好养一养吧！"

赵大同说："经理，我的身体根本没什么大问题，问题在公司到底是什么意思？抓住我有胃病这件事不让我做销售，然后派去一个老总的亲戚顶替我，这不明摆着是拿体检说事吗？"

经理听明白赵大同的话后竟然笑了："赵大同，你的意思是公司在体检结果上作假，加重你的病情让你离岗？你还挺会想的啊，公司用得着费那个劲吗？不错，老总就是想让周强顶替你的位置，也还真是利用了这次体检，可谁让你的胃真有毛病呢？你又能怎么样？公司从人道主义角度出

发让你休养，这有什么问题吗？至于你说的两份检查结果不一样，那是医生的事，不是公司的事。"

赵大同气得脸通红，真想大声说"老子不干了，辞职"！可他知道，经理这么说的目的就是刺激自己主动辞职。赵大同瞬间又冷静下来，老总的亲外甥就很牛吗？我倒要看看他做得好还是我赵大同做得好！

真情流露

赵大同憋着一口气，因此在售后服务工作上格外用心，受到了客户的一致好评，这让赵大同慢慢找到了认同感。第二年的五一节前，公司又给员工安排了体检，周强也从南方市场回到了公司。

这一次体检，赵大同的胃炎好了很多。而周强却在体检中查出了好几项指标不正常，他以自己的健康为由，向公司辞去了南方市场的销售工作。

赵大同心里有说不出的畅快，自己又有机会到南方市场闯荡了。其实这几个月，赵大同已经陆续从同事口中得知，周强在南方做得并不顺利，不仅新开发的客户在减少，就连原来的老客户也流失了很多，公司销售利润比赵大同在时减少了三分之一。

晚上回到家，赵大同兴奋地和妻子李艳讲起自己的计划："我要做个销售规划，然后主动向老总请缨重返南方市场。"李艳问："你觉得老总还

到体检医院的医生，把大同的病情往重里说，让大同不再做销售。现在你得再帮我一把，不能让大同继续做销售，要不他的胃迟早是个事儿！"

闺蜜在电话那头说："李艳，你应该理解他！我看，不如直接把你对他的关心和担心说出来，把你去年故意说重他病情的事也讲给他听，然后让他自己做决定吧。你想想，一个人工作若是不顺心，也会影响健康的！"

挂了电话，李艳静静地想了很多，决定采纳闺蜜的意见。她来到客厅，见赵大同正坐在沙发上发呆。李艳刚想开口，赵大同主动走上前搀着李艳坐下，然后轻轻地抚摸着李艳已经微微隆起的肚子，犹豫着说："老婆，刚才我想去房间取内衣裤，正听到你和朋友打电话……难为你的苦心了！让我再想想，好好想想！"

李艳见丈夫已知道了内情，就温柔地说："大同，这一年来我觉得生活很幸福，虽然你没有前两年挣得多了，可是钱也够花，我们在一起的时间也多了，而且你的身体也恢复得不错，现在我们的孩子又要出生了，我只希望一家三口平平安安就好。我一直觉得人生最最悲哀的事情就是，钱还在，人却没了！"

赵大同深情地看着妻子，重重地点了点头。

（题图、插图：刘斌昆）

会让你挑这个大梁吗？"赵大同点点头："当然，他肯定不会主动找我，但我主动找他应该不会拒绝。虽然私底下大家都知道周强是老总硬安排去的，但公开的理由却是我身体的缘故。现在我身体已基本休养好，周强又主动请辞，于公于私他都没有拒绝我的理由！"

见李艳沉默，赵大同忙安慰说："老婆，我知道你现在怀孕需要我在身边，可是这次机会难得，希望你能理解我，我再打拼几年，这样我们的孩子就会有更好的生活。"说完，赵大同哼着小曲洗澡去了。

李艳一脸愁容，她回到房间就给闺蜜打电话，李艳把赵大同的想法告诉了闺蜜，然后说："去年你帮我出的那个主意就很好，通过你的关系联系中国民间经常说"吃亏是福"、"傻人傻福",这些话蕴含了老百姓朴素的哲学观,从而产生了傻女婿与聪明媳妇相反的两类不同的艺术形象。

傻女婿这个艺术形象,是社会、家庭的一面镜子,它宣泄、释放了民间大众要求社会与家庭公正、平衡的心理欲望。从艺术上看,尽管傻女婿"洋相百出",闹出不少笑话,但他们的行为实际上蕴含着人类最可爱的因子:真诚、天真、善良。因此,具有强烈而深刻的社会意义。

傻女婿学唱戏

过年了,有个老丈人想热闹一番,不但要请戏班子唱戏,还要让他的女婿们也来一段。这一来,把个傻女婿的老婆急得心头像猫抓一样,怕到时候丢脸啊!想了半天,决定教他一段戏。

天黑了,两口子睡在床上,老婆对傻女婿说:"过年时候,爸爸要女婿们每人唱一段戏,我先教你一段念白,别到时抓瞎。来,我念一句,你学一句。"说完,老婆开始念了,"今日见娇娘——"

傻女婿大声跟着念:"今日见娇娘——"

老婆听他三更半夜那么大声,被人家听到多难为情,连忙招呼道:"你小声点儿!"

傻女婿以为老婆在教他唱戏,也跟着大声说:"你小声点儿!"

老婆气死了,蹬了他一脚,说:"滚你妈的蛋!"

傻女婿依葫芦画瓢:"滚你妈的蛋!"

老婆气得坐不住了,起身说:"老子不跟你睡了!"傻女婿在她身后跟着说:"老子不跟你睡了!"

很快过年了。傻女婿的老丈人请了不少的客人,傻女婿自然也去了。轮到他唱戏,他放开喉咙念"今日见娇娘——"这句还真有点味道,引得在场的客人拍手叫好。只听傻女婿接着说:"你小声点儿!"

老丈人怕他把来客得罪了,就过

去小声对他说："这话可不能说啊！"傻女婿马上说："滚你妈的蛋！"这一来，把老丈人气得话也说不出来，小姨子见状，忙过去劝："姐夫，那是你爹，你怎么乱说话哟？"只听傻女婿吼道："老子不跟你睡了！"

傻姑爷探病

有这么个傻姑爷，丈母娘病了，他媳妇儿让他去看看。探病总得送点东西吧。媳妇儿说："把咱家那两只鸡拿去吧。"于是傻姑爷拿上鸡，绑好了装进筐里，就上路了。

走到半路，对面来了一个人，对他说："大哥，我的马跑了，快帮我找找。"傻姑爷把筐撂下就去找马。等找到马回来再拿筐，鸡不知啥时候跑了，只剩下个空筐。傻姑爷只好回家了。

回到家，媳妇儿问他："这么快就回来了？咱妈的病好点了吗？"

傻姑爷答道："没去成。半道上我帮人找马，回来发现鸡跑了。"

媳妇儿就骂道："你傻啊，你搁块石头压着筐不就行了吗？"

媳妇儿生气也没用，又给了他十二个鸡蛋装筐里，他又去了。走到半路，傻姑爷又碰到一个赶驴的，驴跑了，让他帮忙找驴。这回傻姑爷记住了媳妇儿的话，拿了块大石头"咣当"压筐上了。等找完驴回来一看，一筐鸡蛋全碎了！

回到家，他媳妇儿又把他骂了一顿，然后，又拿出半袋小米让他再去，并叮嘱道："记住了，走半道少管闲事！"

傻姑爷背着米出了门，路上心里一直想：这回我再也不管闲事了！他走啊走，米口袋不知咋的漏了个窟窿，有人告诉他："兄弟，你米袋漏了。"傻姑爷瞪人一眼，说："少管闲事！"继续闷头走。一连好几个人告诉他米口袋漏了，他都说"少管闲事！"

到了丈母娘家，傻姑爷嚷道："妈，我给你拿了点儿小米，熬点小米粥吧！"说着张开口袋往锅里一倒，一共只倒出来七粒米。丈母娘见状气得要死，刚要张嘴骂呢，这时一只苍蝇又飞进屋，正巧落在丈母娘脑袋上。傻姑爷想起以前老婆说的话："碰到苍蝇就要拍！"于是他操起锅，上去就是一顿拍，苍蝇没打着，却把丈母娘给拍晕了。

有个傻女婿斗大的字不识一个，听说京城考状元，就叫媳妇打点行装去赶考。媳妇笑话说："你那傻样，给状元爷提鞋人家都不要哩！"

傻女婿不服气，说："状元有啥稀奇，我一路上学着些，就行了！"媳妇见他傻劲上来，只好打点行装，送他上路。

傻女婿当状元

这天，傻女婿走到一片小树林边，看见一个猎人走进林子，刚才还唧唧喳喳的鸟儿，顿时变得静悄悄的，于是猎人说："一人进林，百鸟不语！"傻女婿听了，觉得这话说得好，就记在了心里。

走着走着，傻女婿看到有只羊蹬着树干，伸长了脖子吃树叶儿，放羊的就抽了羊一鞭子，说了句："臊羊爬上树。"傻女婿觉得这话挺好，又记在心里。

傻女婿走到一个地方，适逢大旱，太阳把地上的泥土都晒成了卷儿，有个庄稼人感叹："日晒胶泥卷。"傻女婿又记在心里。

到了冬天，天降大雪，有个路人见雪花飘飘，就吟了句诗"风吹大雪片。"傻女婿也记住了。

春暖花开，傻女婿总算到了京城，和考生们住在皇城的客栈里。有一天，考官要见识一下考生的才学，就趁他们不注意，忽然走进了客栈，刚才还有说有笑的考生，看到考官来了都不说话了。傻女婿想起来学的话了，就说："一人进林，百鸟不语！"

考官觉得这人挺有学问，回去后就向皇帝推荐。皇帝召见他，问："你说的话出自哪本书？"傻女婿就说："臊羊爬上树（书）。"

"书里哪一卷？""日晒胶泥卷。"

"卷里哪一篇？""风吹大雪片（篇）。"

皇帝心想，这人学问忒大，这些书别说读了，我听也没听说过，再问大臣们，谁都不知道。皇帝觉得这人学识在他的群臣之上，就亲笔点了傻女婿当状元。

寿 头

早先有个傻女婿，这天，他老丈人做寿，傻女婿老婆准备了酒、面、肉等礼物，和他一起去拜寿。临出门前叮嘱他不要讲傻话，傻女婿说记牢了。

到了老丈人家，老丈人见女婿带了礼物就客气了几句："来了就好了，还带什么东西。"不想傻女婿就怪起老婆来："我说了不用带，你非要我带这些个白酒、白面、白肉、白鸡，让你爹白吃好了！"听傻女婿一连说了五个"白"字，老丈人脸都气绿了。

回来后，老婆狠狠数落了傻女婿一顿，告诉他在拜寿的时候不能说"白"字，应该说"寿"字，比如"寿酒、寿面"。傻女婿这下记住了。

不久，碰到丈母娘做寿，老婆正巧有事不能去，就让傻女婿去拜寿，还特别交代了注意事项。结果晚上回来，老婆看见傻女婿头上包了一圈纱布，居然受伤了！忙问是怎么回事，傻女婿就说："今日我去给丈母娘拜寿，牢牢记住你的话，讲话都带寿字，

后面的人催前头的人说"独木桥难过江，再来一个配成双。"傻小伙又学上了。

走着走着，傻小伙来到村头，看见两只老狗在打架，旁边的庄稼汉举着锄头对老狗喊道："老狗老狗你别龇牙，看我给你一叉！"傻小伙把这句也记下了，然后就到了准丈人家。

到了那儿，见到许多人在吃饭，有人就说："傻子来了，今天吃饭不要给他筷子，看他怎么吃。"

饭端上来了，傻小伙看了半天不肯动手，说："清水的鱼儿顺水漂，干瞪眼没法子捞。"

众人一听，只得拿筷子过来，不过为了取笑他，只给了他一根筷子。

傻小伙又说了："独木桥难过江，再来一个配成双。"众人大惊，这个人不傻呀，话说得比谁都聪明。

准丈人听了，也高兴得咧开嘴笑了，心里想，原来他不是傻子，是个聪明人啊！

傻小伙看见准丈人咧嘴笑，立刻说："老狗老狗你别龇牙，看我给你一叉！"

准丈人听闻气得掀翻了桌子，周围的人笑得满地打滚。闹了半天，还是个傻小伙呀！

（本栏插图：安玉民　梁　丽）

傻小伙学话

丈母娘很高兴。不料，一只寿鸡挣脱了寿绳跑了出去，我就去追这只寿鸡，结果寿鸡飞上寿屋，我找来一根寿竹去捣寿屋，不想捣落一块寿瓦，打破了我这个寿头！"傻女婿老婆听后哭笑不得。

后来，方言里就把傻子、呆子称做"寿头"，这个说法直到今天还在江浙一带流传着。

有个小伙子，别人给他说了个老婆，可人家嫌他傻，不想嫁。小伙子就出去学别人说话，想变得聪明点。

他出门碰到个捞鱼的，鱼滑溜溜的捞不起来，捞鱼的说："清水的鱼儿顺水漂，干瞪眼没法子捞。"傻小伙就学上了。

又走了会儿，看到两个人过桥，

无过错也要赔偿吗

□ 代年锡

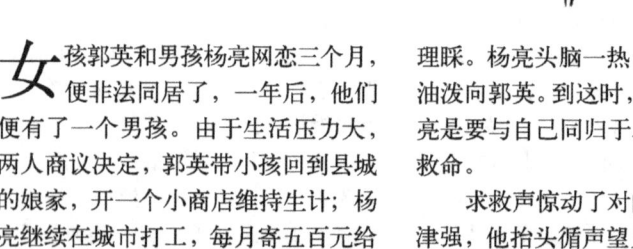

女孩郭英和男孩杨亮网恋三个月，便非法同居了，一年后，他们便有了一个男孩。由于生活压力大，两人商议决定，郭英带小孩回到县城的娘家，开一个小商店维持生计；杨亮继续在城市打工，每月寄五百元给郭英做生活费。

因年纪还轻，所以他们也没有立即领结婚证，这就为以后的生活埋下了祸根。时间一长，郭英在电话里提出要与杨亮分手。

放下电话，杨亮立即赶回乡下，要郭英即刻带孩子回他老家。但郭英及其家人坚决反对杨亮的要求。理由是杨亮一点不顾家。

杨亮感到自己好失败，又不甘心，于是买了五升汽油，来到郭英的小商店，下了最后通牒。但郭英毫不理睬。杨亮头脑一热，就把这五升汽油泼向郭英。到这时，郭英才醒悟，杨亮是要与自己同归于尽，吓得她大喊救命。

求救声惊动了对门开五金店的黄津强，他抬头循声望见杨亮正扬起手中的打火机威逼郭英。事不宜迟，黄津强顾不得多想，几个箭步冲到杨亮跟前，抢去了杨亮手中的打火机。趁此机会，郭英逃出商店。

杨亮见有人护着郭英，随即掏出身上的匕首，狠狠向黄津强的胸部刺去。

黄津强受伤倒地，而杀红了眼的杨亮拔出匕首，又去追赶郭英。

喊杀声、惨叫声惊动了小镇的居民，很快有人拨打了110、120。

最终，杨亮被警察带走。120即刻

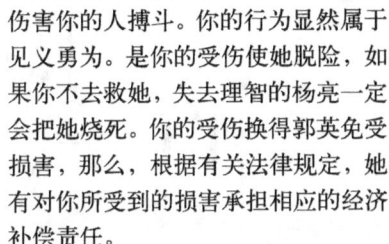

对黄津强进行抢救，而郭英也被父母接回家里。

这场血案使见义勇为的黄津强受了重伤，抢救费、治疗费花了近四万元，还找不到人买单。为此，黄津强找到郭家，说明自己是为救郭英负的伤，希望郭家能出点钱。但郭家认为凶手是杨亮，黄津强应该去找他赔偿。

三个月后，法院认定杨亮危害公共安全罪和故意伤害他人罪名成立，判刑12年。关于损害赔偿，基于杨亮经济原因，黄津强只拿到部分医疗费。

对这一结果，黄津强自然不满意，他走进一家律师事务所，向律师诉说了自己救人受伤，部分医疗费由于伤人者判重刑而无力承担该怎么办的问题。

律师分析了案情，对黄津强的提

问作了这样的解释：你是在听到郭英的呼救声后才去与伤害你的人搏斗。你的行为显然属于见义勇为。是你的受伤使她脱险，如果你不去救她，失去理智的杨亮一定会把她烧死。你的受伤换得郭英免受损害，那么，根据有关法律规定，她有对你所受到的损害承担相应的经济补偿责任。

黄津强听了律师的解释后，感到欣慰，即刻委托律师全权代理向郭英提出经济补偿诉求。

不久，经法院承办法官协商，黄津强与郭英达成分四次支付剩余医疗费的调解协议。

律师点评：

这则故事涉及的一个法律问题是：无过错责任承担有关规定。

我国最高人民法院关于贯彻执行《中华人民共和国民法通则》若干问题的意见（试行）第157条规定："当事人对造成损害均无过错，但一方是在为对方的利益或者共同的利益进行活动的过程中受到损害的，可以责令对方或者受益人给予一定的经济补偿。"

本故事中，尽管郭英对黄津强的伤无过错，但她是受益人，那么依据上述规定，则应对黄津强因见义勇为而受到的损害承担一定的经济补偿责任。

（题图、插图：张恩卫）

> 法律至高无上，但法律之外，惩恶扬善更是每个人的义务，法官也不例外。

□ 张春风

百万富猫

最近，洛加城爆出了一个天大的新闻：年迈的富翁布莱克，由于没有子女，去世前，将100万美元的遗产留给了一只流浪猫。那是一只丑陋的大公猫，全身芦花色，名叫杰克，曾陪伴布莱克度过一段美好的时光。

由于杰克是一只猫，无法使用巨额遗产，布莱克便委托他最信任的人，善良的护士格蕾丝照料杰克的饮食起居。在遗嘱中，布莱克特别注明，杰克已经8岁了，一旦它寿终正寝，剩下的遗产全部留给格蕾丝。

这天清早，格蕾丝家突然来了一个客人——邻居桑德拉太太。桑德拉穿着长长的裙子，手里挽着一个篮子，笑眯眯地说："亲爱的格蕾丝，快来尝尝我亲手种的草莓吧，新鲜极了！"

格蕾丝很高兴"您太客气了，谢谢！"

桑德拉刚进门，一只芦花色的猫从屋里蹿了出来，"喵"地干嚎了一声，便溜到了院子里。桑德拉斜眼看了看它，眼中闪过一丝狡黠的光。

后来，桑德拉又来过两三次。奇怪的是，每次她都穿着长长的裙子，然后漫无边际地跟格蕾丝聊天，一坐就是大半天。格蕾丝很有耐心，总会热情地煮好香喷喷的咖啡款待她。

就这样，一个月过去了，桑德拉太太突然不来了。但法院却来了传票，格蕾丝打开一看，差点气晕了过去。原来，桑德拉竟然状告格蕾丝家的大公猫杰克，非礼了她家的母猫贝蒂。并且说，贝蒂已经怀有杰克的骨肉。因此，桑德拉强烈要求法院，承认贝蒂和杰克之间的夫妻关系，同时，贝蒂的一窝幼崽有权分割杰克的百万财产。

格蕾丝觉得很奇怪，立刻拨通了桑德拉的电话，气愤地问："你凭什么说，杰克非礼了贝蒂？杰克每天都被我关在屋子里，根本没出去过！"

桑德拉笑了："告诉你吧，是我将贝蒂带过来的。每次到你家，我都会将它藏在裙子里，然后，趁你不备，悄悄将它放出去，好让它有机会和杰克亲近。现在你明白了吧？为什么，我每次都千方百计地将你留在屋子里。"

格蕾丝浑身颤抖着，结结巴巴地说："原来，你为了骗取那百万遗产，简……简直太无耻了！"

桑德拉得意地说"现在，说什么都没用了！那天，我亲眼看见杰克非礼了贝蒂，一切都太迟了，等着把遗产打到我的银行户头上吧，哈哈……"说罢，"啪"地挂了电话。

很快，报纸头版报道了这个新闻。顿时，洛加城的居民沸腾了。这样奇怪的案子，简直闻所未闻，比之前流浪猫继承百万遗产更加劲爆。每个人都在翘首企盼，最后的胜利者究竟是谁？

与此同时，法官也十分头疼。传票是发下去了，但是，究竟该怎样判呢？因为，压根就没有动物之间财产纠葛的相关法律。没办法，只好等待贝蒂生完幼崽再说。

三个多月后，桑德拉打来了电话，言语间掩饰不住内心的兴奋"上帝保佑，格蕾丝小姐，我不得不通知你，贝蒂刚刚生下了5只幼崽，母子平安。而且，每只幼崽都长得和杰克一模一样，通体芦花色，哈哈……"桑德拉以为，格蕾丝一定会气急败坏。谁知，她淡淡地说："那好吧，准备做

·海外故事·

亲子鉴定。"

布莱克病危时，为了保障杰克以后的生活，专门替它购买了高额的意外保险，并做了DNA档案。因此，只要确定，贝蒂幼崽的DNA和杰克一致就可以了。

第二天，法官亲自将杰克和贝蒂的一只幼崽送到了一家私人鉴定机构，格蕾丝和桑德拉一同随行。一路上，桑德拉趾高气昂的，仿佛已经将那百万遗产收入囊中。

可是，这个鉴定过程十分复杂，

费用也相当昂贵，前后加起来要5000美元。

鉴定之前，法官说："按相关法律，你们必须先垫付这笔开支。原告和被告，你们谁愿意掏这笔钱？"

桑德拉佯装大方地说："好吧，先由我代付，反正，这个官司她输定了，到时一切费用她来掏。"

格蕾丝不露声色地说："谁输谁赢，还不知道呢！我相信，上帝会做出公正的判决。"

很快，在法官的监督下，完成了DNA的抽取，结果要到一周后才出来。

桑德拉以为胜券在握，谁知，鉴定结果出乎意料。贝蒂的幼崽，并不是杰克的亲生骨肉。

桑德拉完全无法相信自己的耳朵，嚷道："这……这不可能，我明明看见杰克非礼了贝蒂，而且，那段时间我将贝蒂看得牢牢的，它不可能和其他野猫亲近……"

那边，媒体在第一时间采访了格蕾丝。坐在摄像机前，格蕾丝显得十分从容优雅："没错，我也相信，贝蒂的确是在我家怀孕的。但是，这并不表示，一定是杰克惹的麻烦。相信大家都想知道事情的真相。这样吧，明天我请在座的各位一起来参观我的家吧。"

第二天，法官，媒体记者和许多居民纷纷赶来，桑德拉迫不及待地走

52

在了最前面。在人们的注视下，格蕾丝轻轻打开了杰克的房门。顿时，大家目瞪口呆。

原来，屋子里竟然有上百只流浪猫，每一只都是通体芦花色，体型差不多，几乎长得一模一样。人们的突然造访，显然惊动了那些流浪猫，它们朝着门口的陌生人“喵喵喵”地狂叫起来。

见大家发愣，格蕾丝不紧不慢地解释：“布莱克先生早就意料到，会有贪婪的人觊觎杰克的百万财产。为了以防万一，布莱克先生让我提前收容了上百只芦花色的流浪猫。为了迷惑大家，每天，我都会随便捉一只猫出来，放在院子里，假装这就是杰克。所以，我很遗憾，贝蒂只是被其他的流浪猫非礼了。”

桑德拉傻眼了：“这……这不是真的。那杰克在哪里，你把它找出来呀？”格蕾丝耸了耸肩，无奈地说：“很抱歉！由于它们长得实在太像，现在连我也分不清了。不过，这又有什么关系呢？反正，我对每只流浪猫都一样关心，不会因为它是杰克，就格外照顾。”

桑德拉无助地望着法官，央求道：“法官大人，现在，我还有什么办法？”法官想了想说：“办法倒是有。那就是将这一百多只流浪猫逐一抱出来，全部做亲子鉴定。你也知道，法律是讲究证据的。只要你找出杰克，并且，它的DNA和幼崽的DNA，以及杰克档案中的DNA三者一致，将来，贝蒂的幼崽就能继承杰克的百万遗产。”

桑德拉闻言，立刻就耷拉下脑袋，咕哝着：“法官先生，我……我撤诉！”

法官提醒道：“如果你现在撤诉，那5000美元的亲子鉴定费将由你来支付？”桑德拉点了点头，在众人的讥讽中，涨红了脸灰溜溜地走了。桑德拉没想到，自己偷鸡不成蚀把米，回去后，就迫不及待地将贝蒂和那5只幼崽赶出了家门。

几天后，在格蕾丝的家里，法官正在喝咖啡，他庆幸地说：“好了，一切麻烦都结束了！”格蕾丝望着院子里相互追逐嬉戏的杰克、贝蒂和它们的5只幼崽，感激地说：“太谢谢您了，帮了我一个大忙。”

原来，当格蕾丝被桑德拉算计后，开始真的不知怎么办。好在，最后大家一起想出了这个办法，悄悄找来了一百多只流浪猫混在一起，让桑德拉知难而退。

不久，格蕾丝来到了一家动物慈善组织，郑重地签署了一个协议。协议上写着：等杰克去世后，布莱克先生名下的所有遗产将全部捐出，用来改善流浪猫的安置和医疗。

（**题图、插图**：佐　夫）

贪财赔闺女

□ 曲凡杰

暗中相助

唐县的鞠秋煌是个穷秀才，想去省城参加乡试却盘缠不足，只好硬着头皮去岳父家打秋风。不料，这一次普通的借贷，却借出了一段奇缘。

鞠秋煌家和岳父家本来是门当户对的，要不然怎么会定下娃娃亲？可惜后来鞠秋煌的父亲在一次外出做生意时人亡财散，家道就此中落，渐渐与岳父家拉开了距离，岳父家就看不上穷女婿了，因此每次见面鞠秋煌都有些发憷。偏偏岳父常年在外经商，鞠秋煌还不得不跟岳母打交道。

岳母听鞠秋煌说借钱的事，脸色就有些不好看，说："我家也不是开钱庄的，哪有许多现钱放在屋里？只能找件东西去当铺里质钱。"她又冲后院喊道："闺女，把你爹那件皮袍子找出来，让大秀才去当铺里换钱！"

母亲的冷言冷语，却让姑娘多了个心眼：八月乡试，眼下是七月，未婚夫一定是在为参加乡试筹集盘缠。此去省城，路途遥远，花费必然不少。可母亲只让拿一件因天气炎热而用不着的皮袍子质当，肯定当不了几个钱的。为解未婚夫的燃眉之急，姑娘从箱子里拿出一只玉镯。过去，未婚夫妻不能见面，姑娘就悄悄把玉镯塞进皮袍子的衣袋。她知道这个玉镯应该价值不菲，是能够助未婚夫一臂之力的。

岳母从后院拿来皮袍子，递给女婿又连声告诫，说过了七月就是八月，八月以后天气转凉，因此这皮袍子的当期也不可过长。

鞠秋煌连说"是，是"，忙向当铺奔去。

当铺的崔老板按照职业习惯把皮袍子抖开，摸摸捏捏，看看成色，然后估价。这一摸就摸到了那只玉镯。如果是个以诚待人的主儿，就会掏出玉镯还给客户。而崔老板却是个见钱眼开的人，送到嘴边的肉岂肯吐出来？何况他吃这样的昧心财，也不是一回两回了。他假装漫不经心地把皮袍子叠好，问："就当这一件皮袍子啊？"

鞠秋煌不知道皮袍子里还装着未婚妻的一片爱心，只急着把钱拿到手，忙点头说："对，就是这件皮袍子。"

接着鞠秋煌报出当期，崔老板给出价格，生意就成交了。急于赴省城的鞠秋煌拿钱就走，回家准备自己的行囊。崔老板则轻轻摸出玉镯，关上店门欣赏这笔意外之财。

错认娇妻

十年寒窗，鞠秋煌装了一肚子墨水，走进考场是如鱼得水，提起笔来如有神助，每场都是第一个完卷。三场下来，自我感觉挺好，因所带盘缠

即将告罄，不能在省城逗留等待放榜，他只得背了行囊赶路回家。

山高水远，鞠秋煌在路上走了半月，终于看见了家乡的县城，并且老远就听到一阵锣鼓之声。

原来入秋以来，已有四十多天没有下雨。县老爷就在城外的龙王庙前搭了高台，祭天祈雨。祭天仪式刚刚行过，现在的高台之上，正在进行的是耍龙灯社火表演。

只见两条巨龙在台上翻飞起舞，

作出腾云驾雾之状，时而俯首于地，似在视察旱情，时而昂头向天，似在祈求老天早降甘霖。台下则是人头攒动，叫好声此起彼伏。

鞠秋煌来得晚，只能站在外围瞧个热闹。忽然，他的目光盯上了面前的一只玉臂，一只细皮嫩肉的胳膊。那是一个十七八岁的妙龄少女，香汗淋漓地站在骄阳之下，一手摇扇扇风，一手额前遮阳，专心致志地看着台上的表演。

那条举着的手臂上，一只玉镯分外醒目。鞠秋煌认得这只玉镯。他十岁那年，父亲的生意做得风生水起，正好生意伙伴家有千金，两家就结了秦晋之好。父亲那时腰包鼓胀，专门去南阳府买了一对玉镯。那对镯子用的是独山玉料，乳白底子里含些豆绿，玉雕匠人巧夺天工，竟将那一抹豆绿琢成一龙一凤，使得一块普通的玉料身价倍增。

十岁的鞠秋煌对这对龙凤玉镯爱不释手，曾经把玩过几天，最后眼睁睁看着父亲把那只有凤的玉镯用红绸包了，连同其他礼品送到未婚妻家，作为定亲的物证。

玉镯应该戴在未婚妻的手臂上，虽然鞠秋煌至今还没有见过未婚妻，但他认定这个姑娘就是未婚妻了。看着未婚妻在骄阳下娇喘吁吁的模样，一股爱怜之情油然而生。鞠秋煌自然而然地走过去，下意识地把张开的遮阳伞罩在了未婚妻的头上。

姑娘只顾专心致志地看台上的表演，对鞠秋煌的善举似乎没有察觉，只以为是一块云彩飘在了头顶。

姑娘还带了一个小丫环，小丫环一见鞠秋煌的举动，立刻气呼呼地叫道："哪儿来的臭男人，离我家小姐远一点！"

鞠秋煌一听，忙笑着说："小丫头，别误会，我是你家姑爷！"

小丫环更加恼火"放屁，你想占

我家小姐便宜？"

姑娘从台上收回目光，转脸打量一眼鞠秋煌，又羞又恼地喝道："看你一副书生模样，怎么敢在这里放肆撒野？"

鞠秋煌见姑娘也误会了，忙说："咱们二人虽然没有见过面，可你总该知道鞠秋煌吧？我就是你的丈夫鞠秋煌！"情急之下，他把未婚夫说成了丈夫。

小丫环咆哮起来："我家小姐尚未婚配，还是一个黄花闺女，哪来的丈夫？来人哪，揍这个臭流氓！"

这一嗓子招来不少人围观，有几个人摩拳擦掌地围住了鞠秋煌，光天化日之下，调戏良家女子，不是欠揍吗？鞠秋煌急忙解释，自己并不是要流氓，而是在给自己的未婚妻举伞遮阳。怎么证明两个人的夫妻关系？姑娘手臂上的玉镯就是两家的定亲证物！

众人指着玉镯问姑娘，鞠秋煌所说是也不是？

姑娘把头摇得像拨浪鼓："一派胡言！"

众人举起了拳头，眼见一顿饱揍就要落在鞠秋煌身上，只听一声断喝："住手！"两个在场子里维持秩序的衙役跑了过来，"干什么呢？"众人七嘴八舌地介绍了情况，衙役挥挥手说："带走，是非曲直，自有县老爷公断。"

丑事露馅

县老爷祭天以后还没有走，这会儿就在龙王庙里喝茶乘凉。

说来也巧，县老爷这几天正要找鞠秋煌呢，这个秀才参加乡试高中榜首，喜报已经传到县衙，县衙理应敲锣打鼓给鞠家报喜，只因鞠秋煌还在路途才没有行动。听衙役说完事情经过，县老爷就问鞠秋煌："我印象里你是一个品学兼优的俊才，怎么会做出此等不轨之举？"

鞠秋煌忙说"不是偷香窃玉，而是怜香惜玉。关爱妻子，本是丈夫天职，何来不轨之说？"就从自己的娃娃亲说起，一对龙凤玉镯各存一只，自己以镯认人，断不会认错的。

县老爷道"你说以镯为凭，可人家姑娘为何不认你这个丈夫？"

鞠秋煌挠挠头皮："定亲至今已有十年之久，难道岳父岳母从未向姑娘说起？也许姑娘不知情才闹出误会？"

县老爷就让那小丫环领一个衙役，去叫姑娘的父亲速来现场。

来的竟是当铺的崔老板！崔老板一见鞠秋煌也在现场，又见那只玉镯明晃晃地戴在女儿手臂上，自知是昧人钱财的事情露馅了。因此不等县老爷讯问就"扑通"跪倒，且连连掌嘴："小人知罪。"他红着脸坦白了自己贪图不义之财，昧下了客户的玉镯。他知道这只玉镯价值不菲，就送给女儿。没想到女儿会戴着玉镯来这里。

县老爷看见崔老板，那气就不打一处来。

原来去年就有人状告崔老板，说是老婆把一笔私房钱换作一张银票藏在一件缎褂里，而他急需用钱把缎褂拿给崔老板典当，老婆发觉以后提前赎当，可那张银票却已经不翼而飞。因为没有证据，崔老板根本不承认昧了银票，反诉事主诬告，弄得县老爷束手无策。

这一次证据在握，县老爷勃然色变，自然要新账老账一起算，喝令衙役先把这黑心老板关起来再说。

崔家姑娘当即花容失色，自己戴

在手臂上的竟然是一件"赃物"！老爹表面上道貌岸然，背地里却做出如此勾当，他自己带枷受罚不说，还让女儿跟着蒙羞受辱！她急忙褪下玉镯，恨不能找个地缝钻进去才好。

鞠秋煌收了玉镯，连连向崔家姑娘鞠躬道歉，深责自己唐突，有损姑娘清名。同时也觉得好生奇怪，上个月岳母只答应给自己一件皮袍子质当，怎么会把定亲的玉镯夹带其中？

此时，县老爷好人做到底，指派一个衙役，把鞠秋煌的岳母和她女儿带来。

县官断案

那姑娘一到县太爷面前，就认出了自己的玉镯，老老实实承认是自己私自把玉镯藏进皮袍子的衣袋，只为丰富未婚夫的川资。

鞠秋煌感动不已，当场对着未婚妻鞠躬致谢："有如此贤妻，我鞠秋煌只有回家继续努力攻书，将来得个一官半职作为报答！"说罢就要离去。

不料刚才被鞠秋煌错认为妻子的崔家姑娘开口叫道："秀才留步，我有话说！我一个黄花闺女在众目睽睽之下被你认作妻子，难道就白认了吗？"

鞠秋煌吓了一跳，你老爹昧我的玉镯我都不予追究，你难道还要追究我什么不成？

县老爷也不知道崔家姑娘的葫芦里装的什么药，问："你要怎样？"

崔家姑娘说："我把人家的定情物也戴过了，大庭广众之下也被人家认作妻子了，今后还怎么嫁人？因此，我就只好把这位秀才认作夫君了！"

崔老板一听急了眼，戴着枷过来阻拦女儿。女儿虽然不是金枝玉叶，但也是富贵娇娃，怎么可以下嫁给一个穷秀才？这秀才靠质当赶考，而且是借亲家的物品质当，可见穷到了什么程度！当爹的自然不能眼睁睁看着女儿朝穷坑里跳。

鞠秋煌也急忙摇头谢绝。自己穷到办不起一桌酒席，一个老婆都讨不起，怎么敢娶两个老婆！

县老爷却忽然有了一个新的主意，他问崔家姑娘："你自己拿定了主意？"

崔家姑娘点头："主意已定，非这秀才不嫁！贪人玉镯，赔以女儿，我以此身告诫父亲，永不贪占不义之财！"

县老爷问鞠秋煌："天赐良缘，你意下如何？"

鞠秋煌叹口气说："听崔家姑娘的婚嫁理由，可谓用心良苦。可是，我

早有原配，崔家姑娘如果嫁我，只能作妾，我家贫穷，做我的老婆难免有饿肚子之苦。有此两条，我实在不忍心崔家姑娘跟我受屈……"

崔家姑娘拦住话头："作妾也好，饿肚子也罢，我自心甘情愿！"

县老爷拍案说道："那我就做一次媒人，成就一段佳话！"

鞠秋煌面有难色："大人你是知道的，我连一桌喜酒也摆不起……"

县老爷"嘿嘿"笑道："你这个岳父崔老板富甲一方，你娶妻娶妾的酒席自有他张罗！"

崔老板面红耳赤"县老爷，这不合适吧？"

县老爷拉下脸道："有什么不合适？你为富不仁，贪图不义之财，闹出此等纠纷，本该重重处罚，以正教化。现在本县也不罚你，只判你给鞠秋煌做个老丈人，时时记取教训，有什么不好？"

然后又对两个姑娘说："你们二人，一个重情重义，一个疾恶如仇，上天也不会亏待你们，此次鞠秋煌赴省乡试，高中榜首，摘了解元的桂冠，马上就可以入仕做官。可见苍天有眼，不叫好人吃亏。"

那崔老板因为贪图他人财物，赔了女儿还要贴上酒席，则成了人们茶余饭后的笑柄。

（题图、插图：谢　颖）

倒霉到了家

□ 陈伟民

张磊是个"三只手"，平日里就靠偷鸡摸狗混日子。虽然他眼睛高度近视，但偷盗技术还是了得。

这天，他来到一个巷子旁，只等天黑后好行动。可等啊等啊，等到路灯都亮起来了，这巷子里不但人没有少，反而不知从哪儿拥出些阿姨大妈的，队伍一排，喇叭一放，跳起舞来。

张磊悄悄在巷子里转悠了一圈，就见阿姨大妈们交头接耳，对着自己看。张磊一瞧，好不紧张，这类群体最难对付，她们出门爱呼朋引伴，身上带的钱却不多。更要命的是，她们正义感极强，遇到事情就拧成一团，围追堵截。张磊决定知难而退，换一个行窃地点。

摸了大半天，张磊踩着了点。这条巷子还真理想，几乎没人来往，四下一片漆黑。他赶紧大步流星往里走，谁想却踩着块西瓜皮，"扑通"一声，他顿时摔得鼻青眼肿，镜片碎了一地。真是人要倒霉连喝水都能噎着。张磊刚想骂娘，可缓过神来后，他心里又感到一阵窃喜。自己摔在地上，这么大的动静，也没有看到一个行人过来，这倒是下手的好地方呢！

张磊走了好一段的路，突然，他发现前边有一间房子的门是铁的。根据自己过去的作案经验，一般装铁门的人家，家里头或多或少都会有点儿存货。想到这里，张磊心里一激动，就急急忙忙朝铁门扑了过去。用手一摸，哈！铁链锁了好几圈，说明家里根本就没有人。他再朝四周扫视了一眼，到处阴森森的，连个鬼影子也没有。真是天赐良机啊！于是他连忙从

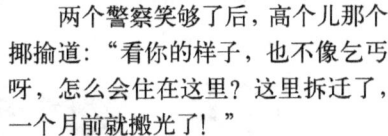

口袋里拿出个小铁片，开始动手。

虽说眼镜没了，行动起来是有些不方便，可张磊道行深啊，三分钟，锁撬开了。正当他得意忘形，想要迈进屋子里的时候，忽然感觉肩膀被人拍了两下。他一身冷汗，慢慢转过头去，一看，妈呀，再仔细看看：是一高一矮两个警察。

只听那高个儿警察看了他一眼，喝声问道："你在这里干什么？"

好在张磊也算在道上混了多年，明白一个道理，这种情况下，狭路相逢智者胜。于是，他片刻就冷静下来，淡定地赔笑道："嘿嘿，家里锁坏了，我只能把它给撬了。"

这时，只听那矮个儿警察诧异道："什么？你就住在这里？"说完，他还举起手电筒朝张磊的脸上照了照。

"是的，是的。"张磊连忙点头哈腰地说着。见那警察面色还算和气，张磊心里暂时松了口气。这时却只听两名警察突然"哈哈哈"笑得直不起腰来。

张磊本来还算是沉着应战的，可被他们两人这么一笑，竟然弄得不知所措起来。

两个警察笑够了后，高个儿那个揶揄道："看你的样子，也不像乞丐呀，怎么会住在这里？这里拆迁了，一个月前就搬光了！"

张磊顺着手电筒的光线，眯着眼睛四下张望，可不是嘛！这墙上还写了一个大大的"拆"字！张磊气得差点儿要中风，难怪这里毫无人迹，原来都搬走了！不过，现在最要紧的是赶紧脱身。张磊立马又想出个花头来，假装憨笑道："是是是，我两个月前就搬走了。可这不忽然发现家里有件东西找不到了，就想回来碰碰运气，看在不在老房子里。"

张磊这一说，那俩警察又笑得上气不接下气了。张磊还在纳闷自己露了什么破绽没，这回那矮个儿警察开腔了："我说小伙子，你可看清楚了，这里原本是小区里头的垃圾房啊。"

这时，只听"扑通"一声，张磊瘫在地上，心里哭道：这可真是倒霉到了家啊！

（题图：佐　夫）

阿尔弗雷德·希区柯克（1899－1980），英国著名电影导演，擅长拍摄惊悚悬疑片。除电影外，希区柯克还撰写过许多悬疑故事，代表作有《深闺疑云》等。本作品编译自《希区柯克悬念故事集》。

钻石大劫案

□ 秋风 编译

丹尼尔正一个人待在房间里看电视，这时，门外响起了敲门声。

丹尼尔一打开门，黑洞洞的枪口已经对准了他。持枪者用力把丹尼尔推进屋里，然后"砰"的一声将门关上。这个人是个独眼龙，而且长得非常难看，但他手上的戒指却镶着一颗大钻石，价值不菲。丹尼尔对钻石是个内行，因为他是专门切割钻石的。

"你就是丹尼尔吗？"独眼龙问。

丹尼尔点了点头。

"很好，穿上外衣。马上跟我走。"独眼龙举起手枪示意他不要有其他的想法。

丹尼尔无奈地按照他说的做了，然后他就被独眼龙强行推了出去，一辆黑色的汽车停在公寓外的停车场，独眼龙不容分说就把他推进后座，立即有人给他戴上眼罩，用绳子绑住他的双手。

丹尼尔从来没经历过这种事情，他真是被吓坏了，为了分散注意力，他就使劲地想搬到他公寓对门的那个新房客。她是一个很精致的女子，身上的香水味很浓，应该是那种五十元一盎司的高级香水，这一个星期以来，他一直想去和她搭话，她看上去是那么的美丽。丹尼尔还发现，她并没有男朋友，真是太可惜了。

汽车行驶了一段路程，突然猛地一下停住了。丹尼尔的思绪被拉回到现实中，他被粗鲁地推下车，带到一栋房子前。可丹尼尔觉得，这个地方很熟悉。丹尼尔正在努力搜索那种感觉时，却被推进一间房间，接着他听到背后的关门声。

然后，有人解开了丹尼尔手上的绳子，强行把他按到一把椅子上。

"现在可以拿下眼罩了。"一个声音说。

丹尼尔拉掉眼罩。向桌子对面望去，那里坐着一个人。那是个五十岁左右的老头，他头发灰白，板着一张脸。

丹尼尔迅速地瞥了房间一眼，这个房间很小，并没有装修，只放了一张桌子，两张椅子。墙上也没有挂照片，屋子里有一个窗户，挂着很厚的窗帘。不知道为什么，丹尼尔对这个屋子有一种奇怪的感觉，好像自己从前来过这里。

丹尼尔问那个老头："你到底是谁？你们为什么把我带到这儿来？"

那个老头说："你不用关心我是谁。"他接着说，"我知道你是切割钻石的专家，你的声誉很好，在这一行是佼佼者。"

丹尼尔认同地点了点头。

老头说："有一件事，你得按我说的做，这样你才能安全。"

"我非常愿意合作，"丹尼尔急忙说，"但是，你们到底要我干些什么呢？"

老头露出了满意的笑容，他打开身旁的抽屉，从里面取出一个灰色的铁盒，放到丹尼尔的面前说："把它打开！"

丹尼尔打开盒盖，里面放着一串钻石项链，看上去得有一百五十克拉，在大钻石的周围，还镶有一百多粒小钻石。

丹尼尔一眼就认出了它："这不是明克斯家的钻石吗？"他说，"难道你们是……"

老头只是点点头，并没做出什么具体的回答。

三天前，新闻报道了明克斯家被窃一事。被盗的钻石特别美丽、昂贵，据说全世界有名。

"你把这颗钻石帮我切割了。"老头严肃地说。

丹尼尔并不理解他们为什么要这样做，老头接着做出了解释："明克斯家的钻石太出名，用一般的方法根本处理不了，所以只能分割零售。"老头点着一根香烟，吐出一口烟，"这颗钻石即使分割来卖，也能卖一百多万。"

"这钻石？它根本不值钱。因为它是假的。"丹尼尔说。

老头急得跳了起来："你胡说！这怎么可能？"

丹尼尔拿起项链，仔细看了看。"这明明就是赝品，是亨利做的。"他说，"看来是按保险规则做的，真品谁都没戴过。"

"你对这些钻石怎么会知道得这么多？"老头盯着丹尼尔问。

"我们干切割这一行的都是有来往的，我们之间没什么秘密，亨利和我是老朋友了。而保险规则嘛，那是很普通的常识。"

老头拿起项链和放大镜，重新研究起那颗大钻石。"我虽然不是专家，"老头继续说，"可是，我的经验也很丰富，这些钻石明明就是真的。"

丹尼尔说，"你可能不知道，亨利的手艺非常高明，他做的东西能够以假乱真，虽然这是个假货，但怎么也能值十万。"

老头显然很生气，把项链扔到桌上："就值十万？那好像太少了，真货能值五百万呢。"他看了丹尼尔一眼，脸气得通红，"我不相信这钻石是假的。"

"那这样吧，"丹尼尔说，"如果你还不相信，我可以把它切开，让你仔细地看看。"

老头失望地坐在那里，一根接一根地抽着烟，盯着丹尼尔"那么你能解释一下明克斯家为什么要把它锁在地下室呢？那个地下室跟城堡一样，非常的坚固。那么真的钻石能放在哪儿呢？"

"我怎么会知道？"丹尼尔说，"你知道我只是钻石切割专家，并不是侦探。"

老头看起来更加的愤怒，他伸手掐住丹尼尔的喉咙："你给我好好地听着，我还要再找一位行家来鉴定，如果这颗钻石是真的，那你可就死定了。"他就一直这么掐着，直到丹尼尔要

透不过气时，才松手。

丹尼尔平静地看着那老头："你的意思是说要再找个人到这儿来鉴定，如果那人告诉你，这是真的，那么你再把我带到这来，帮你切割，之后再杀我灭口。"

"哦？我为什么要让你切割？"

"我是这一行中最优秀的，如果你随便找一个人切这颗钻石，他的手只要一滑，就会把你的宝物变成一堆不值钱的废物。我想它最好是假的，我可不愿负破坏五百万钻石的责任。"

老头大声地骂了一句，同时使劲地捶了一下桌子，对独眼龙说"赶紧把他弄出去。"

"老板，我们怎么处理他？"独眼龙问。

老头说："先不要杀他，带他回家吧，我们可能还需要他。"

话音刚落，丹尼尔又重新被绑起来，罩上眼睛。丹尼尔听见开门的声音，大约过了几秒钟，他就被带到出口。在等候开门的瞬间，他闻到了一股熟悉的气味，就是这个气味，让丹尼尔知道自己现在身在何处了。

回去的路程很短。汽车突然停了下来，独眼龙将丹尼尔的手腕解开，然后一把将他推下了车。然后，绑架他的那辆汽车急驶而去。

摘下眼罩后，丹尼尔发现自己正站在一条胡同里。这条胡同离他的住处没多远。于是，丹尼尔就顺着胡同回到了家。

丹尼尔开门的时候，用眼角的余光斜了斜对门曾经让他心动的那个公寓。那里面一点动静都没有。他走进屋里，迅速地拿起电话。

他给警察局打了电话："你们马上就能找到明克斯家丢失的钻石，它的新主人现在住在海洋车道139号2楼G室。这座公寓有两个出口，你们来的时候一定要把两个门都围住，马上行动！"说完，他就挂了电话。

不到五分钟，警察就到了。丹尼尔从窗户里看到有两个警察大步地走到对面公寓大声地敲着门。

对面传来了一阵骚动，紧接着从大楼后面又传来了更大的响动。几分钟后，警察押着那个老头和独眼龙出现了，他们的手上戴着手铐。

第二天，明克斯家的钻石失而复得的消息成为本城的头条新闻。

警察还会捉到对面公寓那个可爱的女人吗？虽然他不希望她被抓到，如果没有她，警察根本就抓不到那两名歹徒。要感谢她身上昂贵的香水，向丹尼尔透露了线索。在那个小城市，很少有人用得起如此名贵的香水。

当然，那颗钻石是真正的明克斯家的钻石。

而且，丹尼尔口中的亨利也不是什么钻石行家，他只是丹尼尔熟悉的一家餐厅的厨师。

（题图、插图：佐　夫）

世界非物质文化遗产，被称为"地球的名片"。阿根廷的探戈、意大利西西里岛的木偶戏、日本的女孩舞蹈节，都属于"人类非物质文化遗产代表作"。近年来，中国也掀起了一股"申遗热"，但有些人，却错把"申遗"当成一颗"摇钱树"，想利用它为自己铺平仕途、收敛钱财。这种短视与盲目，无异于杀鸡取卵，必将付出代价……

□ 赵 风

申遗风波

1.临时抱佛脚

东山县文化局局长叫唐乐秋。这天，是他连任文化局局长最后一年的头一天。一上班，他就被叫进了县政府大院。在办公室里，县长和他谈了大半天。唐乐秋一边听，一边把头点得像鸡啄米，嘴里"唔唔唔"地应着。等县长一说完，他就倒退着走出了县长办公室。

从县政府大院一出来，唐乐秋立马来到文化馆，见到文化馆馆长伍长球就一把拉住他，急吼吼地说："快快快！走，快跟我到周家墩去接个人！"

伍长球怔怔地望着唐乐秋，结结巴巴地说："这急乎乎地到周家墩干……干啥？我、我还没吃早、早饭！"

"都啥时候了，还没吃早饭？别啰唆，快上车！"

这东山县和西山县是近邻，中间就隔一个太白湖。过去那年月，太白湖常闹水灾，湖区的老百姓无以为生，就一个个出门逃荒卖唱。久而久之，那些卖唱的小调就慢慢衍变成了一个地方剧种，这剧种就叫"南词戏"。

近年来，国家加大了对非物质文化遗产保护的力度，特别是对一些古老的稀有剧种还拨专款进行抢救保护。要知道，这款一拨可就是几十万啊！东山和西山两县那可都是穷得丁当响的偏远湖区小县，到了嘴边的肥肉谁不想吃上一口啊？最近，县里头头听说西山县也在打"南词戏"的主意，就连忙把唐乐秋找来，要他赶紧准备相关资料，抢在西山县之前，向上申报。

唐乐秋是东山当地人，当然早就知道"南词戏"。可以前，在他听来，这"南词戏"咿咿呀呀的，难听极了，根本就没把它当回事。但没想到，县里头头对"南词戏"这么重视，还把他叫到办公室，亲自交代任务。这一来，唐乐秋才意识到事情的严重性。但"南词戏"想申报非物质文化遗产名录，得有详实的曲谱、文字和音像资料。要发掘整理这些资料，就得找那些老艺人记谱录音录像。思来想去，唐乐秋恍惚记起东山县还有个硕果仅存的老艺人，名叫周来顺，家住太白湖边周家墩。所以，他一出县政府大院，就急忙来找伍长球。

小车一出县城，就一路狂奔。一个多小时后，小车就颠簸在太白湖边的小土路上。好不容易来到了周家墩，可到周家一看，老人家里却是铁将军把门。

唐乐秋就叫伍长球去找人打听。

一会儿，伍长球回来说："他妈的，这老家伙到西山县去了。"

"啥？到西山县去了？"

"是呀，听说还是西山县文化局的一个啥科长把他接走的。"

唐乐秋听了伍长球的话不由一惊：哎呀！莫非西山县抢先把周老汉接走了？这么一想，唐乐秋浑身一激灵，忙对伍长球说："你再去问问，西山县文化局的人把他接走干啥？"

伍长球走进村里，一会儿又屁颠屁颠地转了回来说："唐局，听说是去看个老娘们……"

"看个老娘们？那女人叫啥？"

"叫刘金花……"唐乐秋不等伍长球说完，忙把手一挥："走，上车，去西山！"

2. 西山续前缘

当年，"南词戏"最著名的老艺人有两个，一个叫"十万三"，一个叫"八万五"。其实这怪名字并非贬义，而是说这两人唱得好，一个值得十万三，一个值得八万五。周来顺就是当年"十万三"的徒弟。那他为啥跑到西山县去了呢？原来周来顺年轻时的恋人在西山县，她就是刘金花。

刘金花的师傅就是"八万五"。那时的"南词戏"没有女角，所有的角色全都由男性扮演。年轻时的刘金花因为嗓音和扮相实在太好了，所以

中篇故事·

"八万五"才破例收下她当了徒弟。刘金花第一次登台，好多戏班都去捧场，或者说是看稀奇。

周来顺那时已小有名气。刘金花演完戏，一下场，就看见了周来顺，两个年轻人一见面，四只眼睛顿时就对上了，就像芝麻粘了糖，扯都扯不开。但"八万五"可不想养熟了的家雀变成了野麻雀往外飞。因为他一直在心里把自己得意的徒弟当作准儿媳。再说，金花爹对这门亲事也赞同。这一来，就把周来顺和刘金花给活活拆散了。周来顺为了心上人，竟一辈子未娶，把心思全用在了"南词戏"上。

今年春天，刘金花老伴儿过世了。想着自己和一个不爱的人过了一辈子，想着周来顺为了她一生未娶，想着想着，刘金花就伤心起来，不久也病倒在床了。

金花老人有个侄儿叫李子文，在西山县文化局当艺术科长。听说婶娘病了，就急忙赶回乡下看望老人。李子文走进房中一看，发现婶娘睡着了，但眼角竟挂着泪，口里还含含糊糊地念叨着一个人的名字。他俯下身子细细一听，这才知道她念叨的是："顺哥，顺哥……"

李子文很早就听说过婶娘年轻时的故事，这时一听婶娘念叨顺哥，就知道她是在念记周来顺。李子文轻轻唤了几声婶娘，可金花老人只是稍稍睁开眼皮，接着长叹一声，眼泪"哗"地往下流，却一句话也不说。

李子文是个聪明人，心想，莫非婶娘这病与心病有关？于是李子文就来到周家墩，把婶娘的病情对周来顺老人一说，想把他接到西山去。

周来顺听说刘金花病了，恨不得生出八只脚，当即就和李子文赶到了刘金花的病床前。刘金花一听到他的声音，顿时病就好了一大半，但周来顺还是坚持要把她送进医院……

再说唐乐秋和伍长球，他们只知道刘金花是西山人，可西山宽着哪！她到底住在哪个村庄呢？小车驶进西山县城时已过十二点，肚子也有点饿了，便在大街上随便买了点吃的，而后他们便四处向那些上了年纪的人打听。好在刘金花当年也算是个名人，没费多大周折，就打听到了刘金花住的村子。可是等他们心急火燎地赶进村时，却又听人说刘金花病了，被她的侄儿和一个老头子送到县医院了。

唐乐秋忙问，那老头可是姓周，东山口音？村里人说，是呀。唐乐秋一听，顾不上多说，连忙转身往医院赶。

来到县医院，两人走到病房门口，就听到周来顺在里面说话的声音。唐乐秋正要推门进去，却发现伍长球愣愣地站在那里不动弹。

唐乐秋说："走啊，进去呀！"

伍长球迟迟疑疑地说："唐局，你一个人先进去吧，我、我得去方、

68

方……方便一下……"说着，不等唐乐秋回应，就急急地走了出去。

唐乐秋只好一个人走进病房，见房里只有周来顺一个人坐在床前，不见西山县文化局的人，心里一喜，连忙向周来顺说明来意。

周来顺听说是县里特意来找他记录整理"南词戏"的，顿时激动得嘴唇直打哆嗦："这……这是真的吗？太好了！太好了啊！"可话一说完，他又朝病床上的刘金花看了看，眼光顿时黯淡了下来，"只是，只是……"

这时，躺在床上的刘金花说话了："顺哥，这可是天大的好事啊！你去吧！"

"可你的……"

刘金花知道周来顺的心事，忙接过话头说："我没事的，再说，这里不是还有医生吗？你就放心地去吧。"

周来顺跟着唐乐秋出了病房，刚坐进小车，伍长球就从一旁溜了过来。周来顺一见他，忙问："伍馆长，你也来了？"

伍长球干笑两声："是呀，是呀，我也来……来了，我和唐局是特意来接你的……"

傍晚时分，小车又一次驶进了周家墩。

村里人见了奇怪，

昨天西山县的人刚把周来顺接走，今天东山县的人又把他接了回来，不知搞的啥名堂，都围过来看热闹，七嘴八舌地问着正从车里走下来的周来顺："顺爷，政府的人找你干啥啊？把你接来接去的？"

周来顺望望唐乐秋，然后笑哈哈地说："找我干啥？政府现在要抢救保护'南词戏'了！请我回来录音录像呢！"

"啊——"乡亲们的嘴巴齐齐地张成了个"O"字，然后七嘴八舌地说："抢救保护'南词戏'，那我们的顺爷可就成了宝贝蛋子啦！"

是呀，唐乐秋听了心里想：要想申遗成功，这老爷子可真是个宝贝蛋子了！得把他看好，别真的让西山县的人把他给接走了。于是他便接口说："是呀，乡亲们，你们的顺爷还真是个宝贝蛋子啊，过两天县里就要来

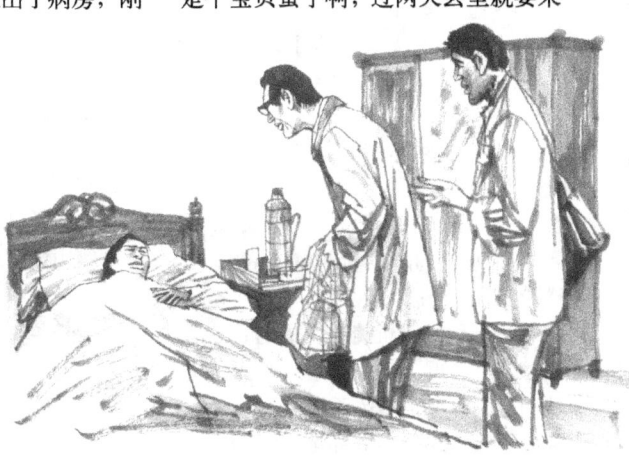

人请他录音，还要给他录像，拍电视，你们可要把他招呼好啊！"

临走时，唐乐秋拉着周来顺的手，再三嘱咐他，这几天哪里也不要去，就在家里好好休息，练练嗓子，三天后，县里就会派人来。

周来顺把唐乐秋的手握了又握，说："唐局长，只有把'南词戏'抢救保护好，我死了才会闭上眼，你放心，我哪里也不会去！"

3. 偷人出了岔

转眼三天就过去了。这天一大早，唐乐秋命伍长球亲自带队，带着文化馆的音乐干部，电视台摄像记者，还有县剧团的录音师和两个拉胡琴的，一大帮子人，呼呼隆隆地开往周家墩。

见伍长球带了一帮子人走了，唐乐秋心里一块石头落了地，便泡了杯好茶，抽出一支烟点着，然后拿起一张报纸，边看边想：先把录音录像等基础工作搞好，然后再把有关文字资料整理出来，往上一送。嘿嘿，这"申遗"的准备工作不就全部到位了吗？到时候再把相关的资料送给县长……

唐乐秋想得正美哩！桌上的电话突然"嘟嘟嘟"地叫唤起来，他抓起话筒一听，电话是伍长球打来的。伍长球在电话里气急败坏地说："唐局，不好了！周来顺这老东西不见了！"

唐乐秋一下立起来急切地问："啥？不见了？到底怎么回事？你给我说清楚！"

伍长球告诉唐乐秋，他们一行赶到周家墩，发现周来顺家的门又锁着，去问村里人，但这回村里人谁也不知道老汉到哪里去了。

见村里人一个个摇头都说不知道，伍长球恼怒地吼起来"我们前两天临走时，唐局长不是和你们说……说好了吗？叫你们好……好照顾着他，怎么就让他不……不见了呢？"

见伍长球发火，村里人一点也不买账，反而笑嘻嘻地说："我们又没吃帮你看人的饭，凭啥帮你看住他？"

"你别说了！"唐乐秋"啪"地一下挂了电话，怒气冲冲地抬脚就往门外走，肚子里还骂开了娘：这老东西！临走时说得好好的，他哪儿也不去，可怎么又不见了呢？不行，靠伍长球这家伙办不了事，看来老子得亲自再去一趟！

唐乐秋赶到周家墩，见伍长球还没找到周来顺，便自言自语地说："奇怪呀，这老汉哪里去了呢？莫非真的是被西山县的人给弄走了？"

其实，唐乐秋猜得不错，周来顺老汉还真是被西山县文化局的人给弄走了，但他们并没有亲自出面。西山县虽然早就有给"南词戏"申遗的打算，只是还没具体行动。刚好李子文接来了周来顺，就把这事向局里头儿汇报了。那头儿是个懂艺术、尊重艺术的行家，当他得知李子文的婶娘是个民间老艺人，特别是东山的周来顺也被接来了，当即便叫李子文带他到医院去看望两位老艺人。

可当他们带着一大堆水果和营养品赶到医院时，发现只有刘金花一个人躺在床上，却不见周来顺的人影。一问，才知道是被东山县文化局的局长亲自带人接走了。

头儿是个有心机的人，为怕两县文化部门闹僵，他便请刘金花给周来顺打了个电话。你想，刘金花在周来顺心中是啥位置啊！她一出面打电话，周来顺能不来吗？

再说唐乐秋多方打听，知道周来顺不仅去了西山，而且还被安排在一家叫南洋大酒店的宾馆里住下了。

这天夜里，天下着蒙蒙小雨，唐乐秋和伍长球在西山县城一家酒店吃饱喝足后，看看时候差不多了，他俩便起身出了门。

你知道他们到西山来干啥？原来他们是来"偷"人的！

南洋大酒店是新加坡人开的，是西山最好的一家宾馆。唐乐秋一边往里走，一边想，这西山县文化局为个糟老头

子，还真舍得！

两人走进贵宾楼，就直奔 308 号房间。

周来顺正准备上床休息哩，突然听到有人敲门，心中疑惑，可还是连忙把门打开了。

唐乐秋一见周来顺，心里气得直鼓泡，可他使劲压住心中的气恼，满脸堆笑地说："周老啊，我们又来接你了！"

周来顺见是唐乐秋和伍长球，不觉有点尴尬，"嘿嘿"一笑说："这都是金花妹子打的电话，说她的病情加重了，要我来看看她，与西山县文化局没、没得一点关系……"

这不是此地无银三百两吗？周来顺越是这样说，唐乐秋心里越是明白。但他不想揭穿，反而顺着说："我知道，我知道与他们无关。好了，不说他们，时候不早了，我们还是回东

山吧！"

见唐乐秋现在就要他回东山，周来顺不由矛盾极了，回想这些天来，西山的各级领导对他就像亲人一样，县长还来看过他。如果自己就这样不声不响地走，这心里觉得很有些过意不去。可如果不走也不行啊！先说不说自己是东山人，就凭人家大老远地来接自己，何况又是局长亲自出面，自己一个糟老头子，何曾有过这样的面子？思来想去，最后还是乡土观念占了上风，周来顺就动手去收拾东西……

但小车一出宾馆大门，周来顺突然叫了一声："停车！"

"怎么啦？"

"我想请你们把我送到医院去一趟，我还想再去看一眼金花妹子。"

司机听了这话，就把头扭过来，望着唐乐秋。但唐乐秋一句话也不说，司机顿时明白了，用力一踩油门，小车就"呼"地一声，驶出了西山县城。

为了怕夜长梦多，更怕西山县的人知道，一出县城，唐乐秋就决定抄小路。司机听说要抄小路，有点担心地想：走小路得经过太白湖，还得过一个湖汊，路可不好走啊！但这话，他不敢说，只好闷头开车。

小车开上土路时，雨便越下越大了。太白湖区的路，形似泥鳅背，中间高，两边低，天晴还好说，可这一下雨，就立马变得滑不唧溜的。司机一路上小心翼翼，总算开到了他最担心的那个湖汊。

这湖汊前面有段下坡路，小车刚往下走时还好，可没走多远，小车便扭起了"秧歌舞"，顿时把个司机搞得手忙脚乱。尽管他使出浑身解数也无济于事，小车扭着扭着，就呼隆隆地直朝湖里冲去……

司机急踩刹车，小车总算一冲进水里，就停了下来，但大半个车身全浸在水中。好在湖汊不深，压力不是很大，里面的人用力把车门打开，狼狈不堪地爬了出来。上了岸，一个个浑身都是湿淋淋的。早春天气，乍暖还寒，只一会儿，全都冷得直打哆嗦。

看来今晚回不去了！唐乐秋气得又一次骂娘了。他先骂老天，接着骂那司机："你狗……狗日的！是咋……咋开的车？今天夜里，无论如何……如何，你也得把车给我弄出……出来！"说完，就把司机一个人扔在湖边，悻悻地和伍长球带着周来顺到附近村子借宿去了。

4.夜宿小渔村

三个人走进一个小渔村，唐乐秋就叫伍长球去敲开了一户人家门，可主人看看他们，听说是来借宿的，说啥也不肯。

周来顺走上前，对主人说："你这人要不得，别人有了难处，理当帮助，这才是咱湖区人做人的本分，再说，他们这两位可是县里的大干部……"但主人可不管这一套，抢白周来顺说："县里的干部咋啦？这些当官的越大越不是东……"可话说一半，便盯住了周来顺的脸说，"这不是顺老爷子吗？原来是您老人家啊，对不起啊，多有得罪，来来来，快请进，快请进。"一认出周来顺，主人态度立时大变，十分热情地把他们往屋里请。

唐乐秋一边往里走，一边心里觉得不是滋味：如今这些老百姓都咋啦？在他们眼里，我这个堂堂的局长，竟赶不上一个唱戏的糟老头子？

等三人进了屋，主人把周来顺安排在前房，唐乐秋和伍长球在后房，而且是两人睡一张床。主人刚一走，伍长球便把门一关，一边脱着湿衣服，一边骂骂咧咧，说这儿老百姓真不地道。

湖区风大，大多数人家的房屋不高，且大都是那种老式木板墙，不隔音。唐乐秋虽说也想骂人，可担心前房的周来顺听见，便指指前房，说："你呀，你少说两句行不行？"

伍长球平时很少下乡，更没有在乡下住过。想着自己为个糟老头子活受罪真是划不来！加上他第一次和一个男人睡在一张床上，尽管这人是他的熟人，但还是很不习惯，因而翻来覆去怎么也睡不着。

其实唐乐秋也没睡着，贴着板墙听了一会儿，见前房没动静，还传来阵阵轻微的鼾声，估计周来顺睡着了，他便轻声问伍长球："怎么，睡不着是不是？"

伍长球身子动了动，算是回答。唐乐秋说："你呀，嫩着呢！你想呀，我一个堂堂局长，为啥为个老头子亲自来回奔波？遭这个罪？我这样做，可都是为了你呀……"

唐乐秋为啥突然要说这个话？原来这伍长球不仅是他的心腹，而且和他关系不一般。当初唐乐秋所以"无怨无悔"地在文化局这穷地方干，就是看中了文化馆的那个小会计。那个小会计就是伍长球的妹妹啊！

唐乐秋到文化局不久，就借口调整，搞了个假考试，表面上说啥用人要人尽其才，择优录用，其实暗中早就把答案告诉小会计，让她背熟了。不用说，那次小会计考了个第一。几天后，小会计就调到了局机关。小会计上班的第一天，唐乐秋亲热地拉住她的手，好半天也没舍得放，笑眯眯地说："真是人才呀，难得的人才呀！"

"人才"进了局机关不久，就成了唐乐秋的小情人。这还不说，为了回报小情人，还把当时在文化馆当事务长的伍长球提拔为馆长。一个成天提着篮子买菜的主，突然提为馆长，不但全局的人吃惊，就连"人才"也没想到。一天，“人才”偎在唐乐秋怀里问：“你为啥对我们一家人这么好？”唐乐秋把酒糟鼻一擤，摸了一把“人才”的小脸蛋说：“首先是你对我好啊，如今不是提倡做人要懂得感恩吗？人哪，不懂感恩，那还叫人吗？”

自从拥有了“人才”，唐乐秋常常感叹时光过得太快，眼看自己马上就要奔五十了，最多还能干这一届，就要退下来。常言道：人一走，茶就凉。可退下来了，得有个心腹之人接替自己位置才好。可这伍长球，除了能听自己摆布以外，狗屁也不懂，说话还结巴。要想把他拉到局长的位子上，真是比登天还难！

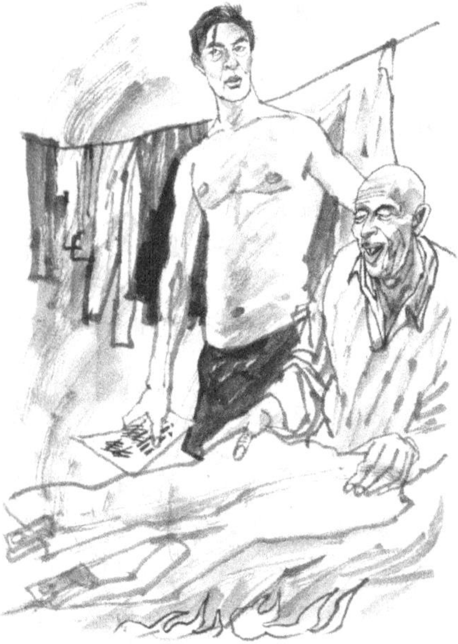

幸亏这次县里想“申遗”，这可是个大好的机会啊！这回唐乐秋亲自带着伍长球来回奔波，你当他是真的想抢救保护“南词戏”？才不是呢！他是想，如果能把这事办成，那可是大功一件啊！不仅自己在县里头头面前说话有了分量，同时也为伍长球晋升铺平了道路。到时自己在头头面前一推荐，加上暗中活动活动，该走的门路走一走，该出手时出出手，到时，伍长球当局长还不是鸡窝里捡鸡蛋，顺手拈来？

听完唐乐秋这番推心置腹的话，伍长球激动得猛地一下从床上坐起来，一把拉住唐乐秋的手，说话更结巴了：“唐……唐局，你……你真是……是我的……”

这后半夜，伍长球睡得可香甜啦！只是清早起来，又出现了两人怎么也想不到的意外。

唐乐秋醒得早，睁眼一看，发现衣服不见了，被子上有张纸条，上面有两个歪歪扭扭的大字“拜拜”，而且字的后面还打上了三个感叹号，愣愣地立在那里，很决绝的样子。

这是谁写的？和谁拜拜？唐乐秋盯着纸条怔了好半天，不知这是搞的啥名堂。但突然他心里一激灵，穿着短裤赶紧冲到前房一看，只见被子叠得整整齐齐，却不见了周来顺的踪影。

唐乐秋喊了几声主人，发现主人正在厨房里烤着他和伍长球的衣服哩!

唐乐秋心头不由一热，忙问主人："周老汉哪里去了？"主人说："早走啦！还说你们两个为工作太辛苦了，叫我莫惊动，让你们多睡一会儿。"

唐乐秋又问："他到哪里去了？"主人说："回家了，说是回去等你们。"

幸好司机昨夜就找人把小车拉上了岸，唐乐秋忙叫醒伍长球，然后坐上车，急急朝周家墩赶去。可车行至半道，伍长球突然开了聪明孔："不，不对！唐……唐局，我看那老东西不是……是回家，而是又到西山……山去了。"

唐乐秋问："你凭啥这样说？"

这时伍长球支支吾吾地对唐乐秋说了一件事。原来几年前，周来顺就找过伍长球，说他年纪大了，希望文化部门派人趁自己还能唱时，把"南词戏"的资料好好整理一下。可伍长球一个买菜出身的，他懂个啥？不但不去整理，还对周来顺大声嚷嚷说："我们的经费紧张着哩，饭都没得吃，哪还有心思整理你那狗屁'南词戏'？"所以当时在西山县医院时，他担心周来顺对他有气，就借故上厕所，不想和周来顺正面接触。

伍长球说完，唐乐秋摇了摇头，想说啥但又没说。看看时间还早，湖区又没去西山的客车，估计周来顺只能是步行，走不了多远，肯定能追上。

· 社会长廊 生活广角 ·

这么一想，他便对司机说："快快，掉头，追！"

5.一定要追上你

这一回，伍长球还真的说中了！这时，周来顺正在湖滨的土路上，一步步朝西山县城走去。

昨天晚上，小车出了事，当周来顺从水里爬起来时，见唐乐秋他们浑身上下也被湖水浸得像个水淋鸡，顿时好生感动。心想，这些当干部的也真不容易，为了"南词戏"可是费心又费力啊。这大半夜的，他们本该在家里睡大觉，可为了我这糟老头子，却在湖中浸冷水。后来去借宿时，见那户主人对他们不敬，周来顺实在是看不下去，这才开口说话。直到躺在床上，周来顺心里还觉得过意不去。心想这次回去，一定得好好配合唐乐秋他们，把"南词戏"的资料整理出来。谁知他这边正在想着心事哩，后房伍长球骂人的声音传了过来。周来顺连忙假装睡着了，还故意打起了鼾。接着，他便听见唐乐秋对伍长球说的那番话。尽管唐乐秋的声音压得很低，但湖区木板墙不隔音，他们的谈话还是被周来顺听了个一清二楚。

狗日的！原来是这么回事呀！听完两个人的话，周来顺气得当时就想起床回家。可又一想，就算回家，他们也不会放过自己，还会找到家里去

的。这时，他不由又回想起在西山呆的几天，觉得西山文化部门的人还像个办事的样子。对，要想把"南词戏"抢救保护好，看来得靠他们。

天刚蒙蒙亮，周来顺就悄悄起来了。谢过主人后，便急匆匆地出了门。

日上三竿时，周来顺走出了湖区，再往前走，就离西山县城不远。望着前方县城的轮廓，周来顺不由兴奋起来，脚步也快了起来。可他刚从土路跨上柏油路，就发现一辆小车从后面急驰而来。周来顺心想，莫不是唐乐秋他们追来了吧？他扭头盯着那车一看，不禁大吃一惊，来的正是唐乐秋的车！

周来顺心里一急，拉开双腿就跑。可他一个七十多岁的老人，哪跑得过小车？眼看小车就要来到跟前，周来顺急忙用眼一瞅，见大路旁边有条小路，正好这条小路也是通向县城的。他想只要进了城，就算被他们追上，谅他们也不敢用强。这么一想，周来顺迅速转身拐上那条小路。

再说车里的唐乐秋，万万没想到周来顺会突然拐上小路。这时，小车的优势一下全没了。情急之下，他大喊一声："快，下车追！"

周来顺在前面跑，唐乐秋和伍长球在后头追。因为昨夜下了雨，小路又湿又滑，结果可想而知，前后的距离越来越近。周来顺这时已跑得气喘

吁吁，而且小路前方还有一大堆黄土堆在路边，形成了一个小山坡。眼看跑不动也爬不上去了，他索性停了下来。

唐乐秋见周来顺突然停了下来，不由大喜，在后面高声喊着："周老，你别跑，快和我们一道回东山去啊！"

周来顺缓过一口气，听了唐乐秋的话，心里的火又冒了上来，又朝前跑去。

等到周来顺手脚并用爬上黄土坡时，唐乐秋和伍长球也赶到了土坡脚下。

唐乐秋正要爬坡去拉周来顺，没想到周来顺猛地往下一蹲，翻身就朝坡下滚去，嘴里还大声说道："打死我也不跟你走！"

周来顺以为自己滚到坡下，唐乐秋他们就无可奈何了。可他哪里想到，这堆黄土是一户人家在盖新房，起地基时，堆在路面上的，那下面可是用石块打好了的墙脚。周来顺滚了几滚，脑袋磕在了一块大石头上，眼皮翻了几翻，就一下子昏死过去。

唐乐秋费了好大劲，爬上土坡，望着坡下的周来顺惊呆了。过了一会儿，他醒过神来，心想，这要是弄出人命可不是闹着玩的。

唐乐秋这么想着，就弯下身，准备朝坡下爬。却被伍长球一把拉住说："唐局，你这是……干、干啥？"

唐乐秋焦急地说："干啥？救人啊！"

伍长球也急了："不，不能救！"

唐乐秋奇怪地问："为啥？"

"你想啊，"这一下伍长球说话突然变得利索了，"把这老东西送、送进医院，得花多少医药费？咱们本来就穷得要死，何必没事……找事？再说，他这是自己滚下去的，又不是我们推、推的，这老东西鬼得很，从这丈把高的土堆上滚下去能咋样！我看他是在装死唬我们。唐局，你一个堂堂局长，被他要了一身泥巴，还不够吗？走，咱们走，别管他！"说罢，他硬拽着唐乐秋坐进小车，扬长而去。

但俗话说得好，要想人不知，除非己莫为。唐乐秋追赶周老汉的事被人看见了，这人就是西山县文化局艺术科长李子文。

原来，西山把周来顺安排住进了南洋大酒店后，局里派李子文负责照顾他的生活起居。李子文这人心细得很，想到周来顺老人年纪大了，而且婶娘也在病中，他清早一起来，就开着车到乡下买了几只土母鸡和一篓子土鸡蛋，准备给两位老人好好补补身子。在他开车回城时，突然看见前面有两个人在追一个老头子，接着又见那老头子滚到了土坡下。而那两人没管他，径自朝路边的一辆小车走去。

李子文当然不知道昨天晚上发生的事，只是出于好奇，就把车开近一看，认出这两人就是东山县文化局的，当下他便怀疑，滚下土坡的老人莫非是周来顺？

为了怕被唐乐秋他们发现，李子文赶紧把车往前开了一段路停下，然后就朝那黄土坡奔去。

李子文奔到土坡前，一见昏死的周来顺，顿时气得鼻孔冒青烟，心里大骂："这两个猪狗不如的王八蛋！"边骂边打了120，接着背了周来顺朝大路奔去……

再说唐乐秋坐进小车，一直表情凝重，一声不吭。小车开了一段路后，唐乐秋突然大叫一声："停车！"下车

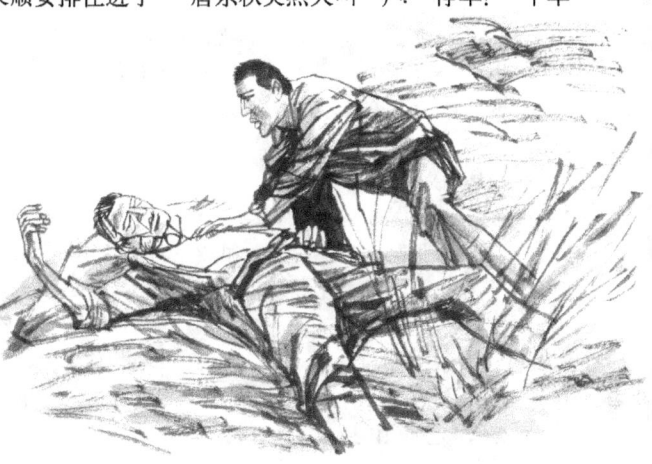

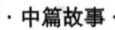

后，他对伍长球说，"我思来想去，觉得周来顺万一真出事，那就麻烦大了。我心里不踏实，我得去土坡那边看看。"说罢，不容伍长球反对，就从另一条小土路绕到黄土坡前一看，哪有周来顺的身影？

这下，伍长球可得意了，他笑哈哈地说："唐局，果然不出我所料吧，老东西是装死，你看，他跑了吧？准定去西山了。"

唐乐秋虽说没有见到周来顺，但他估计不会出大事，心中的石头总算落了地，但他却开心不起来。他灰着脸，勾着头，一句话也没说，长叹一声，转身就朝小车走去……

6. 算盘打歪了

从西山县回来的第三天，唐乐秋刚刚走进办公室，伍长球就兴冲冲地闯了进来。一进门就说："唐局，那老家伙死……死了！"

"谁死了？"唐乐秋一下没回过神来。

"就是周来顺那老……老东西嘛。幸亏当时我把你拉……走，听说，这一回，光是那医……医药费和安葬……葬费，西山县文化局就花了近十万，连他们这个月的工资，都……都要推迟发放……"

"你听谁说的？"

"是，是西山县文化馆长打电……电话，告，告诉我的……"

"好了，知道了，你走吧。"

伍长球一边往外走，一边还嘟嘟哝哝地说："幸亏我……不然，这个月……就会搞得我们局没……工资发……"

真是个抹不上墙的烂泥巴啊！唐乐秋见伍长球那副死了人还要前来邀功的洋洋得意的木瓜样，顿觉一阵悲哀袭上心头。可周来顺真的死了吗？如果真是这样，他觉得很对不起周来顺。不管怎么说，他的死毕竟和自己有关啊！

接下来的好长时间，唐乐秋老是提不起精神来，心里想，周来顺死了，西山还有个刘金花，而东山啥人也没有了，那"申遗"的事，也只能在梦里想想了。县里头头几次打电话问起这事，他只得支支吾吾地搪塞了过去。

后来县里头头听说了此事，把唐乐秋叫到办公室狠狠训了一顿，再也不提"申遗"的事了。就这样混了一年多，唐乐秋仿佛老了十多岁。这天，他正斜歪在老板椅上想心事，左右环顾这坐了近八年的办公室，想到马上就得离开这里，小情人也疏远了自己，心里不由涌起一阵悲凉……

时近中午，唐乐秋刚要午睡，突然，他的办公室门被人轻轻敲开，进来的竟是西山县文化局的李子文。他是专程来送请柬的。因为西山县申遗成功了，"南词戏"的全套音像资料也整理出版了。到时西山要举行"南词戏"音像资料发行仪式，特意邀请各县文化部门领导光临。

发行仪式这天，唐乐秋一个人悄悄出了门，这回他不想再带伍长球一道去了。可他到了西山后，刚一下车，就见伍长球也急呼呼地赶来了。

上午十点，发行仪式准时开始。

唐乐秋找个位子刚一坐下，伍长球就凑到了他的身边，嘴里叽里咕噜地说个不停。意思是，这"南词戏"本来应该是由东山来申报，他狗日的西山有啥资格？唐乐秋烦了，闷吼一声："住嘴！"然后便紧紧地闭上双眼。可一会儿，一阵热烈的掌声，掀开了他的眼皮。唐乐秋不经意地朝台上一瞄，猛然看到了一个熟悉的身影

走上了主席台。看着这人，唐乐秋不禁大吃一惊，原来这人不是别人，正是那个已"死"去一年多的周来顺啊！这时，刘金花和周来顺走在一起，她紧紧地搀着周来顺的手，两个人脸上红光满面，神采奕奕！

看着这俩人，唐乐秋仿佛一下子明白了什么，看来自己是被西山耍了一把啊！唐乐秋斜睨了身边的伍长球一眼，然后又静心一想，这能全怪他们吗？如果自己当初……

会后，周来顺也看到了唐乐秋，可他还是热情地过来打了个招呼："唐局长，你也来了？"

唐乐秋干笑一声，见会场里人来人往，就把周来顺拉到一旁，面带怨色地说："周老爷子，这'南词戏'可是发源于我们东山，你也是我们东山县的人啊，你这样做，对得起家乡的几十万父老吗？"

周来顺沉吟了半晌，然后"呵呵"一笑说："是，我是对不起家乡的父老，可我对得起'南词戏'呀！再说，我之所以不回东山，那是害怕……"

唐乐秋问："害怕，你害怕个啥？"

"我是害怕……"周来顺说到这儿，停顿了一下，"我是害怕回到东山，再好的经也会被那些歪嘴和尚给念歪了啊！"

（题图、插图：杨宏富）

诚信是自由的救赎

37岁的洛佩斯由于飙车撞人，被判入狱一年。

三个月后的一天，狱警来到他的房间，通知他可以出狱了。听到这个消息，洛佩斯惊呆了，但最终还是带着疑问，离开了监狱。

到家后，女友十分意外，询问清楚情况后，都对如此的好运心存疑虑，于是与自己的律师取得联系，随后的几天里，他们四处打听，终于弄清楚事实真相：监狱的电脑系统出了错！

摆在洛佩斯面前是一个艰难的选择：一是主动回到监狱，还要失去9个月的自由。二是保持现状，享受与女友团聚、无拘束的生活。这是一个诚信与自由的选择题。最后，洛佩斯决定返回监狱继续服刑，他坦然地说"我错过一次，不能再错第二次，上帝不会原谅我在改错的过程中再犯一次错。"

鉴于洛佩斯诚信的行为，监狱方面决定，用自首立功条款给洛佩斯减刑三个月。监狱方面还说，如果在电脑系统修复后，发现洛佩斯在外面生活，尽管责任不在他，但也要继续回到监狱完成9个月的刑期。也就是说，洛佩斯的一次选择，看似让自己失去9个月的自由，实际上是减少了3个月的牢狱生活。他用内心的诚信，对自己进行了一次合法的救赎。

（作者：独孤西门）

洗手间里的商机

有一家广告传媒有限公司，专门把客户的广告贴在公共厕所里面，著名的三星品牌也是他们的客户之一。那他们是怎么想到在厕所里打广告的呢？

有一次，那家广告公司的老板，在外使用公共厕所，发现门板上的涂鸦很有意思，上面的绘画和文字挺抓人眼球。他忽然意识到，多数人在这

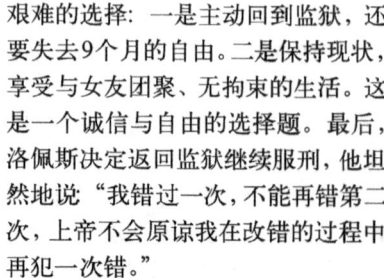

样的地方都会觉得很无聊，报纸、杂志甚至是墙壁上的一些文字都会成为阅读的对象。如果在这个地方投放广告，肯定会给人留下深刻印象。

于是，老板找到三星公司，愿意免费为他们宣传一个月。经过多方努力，几万张三星石材的广告牌被贴进了城市大大小小的公共厕所里。仅仅过去了一天，三星石材的热线电话就接二连三打来，甚至超过了电视广告的投放效果。

与三星合作成功之后，一个又一个品牌先后挤进了厕所。一年之后，中国所有省会城市和各重要城市都被这家公司的厕所广告覆盖了。

把广告打进公共厕所，是这家公司无人能及的地方。只要敢想敢做，在厕所里也能发现钻石！

（作者：白　雪；**推荐者**：时间尘埃）

给它一个攀爬的阶梯

有人在院子的秃墙下种了爬山虎。他以为很快就能看到满墙翠绿，谁知后来爬山虎竟然毫无章法地爬了一地。

怪了！这些爬山虎怎么跟地瓜秧一个脾性了？那人请教邻居生物老师，得知，墙面太光滑了，爬山虎卷须上的黏性吸盘无法吸附在上面，要将墙弄成麻面才行。

那人经过小半天的奋战，墙面敲麻了，他又将那长长的爬山虎藤条一根根搭到墙上的花窗孔中。可是后来爬山虎还是不往上爬。

生物老师来后，发现了问题："原先长出的黏性吸盘已经干枯了；而藤条顶端嫩芽上新生的吸盘又无力带动那么沉重的一根藤条，所以，这爬山虎就很难往上爬了。"

这天清晨，那人上班，见一位父亲带着一个男孩在那面墙前忙碌。再仔细一看，惊叫了起来。天！那父子俩居然在用透明胶带一根根往墙上粘那藤条。他们已经粘了十几根了。只听父亲告诉儿子："它自己爬不上去，咱们就帮它爬上去！"

如今，那面墙已经被爬山虎覆盖。

当理想的藤条在现实面前低头时，我们都应像那对父子俩一样，智慧地拿出自己的补救方案，将藤条抬到梦想的高度。

（作者：张丽钧；**推荐者**：守　白）

（本栏插图：安玉民　梁　丽）

学写作文，从读故事开始

趣味对话

- 手对剪指甲刀说：哟，你想咬人是不？
- 鼻子对眼镜说：烦不烦呐，登鼻子上脸是不？
- 舌头对牙说：和你过了这些年，长能耐了是不，连我你都咬？
- 左耳对右耳说：亲爱的，别伤心了，等我挣够了钱，一定把你接到我身边来！
- 鸭子对狗说：咱俩搞对象肯定错不了，人家都说我追你是呱呱叫呢。
- 百灵鸟对驴说：大哥，拉那么长的驴脸，有啥不开心的事呀？
- 鼓对鼓锤说：兄弟，有啥憋屈事呀，老拿脑袋撞俺干啥呀？
- 键盘对人说：都是明白人，有话直说，别老敲敲打打的行不？
- 空调对扇子说：哥们儿，要想让人满意，光会点头哈腰哪行啊。

（推荐者：*上善若水*）

80 后老师与 90 后学生超强对话

- 一调皮学生因为犯了校纪被劝退学。班主任好意启发道：你就没为你的将来打算过？

    学生回答 老师你放心吧，我早就打算好了。倒是你该为自己打算打算，我可不希望我出去混了几年回来，看到你还在这里教书。

- 地理要会考了，几个成绩有点悬的学生被老师叫到办公室补习。

    地理老师问：俄罗斯盛产什么？

    一个学生抓了几下头皮，答 盛产外国人！

- 一学生上课玩手机被班主任发现，下课叫到办公室。

    班主任问：说嘛，这个事情怎么处理？

    学生：我是初犯，宽大处理！

    班主任：这回必须把你爸叫来！

    学生：爸出差了。

    班主任：打手机。

学生：手机停机。

班主任火了，桌子一拍站起来，这学生立刻凑上去，拿起桌子上的烟和打火机 息怒，先抽支烟嘛，何必跟我们这些小朋友计较？

（推荐者：*涛　涛*）

学中文的老外伤不起，因为他看到了老师给的wife这个单词的同义词表：

1,配偶 2,妻子 3,老婆 4,夫人 5,太太 6,爱人 7,内人 8,媳妇 9,那口子 10,拙荆 11,贤内助 12,老伴 13,孩他妈 14,娃他娘 15,财政部长 16,纪检委 17,娘子 18,另一半 19,女当家 20,领导 21,黄脸婆……

那个老外幸亏还没有看到husband的同义词，否则也难逃吐血的命运，因为husband在中国女人嘴里的表述更是耐人寻味：

1,丈夫 2,爱人 3,那口子 4,当家的 5,掌柜的 6,不正经的 7,泼皮 8,不争气的 9,没出息的 10,该死的 11,死鬼 12,死人 13,傻子 14,臭不要脸的 15,孩子他爹 16,孩子他亲爹 17,哎 18,老公 19,猪 20,亲爱的 21,先生 22,官人 23,相公……

(推荐者：石见陈)

学中文

世界各地连续剧剧情的设定

◆ 穷矮矬的女朋友抛弃了男友，找了个高富帅的小伙子是内地剧。

◆ 穷矮矬与高富帅争同一个女孩，后来女孩选了穷矮矬的是韩剧。

◆ 高富帅装穷矮矬，爱上一个女孩后透露实情的是台湾剧。

◆ 一群穷矮矬们欢乐地嘲笑高富帅的是美剧。

◆ 穷矮矬和高富帅们幸福地走到一起的是英剧……

(推荐者：涛 涛)

愉快的一周

怎样才能度过愉快的一周？这里有一套实用的方法，我们来看看：

◆ 周一清蒸鱼块。

◆ 周二红烧鱼块。

◆ 周三油炸鱼块。

◆ 周四醋溜鱼块。

◆ 周五水煮鱼块。

◆ 周六酸菜鱼块。

◆ 周日芥末鱼块。

愉快(鱼块)的一周！

(推荐者：罗密多)

零分试卷

杰克小朋友在一次综合卷考试中得了0分，来看看他怎么回答的……

◆ 问：拿破仑死于哪一年？答：他病死的那一年。

◆ 问：独立宣言是在哪儿签署的？答：在文件的最后一页。

◆ 问：离婚的主要原因是什么？答：结婚。

◆ 问：8个人花了10个钟头造了一堵墙，那么4个人造一堵墙该花多少时间呢？答：不用造了，墙不是已经造好了嘛！

(推荐者：石见陈)

角色转换

□丁 当

小马恋爱三年，觉得时机已经成熟，决定向女朋友小兰求婚。

他琢磨着，过去小兰老是嘲笑自己小气，还老拿第一次求爱时，只买了一朵玫瑰花说事。这次，小马咬咬牙，狠狠心，决定大出血，一炮抱得美人归。

这天，小马到花店订了九百九十九朵红玫瑰，请人送到小兰单位宿舍

楼下，摆成了一个大大的爱心。

然后，他冲楼上喊了起来："小兰，亲爱的，请你嫁给我吧！"

小兰羞答答地跑下楼来。小马单腿一跪，说："亲爱的，九百九十九朵玫瑰，代表我的心！"

小兰被感动了，答应了他的求婚，让他把戒指戴到自己手上。小马兴奋极了，抱起小兰大喊："啊，我有老婆啦，我有老婆啦！"

转了几圈，他放下小兰，说："走，咱们现在就去喝杯订婚酒！"

两人手拉手走了几步，小兰忽然回头说："这些花怎么办？"

"就放在这吧。"小马心花怒放地说，"让大家都看看！"

谁知小兰冲他额头一点："你呀，太浪费了！这样吧，你等我一会。"说罢往楼上跑，走进了旁边一个房间。

过了一会，她又跑出来冲小马喊："喂，你的花多少钱买的？"

小马疑惑地说："八块一朵呀！"

又等了一会，小兰手里拿着一把钱，一边数一边走过来。小马愣愣地问："这钱哪来的？"

"卖花的钱呀。"小兰长吁出一口气，"总算把花卖出去了。"

小马一听傻了："你把花卖了？"

小兰白他一眼"不卖留着呀，花又不能当饭吃。刚好我有个同事今晚要求爱，我就半价转手卖给他了，过日子就得精打细算！"

逃跑的
农民工

□ 于晓光

新婚没多久，阿彪就和妻子离开老家去省城打工。

因为没有一技之长，阿彪只能到工地上打工，妻子去当钟点工。

这天，阿彪随工友到美术学院施工。

休息时他去厕所，路过一个带天窗的房子时，突然好奇心起，想看看房子里有什么。

于是，他踩着砖头，踮起脚从窗户往里看。不看不知道，一看吓一跳！只见一个女人一丝不挂地站在屋子的最前面，下面是一群学生，正边看边画。

阿彪的眼球顿时被裸体女人抓住了，心一下子提到了嗓子眼……突然，裸体女人尖叫一声："有人偷看……"

阿彪吓得一屁股跌坐在地上，他顾不上疼痛，爬起来就跑。

这一跑，碰巧被巡视的保安发现了，保安边追边喊："站住！"

一看保安追来了，阿彪更慌了，拼命地跑起来。由于跑得急，阿彪没有注意前面路上放的警示标志，等他发现脚下突然出现一个一米多宽的深坑时，想停下来已经来不及了，脚踩了空，整个人猛地一下跌了进去。

坑有四五米深，幸亏坑底下有一米多深的积水，减缓了阿彪下落的冲

力，他才平安无事，不然，他非摔个半死不可。

不一会儿，保安带人过来，他们从上面放下绳子，让阿彪抓住绳子，把他拉上去。可不知为什么，阿彪像没听见一样，就是不抓绳子。

上面的人很是纳闷儿，下面的人为什么不肯上来？是害怕上去之后被带到警察局？

上面一个戴眼镜的中年男人好心地劝道："下面的民工兄弟，长时间泡在水里会生病的，快点上来吧！我是这所学校的副校长，你别害怕，偷看人体模特没犯法，我保证，你上来后，

我们决不为难你……"

无论上面的人怎么劝说，阿彪就是不肯上来。

就在上面的人不知如何是好时，一个人走了过来，说："大家让一下，让我来劝劝他。"

下面的阿彪听出来了，上面说话的人就是他刚才看到的那个裸体女人，他赶紧用衣服把自己的头蒙上了，还没等女人开口，他就抢先喊道："什么也别说了，我上去。"说完，抓住绳子就往上爬。

几个人一起使劲，终于把阿彪拉了上来。

蒙着头的阿彪上来后，一句话也没说，撒腿又跑，转眼便跑得无影无踪。

众人看了啼笑皆非。

这时，副校长奇怪地问女模特："为什么你一来，那个农民工就肯上来了呢？"

女模特犹豫了一下，不好意思地说："家里人都不知道我在这里当模特……刚才那个人是我老公……"

绿版编辑部各编辑邮箱：

吴 伦：wulun54@126.com
朱 虹：zhong98305@sina.com
刘迎曦：liuyingxi1203@163.com
颜轶超：yanyichao1004@sina.com
黄美舟：huangmeizhou@163.com
陶云韫：tao19851101@gmail.com

幸运的证人

□ 朱广思

海尔斯的公司倒闭了，为了生活，他去医院求自己的表哥。

表哥是黑帮分子，最近在一次帮派火并中受重伤进了医院。听海尔斯说要加入黑帮，立即写信帮助引荐。临分手时，表哥好意提醒道"遇到斗殴时候，你要冲在最前边，然后找个安全的犄角旮旯一头扑过去，趴在地上装死，等到打完了再回去，这样论功行赏的时候少不了你，还很安全。"海尔斯对表哥千恩万谢，喜滋滋地去找老大了。

海尔斯就此进了黑帮组织，第一天就来了任务，老大让他跟着去打架。打架地点在郊区一处铺了一半的柏油路口。两拨人在一点钟碰了面，都拿了木棍、铁锤、菜刀，互相骂了几句之后，双方便疯狂地向对面扑过去。

海尔斯牢记表哥的话，看见两拨人中间的路边有一个水泥包堆成的"掩体"，便一头扎过去，扑了一脸灰。

打斗的声音好像持续了一个世纪那么长，渐渐变得小了，海尔斯一动不动地趴在地上，不敢动弹。

大概又过了三十分钟，双方都耗尽了所有兵力。海尔斯被人轻轻挽了起来。"这个人还活着！"只听一个年轻女孩一声惊叫，随即一阵快门声将海尔斯包围，闪光灯晃得他睁不开眼。原来警方和新闻媒体赶到了。

海尔斯当然不会说自己是黑帮成员，只说自己是无辜的路人，来劝架时被打晕了。当得知打架人都死了，只剩下自己一个之后，海尔斯更加肆无忌惮，又添油加醋地说自己是如何的勇敢。去警察局录了口供之后，警方也发现根据目前掌握的资料，海尔斯确实不是黑帮成员，于是接下来的几天，海尔斯不断地上电视、接受采访，还被授予了见义勇为英雄奖章。

喝水不忘挖井人，海尔斯买了很

县长干过啥

□ 王祥英

清风县的县长张大山一上任，就去了靠山村，视察秋收工作。在田间，张县长发表了饱含深情的演讲："乡亲们，我的老家也在农村，我年轻时，也插过秧、耕过地、播过种、收过粮，在黄土地上洒过辛勤的汗水。我是一个农民，所以我最知道咱们农民的心声，知道农民不容易。大家放心，县里一定会出台新的政策，让咱们农民得到更大的实惠！"说到这里，张县长还把右手用力一挥。农民们听完都激动不已，拼命地鼓掌，手掌拍红了、拍疼了……

随行的电视台记者张强赶忙将这感人的场面录了下来。

张县长视察完秋收工作，准备回县里，行至半路，他忽然叫停车。

张县长下了车，走到一位正在清扫马路的环卫工人面前，一把握住他的手，深情地说："你辛苦了，我代表县里向你表示慰问！实不相瞒，我年轻时也干过环卫工人，扫过马路、运过垃圾，深知环卫工不嫌脏、不怕累，而且以此为荣！"接着他将头转向陪同人员，说，"当我们心情愉快地在马路上散步时，我们要想起是谁为

多礼物去医院看表哥。两人聊了一会儿，海尔斯突然想起了一件事，就问表哥："既然您的主意这么有效，那你为什么还会受这么重的伤呢？"

表哥痛苦地叹了一口气，说："那次我们也是中午在一个工地打架，我也是一上来就扑了一身灰，趴在地上装死，几十分钟下来，我隐蔽得非常

好，没受一点伤。"

"那您为什么还住院了呢？"海尔斯更加不解了。

"就是因为趴的时间太长，我不知不觉就睡着了。"表哥越说越伤心，"工地的中午一个人也没有，谁知下午人家开工，过来了一辆轧路机……"

我们创造了这么好的环境。所以说，环卫工人最应该得到尊重！"那名环卫工人的眼泪刷地就流了下来，哽咽着连说："谢谢，谢谢……"

下午，张县长又马不停蹄地出席县教育系统工作会议。在教育局的礼堂，张县长发表了热情洋溢的讲话："尊敬的各位老师，你们辛苦了！你们培养了一批又一批未来的栋梁之才，你们让含苞欲放的花儿欣然绽放！大家或许不知道，我年轻时也当过光荣的老师，在教育第一线奉献过青春，播撒过汗水……"张县长一番热烈的演讲，赢得了众人雷鸣般的掌声。

此后几天，张县长又接连视察了县缫丝厂、电信公司等单位，每到一处，张县长总会发表令人感动的讲话……

整个过程，张强一直陪同采访录像，他越来越困惑，因为从张县长的讲话内容里可以看出，他当过农民、工人、商人、教师……甚至还当过农民工，张县长今年才四十多岁，怎么会干过这么多行当呢？可如果说他没有干过这些行当，为什么他会讲得那样情深意切，有时候还会流下深情的眼泪？

张强大惑不解，他查了一下张县长的资料，不查不知道，这一查，才恍然大悟，原来从政之前，张县长干过演员。

· 本刊信息传真 ·

第五届"梅陇杯"社区法律知识故事征文大赛征稿启事

第五届"梅陇杯"社区法律知识故事征文大赛即日起面向全国征文。本次活动由中华人民共和国司法部法宣司、上海市依法治市办和市法宣办为指导单位，上海市法治研究会、上海故事家协会、市社区发展研究会、东方法治文化研究中心、市社联科普处和闵行区法宣办为主办单位，梅陇镇人民政府和《故事会》杂志社为承办单位。

本次征文：一、以"小区协奏曲"为主题，通过故事创作及素材征集，集中反映业主、物业等小区治理中的热点、难点问题，及化解过程。用故事传播法律知识和公民意识，践行"公正、包容、责任、诚信"的价值取向，从而促进小区民主法治建设和社会管理创新。二、在社区日常生活中为人们所忽视或不易掌握的其他法律知识或法律程序的作品，具体要求请参考发表在《故事会》上的"法律知识故事"。征文字数一般在2000字以内。

来稿方法：1、从邮局寄发，请在信封上注明"法律知识故事"字样，寄至上海市绍兴路74号《故事会》杂志社，邮编：200020。2、从网上传递，可发至信箱fabianji@126.com。请在邮件主题注明"法律知识故事"字样。征稿活动至2012年10月15日结束。

奖项设置：本次评选活动设特等奖1名，奖金5000元；一等奖1名，奖金3000元；二等奖3名，奖金各2000元；三等奖10名，奖金各1000元；优秀奖50名，奖金各500元（或等值奖品）。

抽 条

□ 竹 韵

大年三十，老龙王带着一大家子坐在云头上，等天黑了，看人间放烟花。老龙王的小孙子聪明伶俐，向下看了一眼说："爷爷，这是一个24响的大烟花！"

不一会，烟花升空了，可是只有22响。小龙孙有点不好意思了，难道刚才是自己看错了？他又向下看了一眼，说："爷爷，我看仔细了，这回是个36响的魔术弹！"龙王数着："1，2……咦？怎么只有29响？"虾兵蟹将们仔细地又看又听，确实是没有。

小龙孙急得脸都红了："爷爷，我看清楚了，那烟花上面真的写着36！我认识！"这时候，龟丞相慢悠悠笑了："小家伙，这不怪你。人间现在流行抽条。"小龙孙奇怪地问："什么叫抽条啊？"龟丞相想了想，说："就是……就是不足，不够，以假乱真，以次充好，所以，刚才不是你数错了。"

转眼，到了初春。老龙王正喝酒呢，这时，传来玉帝圣旨：普降甘霖，三分三厘！老龙王赶紧接旨，忙着行云布雨。好好的喝酒雅兴被打断，老龙王很不情愿，忽然又想起年三十晚上看烟火的事：你们人间连放个烟花都抽条，干脆，这雨，我也抽条！下到三分就得了，早点收工回去喝酒！

第二天，老龙王与龟丞相刚站上云头，就看到人间气象局的工作人员正拿了量尺，在测量降雨量。老龙王猛然吓出一身冷汗：坏了！昨天贪杯，少降了三厘！想当年泾河龙王就是私自改了降雨量，结果引来杀身大祸！这事若被告上天庭，那斩龙台可不是吃素的！想到此处，老龙王禁不住浑身发抖，拉着龟丞相想办法。

就在此时，他们看到那个测量员举着尺子说："测量完毕！降雨三分三厘，分毫不差！"老龙王与龟丞相顿时松了口气，相视大笑：真是虚惊一场！他们的尺子也是抽条的！

（本栏插图：包丰一 顾子易）